KB0962З1

그레이트존스 거리

돈 드릴로 장편소설

그레이트존스 거리

전승희 옮김

창비

Great Jones Street
by Don DeLillo

차
례

1

명성에는 온갖 과잉이 뒤따른다. 나는 지금 세력이 기울고
있는 정치가나 나약한 왕의 어둠침침한 영예에 대해서가 아
니라, 진정한 명성 즉 우리를 집어삼킬 듯한 네온 불빛에 대
해 얘기하고 있다. 나는 잿빛 공간을 가로지르는 기나긴 여행
에 대해 얘기하고 있다. 나는 위험에 관해, 온갖 공허함의 가
장자리에 대해, 공화국의 꿈에 에로틱한 테러를 나누어주는
한 남자의 주변환경에 대해 얘기하고 있는 것이다. 이런 극단
의 영역, 기괴하고 외음부 같은 영역, 침범의 기억으로 축축
한 영역에서 살아야 하는 남자를 상상해보라. 그가 반쯤만 미
쳤다 해도 그는 대중의 온전한 광기 속으로 빨려들 것이다.
그리고 완전히 이성적인 사람이거나 지옥의 관료거나 생존
의 재주를 가진 은밀한 천재라도 생존자를 경멸하는 대중에
의해 파괴될 것이 확실하다. 이런 특별한 명성은 지나친 잔
혹행위를 먹고사는데, 그 정도가 안되는 명성의 소유자들에
게 조언하는 이들이 오명이라고 여기는 것들, 즉 리무진 안의
히스테리나 청중들의 칼부림, 기괴한 소송, 배신, 아수라장과

약물 따위가 그것이다. 진정한 명성에 붙어 있는 유일한 자연법칙은 아무래도 유명한 사람은 끝내 자살을 강요받는다는 것이다.

(이제 내가 로큰롤의 영웅이었다는 사실이 독자들께 분명해졌는지?)

지난번 순회공연이 끝나갈 즈음 우리 그룹을 찾는 청중은 음악 이상의 것, 되풀이되는 소음 이상의 것을 원한다는 게 분명해졌다. 로큰롤 문화가 한계점, 즉 극심한 긴장의 지점에 이른 듯했다. 이렇듯 지난 몇주 동안 우리의 콘서트에서는 자신을 완전히 본능에 내맡긴다는 느낌이 덜했다. 방화나 낙서는 전보다 줄어들었다. 강간은 더 줄어들었다. 연막탄도 없었고 그보다 더 강력한 폭탄 위협도 없었다. 우리의 추종자들은 고립된 집단이 되어 이제 이전의 일들에 대해 별 관심을 보이지 않았다. 그들은 옛날의 성인들이나 순교자들로부터 자유로워졌지만, 라벨이 붙지 않은 그들 자신의 육체를 떠맡는 것에 겁을 내고 있었다. 입장권 없는 청중들이 바리케이드를 넘어 마구 들어오지도 않았고, 공연 동안 우리 밴드의 발치에 바짝 붙어서서 무대를 긁어대던 남자애들과 여자애들의 나에 대한 사랑도 덜 살인적이었다. 마침내 그들은 내가 진정성 있게 죽으려면 나의 의지 즉 나 자신의 손으로 죽고, 가능하면 이국의 도시에서 죽어야만 그 죽음이 성공적인 모범사례가 될 수 있다는 것을 깨달은 것 같았다. 나는 내 청중이 선생인 나를 능가하고, 그들이 우리 그룹이 늘 받아오던 그런 종류의 엄청난 반응을 단순히 흉내낼 그날이 와야만 그들의 교육이 완성되리라는 사실을 생각하기 시작했다. 우리가 공연을 하는 동안 청중들은 껑충껑충 뛰고 춤을 추고 쓰러지고 서로를 꼭 붙잡고 팔을 흔들 거야. 하지만 그러는 내내 아무 소리도 내지 않겠지. 우리는 미친 듯이 물결치되 아무 소리도 내지 않는 몸들이 들어찬 거대한 스타디움의 찬란한 무대 위에 서 있게 될 거고. 사람들의 비명소리가 수반되지 않는 우리의 최신 곡은 아무 의미가 없게 될 것이고, 그러면 공연을 중단하는 것 외에 다른 선택은 없을 것이다. 그건 매우 심오한 뜻을 지닌 농담이 될 것이다. 이러저러한 교훈을 주는 농담 말이다.

휴스턴에서 나는 아무 말 없이 그룹에서 빠져나와, 오염된 성지이자 내 출생지인 뉴욕 시로 향하는 비행기에 올라탔다. 내가 보기에 어재리언이 밴드의 리더 역할을 맡을 게 확실했다. 그의 몸매가 가장 매력적이니까. 나머지는 뉴스미디어, 프로모션 회사 사람들, 에이전트, 회계사 등 경영귀족의 여러 성원들이 각자 알아서 난리치면 될 일이었다. 일반 대중이야말로 내 잠적의 의미에 대해서 가장 진실에 가깝게 이해할 사람들이었다. 나의 잠적은 그들이 필요로 한 행동만큼 충분히 완전한 것이 아니었고, 그 누구도 내가 영원히 떠난 건지 아닌지 확신할 수 없었다. 아주 가까운 추종자들은 내 잠적을 일정한 기다림의 기간이라고 생각할 것이다. 내가 그들이 사용할 새로운 언어를 가지고 돌아오거나, 아니면 그들이 내 침묵에 수반된 신성한 침묵을 찾게 될 것이다.

난 택시를 타고 묘지들을 지나 맨해튼으로 향했다. 회백색 불빛의 파도가 첨탑들에 부딪쳐 부서지고 있었다. 뉴욕은 유럽의 도시들보다도 더 오래되어 보였다. 언제나 역병이 돌기 직전의 상태에 있는 뉴욕은 16세기의 가학적 선물이었다. 하지만 택시 기사는 젊은 친구로, 옅은 오렌지색의 아프로* 머리를 하고 얼굴엔 주근깨가 나 있는 애송이였다. 난 터널로 가달라고 말했다.

"터널이 여기 있나요?" 그가 말했다.

전날밤 애스트러돔에서는 그룹이 나 없이 공연했다. 어재리언의 존재감은 대단했지만, 내가 없는 첫날 저녁에는 그 어떤 것도 모여든 청중들의 절망적인 기분을 누그러뜨릴 수 없었다. 청중들은 건물에다 화풀이를 했다. 부술 수 있는 건 모두 다 부수었고 인조잔디를 뜯어내려고 했으며 배관시설까지 공격했다. 문들이 열리면서 경찰이 들어왔다. 경찰은 표정 없는 얼굴을 하고 있었고 그들 마음속의 향연을 계산적인 눈뒤에 감추고 있었다. 그들은 조절된 온도라는 개념을 보호하기 위한 노력의 일환으로 난동 부리는 사람들의 팔과 다리를 후려치는 전매특허의 돌격을 감행했다. 내 매니저인 글룹키는 경찰의 그날 작전을 소규모 학살 사례라고 언급했는데 그

----

* 1970년대에 흑인들 사이에서 유행했던 헤어스타일로 곱슬머리를 둥글게 부풀린 모양.

건 그해의 최악의 공적 발표였다.

"터널은 강 밑으로 나 있어요. 벽에 하얀 타일이 붙어 있고 유리 안에 갇힌 사람들이 지나가는 차의 숫자를 세고 있는 괜찮은 터널이에요. 하나 둘 셋 넷. 하나 둘 셋."

내가 흥미를 갖고 있는 것은 끝맺음의 방식, 어떻게 죽음의 관념을 넘어 살아남느냐 하는 것이었다. 휴스턴에서 부상당한 사람들에게 다음에 다가올 것은, 바로 내가 명성의 열대에서 멀리 떨어진 땅끝에서 한 개인의 한계를 넘어 무엇을 배우느냐에 달려 있을 것이다.

2

나는 그레이트존스 거리에 있는 방으로 갔다. 그곳은 좁고 비뚤하며 1페니짜리 동전처럼 추운 방이었고, 대형창고와 트럭과 쓰레기 더미가 내다보이는 곳이었다. 창턱에 눈이 쌓여 있었다. 창틀이 휘어서 찬바람이 들어오는 틈 곳곳을 걸레조각과 볼썽사나운 내 해진 셔츠가 틀어막고 있었다. 전원을 연결하지 않은 냉장고 안은 레코드 앨범과 카세트테이프, 그리고 낡은 잡지들로 빼꼭히 채워져 있었다. 씽크대로 가서 더운물 꼭지와 찬물 꼭지를 둘 다 끝까지 돌리자 가는 물줄기가 이따금씩 흘러나왔다. 최소한이 최상인 법이다. 라디오를 틀고 볼륨을 최대로 올리니 AM만 잡히고 FM은 전혀 잡히지 않았다. 조금 후 면도를 하다가 심하게 베였다. 목에서 피가 나와 상처를 따라 긴 띠를 이루다가 삐뚤삐뚤 무정형을 이루며 흘러내리기 시작했는데, 그걸 보자 기분이 좀 묘했다. 색깔이 나쁘진 않았다. 외투를 걸치면 이 방에서 지낼 수 있으리라. 상처 자리에 화장실 휴지를 대충 붙이고 잠을 청했으나 내내 잠을 이룰 수가 없었다. 그래서 오펄이 입던 코트를 어깨에 걸치고 먹을 것을 사러 밖으로 나갔다.

거리는 어두웠고 다시 눈발이 내리고 있었다. 긴 코트를 입은 남자가 라파예트와 브로드웨이 사이의 골목에 서 있었다. 나는 선적용 컨테이너들이 쌓인 곳을 돌아서 걸어갔다. 그레이트존스 거리를 따라 들어선 창고형 공장건물들은 균형이 제대로 안 잡혀 있는 것처럼 보였다. 널따란 건물들은 높이가 실제의 절반처럼 보였는데, 남북으로 펼쳐진 높다란 마천루들 때문에 햇빛을 못 받아 자라다 만 것처럼 보였다. 세 블록 떨어진 곳에서 식품점을 발견했다. 점원 한명이 옆에 서 있던 여자를 팔꿈치로 툭툭 치며 내 쪽을 가리켰다. 말이 없는 익숙한 침묵이 순식간에 가게 전체를 휘감았다. 나는 가게 주인의 작은 갈색 고양이를 집어들어 내 가슴팍에 뉘었다. 나를 알아본 남자가 상표를 읽는 척 옆걸음으로 슬금슬금 다가오더니 마침내 카운터에 서 있는 내 곁까지 왔다. 원가계산 담당자나 세법전문 변호사의 실물인형같이 생긴 그는 특별한 기괴함, 즉 평범한 삶을 사는 정상인 특유의 기괴함을 발하고 있었다.

방으로 돌아가서 보니 글롭키가 변기 속에 팔을 집어넣고 있었다.

"10쎈트짜리 동전을 빠뜨렸어." 그가 말했다.

"마루가 별로 깨끗하지 않아요. 새 바지를 망칠 거예요. 그게 무슨 천이에요? 비닐?"

"폴리비닐."

"그리고 셔츠는." 내가 말했다. "셔츠는 어떡해요?"

그는 낑낑거리며 마루에서 몸을 일으켰다. 그리고 아랫배에 힘을 주고 옷을 추스렸다. 그는 나를 따라 커다란 방으로 들어왔다. 욕조와 냉장고가 있어서 거실이라고 하기엔 좀 뭣한 곳이었다. 글롭키는 허드슨 강 건너 고지대에 자리잡고 있는 콘도미니엄 빌딩 내의 복층 아파트에 살고 있었다. 그의 아파트는 컨투어 가구와 슈퍼그래픽스*로 구성된 주거모델이라 할 만했다. 리버사이드 드라이브 지구에 사는 교양층의 나태함에 대한 노골적인 도전이었다. 그의 두번째 아내는 젊고 경박하며 동양 종교의 추종자였다. 그리고 첫번째 아내 사이에 낳은 딸은 첼로를 연주했다.

"이 셔츠에는 사연이 있지." 그가 말했다. "이 셔츠는 수가 놓인 제단포로 만든 거야. 충분히 정화된 거지. 히말라야의 기슭에 사는 장님 수녀들이 만든 거야."

"그게 무슨 색이에요? 그런 색의 셔츠는 한번도 못 본 것 같아요."

"라마의 토사물." 그가 말했다. "그것을 판 사람이 그랬어. 자네가 죽었다는 소문이 있어, 버키."

"그 소문을 믿나요?"

"농담은 그 정도로 하고, 우린 자네의 의도가 뭐든 간에, 수입이고 돈이고 순수익이고 뭐 그런 것에 관계없이 자네가 이

---

* 기하학적 도형을 사용한, 대담한 색깔의 대형 그래픽아트.

위기를 잘 넘길 수 있도록 최선을 다해서 뒷받침할 작정이야. 그걸 자네한테 최대한 빨리 알려주기 위해 내가 온 거야. 자네의 의사가 최고로 중요하지."

"전 아무런 의사도 없는데요."

"계약문제들, 스튜디오 날짜들, 레코드 약속들, 공연 일정들. 우린 자네가 가자고 할 때 갈 거야. 그때까진 다리를 꼬고 앉아 있을 거네. 제기랄, 예술가는 예술가군. 예약들, 인터뷰들, 기자회견들, 사전 보도자료 발표일들."

"여긴 어떻게 들어왔어요?"

"자네가 이리로 왔다는 사실을 알아내는 건 어렵지 않았어. 여기 있을 줄 알았거든. 일단 뉴욕으로 왔다는 걸 확인했으니 자네가 여기 있을 줄 알았지. 하지만 볼이 움푹하군. 귀신처럼 보여. 전혀 몰랐어. 어떻게 알았겠어? 아무도 얘길 안 해줬는데."

"하지만 어떻게 여길 들어왔느냐고요." 내가 말했다.

"공항에서 오는 길에 열쇠를 찾아서 가지고 왔지. 난 지난 이틀 동안 시카고에 있었거든. 처음 그 친구들이 자네가 사라졌다고 했을 때 물어볼 만한 데는 다 물어봤지. 그때 애스트러돔에서 폭동이 일어나고 있다고들 하더군. 그래서 발표할 만한 성명서는 다 발표했지. 그런 다음 뉴욕행 비행기를 탔고, 내려서 이리로 오는 길에 열쇠를 찾아서 온 거야."

"열쇠는 어디서 찾았는데요?"

"세계적으로 유명한 록펠러 센터에 있는 사치스러운 우리 사무실에서."

"열쇠가 왜 거기 있었죠?"

"트랜스패러노이아가 이 빌딩의 소유주거든." 그가 말했다.

"우리가 부동산 투자도 하는 줄은 몰랐네요. 언제부터 한 거죠?"

"두어달 됐어. 조금, 아주 조금 투자했어. 렙은 신중한 사람이야. 여기저기 조금씩만 사들여. 대부분 우리 사업하고 관계된 것들이지. 오래된 무도회장이나 극장 같은 곳들 말이야. 덧문이 내려진 부동산이고 큰 투자는 없어."

"이런 빌딩에서 우리가 뭘 하는데요?"

"렙은 내 영향권 밖에 있어. 난 그가 하는 일에는 참견하지 않아. 자네 꼴이 전혀 마음에 안 들어, 버키. 환자 같아 보여. 일인 공포영화야. 오필은 어디 있나?"

"몰라요."

"그녀가 여기 있을 거라고 생각했는데, 이렇게 오랫동안 잠적한 걸로 봐선 그녀가 우스꽝스러운 자기 아파트에서 유일하게 살갗이 남아 있는 발가락 사이에 어떤 끔찍한 마약을 찔러넣고 있을 거라고 생각했거든."

"오랫동안 못 봤어요. 모로코에 있는지도 모르죠. 아닐지도 모르고. 아니, 거기 있을 수도 있겠네요."

"찾아볼 생각인가?"

"그냥 여기 있을 거예요." 내가 말했다.

"스튜디오 시설을 갖춘 산장에 가든 안 가든 그건 자네 권리고 특권이야, 버키. 석간신문에 자네가 죽었다는 첫번째 소문을 다룬 기사가 실렸어. 내가 나서면 지금 당장 손쉽게 그 소문을 막을 수도 있어."

"그럴 능력이 당신한테 없을걸요. 하지만 어느 쪽이든 그냥 놔둬봐요. 얼마나 오래가는지 보고 싶으니까요."

"자네 하고 싶은 대로 하게나."

"부인 안부를 안 물어봤네요. 잘 지내시나요? 이름이 뭐더라, 그 사랑스럽고 매력적인 부인 말이에요."

"아내, 동반자, 애인." 글롭키가 말했다. "그녀는 그 모든 것이고 그 이상이야. 어머니, 딸, 선생님, 조언자, 친구. 하지만 자네와 그녀를 서로 멀찍이 떼어놓을 거야. 그러지 않으면 즉각적인 섹스가 이뤄질 인연이니까. 그녀의 영혼은 아름답지만 그녀의 몸은 신뢰할 수 없거든. 보게, 내가 얼마나 늙고 살쪘나. 내가 나쁜 사람이 안될 수가 없지."

"그녀는 저 벼랑 꼭대기에 꼼짝 않고 있으면서 하루 종일 뭘 하죠?"

"『우파니샤드』를 들고 웅크리고 있지. 지난 삼년 동안 『우파니샤드』 보급판을 읽고 있어. 그녀는 모든 에너지의 꽃잎이라 부르는 진실이 동양에 있다고 믿고 있지. 집착을 버리라는 말에 빠져 있어."

"그리고 어린 따님은요?" 내가 말했다.

"아직도 첼로를 연주하고 있어. 물어봐줘서 고맙네. 내 유전자에서 그런 고전적 재능이 나오다니. 내년에 음악회에 나갈 거야. 열네살에 말이야."

"그거 지장이 있을까요?"

"내가 지닌 가장 소중한 것까지 공격을 하는군, 버키. 하지만 용서해주겠네. 나는 자네가 진짜 특별한 어떤 것의 문턱에 있다는 걸 아니까. 그렇지 않다면 함성소리에서 멀리 떨어진 이 춥고 어두운 방에 있지 않을 테니까 말이야. 아니, 내 말이 틀렸나?"

"완전히 틀렸어요."

"적어도 산장에서 녹음한 테이프라도 줄 수 있잖나. 그 테이프를 주면 최소한 그것으로 뭔가를 해볼 수 있을 텐데."

"밴드는 잘 있나요?" 내가 물었다.

"어쩔 줄 몰라하고 있지. 어떨 거라고 생각했나? 그애들은 어리둥절한 상태야. 상처를 받기도 했고, 상실감도 느끼고 있어."

"어재리언은 상실감을 안 느껴요. 그애는 곧장 앞에 나서서 역겨운 엉덩이짓을 하고 있어요."

"그애는 뭐든지 거죽만 핥아. 특별한 경지까지 나아가질 못하지. 내 생각엔 그룹이 깨질 것 같아."

"당분간은 안 그럴걸요."

"그애들만 있어서야 무슨 소용이 있겠어?" 그가 말했다.

"가공품으로서는 가치가 있죠."

"버키 원덜릭, 그게 사람들이 원하는 거야. 육체 말이야."

"이제 좀 쉬어야겠어요."

"나가라는 소리군. 그래, 왜 안 그러겠나? 지난 스물네시간 동안 온갖 감정의 소용돌이 속에 있었을 텐데. 그러니 잠이 절실하겠지. 말이 되네."

"렙에게 이 건물을 없애버리라고 해요."

"이건 사업상의 문제야." 그가 말했다. "다변화, 확장, 성장 잠재력의 극대화, 언젠가 자네도 그런 말들을 이해할 날이 올 거야. 그런 것들에 대해 마음을 열게 될 거야. 언젠가 서른이 될 거고, 세상에 나가서 정직한 벌이를 해야 할 거야. 하, 우리 보통 사람들처럼 말이야."

"절대 안 그럴 거예요." 내가 말했다.

"하, 늙지 않는 신동이라 이거지. 하지만 시간과 흐름을 언급하니까 하는 말인데, 내가 바라는 것은 자네가 옛날로 돌아가 그때처럼 가사를 쓰는 거야. 옛날처럼 가사를 직접 쓰고 노래를 부르는 거야. 그렇게 하면 온 세상이 감탄하고 기뻐할 거야, 버키. 과거의 자신으로 기습적으로 귀환하다, 그걸 아주 잘할 사람은 자네 말고는 없어."

"언제 나갈 거예요, 글롭?"

"면전에서 쫓아내는군. 즉각적인 면박 주기, 자넨 잘 그러기로 유명하지. 하지만 난 여기 서서 그냥 참겠네. 자네는 지난 스물네시간 동안 감정적으로 힘들었으니까. 또 자네는 창공의 별인데, 난 그저 말라빠진 아이였던 자네를 빗속에서 데리고 와서 지금의 자네로, 그때보다 더 말라빠진 아이로 만든 개인 매니저니까. 하지만 평범한 가사든 아니든 자네가 최근의 무대에서 보여준 것을 내가 인정하지 않는 것은 아니라는 걸 알아줬으면 좋겠어. 몇주 전 그 광활한 남부에서 HBQ 멤피스 채널을 자동차에서 들었는데「피—피—모—모」(Pee-Pee-Maw-Maw) 양면을 중간광고도 넣지 않고 다 틀어주더라고. 그게 뭐 그리 특별한 일은 아니지만 말이야. 아무튼 내가 돈이나 챙겨서 튀는 그런 인간이 아니라는 걸 알아주길 바라. 난 자네의 소리를 이해해. 그게 내 소리는 아니지. 내 아이가 냈으면 하는 소리도 아니고. 하지만 그것은 의미있는 소리고 내가 이해하고 있는 소리야.”

“모두에게 내 사랑을 전해주세요.” 내가 말했다.

나는 그가 좁은 층계를 뒤뚱뒤뚱 내려가는 모습을 지켜보았다. 그는 살이 쪄서 가로로 넓게 퍼진 몸피, 엉덩이를 뒤뚱거리면서 짐을 나르는 짐승처럼 견고함을 과시하고 있었다. 나는 그가 몇분 후 바우어리 지역에 서서 택시를 타려고 손을 흔드는 모습을 상상했다. 맨해튼 심장부에 있는 주차장의 원형 경사로 꼭대기에서 빛나고 있을, 주문 제작한 그의 자동차까지 택시를 타고 가야 할 테니까. 글롭키는 상업적인 목적을 달성하기 위해 멀리 떨어진 장소 사이를 일직선으로 오가는 일이 습관이 되어 있는 사람이었다. 따라서 그가 계단을 걸어내려가는 기본적인 여정에는 뭔가 기분 좋은 고요함, 심지어 성서적이라고 할 만한 것이 있었다.

라디오 다이얼을 지방방송들 사이 어디쯤에 맞추고 한밤중까지 델타블루스 기타에 묻은 먼지를 털었다. 잠시 후 수프를 좀 먹고 오펄의 코트를 입은 채 침대로 갔다. 그녀가 어디 있는지는 몰라도 그곳이 따뜻한 곳이라는 건 알고 있다. 필시 그녀가 너무도 사랑하는, 시간이 흐르지 않는 나라의 어느 붐비는 도시에 있을 것이다. 그녀는 기후가 따스하고 사람들이 들끓는 거리를 좋아한다. 아랍 사람들이 침을 뱉는 모습을 보는 것도 좋아하고, 비아랍국에서 지방색을 탁월하게 보여주는 유사한 쇼우를 보는 것도 좋아한다. 오펄의 아버지는 직함을 가진 미국인, 즉 텍사스에 있는 작은 은행의 은행장, 공공시설 회사의 이사, 그리고 자동차 대리점의 동업자였다. 그녀는 그것들로부터 도망쳐 로큰롤에서 안식처를 구했다. 코카인을 상용하는 하드록 밴드의 리드싱어가 되고 싶었지만 스튜디오의 파티에서 탬버린을 치는 것만으로 만족할 태세도 되어 있었다. 그녀는 머리가 뛰어났지만 그 사실을 무시하곤 했다. 그녀가 원한 것은 로큰롤 음악이 지닌 짐승처럼 강력한 흥분상태였다. 그런 음악을 하는 남자들과 사귀기, 계속 움직이기, 모든 것을 잊기, 그 소리가 '되기', 그것이 그녀의 관심을 끄는 유일한 물결이었다. 그녀는 음악처럼 존재하기를, 그러니까 어느 곳에도 머물지 않으면서 언어의 지도를 뛰어넘기를 원했다. 오펄은 업계와 문화계, 다양한 하위문화계의 주요 인물들을 대부분 알고 있었다. 하지만 그녀는 연예인으로서의 재능은 전혀 없었는데, 정말로 손톱만큼도 없었다. 그래서 자신의 사랑의 열병, 즉 모든 것을 잊게 해주는 음악 가까이에 있으려고 이 밴드 저 밴드의 비행경로를 따라다니던 중 어느날 멕시코에서 어떤 사람의 누이의 침대에서 나와 만나게 되었다. 크롬 위에 떨어지는 조약돌처럼 발음되는 그녀의 이름에 대한 작은 경이는 그 침대에서 보낸 뒤죽박죽의 밤에 적절한 결론을 가져다주었다. 그 밤은 그후에 계속될 밤들의 시작이었고, 상호 관광의 거래이기도 했다.

그녀는 중성적으로 아름다웠다. 그녀는 빛을 발산하지 않았고, 자신에 대해 축소해서 말했다. 깡마르고 금발에 가까운 그녀는 딱딱하게 모가 난 그녀 삶의 리듬으로부터 돌이킬 수 없을 만큼 멀리 떨어진, 기억하기도 잊기도 어려운 남서부 출신의 여자였다. 그녀는 밴드와 순회공연을 함께 다녔고, 우리는 집과 모텔과 아파트에서 버키와 오펄, 한쌍으로 함께 지냈다. 우리 주변에는 거의 항상 측근들이 있었고, 침대 위에는 성별이 불분명한 옷가지들이 널려 있었다. 우린 항상 우리 사이에 진정한 연결이 존재한다는 사실을 느끼고 있었다. 더 열심히 가고, 더 많이 가지고, 더 먼저 죽으려고 했다. 하지만 그런 일이 일어나기 전 오펄은 시간이 흐르지 않는 나라로 여행을 떠났었다.

3

내가 정확히 언제 어떻게 윗방에서 나는 발소리를 의식하게 되었는지는 잘 모르겠다. 그 소리는 가벼웠지만 명백한 패턴이 있는 것으로, 제의적인 살해를 준비하는 피그미족의 발소리처럼 약탈을 노리고 있음을 암시하고 있었다.

아침은 춥고 어두웠다. 길 아래쪽에는 소방서의 둥그런 문이 어느 하루 새벽 외엔 언제나 닫혀 있었다. 문이 열린 날 새벽엔 검은색 코트를 입어 유령같이 보이는 말없는 사내들을 옆에 매단 채 소방차가 천천히 코를 내밀고 나왔으며, 그 차의 불빛은 낮게 낀 안개 속으로 사라져갔다. 사방에 부랑자들이 있었는데, 너무 기진맥진해 구걸조차 못하는 경우가 많았다. 많은 부랑자들이 팔이나 다리에 깁스를 하고 있었고, 더러는 뚱한 표정으로 문간에 병을 들고 모여 있기도 했다. 그들은 빈 병을 절대로 깨뜨리지 않고 자신들이 있던 자리에 눠둔 채 쓰레기를 뒤지러 북쪽으로 향하거나 그냥 사라지거나 했다. 힘없는 두 사내가 조용히 몸싸움을 하며 상대방을 향해 웅얼거리는 소리로 욕설을 퍼붓고 있었다. 거기 한 노파가 절룩거리며 나타났다. 그녀는 누더기 옷을 여러벌 걸치고 있어서 모스끄바로부터 후퇴하는 긴 행렬을 그린 연필화 속의 한 이미지처럼 보였다. 나는 창문을 열고 손을 대면 바로 부서지는 창가의 눈덩이를 만졌다. 소방차가 브로드웨이를 전속력으로 지나가고 있었는데, 이제 순수한 소리, 날카로운 바람, 가장 끔찍한 악몽에서 들려올 법한 목소리로 변했다.

글롭키의 조수 중에서 가장 잘생긴 헤인스라는 이름의 젊은애가 어느날 오후에 날 만나러 왔다. 그는 우편물, 신문들, 계약서와 약간의 현금을 가지고 왔다.

"플로리다 오칼라에 있는 드라이브인 레스또랑*에서 목격되셨다는 말이 있더군요." 그가 말했다.

헤인스는 스무살이 채 안되었는데, 외모가 시적일 정도로 섬세해서 그가 트랜스패러노이아 사무실에서 일하는 모습을 상상하기란 힘들었다. 그 사무실에서 일하는 사람들은 대개 체구가 땅딸막하고 에어컨의 효과를 상쇄할 만큼 땀을 흘리는 사람들, 대서양횡단 전화 연결을 통해 자신의 몸에 낀 기름 덩어리를 파운드 단위로 파는 데 주저하지 않을 사람들이었기 때문이다.

"미시간의 벤턴하버에 있는 공항에서 목격되셨다는 설도 있어요. 신문 기사에 따르면 목격자가 당신에게 다가가서 '어이, 버키, 어디 가는 길이야?' 하니까 당신이 '중국 음식을

---

* 주요 도로 연변에 넓은 주차장을 가지고 있는 레스또랑.

조금 사러 가요'라고 대답했대요. 그런 다음 쌍연발 엔진 비행기가 도착했고, 당신이 거기에 탔대요."

헤인스는 흐트러져 있는 침대의 가장자리에 앉았다. 그는 내게서 눈을 떼지 않았다. 몇달 전 서부에서 있었던 어느 밤이 생각났다. 온 나라의 피가 들끓고 있었다. 이런저런 학살이 국내에서, 혹은 해외에서 일어났기 때문이다. 공연장 전체가 우리가 무대에 오르기도 전부터 동요하고 있었다. 사람들은 자신들이 가진 감정이 타당함을 우리가 인정해줄 것으로 기대하고 있었고, 따라서 그날밤은 평균 이상으로 격분하는 밤이 될 예정이었다. 우리는 애교스러운 푸른빛 속에 몸을 담근 채 우리만의 특수한 맥락 속에서 한시간 동안 악기로 장난을 치듯 까불며 군중의 열정과 노여움의 진정성에 도전을 했다. 그런 뒤 우리는 약 2만 와트의 얼어붙은 소리로 그들의 머리를 함몰시켰다. 청중들의 반응이 야기한 압력은 엄청난 것이었고, 그것은 자연재해 수준으로 폭발했다. 그리고 청중들이 무대 주위로 몰려들면서 그 반응은 더 커졌고 물리적 위협 수준으로 변했다. 대참사를 향해 몰려가는 청중들의 기세로 인해 마침내 무대가 부서지면서 아비규환 사태가 벌어졌다. 그 순간 내가 명료하게 기억하는 유일한 사실은 약간 낯이 익은 어떤 사람이 고통으로 눈부시게 빛나는 얼굴을 하고 무대 위를 헤치고 다니면서 나를 찾기 위해 눈을 번득이며 혼란의 모든 켯속을 뒤지고 있었다는 것이다. 그 사람이 바로 헤인스였다. 그는 가던 길을 멈추고 드럼을 밀치려다 찢어져 팔에서 빠져나간 소매가 매달린 셔츠 안에서 핑그르르 돌면서 앰프의 둑에 걸려 뒤로 넘어졌었다.

"전 새 개러드 체인저*를 장만했어요." 그가 말했다.

"좋은 소식이군."

"제 톤암** 장치는 트래킹 오차가 제로예요."

"한가지만 부탁하자." 내가 말했다. "이 계약서들을 도로 가지고 가주렴."

그날밤 창 아래 거리에서 기름을 담았던 드럼통에 불이 지펴졌다. 그 통 주위에 네명의 사람이 둘러서서 가끔씩 나뭇조각이나 쓰레기 따위를 불길 속에 던져넣고 있었다. 헤인스가 놓고 간 신문 하나를 읽어보려고 집어들었지만 말들이 모두 무의미했다. 잡지의 겉표지를 바라보았으나 큰 활자로 뽑은 제목들이 잘 연결되지 않았다. 잠시 후 의자에 앉은 채 잠이 들었다가 깨어났는데, 깨어난 뒤에도 그냥 그 자리에 앉아 있었다. 갑자기 문 두드리는 소리가 났다. 나는 창가로 가서 거리를 내려다보았다. 세명의 사람들이 아직도 추위 속에 발을 동동 구르며 모여 있었다. 나머지 한명이 내가 사는 아파트 문 앞에 나타났다. 젖어서 형편없어진 모피코트를 입고 정신을 차리려고 눈을 깜박이고 있는, 나이를 알 수 없는 소녀였

---

* 레코드 체인저(record changer)를 말한다. 사용자 개입 없이 순서대로 축음기 레코드를 재생하는 장치.

** 아날로그 레코드 플레이어에서 카트리지를 레코드 면에 수평으로 따라가게 하는 역할을 하는 팔 모양의 부분.

다. 드루이드교 성직자 같은 그녀의 긴 얼굴은 가슴 높이 그녀가 껴안고 있는 포장물 위에 얹혀 있었다.

"제 이름은 스키피예요, 버키. 어떤 사람이 이걸 전해달라고 해서 가지고 왔어요. 안에 잠깐 들어가면 안될까요? 당신을 괴롭히지 않을게요. 정말 약속해요. 안에 들어가 일분만 있으면 안될까요? 일분 이상 안 있을게요."

"그런데 네 친구들은 안돼." 내가 말했다.

"아래층 현관에 시체가 있어요."

"아마 내 시체겠지."

"제가 뉴멕시코에서 알게 된 보비라는 아이는 기막히게 좋은 마리화나를 어디에서 구할 수 있는지 알고 있대요. 당신에게 그 얘길 꼭 해주기로 난 그애와 약속했지요. 그애는 당신에게 그걸 공짜로 줄 수 있다고, 자기하고 직접 얘길 하지 않아도 된다고 했어요. 그건 마리화나고, 공짜고, 기가 막힌 것이 틀림없어요."

"나는 요즘 라디오와 함께 켜지고 꺼지거든."

"괜찮아요. 사실 당신한테 제가 전달해야 되는 건 그게 아니니까요."

그녀는 내게 꾸러미를 내밀었다.

"이게 뭐니?" 내가 말했다.

"그들은 당신이 이 꾸러미를 이곳에서 보관해주었으면 해요. 당신을 신뢰하고 있고, 달리 안전한 장소도 없으니까요. 때가 되면 누가 와서 가져갈 거예요."

"내가 보관해주길 누가 원하는 거지?"

"해피밸리 농장공동체요."

"그게 뭔데?"

"뉴욕 로워이스트사이드에 있는 새로운 흙의 가족이에요. 건물 꼭대기층 전체를 세내어 살고 있어요. 몇몇 사람은 전에 데저트 써퍼스(Desert Surfers) 회원이었어요."

"자기들끼리는 서로 안 믿으면서 나를 믿는군."

"그러게요." 그녀가 말했다. "지금 밖에 있는 세사람이 그들이에요. 하지만 들어올 의사는 없어요. 그들은 사생활을 존중한다는 걸 당신께 보여드리고 싶어해요. 미국인의 생활에 사생활 개념을 돌려주고 싶어하죠. 그들은 산탄총이랑 권총, 칼, 화염방사기, 군대용 폭탄, 사슴사냥용 라이플총 따위를 가지고 있어요. 그들이 이 꾸러미 안에 있는 걸 훔쳤어요. 뭔지 모르지만요. 그들은 페퍼 박사를 찾아내면 바로 그분이 이 내용물을 분석하게 될 거라고 당신께 말씀드리라고 했어요. 그러니까 그들이 페퍼 박사를 찾으면 에식스 거리로 모시고 가든가, 아니면 그분이 있는 곳으로 그들이 가든가 할 것이고, 누군가가 이리로 와서 그 꾸러미를 찾아갈 거예요. 저는 페퍼 박사, 분석, 에식스 거리, 꾸러미를 찾아간다, 그렇게 말하라는 명령을 받았어요. 이건 틀림없는 사실이에요."

"네 친구들은 아주 치밀한 조직은 아닌 것 같다, 그렇지?"

"나아지고 있어요. 시간이 걸릴 수밖에 없잖아요. 뉴욕으로 온 지 얼마 안되니까요. 하지만 그들은 지금 당신이 하고 있는 일이 정말 대단하다고 생각해요."

"내가 지금 하고 있는 일이 뭔데?"

"미국인의 생활에 사생활 개념을 되돌려주는 것."

"만나서 반가워." 내가 말했다. "좋은 사람들을 만나는 건 언제나 좋은 일이지. 당신들이 꾸러미를 가지러 왔는데 내가 의식이 없거나 죽었거나 여기 없거나 하면 그냥 문을 박차고 들어오면 돼. 꾸러미를 눈에 띄는 데다 놔둘 테니."

"제 이름은 스키피예요."

"알고 있어."

"원하시면 나중에 다시 올게요. 원하시면 뭐든지 해드릴 수 있어요, 버키. 내 친구 매브를 데리고 올 수도 있어요. 아니면 나 혼자만 올 수도 있고요. 아니면 매브만 보낼 수도 있고요."

"다 필요없어." 내가 말했다.

"알겠어요. 제가 올라온 건 정말 잘한 일 같아요. 당신이 애틀랜틱시티에서 네시간 동안 연속해서 공연할 때 저도 그 공연장에 있었어요. 뉴멕시코에서 온 보비는 당신이 사라진 그날밤 휴스턴에 있었어요. 죽여줬다고 하던데요. 담을 넘다가 왼쪽 손목이 부러졌대요. 정말 열광적인 밤이었대요. 좋아요, 이제 가봐야 해요. 대화를 할 기회가 없어서 진짜 유감이에요. 하지만 괜찮아요, 버키. 저도 당신처럼 말로 표현하지 않는 성격이거든요."

난 창문으로 그녀가 세명의 남자와 말하는 모습을 지켜보았고, 그들이 가랑눈이 내리는 길을 따라서 멀어져가는 모습도 보았다. 발소리가 다시 들려왔다. 누군가가 복잡한 패턴으로 왔다 갔다 하고 있었다. 꾸러미는 가로 세로 약 12인치가량의 정사각형으로 무겁지 않았고 밤색 종이에 싸여 평범한 밤색 테이프로 봉해져 있었다. 드럼통의 불은 한참 지난 뒤에야 꺼졌다. 나는 오필의 코트를 입은 채 새벽이 오기를 기다렸다.

그레이트존스 거리를 따라 서서히 상행위의 흔적이 드러났다. 물건을 싣거나 받고, 수출용 포장을 하고, 주문받은 무두질을 했다. 이 거리는 오래된 거리였다. 거기 있는 물건들이 사실상 그것의 본질인데 이 점이 곳곳의 추함을 설명해주고 있다. 하지만 그것은 종말적 불결함은 아니다. 쇠락해가는 거리들 중에는 일종의 구원의 방향, 곧 진화의 새로운 형태를 암시하는 그런 거리들이 있다. 그레이트존스가 바로 자기 현시(顯示)의 언저리에서 방황하고 있는 그런 거리들 중하나였다. 종이, 털실, 가죽, 도구, 버클, 철사로 된 프레임과 아이디어 상품들. 누군가 모래분사기 회사의 문을 열었다. 낡은 트럭들이 자갈돌 깔린 라파예트 거리를 덜컹거리며 지나가고 있었다. 트럭들이 차례차례 보도의 갓돌 위로 올라갔는데, 그중 몇대는 하루 종일 약간 기울어진 상태로 거기에 서 있을 것이다. 클립보드와 발송장과 선적서 따위를 손에 들고 하루 종일 바지를 엉덩이 위로 추어올리는 배 나온 사내들이 그 주변을 왔다 갔다 할 것이다. 버려져 있는 얼룩진 차에서 한 흑인 여자가 간간이 노래를 부르며 모습을 드러냈다. 매서운 바람이 항구 쪽에서 불어오고 있었다.

음식을 사러 나가기 위해 현관문을 반쯤 열었을 때 위층 계단에서 누군가가 내 이름을 불렀다. 한 오십세가량 된 남자로, 후드가 달린 운동복 상의를 입고 있었다. 그는 맨 위쪽 계단에 앉아서 나를 내려다보고 있었다.

"자네를 기다리고 있었네." 그가 말했다. "위층에 사는 사람일세. 에디 페니그, 또는 에드 페니그라고 하네. 내 이름을 들어봤을지도 모르겠군. 나는 작가일세. 그러니까 자네와 난 약간의 공통점이 있지, 적어도 소급해서 보면 말이야. 난 정식이름, 에드워드 B. 페니그라는 이름으로 작품을 발표하지. 자네는 자네 분야에서 제일인자네, 버키. 라이브 공연장엔 못 가봤지만 옛날에 쓴 노랫말을 보니까 그렇더군. 그래서 어제 자네가 이 길을 가로질러올 때 창가에서 보고는 당연히 반가웠지. 정말 기뻤어. 과장이 아닐세. 자네는 내 이름을 들어봤을지 모르겠군. 나는 시인일세. 소설가이기도 하지. 미스터리 소설도 쓰고, 공상과학소설도 쓰고, 포르노도 써. 낮방송의 연속극 대본도 쓰고, 단막극도 쓰지. 이런 모든 장르의 작품을 출판하거나 제작하기도 했어. 하지만 아무도 똥과 나를 구별하지 못하더군."

미국 사람들은 다양한 방법으로 고독을 추구한다. 내게 그레이트존스 거리는 기도할 때와 같은 피로의 순간이었다. 나는 육체적 절제의 감각에 따라, 하지만 진정한 고통은 없이 영감에 능숙한 반성인(半聖人)이 되었다. 나는 알 수 없는 시련이 다가올 것에 대비해 에너지를 축적하는 데 몰두했다. 대화를 할 때나 한 지점에서 다른 지점으로 옮겨갈 때 필요한 최소한의 걸음 이상을 걷거나, 필요 이상으로 자주 오줌을 누거나 함으로써 일을 만들지는 않았다.

4

다시 손님이 찾아왔다. 나흘간 이어진 고독을 깨뜨리며 이번에는 기자가 찾아왔다. 눈부신 대머리인데다 다소 난쟁이처럼 생긴 남자로, 축 늘어진 카키복을 입고 있었고 머리 양옆으로 몇가닥의 머리카락이 내려와 은빛 안경테를 장식하고 있었다. 그가 입고 있는 전투복 상의 소매에는 러닝 도그 뉴스 써비스(RUNNING DOG NEWS SERVICE)라고 쓴 견장이 붙어 있었다.

"어디 앉을래요?"

"당신의 매니저가 찾아와도 된다고 했어요." 그가 말했다. "당신이 있는 곳을 알아낸 지가 72시간이나 되었지만, 일단 글롭키하고 얘기한 뒤에 찾아오려고 기다렸어요. 우리는 매스미디어처럼 공격적인 스타일로 일을 하진 않아요. 당신의 심리상태를 먼저 알아야 된다고, 즉 당신을 찾아가도 되는지 글롭키의 말을 먼저 들어야 된다고 생각했지요. 이 의자에 앉을게요. 그리고 바로 여기다 녹음기를 놓을게요."

"녹음은 안돼요." 내가 말했다.

"그럴 줄 알았습니다."

"메모도 안돼요."

"메모도?"

"적는 건 안돼요."

"당신은 정확한 것을 원하지 않나요?"

"아니요." 내가 말했다.

"그럼 원하는 게 뭔가요?"

"그냥 다 지어내세요. 집에 돌아가서 쓰고 싶은 대로 써서 기사를 송고하세요. 지어내세요. 쓰는 대로 다 진실이 될 테니까."

"인터뷰를 해달라는 게 아주 과한 부탁임은 알고 있습니다. 아무리 짧은 인터뷰라도 말이죠. 그냥 짧은 인터뷰, 정말이지 그게 우리가 원하는 전부예요. 하지만 그냥 발표문으로 대신할까요? 발표문을 줄래요?"

"무엇에 대한 발표문요?"

"뭐든지 다 좋아요." 그가 말했다. "뭐든지, 아무것이라도요. 예를 들어 소문들에 대해서도 좋아요. 소문들에 대해서 성명을 발표하면 어떨까요?"

"전부 다 사실이에요."

"좋아요. 그런데 벨기에 당국은 어떤가요?"

"글롭키가 벨기에하고 계약을 했나요? 만일 계약을 한 게 아니라면 그걸 공개적으로 논의하는 건 위법이지요."

"벨기에 당국이 비행기에 가득 실린 무기를 브뤼셀에서 압류했는데, 당신이 재정적으로 가담했는지 여부를 확인하기 위해 당신을 취조할 작정이라고 하더군요. 그 무기는 어떤 소문을 믿느냐에 따라 이 분쟁지역 혹은 저 분쟁지역으로 보내질 예정이라고 하더군요."

"위법이란 말의 뜻을 아세요? 그 말은 법정에서 엄청난 비중이 있는 말이에요. 부당한 행위나 의무 불이행보다 훨씬 비중이 있는 말이지요."

"알겠습니다. 그런데 당신이 너무 지나치게 성대를 사용해서 성대가 상했고 다시는 대중 앞에서 공연을 안할 거라는 소문에 대해서는 할 말이 없나요?"

"알아서 쓰세요." 내가 말했다. "당신이 쓰는 게 진실이 될 테니까요. 당신이 쓰는 모든 말이 다 진실임을 제가 입증해드리죠."

"알겠어요. 하지만 어재리언에 대해선요? 어재리언이 밴드를 다시 조직해서 덜 과격한 음악을 할 거라고 하던데요. 그 점에 대해 성명을 발표할 건가요?"

"그러죠." 내가 말했다.

"성명의 내용은 뭔가요?"

"어재리언은 끔찍한 사고를 당해서 흉측한 불구가 되었다, 얼굴은 자원자들에게서 구한 얼굴 피부와 뼈를 이용해서 다시 만들어졌고 목소리도 자기 목소리가 아닌 기부자의 것이다, 겉으로는 어재리언이 말하는 것처럼 보일지 모르지만 실은 다른 사람의 성대가 말하는 것이다,라는 내용이에요."

"또다른 질문입니다. 사고 말인데요. 사고가 나서 남쪽 메릴랜드 중심부에 있는 호화로운 사설 병원에 숨어 있다는 소문이 있거든요. 그 사고는 우리가 흥미를 가지고 있는 것이에요, 이데올로기적으로 말이죠. 당신 같은 사람에게 사고가 난다면 그건 혁명가가 감옥에 가는 것과 같은 경우죠. 우린 사실 사고가 있기를 은근히 바라고 있었어요. 그건, 우아, 정말 이상한 말이죠. 하지만 사실이에요. 당신이 게릴라 이데올로기에 빠져들면 별로 건강하지 않은 생각들을 하게 될 테니까요."

"남쪽 메릴랜드 중심부라는 지역은 없어요."

"맞아요. 하지만 사고라는 주제와 관련해서 내 말을 좀 들어봐요. 누군지는 밝힐 수 없지만 어떤 사람으로부터 당신의 매니저가 곧 사고에 관한 소식을 흘릴 거라는 말을 들었어요. 우리는 그분이 다른 사고들까지 모두 끌어들이려고 하는 게 아닌가 생각해요. 그분은 당신의 사고 소식에 관한 독점권을 원하더라고요. 어쨌든 그분의 이야기에 따르면 폭풍우가 몰아칠 때 당신이 타고 있던 스쿠너*가 뻬루 해안에서 암초에 부딪쳐 당신이 거의 죽을 뻔했다고 하더군요. 처음에는 당신이 행방불명되어 익사한 것으로 추정되었죠. 이어서 구조선에 의해 구조되긴 했는데 빈사상태라고 했어요. 그런데 내가 이년 전 크리스마스 때 거길 가봐서 아는데 뻬루에 해안이

* 돛대가 둘 이상인 범선.

있긴 있어요. 하지만 무슨 이유에서인지 그분은 그 이야기를 빠뜨리더군요. 이건 아주 복잡한 일이에요, 버키. 그러니까 소문이 있고, 그것을 반박하는 반대 소문이 있고, 조작이 있어요. 그리고 알다시피 이런 아주 병적인 홍보활동이 있어요. 이게 모두 무엇을 의미하나요?"

"평범한 사업가는 지구 상에서 사라진 거죠."

"내가 잊어버리기 전에." 그가 말했다. "우리 후원자 명단에 당신의 이름을 추가하고 싶어요. 그 명단은 흑인포로 반란 기금과 관련된 모든 우편 발송에 사용되죠. 다른 후원자들의 이름은 이 서류에 있어요. 나중에 연락할 수 있도록 여기 놔두고 갈까요? 아니면 지금 읽어볼래요? 당신이 하라는 대로 할 테니 마음대로 해요."

"그걸 사등분으로 찢으세요." 내가 말했다.

"좋아요. 이제 발표문에 대해 조금 더 얘기해볼까요?"

"아니, 안할래요."

"당신이 지금 어디 있는지에 대해 짧은 발표문을 내고 싶은데요."

"나는 당신이 원하는 곳에 있는 거예요."

"우리는 지금 이 순간 당신이 어디에 있는지 알아요. 여기서 뭘 하고 있는지 알고 싶은데요."

"아무것도 안하고 있어요."

"그렇지만 하필이면 왜 여기에 있죠?" 그가 말했다. "그 점에 대해 발표문을 만들 건가요?"

"뉴욕에선 자신이 어디에 있는지 알 수 있어요. 뉴욕에 있다, 여긴 뉴욕이다, 그건 피할 수 없는 사실이거든요. 다른 곳에서는 내가 어디에 있는지 항상 알 수는 없어요. 여기가 어디인가요? 오하이오인가요, 아니면 일본인가요? 나는 그냥 하나의 장소에, 알 수 있는 한 장소에 있고 싶었어요."

"좋아요. 그런데 당신은 스튜디오 시설을 갖춘 산장을 소유하고 있잖아요. 그 집은 아주 자세한 지도를 가진 사람이 아니면 찾아가기가 거의 불가능한 곳에 있어요. 난 아직도 왜 당신이 거기가 아니라 여기에 있는지 그 이유를 모르겠어요. 당신은 거기서 산 적이 있어요. 거기라면 당신이 어디 있는지 항상 알 수 있을 텐데요."

"키가 얼마나 되시죠?" 내가 물었다.

"183쎈티예요."

"놀랍군요."

"몸을 굽혀 그렇게 된 거예요."

"키가 183쎈티인 난쟁이군요."

"난 몸을 굽혀요. 나도 어쩔 수 없어요. 늘 몸을 굽혀요."

"그곳은 사실 스튜디오 장치가 되어 있는 산일 뿐이에요. 집 같은 것은 없고 집의 복제품이 있지요. 집 모양의 그림이 있죠. 내가 집을 가지고 있고 거기에 산이 있다면 나의 산장은 꼭 그런 모습일 거예요. 현재 내 마음상태는 산이 있다는 것을 받아들일 수 없어요. 난 평야 모드 속에 있거든요."

"당신의 사생활에 대해서 이야기할 수 있을까요?" 그가 말했다.

"물론이지요. 그걸 논의하는 동안 난 이 자리에 없을 거예요. 난 지금 나갈 테니까요. 하지만 당신은 논의하도록 하세요. 당신이 보도하는 내용은 모두 진실일 거예요. 내가 개인적으로 그 말 한마디 한마디가 다 맞다는 것을 보증할게요."

"당신의 매니저는 당신이 말 붙이기 쉬운 사람이라고 했어요."

"당신과 얘기한 사람은 글롭키가 아니었어요. 그건 글롭키의 복제품이었어요. 트랜스패러노이아는 복제품을 팔거든요. 계약을 한 사람은 누구나 자신의 복제품이 있어요. 그게 표준계약서에 명시되어 있는 조건 중 하나예요. 계약서에 서명을 하고 나면 누구나 그 조건에 맞게 살아야 해요. 그게 건전한 계약관계의 기본이죠. 복제된 시간 속의 바로 이 순간 버키 원덜릭은 월도프 타워스에서 발톱 손질을 받고 있어요. 당신은 버키의 복제품과 인터뷰를 하고 있는 거예요."

사발 모양의 의자에서 일어나 천천히 문을 향해 뒷걸음질쳐가는 동안 나는 그의 안경에 반사된 내 모습을 보았다. 그는 털북숭이의 팔을 들어 내게 경의를 표했다.

"평화."

"전쟁."

5

그 방을 감돌고 있는 긴장으로 인해 나 자신의 일 외에 다른 일을 하기에는 적절치 못했다. 나 자신의 일이란 침묵의 깊이를 측정하는 것, 혹은 기꺼이 침묵을 지키고자 하는 내 의도를 측정하는 것, 혹은 그 의도에 대한 나 자신의 두려움을 측정하는 것이었다.

창가에 쌓였던 눈은 갈색으로 변했다. 낡은 스토브가 작동을 할 때라야 수프를 만들어 먹을 수 있었다. 그 방의 기구들은 간헐적으로 작동을 하곤 했다. 지속적으로 작동을 하는 것들은 성능이 신통치 않았다. 많은 밤의 대부분을 나는 오펠의 코트를 어깨에 걸친 채 앉아서 지냈다. 자그마한 라디오가 자신의 소리를 듣지 못하는 아이처럼 사납게 잡음을 냈다. 이 것은 미국의 기계적인 목소리, 인형이 내는 것 같은 목소리로서, 기침하며 새벽 속으로 슬로건을 토해놓기도 했고, 긴급상황에 대비해 자신을 시험하기도 했다. 방송국은 국가(國歌)를 부르는 고통스러운 호흡 속에서 차례로 사라져갔다. 소방관들은 소방서에 머물렀다.

현관에서 소음이 들리기에 머리를 문밖으로 내밀었다. 그가 계단 꼭대기에 앉아 있었다. 페니그가 또다시 희미한 어둠 속에서 나를 물끄러미 바라보고 있었다.

"글이 안 써져." 그가 말했다. "공상과학소설을 쓰기 시작했는데 처음부터 얘기가 수렁에 빠졌어. 너도 알다시피 난 걸음을 재면서 수렁에서 빠져나오려고 했어. 때론 방을 왔다 갔다 하는 그런 간단한 일이 도움이 돼. 영감이 점차 소멸하면 궁둥이를 들고 일어나 방을 왔다 갔다 하지. 상황에 따라 왔다 갔다 하는 방법은 달라. 이번에는 북쪽으로 다섯걸음을 갔다가 돌아서서 남동쪽으로 여덟걸음을 갔다가, 다시 출발점으로 돌아간 다음 다시 북쪽으로 다섯걸음을 가는 식이지. 우스꽝스러운 짓 같지만 효과가 있어. 한가지를 자꾸 반복해서 하다보면 곧 정해진 틀에서 벗어난 것들이 나타나. 무의식적으로, 자발적으로 말이야. 그러면 다시 제자리로 돌아가 일을 할 때라는 걸 알게 되지. 이리 올라오게. 내 아파트를 보여줄 테니까."

그의 방에는 가구가 별로 없었다. 워낙 오래되어 거죽이 벗겨지고 녹이 슨 커다란 잠금장치가 있고 다른 형태의 금속으로 된 부속품들이 부착되어 있는 거대한 트렁크가 방 한가운데서 육중하게 자리를 차지하고 있었다. 카펫 하나가 둘둘 말려서 벽 가까이에 놓여 있었다. 페니그의 타자기는 바퀴가 달린 작은 철제 테이블 위에 놓여 있었다. 타자기 곁에 놓인 램프 갓에는 찻잔과 잔받침 문양이 그려져 있었다.

"여기가 내가 살면서 일하는 곳이야." 그가 말했다.

난 처음으로 페니그를 자세히 살펴보았다. 후드 때문인지 그의 코는 실제보다 더 커 보였다. 그리고 코가 큰 사람들과 관련된 비극적 운명에 대한 예감이 있었기 때문에, 운동복 윗도리를 입은 페니그는 체육선생을 연상시켰다. 아이들이 웃으면서 즉석에서 만든 칼을 그의 팔에 휘두르는 동안 비 오는 운동장에 서 있는 그런 체육선생 말이다. 우리는 낡은 나무의자에 앉았다. 두 의자 모두 페인트가 몇겹으로 칠해져 층을 이루고 있는 게 한눈에 보였다. 페니그 자신은 단정한 모습이었다. 옷이 깔끔한 게 최근에 세탁한 듯했다.

"아무도 똥과 나를 구별하지 못하더군." 그가 말했다. "하지만 두번이나 '라슬로 피아타코프 살인 미스터리 상'의 후보에 올랐지. 내 단막극들은 아칸소의 매우 진보적인 농과대학에서 빠짐없이 공연되곤 해. 난 중년이지만 점점 더 강해지고 있어. 양장본과 보급판과 망할 놈의 가죽본에도 내 작품은 들어가 있어. 난 작가의 시장을 그 누구보다도 잘 알고 있지. 시장이란 이상한 놈이야. 거의 생물과도 같아. 변하고, 고동치고, 자라고, 배설하고. 사물을 빨아들이고, 또 그걸 내뿜지. 그건 돌면서 탁탁 소리를 내는 살아 있는 바퀴야. 시장은 받아들이기도 하고 거부하기도 하지. 사랑하기도 하고 죽이기도 하고."

빛이 약하게 들어왔다. 그 빛은 북쪽의 겨울이 온화함에 지불하는 유일한 급료였다. 방의 한쪽 구석이 반짝반짝 빛나기 시작했다. 해가 불분명한 빛기둥 속에서 먼지를 일으키고 있었다. 그리고 난 내가 여전히 오펄의 코트를 입고 있다는 사실을 깨달았다. 면직물 아크릴 후드 속에 있는 페니그와, 윗옷을 허리춤에 집어넣고 깡마른 손목을 드러낸 윈덜릭.

"아래층에 여자가 살고 있어." 그가 말했다. "일층에 미클화이트라는 여자가 있어. 그녀에겐 스무살쯤 된 아이가 있는데 장애아고 정신지체아야. 태어날 때부터 두개골에 무슨 결함이 있었다더군. 이유는 모르지만 두개골이 물렁하대. 머리가 찌그러져 있고 우스꽝스럽게 울퉁불퉁하지. 가족들이 창피해 아무런 조치도 취하지 않았대. 그냥 방에서만 지내도록 한 거지. 이제 아버지는 죽고, 어머니는 머리가 좀 이상한 상태인데, 아이는 아직도 그 물렁한 머리를 지닌 채 방에 갇혀 있어. 말도 할 줄 모르고 옷도 혼자 못 입고, 아무것도 못한대. 기어다니기나 할 수 있는지. 한번도 그 아이를 직접 본 적이 없으니까, 그애 엄마가 그애를 주변에 보여주며 다니는 건 아니니까 말이야. 하지만 내게 온갖 얘기를 다 해줬어. 미클화이트 자신과 대표적 미국인인 그녀의 아들에 대해서. 나는 네편의 소설에 그 소년을 시력을 상실한 아이로 설정해 넣었지."

라디에이터는 아래층 내 방의 것과 비슷했다. 그것은 키가 컸고 구부정하게 방의 구석에 서 있었는데, 주변환경 혹은 환경의 결핍과 조화를 잘 이루었다. 보기에도 괜찮았고 심지어 소리도 들을 만했으며 물을 담았다가 수증기를 공기 중으로 내뿜는 금속용기도 달려 있었다. 서로 짝을 이루는 그와 나의 라디에이터들, 이따금씩 물을 줘야 하는 물건들.

"명성을 얻는 일." 그가 말했다. "그런 일은 안 일어날 거야. 하지만 만일 그런 일이 일어난다면, 하지만 안 일어날 거야. 하지만 만일 일어난다면, 하지만 그런 일은 안 일어날 거야."

가까이에 있는 공사현장에서 폭발이 있었고 그 충격파로 건물이 흔들렸다. 나는 페니그의 뺨이 약간 흔들리는 것을, 그것의 떨림을 지켜보았다. 그의 깔끔함과 침착함의 중심에서 발생한 동요로 인해 얼굴의 물렁한 피부가 모조리 흔들리는 것을 보았다. 그 방에는 라디오도 전화도 텔레비전도 없었다.

"힐턴에서 열린 배스커빌 협회 만찬에서 라슬로 피아타코프를 만났어."

"그가 누군데요?" 내가 말했다.

"라슬로 피아타코프는 살인 미스터리의 마저리 페이스 킴벌이라고 할 수 있지. 과장이 아니야."

아랫길에서 누군가 망치를 사용하고 있었다. 망치소리는 진동을 일으켰고 물기 어린 메아리가 따랐으며 곧 한 블록쯤 떨어진 곳에서 다른 망치소리가 이어졌다. 아마 본드 거리인 듯싶은데 한번 내려칠 때마다 소리가 두껍게 물결쳤다. 두 소리 중 무거운 쪽이 더 먼 데서 나는 것인데, 두 소리는 함께 천천히 시간과 침묵과 공명의 파장을 만들며 퍼져나갔다. 그

각각은 화석화된 공기를 부드럽게 만들면서 서로를 통과해 흘러갔다. 마침내 한쪽 망치소리가 그쳤고 다른 쪽 망치소리는 점점 더 거세졌다.

"모든 사람은 한없이 많은 원숭이를 알고 있어." 페니그가 말했다. "한없이 많은 원숭이가 수없이 많은 타자기 앞에 앉아 일을 하도록 되어 있고, 결국에는 그중 한마리가 위대한 문학작품을 복제해내지. 어떤 언어인지는 알 수 없어. 하지만 한없이 많은 새장에 갇힌 한없이 많은 작가는 어때? 그들은 하나의 원숭이 소리를 내게 될까? 하나의 진정한 침팬지 소음을 내게 될까? 결국 한없이 많은 몽키바에 발가락으로 매달리게 될까? 원숭이 똥을 눌까? 그런 건 학문적인 질문이라고 자네는 말하겠지. 자네가 옳을지도 몰라. 한가지 내가 알고 있는 건 뭐든 때와 장소를 잘 골라야 된다는 거야. 시장을 아는 것, 시장의 변동을 알아채는 것, 시장의 성질을 파악하는 것 말이야. 난 수백만 단어를 썼네. 그 모든 게 다 저 트렁크 안에 있지."

다시 아래층으로 내려왔을 때 나는 눈을 감고 몸을 늘어뜨린 채 숨을 고르게 쉬며 잠자는 시늉을 하는 데 만족해야 했다. 결국엔 그렇게 하는 게 오히려 더 피곤해서 음식을 좀 먹고 창가에 앉았다. 공기를 타고 음울한 악취가 실려왔다. 폭발로 생긴 일종의 대기가스였다. 나는 다시 눈을 감았다. 눈을 다시 떴을 때는 저녁이 저물고도 한참이 지난 뒤였다. 내 뒤쪽의 방은 컴컴한 어둠속에 잠겨 있었다. 창문을 열고 이렇게 소리치면 어떨까 생각했다.

"불이야! 어이, 불이야!"

그러면 소방서의 큰 문이 천천히 열리겠지. 나는 그 큰 기계, 번쩍이는 장치들을 단 빨간색 소방차를 볼 수 있겠지. 그러면 검은색 장화를 신은 작은 사내들이 나타나 보도 쪽으로 걸어와서는 내가 있는 창문을 향해 구슬 같은 눈을 들어 바라보겠지.

"불이야!" 내가 계속 외칠 것이다. "어이, 불이야, 불!"

한 작은 남자가 몇걸음 앞으로 나서서 가로등 불빛 안으로 들어서리라. 그는 잠시 멈춰 그의 장화를 끌어올리겠지. 그런 다음 내 창문을 다시 올려다보겠지.

"물." 그가 거의 속삭이는 듯한 목소리로 말하겠지.

한 순간이 지나갈 것이고 그러면 그의 작은 동료들이 모두 그의 주변에 둘러서서 마치 미리 정해진 신호인 듯 속삭이기 시작하겠지.

"물, 물, 물, 물, 물."

마침내 작은 사내들은 모두 소방서로 돌아갈 것이고 아치형의 문이 그들 뒤에서 서서히 닫히겠지.

6

연결이 끊어진 전화기, 근원으로부터 단절된 전화기는 시간이 흐르면서 묘한 흥미를 유발하는 조각품으로 변한다. 정상적으로 이루어지던 업무는 전화기의 맥빠진 결절음 속에서 완전히 마비되어버린다. 소리를 내는 필수품의 영역에서 벗어나 죽어 있는 전화기는 힘의 다른 원천을 발굴해낸다. 그것이 (다른 이유 없이 말하는 것만을 목적으로 만들어진 물건임에도 불구하고) 말하지 않으리라는 사실은 그것을 새로운 방식으로 보는 것을 가능하게 한다. 우리는 그것을 도구가 아닌 물체, 일종의 역사적 신비를 지니고 있는 물체로 볼 수 있게 되는 것이다. 전화기는 완벽한 벙어리의 경지로 추락했고, 그럼으로써 미를 획득한다.

오펄의 전화기가 고장나서 어재리언이 전화통화 없이 찾아와 현관에서 나를 기다리고 있었다. 그는 추위로 꽁꽁 얼어 있었다. 나는 옷을 몇벌 사려고 13번가까지 갔다가 돌아오던 참이었다. 그는 벨벳 소매 속에 팔을 쑤셔넣은 채 우편함에 기대서 있었다. 코를 홀쩍이는 동작을 어찌나 교묘하게 하던지, 그 단순한 행위가 아주 심상치 않은 비난으로 들렸다. 나는 그를 데리고 위층으로 올라갔다. 그는 팔짱을 낀 채로 의자에 털썩 주저앉았다.

"종말론적인 가랑이 그 자체로군."

"웃기려고 하지 마." 그가 말했다. "날 위해 한가지만 해줘, 버키. 농담하지 마. 나 춥고 피곤해. 날 진지하게 대해줘. 시차증, 불안초조, 우울증, 내 병력 다 알잖아."

"뜨겁고 좋은 코코아 어때?"

"그래, 좋지, 좋아."

"그런데 나한테 없어."

"난 네가 오필 햄슨과 함께 모로코에 있는 줄 알았어."

"그녀가 모로코에 있니?" 내가 물었다.

"글룹키가 결국 네가 여기 있다고 말해줬어."

"뜨거운 차는 어때? 김이 모락모락 나는 립턴 홍차. 식료품점 선반에서 막 가져온 신선한 것."

"너한테 있니?"

"아니."

"솔직히 난 네가 떠난 뒤 슬퍼서 죽을 지경이 되지는 않았어, 버키. 하지만 내가 틀렸어. 우리는 네가 필요해. 난 작년 일년 동안 거의 100퍼센트 깊은 근심에 빠져 있었어. 이것저것 온갖 근심들, 대부분 설명할 수 없는 근심들이었지. 네가 밴드를 떠날 때 난 솔직히 내 불안이 안개처럼 걷힐 거라고 기대했어. 하지만 이전보다도 더 두려워. 네가 있어서 형성된 그 모든 엄청난 긴장이 네가 가고 나니까 오히려 더 심해지더라고. 난 내내 두려워 죽을 지경이었어."

"뭐가 두려운데?"

"내 병력 알잖아." 어재리언이 말했다. "근심, 불안, 초조, 공포, 테러, 위축과 공황상태. 뭐가 두려운데라고 묻지 마. 모든 게 다 두려워. 모든 것, 아무것도 아닌 것, 어떤 것, 아무것 다 말이야. 동부에 온 이유는 한가지야. 아니, 사실은 둘이야. 둘 다 무척 무서운 거야."

"말해봐."

"우선 네 의향을 알고 싶어. 나한테 알 권리가 있다고 생각해. 밴드가 동요하고 있어. 내가 확실한 행동을 취해 마음속 근심을 다소 덜어내기 전에 네가 돌아올 생각이 있는지 없는지 알아야겠어. 네 마음상태가 어떤지, 그걸 조금이라도 알려주면 이 시점에서 나한테 크게 도움이 될 거야. 네가 살해당했다고 생각하는 사람들도 있어. 도지는 실제로 그렇게 생각하기도 했어. 내가 미친 소리라고 그랬지. 그래서 우리는 좀 감을 잡으려고 글룹키한테 물어봤어. 다 함께 모여서 글룹키와 얘기했지. 그런 다음엔 한사람 한사람 단계적으로 그와 얘기했어. 어젯밤까지 확실한 얘기를 전혀 안하더군. 그래서 내가 피닉스에서 날아온 거야. 비행기를 타고 망할 놈의 고생을 해가면서 말이야. 도지 엄마는 너와 연락을 취해보려고 했어. 그녀는 그 거시기 같은 사람이야. 무덤을 넘어서니 말이야. 봐봐, 네가 죽었다고 도지가 그러니까, 걔 엄마가 너와 연락을 시도한 거야."

"잘됐대?"

"그녀는 네 형인지 동생인지를 만났대. 형이나 동생 있니?"

"없어."

"도지도 자기 엄마한테 너한테 남자 형제가 없다고 말했대. 별 희한한 여자가 다 있지."

"나 좀 바쁘거든." 내가 말했다. "네가 원하는 게 뭔지 말해봐."

"뭘 하느라고 바쁜데? 이런 곳에서 바쁘다고 칭할 수 있는 무엇을 할 수 있단 말이야?"

"네가 원하는 걸 말해봐." 내가 말했다.

"네 의향을 알고 싶어. 네가 돌아올지 말지, 그리고 돌아온다면 언제 돌아와서 어떤 역할을 어떤 자격으로 할지 알고 싶어. 까놓고 말해서 넌 오랫동안 새로운 걸 하나도 안 내놨고 그것 때문에 우리가 점점 더 심한 압력을 느꼈었잖아. 난 지난 이년 동안 내가 작업해온 것들, 그동안 우리가 녹음한 적 없는 곡들을 가지고 스튜디오에 들어갈 준비가 되어 있어. 아주 많은 것을 할 준비가 되어 있어. 하지만 그냥 무작정 할 수는 없어. 난 사전 조정과 조항과 자잘한 단서와 복수의 거래와 반대 거래 때문에 묶여 있어. 모든 게 꽉 묶여 있다고. 그러니까 네 의향을 아는 것이 필수적인 첫 단계야."

"난 아무런 의향도 없어."

"넌 물론 의향이 있어. 누구나 다 의향이 있지. 내가 옳았던 것 같군."

"무슨 말이야?"

"난 애들에게 네가 신경쇠약에 걸린 것 같다고 그랬어." 그가 말했다. "도지는 네가 살해되었다고 난리를 피웠어. 다들 개 얘기를 믿었지. 난 그게 아니라 네가 그냥 도망가서 숨어 있다고, 네가 신경쇠약이라고, 더이상 감당이 안돼서 모로코로 도망가 숨어 있다고 그랬어. 그게 내가 한 말이야."

"틀렸는걸."

"도지가 버키는 그럴 타입이 아니라고 했지. 무슨 일이 있어도 신경쇠약에는 걸리지 않을 사람이라고, 우리는 다 나가 떨어져도 넌 아니라고 그랬어. 흥, 웃기는 소리, 그애들은 다 틀렸어. 덴버인가 어딘가의 공항 라운지에서 있었던 일을 내가 봤거든. 애스트러돔 폭동 바로 전에 말이야."

"무슨 일이 있었는데?" 내가 물었다.

"내가 그걸 봤어."

"무슨 일이 있었냐고?"

"난 아무한테도 말 안했어. 네 사생활이라고 생각했으니까. 네가 사라지고 난 다음 네가 살해당했다고 그들이 난리를 칠 때도 말 안했어. 넌 그냥 단순히 신경쇠약에 걸린 것뿐이야. 난 그렇게만 말했어. 그 이상은 아무 말도 안했어."

"무슨 일이 있었냐고?" 내가 물었다.

"우리가 비행기를 타기 바로 전이었는데, 그 많은 사람들

속에서 내 눈에 확 띄었어. 네가 무릎을 꿇고서 휠체어에 앉아 있는 한 노파를 보며 이상한 표정을 짓더군. 난 그게 장난이 아니란 걸 알 수 있었어. 그렇다고 하기엔 너무나 비현실적이었거든. 네가 땀을 흘리며 횡설수설하면서 그 노파한테 믿을 수 없을 정도로 비현실적인 이상한 표정을 짓고 있더라니까. 난 그때의 너처럼 땀을 뻘뻘 흘리는 사람을 이전에 본 적이 없었어. 웃고 횡설수설하면서 무릎을 꿇는 것도, 웃다가 우는 것도 말이야. 절대 못 잊을 장면이었어. 몇몇 다른 사람도 그 장면을 목격했는데 너무도 비현실적이어서 어떻게 반응해야 할지 모르더군. 게다가 넌 눈물까지 흘리고 있었거든. 그래서 모두들 어리둥절해했지. 현실성이 없었거든. 어떻게 해야 할지 전혀 알 수가 없었지. 그러고 있는데 누가 나타나더니 그 노파의 휠체어를 밀고 갔고, 네가 일어나면서 상황이 종료되었어.”

“이상하네.”

“일주일 반 동안 넌 말을 다섯마디도 안했어, 버키. 순회공연이란 게 완전히 미친 듯이 돌아가면서 사람을 잡는 거잖아. 그러니까 난 그것의 아주 병적인 측면들에 대해서 말하고 있는 거야. 병적인 환상 모두에 대해서 말이야. 그 속에 있다보면 누구든지 산산조각이 날 수 있어. 그리고 물론 너는 너라는 사람이어야 하잖아. 또다른 신화 전체지. 너라는 사람과 네가 대표하는 것, 그 유별난 비인간적인 압력은 말이야. 네가 땅바닥에 무릎을 꿇고 앉아서 그러고 있는 모습을 처음

봤을 때, 그게 그렇게 이상할 것은 없다 싶더라니까. 장난이
아니었지만, 그렇다고 아주 심각한 것이라고도 생각 안했어.
그런 게 순회공연이잖아. 순회공연 동안엔 그런 일이 일어날
수도 있는 거지."

"이상하네." 내가 말했다.

어재리언의 슬픔이 우리 사이의 공간을 채웠다. 그는 의자
에 앉은 채 나를 향해 몸을 내밀고 내 눈을 자세히 들여다보
며 내 기억을 되살리려고, 나로 하여금 나 자신의 얼굴을 보
게 하려고 애썼다. 마치 이런 기억하기가 그의 슬픔을 관통하
는 산뜻한 미풍일 수 있다는 듯이 말이다. 그는 깍지 낀 두 주
먹을 자신의 입술 앞에 놓은 뒤 그렇게 해서 생긴 터널 속으
로 온기와 에너지를 불어넣고 있었다.

"내가 여기 온 두번째 이유는 그 일과 관련이 있어." 그가
말했다. "해피밸리 농장공동체는 내가 구입할 용의가 있는
어떤 것을 가지고 있어. 난 어떤 사람들의 대변인으로 말하는
거야. 그 사람들은 네가 해피밸리와 관련이 있다는 사실을 알
고 있어. 그래서 나를 통해 너하고 거래를 하고 싶어해."

"직접 관계있는 사람들하고 거래하도록 해. 난 그것에 대
해 아무것도 알고 싶지 않아."

"그 사람들은 무장캠프 사람들이야. 난 그 근처에도 가고
싶지 않아."

"그건 네 문제야. 나와는 상관없어."

"이봐, 버키, 우린 오랜 친구잖아. 그래서 그 사람들이 나를

대변인으로 택한 거야. 이런 특별한 상황에선 너와 내가 거래를 해도 돼. 난 해피밸리 근처에는 가고 싶지 않아. 그냥 그 사람들이 가지고 있는 물품의 입찰에 참여하고 싶을 뿐이야. 내가 가격을 제시할게. 넌 그걸 그냥 전달만 해주면 돼."

"난 그 사람들을 전혀 몰라."

"네 쪽 사람들, 아니면 내 쪽 사람들?"

"네가 내 쪽 사람들이라고 부르는 그 사람들. 나 그 사람들 전혀 몰라."

"알았어. 그 그룹은 원래 시골 그룹으로 다른 그룹, 혹은 분파 그룹하고 합쳐졌지. 그런데 가는 곳마다 분란에 휩싸이니까 계속 돌아다니다가 결국 몇 년 만에 도시, 이 도시로 와서 바로 여기, 버키 네가 있는 바로 이 건물에서 걸어갈 수 있는 거리에 자리를 잡았어. 그러니까 그 사람들은 시골 그룹인데 도시에 와서 평화와 만족을 얻고 있는 거지."

"그 사람들이 가지고 있는 것이 뭔데?"

"중요한 사실은 우리한테는 높은 가격을 제시할 돈이 있다는 거야." 그가 말했다. "내 친구들은 태평양 연안에 있는 사람들, 지난번에 디트로이트에서 만난 사람들이야. 그들은 디트로이트에도 클리블랜드에도 뿌리를 내리고 있어. 지금은 태평양 연안에 있지. 그 사람들과 있으면 한순간도 근심에서 벗어날 수가 없어. 하지만 그 사람들은 내 발전의 중요한 부분을 대표하는 사람들이야. 공포를 느끼든 안 느끼든 난 끝까지 그들과 함께할 수밖에 없어."

"그 물품이 뭔지 너도 모르지?"

"그게 뭔지 짐작하기는 어렵지 않지." 그가 말했다. "중요한 건 우리한텐 뒷배경이 있고, 재원이 있다는 사실이야."

"네 쪽 사람들한테 난 아무것도 모른다고 말해줘. 그게 대체로 사실이니까. 난 지치고 한물간 연예계 인물에 불과해. 음악산업은 날 완전히 소진시켜버렸어."

"그렇게 말할게, 버키. 하지만 그 사람들은 들으려고도 하지 않을 거야. 우선은 그 가방 속에 있는 걸 꺼내 스토브 위에 올려놓고 데워서 내 몸의 한기를 쫓아내도록 하는 게 어때. 그 안에 뭐가 있니?"

"럼버재킷 하나." 내가 말했다.

"빨간색과 검정색 체크무늬가 있는 것?"

"육해군 상점에서 샀지."

"내가 당장 거기로 뛰어가서 직접 하나 살 맘도 없진 않아. 하지만 삼십분 안에 시 외곽으로 가서 레코드 제작자들을 만나야 돼. 거물들, 업계의 괴물들이지. 그런 다음 공항으로 직행해야 돼. 하지만 처음에 얘기한 주제로 돌아가자. 난 떠나기 전에 대답 비슷한 거라도 듣고 싶어. 어떻게 할 작정이야, 버키? 곧 돌아올 거니? 아니면 내가 스튜디오 공간을 예약하고 밴드를 데리고 그리로 갈까?"

"모든 질문은 글로 써서 내 개인 매니저한테 보내줘. 트랜스패러노이아 회사, 록펠러 센터, 뉴욕, 뉴욕, 뉴욕, 뉴욕."

7

오필의 소지품들이 여기저기 널려 있었다. 실재하는 장소에서 보낸 이전 삶의 흔적들이자 외로운 땅에서 보낸 그녀의 과거였다. 수정구슬, 기타줄, 자단목 비밀상자, 철물점 카탈로그, 멕시코에서 산 양초 등 그녀의 물건들이 시간과 공명하며 축적된 세월을 느끼게 해주었다. 모두 너무나 단순한 것들이지만 하나하나가 내게 그녀의 부재를 느끼게 했다. 전기로 작동하는 요구르트 메이커, 손으로 짠 3미터는 너끈히 되는 스카프. 난 침대를 방 한복판으로 옮겼다. 잠들기에 거기가 더 나을 듯싶었다.

페니그가 찾아와 커피를 마시고 싶다고 했다. 커피를 찾기 위해 방을 뒤졌다. 온갖 곳을 다 뒤졌지만 커피는 나오지 않았다. 그래서 이번에는 잔이라도 있나 찾아보았다. 깨끗한 잔은 하나도 없었다. 모두 씽크대 속에 들어 있었다. 그다음엔 설탕이 있나 둘러보았다. 깨끗한 숟가락이 있나 보려고 작은 캐비닛의 서랍 속을 들여다보았다. 그 서랍에는 실과 단추와 1페니짜리 우표 따위만 가득 들어 있었다. 몸에서 땀이 나기 시작했고, 고약한 짐승 냄새가 내 옷에 배어들었다. 그다음엔 잔받침을 찾기 시작했지만 어디에도, 단 한개도 없었다. 깨끗한 것도 더러운 것도 없었다. 페니그는 블랙커피를 좋아하니까 크림이나 우유, 혹은 해프앤해프를 찾을 필요는 없었다. 누군가 아래층 현관에서 고함을 쳤다. 난 문을 열었다. 그리고 우리는 함께 밖으로 나가 난간 아래를 내려다보았다. 쌤플 가방을 깔고 앉은 남자가 우리를 향해 브러시를 흔들고 있었다.

"2차 세계대전에 참전해서 팔을 잃은 해외 제대군인입니다. 자, 다 해서 3달러면 상이용사들이 만든 엄선된 브러시 세트를 장만할 수 있습니다. 가정용, 산업용, 자동차용, 화장실용. 자영업자세요? 자영업자를 위한 브러시도 있어요. 자, 가격을 부르세요. 이 건물에 사시는 분이면 누구나 2달러 50쎈트에서 시작합니다. 그 돈으로 산업용 브러시 세트를 살 수 있다니 믿기지 않으시죠? 2차 세계대전 동안 유럽과 일본의 전쟁터에서 팔을 잃은 상이용사들이 만든 것들이에요. 그 먼 나라에 가서 열심히 싸웠지요. 그들의 이름은 라이언, 밴디니, 호건, 라이언이에요. 그들은 아는 사람이라곤 전혀 없는 낯선 땅에 상륙했죠. 이건 훔친 상품이 아니에요. 우리나라를 위해 싸우다가 부상을 당하고 살아남은 분들이 만들고 보증하는 상품입니다. 이오지마, 코레히도르, 쌀레르노, 투브루크, 벨로우드, 바타안, 다시 바타안, 이오지마, 빠리, 노르웨이."

"당신은 얼마나 많은 전쟁을 팔고 있소?" 페니그가 물었다.

"1달러 75센트만 받을게요. 자동차용 빗자루 세트예요. 계기판에 이물질이 끼지 않도록 해줍니다. 크든 작든 앞좌석 사물함에 들어갑니다. 안 맞으면 환불해드려요. 군용 비행기에서 뛰어내리고, 참호 속에서 백병전을 벌이고, 부주의한 말에 배가 가라앉기도 했죠. 전투기 후미 사격수 학교를 졸업한 분들이에요. 팔이나 다리를 잃은 분들이죠. 목숨을 바쳐지킨 국기에 경례도 하지 못하는 분들이에요. 95센트. 자, 제가 올라가서 받겠습니다. 25센트짜리 동전을 그냥 층계 아래로 떨어뜨리세요. 과달카날, 버마, 스파이 행위, 대공포화. 바다에서, 비행기에서, 기차에서, 싸이드카가 달린 오토바이에서, 잠수함 전투 때 바닷속에서 싸운 분들이에요. 상이용사들이 만든 3달러짜리 브러시가 단돈 50센트 더하기 세금이에요. 일곱개의 애국적인 색깔로 만들었어요. 사기 치는 게 아니에요. 이건 브러시 사기가 아니라고요. 피츠버그, 그랜드래피즈, 쌘디에이고, 앨라배마 같은 곳에서 온 거예요. 그분들은 가서 싸웠고 다쳤어요. 그분들 중에는 아주 많이 다친 분들도 있어요. 캔자스 주의 캔자스시티, 미주리 주의 캔자스시티. 그건 전쟁이었어요, 전쟁이었죠."

우리는 다시 아파트 안으로 들어갔다. 나는 무릎을 꿇고 혹시라도 커피캔의 흔적이 있나 보려고 씽크대와 캐비닛 안을 들여다보았다. 하지만 흔적은 무슨 흔적? 커피캔은 있든지 없든지 둘 중의 하나일 것이다. 흔적과는 무관하다. 나는 머리를 써서 찾아야겠다고 결정하고 계속 둘러보았다. 커피라는 관념은 나를 압도했다. 그걸 찾아서 끓인다는 생각, 그 진한 액체가 내 목구멍을 타고 내려가면서 지류를 형성하고 묽어져 떨어지는 느낌, 내가 깨끗한 숟가락을 찾을 수만 있다면 그다음엔 커피를 찾게 될지도 모른다. 셔츠가 등에 달라붙어서 무겁고 젖은 듯한 느낌이 들었다. 방 어딘가에서 설탕을 찾을 수 있을지도 모른다는 희망은 여전히 있었다. 한 덩어리가 상자 바닥에 달라붙어 있을 수도 있고, 설탕 그릇의 옆면에 화석처럼 붙어 있는 갈색 설탕을 긁어낼 수 있을지도 모른다. 설탕 상자나 설탕 그릇이 존재했다는 것을 전제하면 말이다. 만일 그렇다면, 아니 그 일부분만이라도 주어진다면, 커피를 찾을 수 있을지도 모른다. 또는 최소한 잔받침이라도 찾는다면, 그걸 실마리로 해서 커피를 찾을 수 있을지 모른다. 언젠가 읽고 기억하려고 애쓴 어떤 글에 따르면 목적이 없는 징후는 논리적으로 무의미하다. 내 기억이 정확하지는 않지만 그건 중요하지 않다. 나는 미신을 믿고 미신에 잘 넘어가는 사람이다. 나는 설탕 상자를 찾으면 깨끗한 숟가락도 찾을 수 있을 것 같았다. 숟가락을 확보하고 그것의 이름을 부르고 그걸 인정해주면 숟가락이라는 물건은 자신의 형상에 내재한 목표를 추구할 것이니, 그것이 바로 커피인 것이다. 쎄일즈맨이 문간에 나타났다.

"마르크, 드라크마, 루블, 파운드, 실링, 엔, 어떤 돈이라도 좋아요. 스위스 프랑도 좋고, 프랑스 프랑도 좋고, 불가리아의 스또쩐끼도 좋아요. 자, 여기 있어요. 이 브러시를 열홀 동안 공짜로 사용해보고 마음에 들면 사세요. 열흘 후에 가격을 마음대로 정해서 주세요. 피아스터, 뻬소, 꼬뻬끄, 볼리바르, 루삐, 동. 난 세계의 화폐와 환율을 오랫동안 연구했어요. 아프가니스탄의 아프가니가 몇 풀리인지 모르시죠? 콰차가 어느 나라 화폐인지 짐작도 못하시겠죠."

"삼십년 전에 대해 얘기하고 있군요." 페니그가 말했다. "이 사람들이 아직까지 브러시를 만들고 있단 말인가요?"

크림, 우유, 또는 해프앤해프를 찾을 필요는 없다. (난 반복해서 스스로에게 그렇게 말했다.) 페니그는 블랙커피를 좋아한다. 크림, 우유, 또는 해프앤해프를 찾을 필요는 없다.

8

어느날 헤인스가 다시 찾아왔다. 그사이 그는 부드러운 금발 몇가닥을 잃은 것처럼 보였다. 평소보다는 좀 덜 화려한 옷차림이었다. 배달원으로서는 별 장점이 없는 친구였지만, 글룹키가 그에게 좀더 진지한 일을 맡긴 것이 확실해 보였다. 일종의 이미지 수집. 어쩌면 헤인스는 나를 따르는 대중의 이미지인지도 모른다. 아니면 망명자 윈덜릭으로서 헤인스일지도 모르고. 그는 바닥보다 좀 올라와 있는 욕조의 가장자리에 기대서서 그 욕조의 낡디낡은 에나멜을 자신의 구두 뒤축으로 툭툭 차고 있었다.

"그들이 원하는 게 뭐야?" 내가 물었다.

"여기 칠층에서 가져온 자료가 있어요. 그들은 당신이 이걸 당장 봐야 된다고 생각해요."

"뭔데?"

"최근에 새로 쓴 평가들과 전망들이에요."

"뭣에 대한?"

"몰라요." 그가 말했다. "전 당신이 이 세로줄과 저 세로줄과 그 세로줄을 보셔야 된다는 것만 알아요. 전망은 뒷면에 있어요. 그분들은 당신이 현상태에 대해서 알기를 원해요. 이 메모에 서명을 하시든지 이름의 머리글자를 적으셔야 해요. 그러면 제가 이걸 모두 칠층으로 다시 가져가야 하고요."

"욕조는 그만 차렴."

"당신이 영국에서 와트니와 콘서트를 하고 있다는 소문도 있고 미국에서 개최하는 와트니의 콘서트에 예고 없이 나타날 거라는 소문도 있어요."

"하지만 난 죽은 걸로 되어 있잖아. 죽었든지, 부상을 당했든지, 아니면 필라델피아에 있든지."

"그런 소문들이 서로 배타적이진 않아요."

"그런 일들에 대해서 많이 생각해봤나?"

"저는 삶 속의 죽음을 믿어요." 헤인스가 말했다. "삶과 죽음은 서로를 꿰뚫으면서 흐르거든요. 대륙과 대륙을 통과하는 긴 비행기 여행의 의미가 그게 아니고 뭐겠어요? 747 여객기를 타고 삼사천 마일을 여행하는 것이 삶 속의 죽음이 아니고 뭐겠어요? 그건 당신이 우리를 위해 하는 여행이기도 하지요. 그러니까 내 말은 그것은 당신의 선택이었고, 지금도 당신은 그것을 선택하고 있다는 거예요. 우리가 당신이 죽기를 원하면 당신은 죽어요. 그러니까 당신은 착륙을 하고 가상의 콘서트를 하는 거죠. 우리는 당신을 태우고 내리고 해요. 하지만 그건 당신의 선택이었고, 지금도 당신은 그것을 선택하고 있어요. 당신은 자신이 원래 있던 곳에 그대로 있을 수 있었어요. 하는 일이 더 단순해진다고 해서 반드시 더 나아지는 건 아니죠."

"난 네가 서명을 받기 위해 왔다 갔다 하는 녀석인 줄 알았어. 이게 네 전문분야인 것 같구나."

"전 아무 일도 안해요." 그가 말했다. "전 그냥 여기 있거나, 아니면 저기 있거나 그러죠. 사람들은 저를 자신들이 원하는 대로 써먹어요. 그건 존재의 한 방식이죠. 모두 자신의 방식을 가지고 있는데, 이게 내 방식인 거죠. 다른 사람의 방식보다 나을 것도 못할 것도 없어요."

그의 목소리는 맥아우유처럼 유쾌한 울림이 있었다. 동부의 느릿한 화법이었지만, 거기에는 틀림없이 확실성과 좌절이 섞여 있었다. 마치 전자가 후자에 이끌릴 수밖에 없다는 듯이 말이다. 헤인스는 자신이 아는 사실을 세상이 모르는 것에 대해 참을 수 없어하는 것처럼 보였다. 굴복의 아름다움, 수심(愁心)의 논리, 젊음의 노년. 그의 말에 귀를 기울이는 동안 나는 자루같이 생긴 특성 없는 남자가 반들반들한 돌멩이를 가지고 슬로우 모션으로 나를 치고 있는 듯한 느낌이 들었다. 나는 좀더 부드러운 다른 의자로 옮겨 앉았다. 그 의자는 창문에 더 가까이 있었다. 노동자 몇명이 뚜껑을 벗겨낸 맨홀 주변에 가드레일을 치고 있었다. 그중 한명은 '위험'이라고 쓴 깃발을 달고 있었고, 다른 한명은 맨홀 속으로 들어가고 있었다. 늦은 아침이었다. 헤인스는 나한테 종이 한장을 건넨 뒤 다시 욕조에 기댔다. 나는 완전히 긴장을 풀고 의자

속으로 녹아들어갔다.

"그게 의향을 적은 메모예요." 그가 말했다. "거기다 서명을 하시든지 이름의 머리글자를 적어주셔야 해요."

"누구의 의향?"

"칠층은 당신이 그걸 읽고 서명해주기를 원해요."

"이런 것에 신경 쓰고 싶지 않아. 가서 그렇게 전해."

"안 읽으실 거예요?"

"응." 내가 말했다.

"그럼 서명은 하실 건가요?"

"아니."

"머리글자만이라도 적는 것은요? 하시겠어요? 그럼 제가 칠층에 다시 가져갈 수 있고, 그럼 그분들이 일을 진행할 수 있을 텐데요. 뭐든 간에 그분들의 일을 하시겠죠. 전 칠층에 자주 가지 않아요."

"이번엔 현금을 안 가져왔군. 왜지, 헤인스?"

"그분들이 그러는데, 당신이 그것을 다 써버렸대요."

"웃기는군. 거의 웃기는 수준이네."

"다 써버렸다고 그들이 그랬어요."

"내가 번 돈을 다 써버리려면 여덟사람이 여덟 생애를 살아야 할 만큼의 시간이 필요해."

"쓰지 않은 돈은 묶여 있대요. 굉장히 많이 쓰셨대요."

"묶여 있다는 게 무슨 말인데?"

"그 돈이 일을 하고 있대요. 그분들이 그 돈을 굴리고 있대요."

"도대체 누가?"

"육층 사람들요."

"난 그 돈이 일하는 거 원치 않아." 내가 말했다. "일하는 건 나야. 나는 내 돈이 가만히 앉아 있기를 원해. 그게 내가 생각하는 돈의 가치야. 내가 일하고 땀 흘리는 동안 내 돈은 강철 벽으로 둘러싸인 시원한 방에서 쉬고 있다라는 생각을 하고 싶어. 아주 평온하고 시원하게 쉬면서 초록색 더미로 쌓여 있는 거지. 모든 사람이 그러지 않는다는 건 나도 알아. 하지만 내가 원하는 건 그거고, 난 그게 좋아. 빛을 발하는 초록색 더미, 스테인리스 강철 방, 수백개의 초록색 더미. 난 돈이 일한다는 건 생각하고 싶지도 않아. 일은 내가 해."

"하지만 지금은 일하고 계신 것처럼 보이지 않는데요." 헤인스가 말했다.

그때 내가 잠이 든 것 같다. 얕은 잠에 빠져 한 단계 아래로 내려간 것 같았다. 그러다 아크릴 기계에서 낱장의 종이들이 미끄러져 나오듯, 살인이라도 하려는 듯한 잘 조절된 어떤 소리가 내게 다가오는 것처럼 느껴졌다. 난 눈을 떴고 헤인스는 여전히 같은 자리에 서서 나를 내려다보고 있었다. 내가 자는 동안 계속 이야기를 하고 있었던 것이다. 텔레비전 소리처럼 완벽한 억양을 유지하면서 세상에 지친 듯한 목소리로.

"난 육층 남자화장실에서 수음하는 게 좋아요." 그가 말했다. "오후가 제일 좋아요. 점심시간 이후론 모두 약에 계속 취해 있거든요. 파스텔 색조의 사무실에 앉아서, 전화기에다 단조로운 목소리로 얘기하면서 말이지요. 난 절대로 그런 단계에 도달하지 못할 걸 알고 있어요. 그들이 도달한 단계 말이에요. 전 다른 사람을 이용하느니 이용당하는 편을 택하겠어요. 이용당하는 건 쉬워요. 거기엔 열정도 도덕도 없거든요. 아무것도 아닌 것이 되는 건 자유지요. 난 그들의 우편물을 읽어요. 그들의 기밀파일을 모두 들여다보죠. 한 층에서 다른 층으로 개인의 메모를 전달할 때 계단에서 그것을 읽지요. 난 그럴 자유가 있다고 생각해요. 나를 자유롭게 하지 않는 유일한 것은 음악이에요. 육층 남자화장실. 나는 칠층 화장실에선 안할 거예요. 칠층엔 거의 안 가요. 클럽은 다음주에 그리로 옮겨가요. 아마 나를 데리고 갈 것 같아요. 하지만 안 그럴 수도 있어요. 지금 내가 있는 곳에 그냥 놔두는 거죠. 아마 실제로 그럴 가능성이 더 많아요. 언더그라운드에서 슈퍼드러그(superdrug)를 만들었대요. 그 소식 들었나요? 솔직히 말해 전 그 소식을 듣고 오싹했어요. 음악이야말로 궁극적인 최면제예요. 음악을 들을 때 저는 모든 걸 잊을 수 있어요. 음악은 제가 누구인지 제가 어떻게 행동하고 있는지를 알려주는 모든 항목 너머로 저를 데려다주죠. 그러면 정말 다 잊게 돼요. 음악은 그렇게 많은 면에서 위험해요. 이 세상에서 가장 위험한 것이죠."

오후 늦게 눈이 내렸다. 라디오에 등장하는 사람들이 폭설 소식을 요란하게 떠들어댔다. 방송국마다 밤이 되도록 뉴스 속보, 안내방송, 특별뉴스를 마련하고 폭설 얘기를 하느라 잠시도 쉴 틈이 없는 것 같았다. 모든 방송국이 폭설 속보를 위해 비상대기 상태에 있었다. 프로그램이 자주 중단되었다. 아나운서들은 거의 미친 사람들 같았고 목소리가 계속 높아졌다. 폭설주의보, 제설차, 폭설, 눈보라, 많이 쌓일 듯, 엄청난 흰 눈. 이 사람들은 한번도 그렇게 사실로 가득한 이야기들을 보도한 적이 없는 것 같았다. 이곳에서도 저곳에서도 눈이 오고 있었다. 눈은 쌓이고 또 쌓였다. 우회로에서도 교차로에서도 눈발이 휘날리고 있었다. 권위있는 보도를 하던 그들은 전례없는 광기의 서정성으로 인해 거의 울먹이는 소리를 냈다. 그건 진짜 눈이었고, 지금 내리고 있으며, 바로 지금 확인이 가능한 시점에 내리고 있었다. 운전자들과 보행자들과 자동차들과 교외의 간선도로들과 폭설 비상루트들과 제설장비와 공중위생요원들과 소금 뿌리는 차들과 쌓이는 눈과 다리들과 터널들과 공항들. 눈은 하늘에서 내려오고 있었다. 도시와 시골에 내리고 있었다. 새하얀 함박눈이 말이다.

그러다가 눈이 그쳤다. 모든 곳에서 더이상 눈이 내리지 않았다. 아나운서들은 진정하려고 노력했다. 그들의 실망은 쉽게 감춰지지 않았다. 대재난과 그에 따른 다양한 즐거움으로 그들은 목이 쉬었고 목소리는 거의 흐느낄 정도가 되었는데, 이제 이 엄청난 황홀경에서 빠져나와야 했다. 그건 모든 사람들에게 실망을 안겨주는 일이었다. 미리 녹음해둔 교회예배 방송이 시작되었다. 문에서 노크소리가 들리더니 페니그가 문간에 나타났다. 모자를 쓴 채 손잡이가 흔들거리는 종이 컵을 들고 있었으며, 얼굴은 모락모락 오르는 김 속에 파묻혀 있었다. 자정이 다 된 시간이었다. 나는 라디오를 껐다. 집이 조용해졌다. 거리에는 차가 다니지 않았다. 나는 완전히 잠에서 깨어났음을 느끼기 시작했다. 페니그는 피곤해 보였고 의자에 앉아서 몸을 앞으로 숙이고 천천히 무릎을 모았다.

"좋은 커피군요." 내가 말했다.

"인스턴트가 아니야. 난 인스턴트를 절대 안 마셔."

"배고플 때 먹을 수 있는 게 이 집엔 전혀 없어요."

"나를 갉아먹는 건 배고픔이 아니야, 버키. 그건 이상한 종류의 피로야. 일을 안 하고 있으면 그래. 어떤 일도 전혀 할 수가 없어. 하지만 그건 진짜 피로가 아니야. 그건 비(非)피로야. 모든 면에서 더 나쁜 상태지. 타자기 앞에서 별 소득도 없이 여덟시간이나 보냈어. 그리고 거의 두주 동안 한 작품도 팔지 못했어. 생산하지 못한 데서 오는 느낌보다 더 나쁜 느낌은 없어. 그 기계를 하루 종일 두들겼지만 되는 게 아무것도 없어. 똑같은 문장 몇줄뿐이지. 설탕이 어디 있지?"

"몰라요. 찬장에 있을지도 몰라요. 하지만 아마 없을 거예요."

"신경 쓸 거 없어. 그냥 쓴 커피를 마실래. 난 설탕을 버렸어. 조그맣게 쪼그라든 시체가 설탕통 안에 있어서 말이야. 바퀴벌레의 일종인 것 같았어. 이 아래층에도 있나?"

"보진 못했어요."

"수백만 단어를 썼어." 그가 말했다. "그 단어 모두가 위층에 있는 트렁크 안에 있어. 나는 작가생활을 시작한 뒤에 쓴 모든 것을 복사해 가지고 있어. 내가 언제부터 글을 쓰기 시작했는지 궁금하지? 자네가 태어나기도 전이야. 자네가 태어나기도 전에 난 첫 작품을 출판했어. 근데 언제 태어났지? 그냥 궁금해서 물어보는 거야."

"이십육년 전 오늘로부터 몇주 전이요."

"난 자네가 태어나기도 전에 첫 작품을 발표했어."

"하지만 최근엔 안했죠."

"하지만 최근엔 안했어. 그리고 그게 중요해. 정말 피곤해. 하루 종일 타자기 앞에 앉아서 똑같은 몇몇 문장만 반복하고 있어. 그것들은 별 볼 일 없는 문장들이었을까? 솔직히 말해 그 답은 알 수가 없어. 내 답은 정말 솔직히 모르겠다는 거야. 내일은 알 수 있을지도 모르지. 아니면 영원히 모를 수도 있고."

"방에서 왔다 갔다 하지 않으시던데요." 내가 말했다.

"안했어."

"적어도 제겐 안 들렸어요."

"왔다 갔다 하지 않았어. 왜냐하면 요새는 그것도 별 효과가 없기 때문이야. 방식을 바꿔야 해. 틀을 교체해야 해. 이런 일들은 다 쉽지 않은 것들이야. 바깥에선 시장이 빙글빙글 돌아가고 있거든. 번쩍번쩍 빛나고 알록달록한 색깔에 갖가지 향을 풍기는 커다란 바퀴처럼 말일세. 그것은 나를 기다려주지 않고 나한테 관심도 없어. 그것은 인간의 팔과 다리를 먹고 독수리 고름을 배설하지. 하지만 난 시장에 대해 잘 알고 있어. 그 작동원리를 잘 이해하고 있지."

"무슨 소리가 들리지 않나요?"

"아니." 그가 말했다.

"저 소리 안 들려요?"

"아래층의 그 아이야. 정신지체아. 미클화이트. 그녀의 장애아 말이야."

"뭘 하고 있는 걸까요?"

"꿈을 꾸고 있지."

"저런 소리는 여지껏 한번도 못 들어봤어요."

"그녀 말로는 그게 그 아이가 꿈꾸는 방식이래. 그 아이가 꿈꿀 때 그런 소리가 나. 너무 요란하지 않아서 다행이지."

"무슨 말을 하고 있으셨어요." 내가 말했다.

"커다란 바퀴."

"기억이 안 나는데요."

"바깥에선 번쩍번쩍 빛나고 알록달록 화려한 색깔에 미치광이 같은 소리를 내는 커다란 바퀴가 돈다고."

"맞아요. 시장 이야기였죠."

"명성." 그가 말했다. "그건 물 건너갔어. 하지만 만일 명성을 얻게 된다면, 그런데 그건 물 건너갔어. 하지만 만일 그런 일이 일어난다면, 그런데 안 일어날 거야."

"모르는 일이죠."

"안 일어날 거야. 하지만 일어난다면."

"일어난다면요? 그럼 그다음엔요?"

"난 우아하게 그걸 다룰 거야. 난 현명해질 거야. 조심스럽게 그것에 적응할 거야. 그게 날 파괴하도록 놔두지 않을 거야. 명성, 그게 지칭하는 현상을 완벽하게 설명하는 그 단어 말이야. 멍셩, 성명, 셩멍.*"

"잠은 언제 자나요?" 내가 물었다.

"잘 수 있을 때, 써봤자 더이상 진도가 안 나갈 때 자지. 지금 아주 새로운 분야의 글을 쓰고 있어. 아마 그래서 진도가 잘 안 나가나봐. 아동 포르노 문학. 하지만 진지한 거야. 가벼운 소재의 코믹물이 아니야. 아주 진지한 소재지. 어린아이들 사이의 추잡하고 음란하고 야만적인 섹스를 다루지."

"시장성이 있나요?"

"내 생각엔 그게 문학 전체를 통틀어서 아직 안 다뤄진 유일한 분야인 것 같아. 물론 단정할 순 없지만 말이야. 지금 이 순간 누군가가 시장의 한구석을 선점하려고 그런 작품을 쓰고 있는지도 모르지. 일단 선점하면 몇년은 가니까. 쎌로판지로 포장한 새똥을 출시해도 사람들은 사는 법이거든. 그러니까 난 이미 너무 늦었는지도 몰라. 시장의 작은 구석에 자신을 끼워넣기 위해 온갖 장소에서 계속 타자기를 두드리는 사

---

* '멍셩, 성명, 셩멍'의 원문은 'Amef, Efam, Mefa'로, 명성이란 뜻인 Fame의 철자를 이리저리 바꾸어놓았다.

람들이 있어. 하지만 자네 질문으로 돌아가면 대답은 예스라는 거야. 모든 것은 시장성이 있어. 어떤 소재를 위한 시장이 형성되어 있지 않다면, 그 소재를 둘러싸고 새로운 시장이 저절로 형성되지. 내 특유의 아동 포르노 소설은 아주 구체적인 거야. 어른은 전혀 안 나와. 새로운 방식으로 음란하고 야만적이지. 가장 저급한 본능을 만족시키는 거야. 싸구려 스릴로 가득 차 있고, 원시적인 두려움과 공포의 요소를 담고 있어. 가슴도 아직 없는 어린 여자애들이 쌍욕을 하지. 아리스토텔레스적인 기반을 가지고 있어."

"그 장르에 대해서 그만큼 잘 알고 계시면서 왜 못 쓰시는 거죠?"

"너무 많이 알고 있다는 게 문제야." 그가 말했다.

"새로운 발견이 없다는 거군요."

"새로운 발견이 없고, 메모를 하느라 시간을 너무 많이 빼앗겼어. 에너지를 꽤 많이 소진했지만 그 주제는 내 마음속에 생생히 살아 있어. 핵심적인 원동력은 거기에 있지. 그것이야말로 진정한 추진력이야. 어린아이들끼리 서로 빨고 빨리고, 씹하고 당하지. 어른은 전혀 안 나와. 애들은 자신들의 마술적인 능력과 욕정에 사로잡혀 있어. 애들끼리, 오로지 애들끼리 말이야. 내 생각엔 어른이 간여하지 않아서 순수성이 있어. 순수성이 간직되어 있는 거지. 엄청난 가학성애도 보여. 아주 발칙한 내용이지. 모두 반전과 인식과 비극적인 경험이라는 고전적 형식으로 그려지지. 하지만 진짜 결정적인 게 뭔지 말해줄게."

"좋아요."

"그들의 성기는 극도로 민감해. 크기는 작을지 몰라도 우리의 수도꼭지나 하수구보다 훨씬 발달되어 있어. 나는 이런 민감성이 모든 어린이에게 있다는 것을 암시할 작정이야. 신선함, 순수함, 만화경 같은 성기들, 거칠면서도 불타는 듯한 쾌락의 능력. 우리가 아이들처럼 모두 순수하고, 또 성에 집착한다면 우리는 그런 쾌락을 누릴 수 있어. 아이들은 믿을 수 없을 만큼 성에 집착하고 있어. 어서 빨리 집필을 시작하고 싶어. 하지만 그게 진짜 결정적인 것은 아니야. 진짜 결정적인 것은 다른 방면에 있어."

"어떤 방면인데요?"

"지금 기억해내려고 하는 중이야." 그가 말했다. "커피를 너무 많이 마셔서 그게 내 집중력을 방해하고 있어. 우린 모두 뭔가에 빠져 있는 중독자들이야. 난 그 점을 확신하고 있어. 나의 경우는 카페인이지. 하지만 난 인스턴트는 안 마셔. 결코 인스턴트는 안 마시지. 뭐든 간에 그런 건 안 마셔. 차라리 차를 마시지. 차를 너무너무 싫어하지만 말이야. 하지만 결정적인 것은 문체야. 맞아, 그거야, 그거. 난 이류 독자에게 그랬듯이 그 일을 할 거야. 우리가 상상할 수 있는 문체 중 가장 단순한 문체로, 일곱살짜리 아이라면 쉽게 이해할 수 있는 문체로 말이야. 다시 말해서 난 단순히 아이들에 대한 포르노를 쓰는 게 아니라 아이들을 위한 포르노를 쓸 거야. 내 생각에 이것은 아주 대단한 개념인 것 같아. 자기 자식들한테 그런 책을 사줄 만큼 약간 돈 사람들이 널려 있는 건 틀림없는 사실이야. 대부분의 사람들은 자기 자신을 위해서라는 둥 강직증 아내를 위해서라는 둥 하면서 내 책을 살 거야. 하지만 구매자들 중엔 크리스마스 선물로 아이들한테 포르노를 사줄 만큼 돈 사람들이 널려 있어. 난 그 점에 대해 의심하지 않아. 그 망할 놈의 책은 잘 팔릴 거야. 그건 내가 쓸 장르고, 내가 할 일은 단지 그걸 종이에 옮겨 시장의 한쪽 구석을 선점하는 거지. 그 장르의 작품 다섯편을 연속해서 빨리빨리 출간해서 시장에 내놓는 거야. 그런 다음 난 중편을 쓰게 될 거야. 그리고 그다음엔 장편을 쓰기 시작할 거야. 그후엔 밤에 뚜쟁이 노릇을 하는 주식 중개인에 대한 단막극 작업을 할 거야. 어떤 작가들은 문필가 행세를 하고 싶어하지. 나는 수필가(數筆家)*야."

"아이가 다시 꿈을 꾸고 있네요." 내가 말했다.

이제 나는 혼자 아래층에서 나는 소리에 귀를 기울였다. 이번에는 한순간에 그치지 않았다. 그 소리는 방의 주변 소음, 마루 틈새나 공기 중에서 미세한 생명이 웅웅거리는 소리의 일부를 구성했다. 자연은 이곳에서 정신박약이 되었는지도 모른다. 자연이 자신의 고통을 표현할 목소리를 찾으려고 애

---

* 문필가(a man of letters)에 대응하는 말로 이 말(a man of numbers)을 쓰고 있다.

쓰는 소리, 중단된 태어남의 과정을 이어나가려고 기를 쓰는 신음소리, 나는 그렇게 원시적인 소리는 한번도 들어본 적이 없다. 그것은 숲이나 늪의 은밀하고 더러운 위협, 혹은 부엌의 햇빛 속에 아치를 이루는 평범한 식물의 비밀스럽고 음침한 위협을 표현하고 있었다. 모든 자라는 것들, 공기와 화학물질을 교환하는 모든 것들의 내부에는 근원적 공포가 있는 듯 보였다. 그리고 바로 그것이 그 아이를 짓누르는 꿈이 의식의 표면으로 내보내고 있는 것, 말없는 것들의 아름다움과 공포였다. 그 소리는 내 발밑에서 거의 직접적인 느낌으로 전달되고 있었다. 그 소리는 고요 속에서 극도로 가까운 곳에, 내가 있는 방 안에 들어와 있는 것 같았다. 며느리발톱의 이끼 낀 살갗이 내 발목에 닿는 듯한 느낌. 나는 럼버재킷(이건 오래되고 건강한 모든 것의 상징이다)을 걸치고 수도꼭지를 틀었다. 가능한 한 다른 소리를 듣고 싶었다. 마침내 사방이 고요해졌고 난 침대로 갔다. 그때 페니그가 방을 오락가락하기 시작했다. 동쪽으로 세걸음, 서쪽으로 세걸음, 강에서 강으로. 나는 얼마 동안 아주 얇은 잠을 잤다. 주변환경이 둔덕과 광장의 형태로 내 잠의 일부를 이루었다. 이내 눈을 뜬 나는 그때부터 내 시야에 잡히는 다양한 물체들에 시선을 집중했다. 씽크대 위에 있는 두자루의 초가 가까스로 시야에 들어왔다. 물체들이 희미했기 때문에 오히려 더 밀집해 있는 것처럼 보였고, 침침한 빛 속에서 더 강력한 존재감을 드러내고 있었다. 이윽고 난 깊은 잠에 빠져들었다. 난 나 자신만을 의식했다. 깨어났을 땐 조금 어둠이 물러나 있었다. 아마 새벽 네시쯤 되지 않았나 싶다. 방은 그 시간대의 흔들리는 불빛 속에서 떨고 있는 것처럼 보였다. 오락가락하는 발소리는 더 이상 들리지 않았다. 나는 모로 누웠다. 오펄이 방의 한쪽 구석에 서 있었다. 맨발이었고 옷을 벗고 있었다. 나는 누운 채 그녀가 내 눈길이 계속 따라갈 수밖에 없는 작은 동작을 하는 동안 그녀의 전부를 내 마음속에 그리면서 바라보았다. 그녀가 옷을 하나하나 벗을 때마다 그녀가 그 옷들에 대한 관심을 거두는 모습을 보고 난 자칫 웃음을 터뜨릴 뻔했다. 그녀는 옷을 하나하나 벗어서 그것들에 눈길도 주지 않은 채 마루나 의자 다리에 던졌고 즉시 숙련된 손길로 다음 단계의 버리기에 열중했다. 머리는 전보다 더 자라 있었고, 어깨 위로 흩어졌다가 가슴 위에서 방향을 바꾸었다. 살결은 고르지 않게 그을려 있었다. 피부는 이 나라 저 나라를 왔다 갔다 하면서 여러 계절을 동시에 보낸 흔적의 덩어리였다. 동작은 하나하나가 다 완벽해 보였다. 나는 여자들이 벌거벗은 채 어떻게 그렇게 자연스럽게 행동하는지 참 신기하다고 생각했다. 남자들은 다들 움츠러들거나 벗은 몸을 과시하거나 둘 중의 하나인데 말이다. 그녀는 콧물을 훌쩍거리며 여행가방에서 티슈를 한움큼 집어들고 차가운 마룻바닥을 발끝으로 디디면서 다가왔다. 나는 조그만 침대에서 뒤로 물러나 자리를 만들어주었고 그녀가 들어올 수 있도록 이불을 높이 치켜들었다.

"극적이야." 그녀가 말했다.

"여기서 뭘 하는 거야?"

"여긴 내 집이거든, 이 음흉한 인간아."

"하지만 추운 계절이야, 오펄. 한겨울이야. 난 네가 시간이 흐르지 않는 어떤 나라에서 겨울을 지낼 거라고 확신하고 있었어."

"할 일이 있어서 왔어." 그녀가 말했다.

9

"여행을 많이 한 사람처럼 지루한 사람도 없어."

낡은 욕조는 정체불명의 동물, 아마 제국주의 시대의 사자쯤 되는 동물의 멍든 발 위에 올려놓여 있었다. 오필은 콧등 위에 있는 비누거품을 손으로 쳐서 치웠다. 그녀는 한시간이 지난 거품 속에서 뒹굴고 있었다. 가끔씩 뜨거운 물을 틀어 추가했고 방이 춥다고 느껴질 때마다 재빨리 목을 물속에 담갔다.

"그러니까 내게 할 얘기가 전혀 없다는 거니?" 내가 말했다.

"얘기해봤자 지루해. 별 볼 일 없잖아? 여행을 많이 한 사람들은 어떤 시점에 영혼을 잃도록 되어 있어. 길 잃은 이들 영혼은 모두 저 위의 오존층에 떠 있지. 잘 알려진 유독성 물질과 함께 제트비행기에서 방출되어 그리로 가는 거야. 그 위엔 영혼의 층이 있어. 여행자들은 보통 여행 이외에는 얘기하지 않아. 여행하기 전, 여행하는 동안, 여행한 후에 말이야. 세상에서 가장 나쁜 비누구나, 버키. 쳇, 넌 내 아파트에 와 살면서 장 보러 가 몸을 돌볼 물건을 살 때 이런 완벽한 쓰레기 같은 물건을 사니? 여자가 어떻게 예쁘게 꾸미겠니? 적어도 이리 와서 내 등이라도 밀어줘. 여행 중에 여행에 대해서 얘기하는 건 이를테면 엄청난 내적 파괴행위라고 할 수 있어. 또 여행을 너무 많이 하면 사람이 고립되게 돼. 협소한 사람이 되고 지루한 사람이 돼."

나는 군이 옷을 벗지 않고 욕조에 그냥 들어가기로 했다. 우리는 한동안 물장난을 치며 놀았다. 오랫동안 하기에는 재미가 없는 장난이었다. 오필은 욕조 밖으로 나와 몸을 닦고 침대로 들어갔다. 나는 옷을 갈아입고 그녀한테 갔다. 아마 늦은 오후였을 것이다. 오필이 있는 동안엔 시간을 전혀 확신할 수 없었다. 혼자 지낼 땐 내 정신의 시곗바늘이 움직이는 대로 대충 국면을 따라가며 분 단위의 긴급상황 속에서 살았다. 그 방에는 계절이 있었고 나는 그것들에 반응했다. 그것은 내가 혼돈을 피할 수 있는 유일한 방법이었다. 나는 국면들을 알고 있었다. 나는 시간으로부터 질서를 빌려왔기 때문에 시간에 내재한 위기를 두려워하지 않았다. 나는 어둠속에 가만히 앉아 있으면서 체계적으로 변하는 빛과 함께 변화했다. 이제 이런 건 전혀 상관이 없게 되었다. 내 정신 외에 다른 정신이 있어서 그 방을 덮고 있었다. 더이상 국면들이 필요하지 않았다. 질서에 대한 모든 희망도 마찬가지였다. 우리는 오랫동안 침대에서 지내며 필요할 때만 일어났다. 침대는 방 안의 피난처였다. 우리는 침대 안으로 들어갈 때 옷을 벗을 필요도, 침대 밖으로 나올 때 옷을 입을 필요도 느끼지 못했다.

그 어떤 것도 우리를 거기에 붙들어두지 못했다. 우리는 사랑과 대화에 흠뻑 빠져 있었다. 사랑보다는 대화를 더 즐겼으며, 파스텔 풍의 섹스에 기꺼이 만족했다. 그런 부드러운 쾌락은 우리가 함께 침묵상태에 머물러 있는 동안 우리가 알고 싶어한 모든 것이었다. 우리는 서두를 필요도 급할 것도 없이 자애로운 물건의 일부, 예컨대 나무가 되는 데 만족한 상태로 베란다에서 몸을 흔들거리고 있는 노부부처럼 침대에서 살았다. 심지어 날씨조차도 우리와 별 상관이 없는 것처럼 느껴졌다. 그 혹독한 겨울이 끈질기게 창문에 부닥치는 것도 좀 덜하게 느껴졌다. 오필은 관찰과 자부심과 사실들로부터 하나하나 해방되면서 꽤 많은 얘기를 했다. 그녀의 아주 복잡한 독백들은 마지막 층계가 없는 나선형 계단, 초현실적인 하늘의 매력적인 조각만 있을 뿐인 나선형 계단이었다. 다른 때 그녀는 바닥이 없는 우울한 분위기에 젖어들었다. 나는 별로 말을 하지 않았다. 내 말은 주로 배경음에 머물렀다. 하루하루가 시간과 무관하게, 어떤 종류의 인과관계에도 얽매이지 않고 지나갔고, 하나의 우연한 형식, 유연한 합치의 나날이었다. 방은 변화하는 빛의 줄무늬 속에 잠겨 있었다. 아침의 반대 분위기 속에서 우리는 이불 속에 웅크린 채 어둠을 향해서만 우리의 몸을 열었고, 내내 지껄여댔으며, 축 늘어진 샌드위치를 먹고 차를 벌컥벌컥 들이마셨다. 침대는 더 찬란한 광채를 띠었고, 우리가 그 속에 머무르는 것이 필연인 것처럼 느껴지기 시작했다. 나는 바로 그 순간 침대에서 나왔다.

"아이스크림 좀 퍼줘, 버키, 응?"

"냉장고 없이 버텨왔지만 네가 원하면 나가서 사올게."

"그 의자에서 뭘 해?"

"분위길 바꿔보는 거야."

"네가 나가니까 좋긴 좋다. 이 침대는 한사람 이상 누울 수 없게 되어 있어. 우리가 얘기하고 있는 아주 조그마한 사람들이 아니라면 말이야. 그 사람들이라 하더라도 한사람 이상이면 가만히 누워만 있어야 할 거야."

"의사 만나야 하지 않니?" 내가 말했다.

"왜?"

"메스꺼움과 구토, 근육경련, 등의 통증, 오한, 고열, 두통, 발작적인 기침, 심한 우울증."

"내 얘기가 아니라 네 얘기인 것 같다. 너야말로 무슨 일이 일어나기 직전인 것 같아. 난 내장들을 위해 약을 먹고 있어. 작동을 하나 안하나 신경 쓰고 있다는 걸 내장들한테 보여주려고 말이야. 난 약을 복용해, 버키. 넌 뭘 복용하지? 넌 완전히 곧 쓰러질 사람처럼 보여. 넌 쓰다 남은 신경 에너지로 하루하루를 간신히 버티고 있어. 난 약을 복용해, 잊어버릴 때만 빼고."

"나가서 뭔가를 가져올까?"

"뭘?" 그녀가 물었다.

"아이스크림."

"마리화나를 좀 피울 수 있으면 좋을 텐데."

"헤인스한테 연락을 해야 돼. 그 녀석이라면 뭐든지 구할 수 있을 거야."

"지금 헤인스는 관두자. 성적인 모호함에서 오는 재미가 다 빠져나가니까. 난 처음부터 헤인스를 별로 안 좋아했어. 그 녀석이 항상 방해가 됐던 것 기억해? 아주 뱀 같은 녀석이야. 파충류 같은 두꺼운 눈두덩을 한 완전한 뱀이지. 하지만 내가 그 녀석을 안 좋아하는 진짜 이유는 그 녀석을 잊어버리기가 어렵기 때문이야. 난 꽤 자주 헤인스에 대해 생각하고 있다는 걸 깨달아. 난 좋아하지도 않는데 잊어버리기 어려운 사람이 끔찍하게 싫어."

"게다가 넌 그애의 두터운 눈두덩을 질투하고 있잖아."

내가 말했다.

"맞아."

"넌 항상 눈두덩이 두터웠으면 했지."

"정말 맞아."

"왜 돌아왔어? 무슨 일이야? 여긴 추워, 오필. 넌 추울 때 행복하지 않잖아."

"돈이 필요해, 버키. 어떤 사람들이 일을 제안했어. 그 제안을 받아들이려고 해."

"네가 돈을 얻을 수 있도록 내가 주선해줄 수도 있어. 지금 당장 네가 필요한 만큼."

"아니야, 이건 사업이야. 난 거래를 하려고 여기 온 거야. 내가 버는 돈이 내 거야. 여기 꾸러미 하나 있지 않았니?"

"저 트렁크 안에 있어."

"그 속에 뭐가 있나 들여다봤어?"

"마약이겠지, 뭐."

"그 사람들이 나한테 말한 바에 따르면 그 꾸러미 속에는 지상 최고의 마약이 될 원료 쌤플이 있어." 그녀가 말했다. "해피밸리 농장공동체가 이걸 롱아일랜드에 있는 한 연구시설에서 훔쳤대. 이건 새로운 것, 방금 개발된 것이어서 아직 이름도 없어. 그 사람들은 이게 굉장한 위력을 가진 물건이라고 생각하고 있어. 정말로 굉장한 위력 말이야. 놀랄 만한 진정제지. 일단 시험해보면 그 진짜 위력을 알게 되겠지. 해피밸리는 이 물건을 빨리 시장에 내놓고 싶어해. 하지만 이게 대규모 마약사업으로는 처음이니까 일을 망치지 않기 위해 확실한 것을 원해. 그 사람들은 직접 나서는 것을 원치 않고, 중개상이나 대리인 등을 통해서 사업하는 편을 선호해. 그 지하조직에 대해 가십 칼럼니스트처럼 말하고 싶진 않지만, 사람들이 벌써 몇주째 이 일에 대해 속삭이고들 있어. 마약은 극비시설에서 나온 거야. 미국 정부. 그래서 사람들은 그게 엄청나게 사악하고 고약한 약일 거라고 짐작하고 있어. 미국 정부가 동양인이나 급진주의자들을 세뇌시키기 위해서 고안해낸 약일 거라고 말이야. 사람들은 모두들 그걸 시험해보고 싶어서 안달이 나 있어. 아주 몸살이 날 지경인 거지. 외딴곳에서 만나 서로서로 속삭이고 있어. 거리에서 차를 세우고 입에서 입으로 소문을 전하고 있어. 모두들 이걸 한번 해보고 싶어서 조바심을 치고 있단 말이야. 만일 미국 정부가 관여된 일이라면 그건 진짜로 정신을 파괴하는 약일 거야. 아무튼 모두들 그런 견해에 동의하고 있고, 모두들 안달이 나 있어. 이건 새로운 시대, 신만이 아는 새로운 시대의 시작이야."

"네 임무는 그걸 토끼 모양의 초콜릿에 넣어서 마이애미로 가져가는 것이겠지."

"나 승진했어." 그녀가 말했다. "난 해피밸리의 거래담당 중개인이야. 나한테 흥정할 권한이 있어. 내 맘대로 결정할 수 있지. 아첨으로 점수를 따려고 주요 당사자들 앞에서 얼쩡거리는 그런 위치의 사람은 아니야. 물론 그 사람들이 급사도 쓰겠지만 난 아니야. 무슨 일을 할 거냐 하면 우리는 그 물건을 지금 페퍼 박사가 있는 곳, 그곳이 어디든 그리로 가지고 갈 거야. 최근 정보에 따르면 페퍼 박사는 더이상 여행을 안한대. 등록된 실험실로 가지고 가는 것은 명백히 위험한 짓이니까 페퍼한테 가지고 가는 거지. 그런 다음 그의 도움을 받기 위해 그와 흥정해야 돼. 그가 내게 그 물건의 화학성분이 뭔지, 그가 그걸 충분히 생산해낼 수 있는지, 싯가가 얼마나 되는지 말해주겠지. 그런 식으로 일을 계속, 계속 진전시켜나가는 거지. 해피밸리는 도매업자와 소매업자와 판매자의 망을 만들고 싶어해. 하지만 당장 필요한 건 기술 상담자이지."

"페퍼 박사에 대해선 여러해 동안 들어왔어." 내가 말했다. "하지만 한번도 직접 만난 적은 없어."

"어떤 사람들은 자기 시대에 이미 전설적인 인물이 되기도 하지. 페퍼 박사는 소문일 뿐이야. 지하세계의 천재과학자라는 건 의심할 수 없는 사실이지만 거처가 아주 불분명한데다 정말 미치광이 같은 사람이고, 심지어는 다른 인물로 다양하게 변장하기도 한대. 해피밸리는 그가 현재 어디에 있는지 대강 파악해놓고 있어. 일단 그 장소가 확인되면 누군가를 나한테 파견할 거고 그 사람은 바로 이 아파트 계단을 올라와 문을 두드릴 거야. 나는 그 사람한테 제품을 넘길 거고, 우리는 할머니 댁으로 갈 거야. 임무를 다 완수하면 나는 비싼 영수증을 준비해서 제출할 거고. 이건 사례금의 세목을 마무리하는 일이라 불리지. 모든 일이 아주 순조로운 과정일 것이라고 네가 생각할까봐 하는 말인데, 해피밸리에는 아주 다른 두 분파가 있어. 그들 사이에는 다소의 의견충돌이 있지. 그게 제품을 이리로 가지고 오게 된 이유 중 하나야. 그 두 분파가 한가지 동의한 점은 너의 신뢰성이었어. 네 삶과 일이 보여준 굳은 지조, 하하. 그들은 너와 직접 접촉하는 걸 거부해. 그걸 최악의 사생활 침해라고 생각하지. 믿거나 말거나지만 그 사람들은 너를 이 일에 끌어들인 것을 아주 미안하게 생각하고 있어. 단지 너에 대한 존경을 표시하는 것뿐이지만 말이야. 모든 야만인이 다 그렇듯이 그들은 좀 기묘한 극적 감각이 있는 사람들이야."

"그러니까 당분간 넌 그냥 앉아서 기다리기만 할 거니?"

"누군가 먼저 나한테 말을 걸어올 때까지 내가 먼저 나설 일은 없어." 그녀가 말했다. "그냥 침대에 너부러져서 일의 모양새가 갖춰지기만을 기다리는 거지.”

“그러니까 네가 먼저 나서지는 않는다는 거군.”

“이 상태를 유지하는 거지.”

“다른 사람들이 나서는 동안 넌 이 상태를 유지한다는 말이군.”

“나서는 건 공작원들이야.”

“그리고 결국에는 거래가 이루어질 것이다.”

“그건 공작원한테 달려 있어. 공작원은 중개인이기도 하니까. 그들은 감사관한테서 지시를 받아. 나는 누군가 문간에 나타날 때까지 그냥 여기 앉아서 기다리는 거지. 흉터가 있는 키 크고 무뚝뚝한 남자, 아니, 앞서가는 사업가 유형의 흑인, 그런 사람이면 좋겠어. 보라색 캐딜락을 타고 다니는 괴짜, 바퀴에 은색과 금색 비단천을 씌운 방탄 리무진을 마약에 취해 몽롱한 상태에서 운전하는 사람 말이야. 내가 원하는 사람은 느린 단거리 주자이고 질 좋은 마약에 깔끔하게 취해 있는 사람이야. 난 마크 크로스 서류가방을 들고 보라색 캐딜락을 타고 다니고 싶어.”

“해피밸리에는 흑인도 있으려나?”

“모든 경계가 희미해지고 있어. 모르는 일이야. 이윤 추구가 동기가 되면 가능성은 무궁무진하거든. 하지만 다른 면에서는 선이 더 두꺼워지고 직선이 되고 있지. 그러니까 아무도 모르는 일이야.”

“사생활 어쩌고저쩌고하는 이 사업 말이야. 거기에 대해서 뭐 좀 아는 게 있니?"

오펄은 숨을 깊이 들이쉬었다. 그녀의 표정에는 설명해야 하는 사실을 따분하게 여기고 있음이 역력히 드러나 있었다.

"해피밸리의 생각에 사생활은 이 나라, 이 고장, 이 공화국이 처음부터 사람들에게 제공했던 본질적인 자유야. 그들 생각에 넌 대지에 홀로 선 개인이라는 오래된 관념을 대변하는 사람이지. 넌 사적인 자유를 추구하기 위해 전설 밖으로 걸어나왔어. 그들에 따르면 사생활이 없으면 자유도 없어. 사적인 인간의 귀환이야말로 대중적 인간이라는 관념을 파괴할 수 있는 유일한 길이지. 대중적 인간은 우리의 자유를 파괴해. 내면으로 돌아가는 것만이 대중적 인간을 과거로 되돌릴 수 있지. 혁명적 고독인 거지. 한사람 한사람 모두 내면으로 돌아가라. 정신적으로, 영적으로, 육체적으로, 모든 방면에서 영원히 스스로를 고립시켜라. 자신에 대한 공격적인 방어를 통해 사생활을 유지하라."

"죽여주는군." 내가 말했다. "죽여주는 생각들이야. 솜사탕보다 더 무게가 나가는 생각들이야. 그 말을 들으니 갑자기 뭔가가 읽고 싶다. 내가 뭘 읽을 때가 되긴 했어. 집에 내가 읽을 만한 책이 있니?"

"어떤 책을 읽고 싶어? 사람에 대한 것, 장소에 대한 것, 아니면 사물에 대한 것?"

"사물에 대한 것." 내가 말했다.

"왜 사람은 아니야? 이 음흉한 인간아."

"난 인간관계에 대해선 별로 관심이 없어."

"코카인을 좀 해봐, 버키. 젠장, 사물에 대해서 관심이 있다면 이따금 그걸 좀 들이마시기라도 해야지. 결국 '사물성'은 거기에 놓여 있는 거야. 다카르에서 육상 스타인 오스트레일리아 사람을 만났었어. 경기에 출전하기 위해 거기 와 있었지. 그가 말한 경기가 뭔지는 몰라. 계속 경기, 경기 하더라고. 경기에 참석하기 위해 여기에 왔다, 경기에 출전한다. 그 사람이 나한테 별 볼 일 없는 약을 줬어. 운동선수들이 쓰는 거라나. 아무런 효과도 없었지. 발을 마흔번쯤 밟혔어. 이거 웃기는 건데, 네게 말해줄게. 그 사람의 방에 앉아서 경기를 기다리고 또 기다렸어. 경기에 참석하기 위해 여기에 왔다, 경기에 출전한다. 바깥 거리에는 나병환자들이 득시글거리고, 나는 기다리고 기다리고 또 기다렸어."

그녀는 계속 이야기를 했다. 몇시간쯤 흐른 것 같았다. 나는 의자에 앉아 있었고 페니그는 자기 방에서 왔다 갔다 하고 있었다. 이건 그런대로 괜찮은 음악적 환경이었다. 소리를 리믹스한 테이프의 가청음역대를 늘리기 위해 컴퓨터에 넣고 돌리는 것 같았다. 지금의 소리는 어느정도 거리가 있어서 내게 위안이 되었다. 그건 어떤 것에도 닿지 않고 파장의 띠를 이루면서 방을 감싸며 돌고 있었다. 그녀의 이야기는 단어 그 자체 뒤의 평면에 존재했다. 오펄은 침대 위에 있는 덩어리였다. 나는 방을 어슬렁거리다가 잘 다듬어진 목소리들이 동조적이 되는 반구형 공간에 행복하게 머물기 위해 결국 동

그런 의자로 다시 돌아왔다.

"너는 성가대석 아래의 아연도금 탱크에 별 관심이 없겠구나. 실은 내 고향집에 대해 얘기하고 있는 거야."

"서아프리카 얘기를 해줘." 내가 말했다. "비음악성에 대해 어떻게 평가하겠니? 예를 들어 예멘을 기준으로 한다면 말이야. 예멘에 평균 십점을 주면, 그렇지, 서아프리카는 몇점이나 될까?"

"그건 너무나 재미없는 얘기야. 그냥 내 말을 이해하도록 하기 위해 그걸 언급했을 뿐이야. 사물성 말이야. 만일 네가 사물들에 관심이 있다면 마약을 하든지 오랜 역사를 가진 땅으로 여행을 해. 마지막으로 복용한 게 언제야?"

"마지막에 복용한 건 동물용 진정제였어. 아마 열한주쯤 전이었던 거 같다. 거기서 대여섯주를 더하거나 빼야 돼."

"어땠어?" 그녀가 말했다.

"기억이 잘 안 나. 도지와 함께였어. 호텔 옥상에 있었지. 무슨 도시인지, 하여간 도시의 지붕들을 내려다보고 있었어. 난 한 사회의 영적 상태를 그곳의 지붕을 내려다봄으로써 알 수 있는 이론을 만들려고 하고 있었어. 도지는 손에 든 이런 조그만 플라스틱 상자를 내려다보면서 지껄여대고 있었고."

"조용하다, 그지?"

"응." 내가 말했다.

"우리 모두에게 무슨 일이 일어날까?"

"모두라니 누구?"

"난 완전히 다른 장소로 가는 게 최선이라고 생각했어. 모든 게 끝났으니까. 그 누구도 더이상 무슨 옷을 입어야 할지 알지 못해. 음악은 더이상 전과 같은 의미를 띠지 않게 되었어. 전에는 음악소리에 완전히 잠겨 나 자신이 없는 경지에 이르곤 했지. 하지만 그건 다 끝났어. 일이 끝나면 넌 뭘 하니? 난 떠나는 게 최선이라고 생각했어."

"물론 그래."

"왜 웃고 그래?" 그녀가 물었다.

"몰라. 정말 모르겠어."

"그럼 그만 웃어."

"그럴려고 애쓰고 있어. 정말이야."

"계속 웃어라, 나쁜 놈. 그냥 웃어. 그건 시간을 보내는 방법으로 최고지."

"나 정말 멈추려고 노력하고 있단 말이야." 내가 말했다.

"아니야, 웃어. 그게 좋아."

"웃어, 말어? 난 멈추려고 노력하고 있어. 그런데 이제 네가 웃으라고 하는군. 나 말 못하겠어. 잠깐! 곤란하네. 웃어, 아니면 입 닥쳐? 정말 곤란해."

"웃으라니까, 바보."

"알았어. 이제 끝났어. 이제 다 끝났어. 잠깐! 끝난 게 아니야. 다시 또 시작이야. 맹장에서부터 올라오고 있어. 더 곤란해지기 시작해."

"넌 내 말에 대해서 비웃고 있었어, 나쁜 자식. 내 말은 모든 게 다 끝났다는 거야."

"그리고 네가 가길 잘했다는 거야." 내가 말했다. "여기 있는 것보다 나았어."

"이제 다 끝났니? 네 사적인 폭동 다 끝난 거야?"

"그런 것 같아."

"언제 그들한테 돌아갈 거야?" 그녀가 물었다.

"그들이라니, 누구?"

"또 시작이군. 또 오분쯤 걸리겠군. 숨이 막히고, 또 막히고, 침이 튀네. 웃음을 다 토해내게 누가 그에게 변기 좀 갖다 줘요."

"아니야, 멈출게. 좀 전에 웃던 웃음이 아직 남아 있어서 그래. 내가 그들에게 언제 돌아갈 거냐고? 네가 누굴 말하는지 잘 알아. 사람들, 대중들, 청중들, 팬들, 추종자들."

"공적인 대중들." 그녀가 말했다.

"있든 없든 뭔가 가지고 갈 게 있을 때, 아니면 빈손으로라도 가야겠지. 빈손으로 돌아가는 건 더 시간이 걸려."

그때부터 그녀는 일어나 앉아 있었다. 나는 의자 옆으로 손을 뻗어 방바닥에 놓여 있는 상자에서 티슈 몇장을 꺼냈다. 나는 그걸 둘둘 뭉쳐서 오펄에게 던져야겠다고 생각했다. 난 그녀가 내 의도를 알아채자마자 부드럽게 박수칠 거라는 사실을 알고 있었다. 그래서 나는 그녀의 작은 몸짓, 그걸 받기 직전의 간단한 동작, 무척 부드러운 박수가 찬란하도록 우아한 행위—이는 몸짓에서 재현된 어린아이 같은 아름다움에 의한 것이다──로 변하는 장면을 목격하고 싶었다. 내가 던지고 그녀가 받은 뒤 우리는 잠시 쉬었고, 그러는 동안 우리의 순간적인 조화로움은 스르르 사라졌다.

"내 피아노 선생님이 그린, 성서에 나오는 하늘에 대해 얘기해줄까? 별 관심이 없겠지? 이건 그야말로 아무 데서나 들을 수 없는 순수한 지방의 얘기야."

"네 목소리가 잘 안 들려."

"다시 이불 속으로 들어갔어."

"너였니?" 내가 말했다. "난 네가 난 줄 알았어. 난 여기 앉아서 그 이불 속 덩어리가 나라고, 아니면 그 덩어리 밑에 내가 있다고 생각했어."

"어떻게 그런 생각을 할 수가 있니? 너는 거기 있고 나는 여기 있는데. 너는 의자에, 나는 침대에."

"네가 거기 있다는 걸 알고는 있었어. 하지만 곧 잊어버렸어. 아까는 알고 있었어. 오필 햄슨, 난 생각했어. 그녀다, 그녀가 거기 있다. 하지만 어떻게 하다보니 곧 잊어버린 거야."

"아무래도 네가 이리로 오는 게 낫겠다. 아니면 내가 이불 밖으로 나가든지."

"난 아주 정상적인 아이였어."

"날 만나기 전 얘기겠지. 내가 유명인사인 너에게 눈독을 들이기 훨씬 전."

"넌 정상적인 계집아이였니?"

"내가 꼬마 침례교도였을 때 아빠가 부흥회에 날 데리고 갔어. 그때 난 그 거시기라고 하는 남자를 믿기로 결심했지. 그게 아마 내가 한 정상적인 행동 비슷한 걸 거야."

"구원받았니?"

"물에 빠뜨려졌지."

"그 유명한 침례의식 말이지."

"침례란 좋은 표현이야." 그녀가 말했다. "사람들이 내 목을 움켜쥐고 나를 물속에 집어넣었어. 하지만 내가 믿기로 결심을 한 건 그때가 아니야. 내가 그 결심을 한 건 '진짜' 어렸을 때야."

"침례는 몇살 때 받았니?"

"다섯살 아니면 여섯살 때일 거야." 그녀가 말했다. "성가대석 아래의 아연도금 탱크 옆에 나를 세우더라. 내 피아노 선생님이 요르단 강과 성서에 나오는 하늘을 엄청나게 커다란 캔버스에 그려서 임시액자에 끼운 뒤 아연도금 탱크 뒤에 세워놨었어. 아주 멋있었지. 정말 보기 좋은 그림이었어. 그런 다음 그 사람들이 내 목을 움켜쥐고 나를 물속에 집어넣었어. 그 사람들이 나를 다시 끄집어냈을 때 난 내 드레스가 물 위로 둥둥 떠서 목 부근까지 올라오는 바람에 여섯살 먹은 꼬마 처녀의 몸 전체가 인근에서 스릴을 찾고 있던 모든 남부 침례교도의 눈앞에 드러났다는 걸 깨달았어. 그 순간이 진정으로 내 여성성이 시작된 순간이야."

"진실되고, 진정성 있고, 정직한 날들이었네."

"토요일 밤 동네 사내아이들은 모두 기찻길 위 다리로 올라가서 지나가는 기차에 오줌을 누곤 했지.”

“페니그 좀 봐.”내가 말했다.“새로운 패턴을 고안했네.”

“그 사람 저 위에서 뭘 하니?”그녀가 물었다.“왔다 갔다 하는 것처럼 들리지는 않네. 작은 원을 그리며 뛰고 있는 것 같아. 난 그 사람이 저 위에 사는 게 별로 마음에 들지 않아. 밤에 작은 원을 그리며 뛰는 남자. 하지만 내가 뭘 진짜 싫어하는지 말해줄게. 난 그 사람이 싫다는 사실이 싫어. 난 전에는 이런 사람이 아니었어. 난 그늘이 있는 사람이었지만 이젠 모든 게 단순해졌어.”

오펄은 텍사스 델라웨어에 있는 미주리 주립 여자대학을 한해 동안 다녔다. 이 사실이 그해에 대해 내가 알고 있는 내용의 전부였다. 그녀는 산만한 삶을 살았는데, 무슨 일이 있었는지 시시콜콜 부연설명할 필요를 느끼지 않았다. 그녀가 보기에 제목과 소제목과 간추린 서문을 제시하는 것으로 충분했다. 그녀의 과거는 그것만으로 충분히 설명되는 그런 성격의 것이었다. 내가 멕시코에서 그녀를 만났을 때 그녀는 막 뉴욕에서 두해를 보낸 뒤였다. 그 두해에 관해 내가 아는 건 뉴욕에 도착한 첫날 그녀에게 무슨 일이 일어났는가뿐이었다. 그녀가 간추려준 서문은 다음과 같다. 뉴욕에 도착한 첫날 그녀는 호텔로 가기 위해 브라이언트 공원을 걸어서 통과하고 있었다. 12월이었는데 싼타클로스 분장을 한 남자가 벤치에 앉아서 쌘드위치를 먹고 있었다. 한 정신이상자가 커다란 목소리로“신이 그대들을 즐겁게 해주시기를, 신사 여러분!"이라는 가사의 노래를 부르며 공원을 가로질러 걷고 있었다. 그는 싼타클로스를 향해 곧장 걸어가는 것처럼 보였다. 잠시 싼타클로스가 그를 바라보는가 싶더니 벌떡 일어나서 쌘드위치를 베어문 채 도망치기 시작했다. 42번가를 가로지른 뒤 그는 자신과 미치광이 사이의 거리를 알려고 돌아서서 보았다. 그런 다음 차 사이를 요리조리 피하면서 6번가를 건너 사라졌다. 오펄은 그 미치광이에게 10쎈트짜리 동전 하나를 주었고, 그는 자신의 아랫도리를 노출하는 것으로 감사를 표했다.

10

　오필이 열명의 사람들에게 그림엽서를 썼고, 난 그것을 부치기 위해서 밖으로 나갔다. 그 엽서들은 시간이 흐르지 않는 여러 다양한 나라에서 산 것이었다. 야자나무와 모스크와 정글들. 나는 우체통을 찾기 위해 기웃기웃하면서 바우어리 거리를 걸어내려갔다. 나는 주머니에 손을 찔러넣고 바람 맞는 걸 최소화하기 위해 바람과 평행으로 바람의 결 사이로 걸으려고 노력했다.

　(최소화라는 단어는 기업에서 잘 쓰는 말이지만 우리 시대에 아주 잘 들어맞는 말이다.)

　아마 최소화는 내게 필요한 대답, 나의 귀환로인지도 모르겠다. 그건 아주 간단한 것, 이 시대를 사랑하기로 결심하는 것, 이 시대의 메마른 설계에 나를 그냥 박아넣는 것이다. 흩날리는 눈발 사이로 우체통이 보였다. 지연(遲延)의 위대한 순환과정에 열개의 이름을 추가하며 조그만 엽서들을 우체통에 집어넣는 건 기분 좋은 일이었다. 단순한 일이었다. 나는 공허의 유혹에 굴복하여 나와 함께한 세대를 공허한 장소로, 우리가 한번도 가본 적이 없는 어떤 곳으로 이끌고 갈 수도 있었다. 그럼으로써 우리 아이들에게 한없는 고통, 유산과 실어증, 침을 질질 흘리는 일을 일으킬 가능성을 무릅쓸 수도 있었다. 하지만 난 어떻게 시작할 수 있을지 전혀 감이 잡히지 않았다. 어떤 노선을 과감하게 따라갈 때 그 끝에 무엇이 있을지 두려워하지 않는 게 중요하다는 걸 알고 있긴 했다. 목적의 수준을 절대 바꾸지 않고 밀고 나아가는 것이 중요하고, 결코 풍자하지 않고, 사소한 아이러니를 추구하지 않으며, 고상하고 인도적인 사람들이 한 손으로 치는 박수에 무릎 굽혀 인사하지 않는 것이 중요하다. 나는 시대를 특징짓는 구조물들에 나 자신을 넘겨야만 했다. 나는 시대의 뭉친 기름 위에 둥둥 떠다니고, 권력과 자기혐오로 인해 비만해져야 했다. 그렇게 하지 않고 어떻게 나를 다시 창조할 것인가. 어떻게 내가 발견한 통찰, 우리에게 필요하면서도 두려움의 대상인 그 비율, 무(無) 대(對) 무(無)라는 그 비율을 사람들에게 알릴 것인가. 오필은 시트에 몸을 감싼 채로 침대에서 나를 기다리고 있었다. 그녀의 몸은 침대시트와 리넨 천이 너절하게 뭉친 속에 얽혀 있었다. 내가 대중의 의식 중에서 가장 저열한 부분과 연대하고, 왕의 언어학자, 사망 씨스템을 통제하고 있는 기술자, 기업적인 질병 상담가, 태아산업의 모리배 등이 순찰을 돌고 있는 나라와 연대한다면 그걸 고려하는 것만으로도 사악한 일이다. 그럴 경우 나는 새로운 추종자들을 필요로 하게 될지, 아니면 지금까지의 추종자들이 나의 재림,

즉 활동 재개에 맞춰 자신을 바꿀지 궁금했다. 그건 아마도 문제의 가장 흥미로운 측면일 것이다. 하지만 어느 쪽이든 나는 우리 시대의 메마른 영웅, 최소화하는 가장 확실한 방법을 아는 사람이 될 것이었다.

"나는 그 엽서들을 없애는 게 싫었어." 오펄이 말했다. "그 것들은 너무나 아름답도록 추해."

"엽서들에다 뭐라고 썼어?"

"나흘 뒤면 네 생일인데 에테르와 무스까뗄 백포도주를 마시러 와주겠느냐고 했어."

"알려줘서 고마워."

"네가 읽어볼 거라고 생각했는데."

"그림만 봤어."

"저런, 난 네가 읽으리라고 생각했어. 읽고 아무 말도 안하길래 암묵적으로 내 계획을 인정하는 거라고 생각했지. 정말 진지하고 솔직하게 그렇게 생각했어. 어쨌든 나흘 후면 그 친구들이 이리로 올 거야. 우리의 마지막 파티가 되겠지. 카드를 보낸 그곳에 그 친구들이 여전히 살고 있다는 걸 전제하는 거지만."

"나흘 후에 아무도 이리로 오지 않을 거야." 내가 말했다.

"왜?"

"내가 그 엽서들을 안 부쳤거든."

"거짓말." 그녀가 말했다. "난 네가 거짓말한다는 걸 알아. 네가 엽서를 안 읽어봤다면, 그것들을 부치지 않을 이유가 없거든."

"안 읽어봤다고 한 건 거짓말이야. 그리고 지금 말하는 게 참말이야. 난 읽어봤지만 안 부쳤어."

"넌 너무 정신이 없어서 안 읽어봤을 거야."

"맞아, 내가 안 읽어본 건 사실이야. 하지만 거기 쓰여 있는 내용은 짐작할 수 있었어. 그래서 안 부쳤지."

"전혀 말이 안되는데."

"그냥 아무한테나 줘버렸어. 스탠턴 거리에 거지가 한명 있더라. 그에게 그 엽서들을 주면서 팔아서 흑빵과 수프를 사먹으라고 했어. 그랬더니 그 거지가 자기는 16세기 영국의 성인 첼시의 나이절이라고 알려주더군. 나한테 자기 신용카드를 주면서 형사고발을 당할 걱정 없이 삼십일 동안 사용할 수 있다고 했어."

"나는 네가 입으로 무슨 말을 하든 간에 거짓말하는 건 언제나 알 수 있어. 거짓말을 할 땐 몸을 꼼짝도 하지 않거든. 그리고 눈에 힘이 들어가. 네가 거짓말을 하는 이유는 상대를 이기기 위해서야. 내가 거짓말을 할 때는 작은 시냇물처럼 슬쩍 빠져나가기 위해서고. 하지만 넌, 넌 이스터 섬 같아."

"마지막 파티에 누가 올지 말해봐."

"오! 모두들."

"예를 들어볼 수 있니?"

"오! 알잖아, 그 사람들 모두."

"과거에 빛나던 사람들 말이니?"

"네온색으로 빛나는 음침한 사람들이지."

"오펄, 별로야."

"그냥 보통 사람들이 오는 거야, 버키."

나는 머리를 그녀의 팔 아래쪽 어딘가에 두고 잤다. 깨어났을 때는 밖이 상당히 컴컴해져 있었다. 잠자고 있을 때 오펄은 평화로워 보인 적이 한번도 없었다. 자지 않을 땐 가끔 열살 때 표정이 꼭 저랬겠구나 싶을 때가 있는데, 그녀의 얼굴 한복판에서 장난꾸러기 어린아이가 미소를 짓고 있었던 것이다. 하지만 잘 때는 희미하게 화가 난 얼굴이었고, 나이도 실제보다 두배는 더 많아 보였다. 꿈에서 공포에 시달리고 있는 게 분명했고 턱 아래로 갱년기의 선이 따라내려가고 있었다. 잠은 그녀에게서 충동적인 성격을 앗아갔지만, 그 반대인 고요함이나 체념과 조금이라도 닮은 것으로 그것을 대체하지는 못했다. 오펄은 쉽게 쉬지 못했다. 침대와 싸우는 것처럼 보였다. 발로 차고 뒤척이면서 먹을 걸 앞에 둔 야수의 소리를 냈다. 수면상태보다는 환각상태가 좀 나은 편이었다. 과거에 우리는 함께 온갖 기괴한 방식으로 마약에 취하곤 했는데, 그녀는 화학약품이 만들어준 끝없이 넓은 교외지대의 환상으로부터 안정을 취하곤 했다. 그녀는 그 사나운 고요의 정중앙에 속해 있었으며, 그것은 잠이 결코 그녀에게 가져다주지 못했던 침착성을 그녀에게 주었다. 나는 그녀를 깨워서 사랑을 나눴다. 내게 남아 있는 힘을 총동원하고, 상처받은 나의 결단력을 모조리 다 동원했다. 바람 속에서 산책할 때 내 육체와 정신에 신선한 통렬함이 조금 보태지기도 했고, 그 순간 힘이 다시 용솟음치기도 했다. 또 내가 조만간 바깥의 소리로 귀환할지도 모른다는 생각에 온몸이 근질근질해지기도 했다. 그녀의 몸은 내게 잠의 열기를 되돌려주었다. 그것은 서서히 반응을 보였고, 자유를 만끽하면서도 지나친 탐욕을 부리지는 않았으며, 빵처럼 부풀어올랐다. 그녀의 음부는 침착했고, 혀는 내 귀를 애무했으며, 손은 내 허리 부근에서 깍지를 끼고 있었다. 우리가 이룩하고자 한 것은 예술이었고, 거래를 완성하기 위한 도덕 형태였으며, 우리의 과거 육체, 우리가 필요로 하는 위험, 가장 깊은 구멍까지 샅샅이 훑으며 저인망으로 상대방의 부족함을 잡아내는 것이었다. 우리가 그때 올라탄 것은 기묘한 어떤 순간이었다. 우린 서로 웃었다. 그녀의 눈은 단지 한순간에 그쳤지만 사랑의 기쁨으로 예민하게 빛났다. 그런 다음엔 골반의 일로 내려갔고, 서로 맞물려 돌아가기, 페이지에서 떨어져나온 시인의 말이 뒤따랐다. 오펄은 하루 종일 침대 속에서 죽치고 있었다. (그녀 말로는) 곧 있을 상업적인 만남을 대비해 휴식을 취하는 것이라고 했다. 나는 먹통인 전화기의 다이얼을 돌렸다.

"생태학책을 읽는 건 왜 이렇게 지루하지?" 그녀가 물었다.

"파괴가 너무나도 재미있는 것과 같은 이유겠지."

"옛날 잡지들은 참 예뻐. 안 그래?"

"그럼, 안 그럴 이유가 없지."

"이 책에선 스페인을 대조의 나라라고 하네. 조만간 거기에 한번 가야겠다."

"네 기준을 충족시킬 만큼 변함없는 나라가 아닐지도 몰라."

"지금 당장은 대조적인 것이 필요해. 똑같은 주변환경을 보다보면 눈이 끔찍하게 피곤해져. 여행의 두번째이자 마지막 이유는 눈에 흥밋거리를 제공하기 위해서야."

"첫번째 이유는 뭔데?" 내가 물었다.

"사물이 되는 것이지. 내가 말해줬잖아."

"하지만 대조의 나라가 아닌 나라도 있나?"

"몰라. 하지만 스페인은 노골적으로 그걸 내세우니까. 그걸 내세우지 않는 곳에 간다면 상당히 큰 모험을 하는 거잖아. 그런 곳에 갔다가 대조적인 것을 전혀 찾지 못할 수도 있지. 그러니까 확실히 스페인이야. 난 스페인에 가기로 결심했어."

"스페인." 나는 전화통에다 말했다. "나에게 관광객이 절대 보지 않는 스페인을 보여다오."

"넌 언제 여기서 벗어날 거니, 버키? 음악을 만들고 싶지 않니? 한동안 곡도 안 쓰고, 연주도 안하고, 곡조를 흥얼거리지도 않았어. 도대체 왜 그래, 응?"

"도대체 왜 그래, 응?"

"넌 연주를 해야 돼."

"넌 거래를 해야 돼." 내가 말했다. "네가 말한 그 사람은 도대체 어디에 있니? 만일 그 사람이 안 나타나면, 그때 넌 어디로 갈 거니? 텍사스로 돌아가서 네 아빠의 제국을 경영해야 하지 않아? 거래를 하고 싶다며? 그게 바로 거래잖아. 왜 떠나온 거야? 여기 이 회색빛 진창까지 올라온 이유가 뭐니? 이 조그만 침대에서 빈둥대며 경력이 오래된 괴짜 관리가 화려한 대형차를 타고 와서 방문을 두드릴 때까지 기다릴 거니? 말이 안되잖아."

"네 말이 맞을지도 몰라. 하지만 내가 아는 게 한가지 있어. 내 눈에는 대조적인 것이 필요하다는 거야."

"스페인." 내가 전화기에 대고 말했다.

며칠 후 별의별 사람들이 모두 그 방에 나타났다. 내가 아는 사람들도 모르는 사람들도 있었다. 나는 사발 모양의 천 의자에 앉아 있었다. 오펄은 내 주변으로 유명인사들을 데리고 왔다. 나는 고개를 끄덕거리거나 눈을 깜박거렸고 가끔 다른 사람이 내미는 손을 잡기도 했다. 나는 할 말이 별로 없었지만 아무도 그 사실에 신경을 쓰지 않는 게 분명했다. 그들은 이미 내 목소리를 알고 있었다. 내가 그 자리에 있다는 사실이야말로 그들이 열심히 기록하려고 하는 것이었다. 의자에 앉아 있는 남자의 단순한 모습, 그 기억은 나중에 다른 사람과 만날 때 출력되어 교환될 것이다. 방은 서서히 사람들로 채워지기 시작했다. 애초에 초대한 열명은 세배 정도로 불어난 것이 분명했다. 사람들은 자신들이 어디에 살고 있는지, 그곳이 얼마나 난장판이고 원폭투하 후의 거리 모습 같은지에 대해 이야기했다. 나쁜 건강 혹은 나빠지고 있는 건강에 대해서, 노호* 지구의 울부짖는 외국 청년밴드들에 대해서, 수초가 들러붙어 있고 한가한 물고기들이 뜯어먹은 시체들이 떠오르는 모습을 근엄한 표정의 소풍객들이 지켜보는 이스트 강변의 먼 봄에 대해서도 이야기했다. 어떤 사람이 말하길, 그가 방금 아파트 지붕 아래의 방으로 이사를 들어갔는데, 크지만 외풍이 세고, 방바닥은 무너지고 돌출해 있으며, 연도 열쇠도 없고** 빛도 안 들어온다고 했다. 누군가는 십대 알코올중독자 공동체에 대해서 얘기하고 있었고, 다른 사람들은 티아 마리아가 쿠퍼유니언의 미술학도들을 위해서 (헐렁한 상의를 걸치고) 모델이 되어준 일에 대해서 얘기하고 있었다.*** 체스터 그린리는 미키마우스 가면을 쓰고 8번가에서 구걸을 했다. 모트 양은 모트 거리에서 혼자 살고 있는데, 과거에 리빙턴 거리에서 살 때는 리빙턴 양으로 불렸고, 커널 거리에 살 때는 커널 양으로 불렸다. 그녀는 (추정이지만) 육십대 후반으로 대드스 루트 비어****병과 『월스트리트 저널』의

....

* 맨해튼 북쪽에 있는 전위예술과 패션의 중심지.

** 벤저민 프랭클린은 번개 치는 날 열쇠를 매단 연을 하늘에 띄우는 실험으로 번개가 전기의 일종임을 증명했고 번개에서 발생한 전기를 유리병에 가두는 데 성공했는데, 연도 열쇠도 없다는 말은 전기가 들어오지 않음을 뜻한다.

*** 쿠퍼유니언은 뉴욕 교외의 유명한 미술학교이다. 티아 마리아는 마리아 아줌마란 뜻이며, 자메이카 블루마운틴 커피를 넣어 만든 리큐어(술) 상표이기도 하다.

**** 무알콜 탄산음료 상표.

수집가였다. 나는 숨을 한번 들이쉬고, 다시 한번 또 들이쉬 었다. 한 남자가 기운 코르덴 옷을 입고 다리를 멋지게 꼬고 앉아서 파이프를 피우고 있었다. 네온색 옷을 입은 음침한 치 들은 수다를 떨기도 하고 울기도 했는데, 치아가 안 좋았고, 자세는 더 안 좋았다.

"이건 마지막 파티야."

"이것 좀 봐. 난 40달러짜리 친칠라 러브 글러브를 끼고 있 어. 그건 제스처야. 오늘날 우리에겐 제스처가 필요해. 공포 때문에 사람들의 위가 줄어들고 있어. 우린 서로 속옷을 바꿔 입을 필요가 있어. 내가 그런 칙령을 반포할 거야. 서로 속옷 을 바꿔입어라! 서로에 대한 신뢰의 제스처로서 말이야. 그 건 공포의 종말을 의미해."

"아이고 맙소사, 내 머리. 오, 내 정신이여. 내 팔다리와 손 발. 아이고, 내 머리카락, 내 손톱 발톱, 내 땀구멍!"

"난 영화가 나타나는 꿈 때문에 정신이 산란해. 화려한 얼 굴들이 꿈에 나타났다 사라지거든. 대단한 사람들 모두 말이 야. 왠지 모르지만 신경이 쓰여. 꿈에서 깨어나면 으스스하고 기분이 이상해. 그 사람들 얼굴 표정이 슬프거든. 아마 그래 서일 거야. 대단한 명성의 슬픔, 유명한 영화의 죽음, 죽었지 만 죽지 않은 것, 그런 게 아마도 내 기분이 이상한 이유일 거 야. 그들의 상태가 불안정하니까. 죽었지만 진정으로 죽진 않 았어. 결코 진정으로 죽진 않으니까 말이야. 영화의 개념 전 체가 그렇게 근본적으로 이집트적이지. 영화는 꿈이야. 피라

미드, 거대한 잠의 강들, 전설 속의 스핑크스 같은 옆얼굴을 한 위대하고 화려한 사람들. 깨어나면 내가 떨고 있는 거야."

"이건 마지막 파티야."

"난 프레더릭스 오브 할리우드*에서 나온 반짝이 장식이 달린 인형옷 같은 잠옷을 입고 끔찍하게 큰 생일케이크에서 확 뛰쳐나올 준비를 완료하고 있었어. 하지만 그냥 러브 글러브에 만족하기로 했지. 요샌 아무도 제스처를 안 취해. 우린 모두 금방 태어난 돼지새끼들처럼 움츠리고 있어. 오필, 속옷을 좀 부쳐줘, 네 거하고 버키 거하고. 내 기분이 좀 나아지게 말이야. 라이크라, 네 속옷을 버키한테 부쳐줘, 하나나 둘 정도. 그건 신뢰의 제스처야. 사람들은 서로서로 필요한 존재야. 내가 이 칙령을 반포할 거야. 속옷을 넣은 연쇄 편지, 누구든 그 편지를 받는 사람은 다음 사람에게 속옷 한벌을 보내야 한다고 말이야. 만일 아무도 그 연쇄를 끊지 않는다면 우리는 각자 예순네벌의 속옷을 받게 되는 거야. 보통 사람들의, 보통 사람들을 위한 속옷을 말이야. 난 보통 사람들 편이야. 이건 보통 사람들 일이라고."

"물론 난 아이처럼 행동해. 물론 난 퇴행하지. 물론 난 항문기 단계야."

"피부가 탔네. 오필, 밍크기름 비누를 써봐. 그럼 머릿결이 아랍 사람이 그걸 질겅질겅 씹은 것처럼 부드러워질 거야. 빗

* 미국의 속옷 회사.

으로 모양을 내. 윤기를 주려면 브러시를 쓰면 돼. 그런 다음 젤로*로 헹궈봐, 사탕과자님."

나는 계속해서 숨을 쉬었다. 숨을 쉬는 데 얼마만큼 노력이 드는가에 대해 전에는 한번도 생각해본 적이 없었다. 사람들이 비행운과 같은 담배연기와 향내 나는 재를 남기면서 방을 가로지르는 모습은 초자연적이었다. 내 주변에 자리잡고 앉은 다른 사람들은 입을 움직이고 있었다. 모두 다 시무룩한 표정으로 피를 펌프질하며 숨 쉬고 있었다. 다 함께 괴팍한 기적을 이루는 일에 착수하고 있었다. 우리 몸에서 움직이고 있는 부분은 우리를 죽음 같은 모든 형이상학의 가장자리 너머로 운반해주었다. 우리 몸에서 떼어낸 장기(臟器), 은집게로 집어내어 빛나는 티파니 쟁반 위에 올려놓고 스스로 계속 움직이게 내버려둔 장기는 우리의 인내력을 증명하는 최상의 사례가 될 것이다. 우리는 모르핀에 취해 그것들 사이로 굴러다니며 그것들의 비례와 윤곽에 주목하고, 한때 우리 자신의 것이었던 그 아름다움에 감탄할 것이다. 죽으면 우리는 열어젖힌 복부에서 피를 뚝뚝 흘리며 냉장시설이 된 엘리베이터에 태워져 조용히 땅속으로 보내진다. 땅 위에서 우리의 장기들은 꼬리표가 붙은 채 보관된다. 흠이 있다고 판명되면 그것들은 가난한 사람들을 위한 먹이가 될 것이다.

"역사가 사건의 기록임은 자명한 이치야. 하지만 잠재된

---

* 과일의 향과 맛, 색깔을 가진 젤리의 상표명.

역사는 어떨까? 우리는 모두 과거에 어떤 일이 일어났는지 안다고 생각해. 하지만 그런 일들이 정말 일어난 걸까? 아니면 다른 일이 일어난 걸까? 아니면 아무 일도 안 일어난 걸까?"

파이프를 피우던 남자가 다리를 꼬았다가 풀었다. 그가 취한 일련의 동작에서 보드빌의 요소가 엿보였다. 먼저 파이프를 재떨이에 탁탁 치더니 끝부분을 들여다보고 안을 향해 바람을 훅훅 불어넣었다. 그런 뒤 때가 탄 파이프 청소도구를 집어넣었다. 그의 주변에는 선천적으로 우둔한 이들이 키스 초콜릿을 손에서 손으로 전하고 있었다. 파이프 담배를 피우던 남자는 청소도구를 적절하고 남성적인 애정의 손길로 다루면서 파이프에 다시 담배를 채워넣기 시작했다.

"난 오즈먼드 연구소의 모어하우스 잠재역사학 교수일세. 하지만 모어하우스 학과장은 아니야. 나는 하우스먼 학과장이네. 내 과제는 일어날 뻔한 사건들이나 일어난 건 틀림없지만 목격되거나 언급되지 않은 사건들, 가령 박테리아의 행동이라든가 산맥의 융기와 소멸 같은 것, 그리고 일어난 것처럼 보이지만 분명히 기록되지 않은 사건들을 다루는 것일세. 잠재되어 있는 사건들은 종종 진짜 일어난 사건들보다 더 중요하지. 기록이 안된 진짜 사건들은, 그게 진짜로 일어난 것이든 잠재되어 있는 것이든, 종종 기록된 사건들보다 더 중요하네. 역사의 어떤 시점에서는 검은 아프리카 인구의 60퍼센트가 백인인 적도 있었어. 그 사람들이 쓰던 도구들과 대퇴골들이 남아 있지. 하지만 우리는 이 푸른 눈의 인종에게 무슨 일이 일어났는지 확실히 알 길이 없어. 전쟁과 병으로 소멸한 것일까? 긴 나무배를 타고 떠난 것일까? 여전히 우리는 연구소의 호머 리치먼드 블라운트 기념관에 보관된 자료를 가려내는 중이라네. 가까운 장래에 어느정도 대답을 얻을 수 있을 거라는 희망을 가지고 있어. 잠재역사학의 주요 추진력 중의 하나는 협소한 시야에서 탈피하는 것이라네. 우리는 현재 프랑스 혁명기의 쌍뀔로뜨*에 대한 증거를 수집하고 있네. 쌍뀔로뜨 내부의 반대파가 단지 무릎바지를 입기 위해서 캄캄한 밤중에 비밀리에 모이곤 했다는 증거가 있거든. 그 사람들은 맵시있는 무릎바지를 입고 밤새도록 자랑스럽게 걸어다닌 거야. 활보하거나 젠체하는 흥청망청하던 술판. 새벽이 오면 꽉 끼는 긴 바지로 갈아입고 혁명적 활동으로 되돌아갔지. 역사는 결코 깔끔하지 않다네. 우리가 짐작하는 것보다 내용이 적은 경우도 있고, 내용이 적다고 그냥 짐작만 하는 경우도 있지. 중세 사람들이 잠자리에 일찍 든 건 자명한 사실이야. 우리는 그 사실이 백년전쟁을 그렇게 오랫동안 질질 늘어지게 하는 데 어떤 영향을 끼쳤는가를 연구하고 있네. 잠재역사학은 사건 전개라는 큰 그림에서 우리가 서 있는 지점이 어디인지 결코 말해주지 않네. 하지만 그 대신 우리가 어떻게

---

* 쌍뀔로뜨(sansculotte)는 무릎바지(뀔로뜨)를 입지 않은 사람을 의미하며 프랑스 혁명기의 혁명적 하층민을 가리킨다.

그 바깥으로 나올 수 있는지는 알려주지. 난 지금 종교개혁이라는 사건이 결코 일어난 적이 없음을 증명하는 논문을 쓰고 있다네. 그러니까 반종교개혁은 결코 일어난 적이 없는 사건에 대한 반응인 셈이지. 과거 어느 시점에서는 나일 강이 아마존 강으로 흘러들어간 일이 있었네. 우리한테는 그 사실을 증명할 수 있는 침전물이 있지. 그것이 어떤 꿈을 싣고 갔는가? 우리 모두의 피와 시적 충동을 얼마만큼 싣고 갔는가? 이런 것들이 우리 연구소에서 중점적으로 연구하는 주제라네."

로이드 보이드가 출입문 쪽에 서 있다가 나를 발견하고서 다가왔다. 로이드는 무모한 행동으로 타인에게 위험을 초래해 최근에 감옥살이를 한 배우였다. 그는 석방된 이후 그랜드센트럴 역에서 살고 있었다. 벤치에서 잠을 자거나 아니면 조개 전문 술집의 문간에서 잤다. 그는 그랜드센트럴 역을 자신의 아파트로 생각하려고 노력했다고 한다. 방은 하나지만 꽤넓으며, 천장도 높고, 아주 크고 멋진 창문과 대리석 바닥이 있는 곳, 게다가 모든 곳의 중심에 자리잡고 있어서 늘 이곳저곳으로 가야 하는 배우에게는 안성맞춤이라고 했다. 약간 시끄러운 편으로 난방이 더 잘되면 좋겠지만 높은 천장이 있어 그 모든 결점을 상쇄해준다고 했다.

"요새 너무 우울해서 항우울제를 복용하고 있어."

"누군들 안 그럴까?"

라이크라 스판덱스는 르프락시티에서 어머니와 언니와 함께 살고 있었다. 베지마토는 어디 사는지 모른다. 린 포니는 애비뉴 B에서 노터리어스 노라와 쎄븐스 플리트와 함께 살고 있었다. 제리 데인은 동독의 민병대용 방한외투 속에서 살고 있었다. 티아 마리아는 전에 웨스트사이드 고속도로 아래 버려진 시내버스 속에서 살았는데, 육류 집하 터미널로 트럭을 몰고 가는 운전사들이 재미로 버스를 치거나 때로는 쉬어가면서 티아 마리아를 강간할 지경까지 이르러서, 짧은 각반을 차고 자신이 무함마드의 직계 후손이라고 주장하는 사람이 이끄는 상가건물의 도시형 교회로 결국 이사했다. 나는 잠시 눈을 감았다. 내 발밑으로 여러사람의 이름을 던져주는 한 여자의 목소리가 들려왔다.

"버키, 여기는 젠코 알라타키인데 다큐멘터리 감독 액슬 그레그의 매형이야. 그리고 난 액슬의 누나인 릴리언, 그러니까 젠코의 아내인 릴리언 알라타키야. 젠코는 멕시코 서북부에서 방금 올라왔어. 거기서 지진발생 작업을 하고 있는데 그걸 위해서 돈을 좀 모으려고 말이야. 그가 하는 걸 절대 예술이라고 부르지 마. 불을 지피고 고환을 만지는 그건 예술이아니라 예술 이전의 것이니까. 정보화 시대 이전의 경이로움은 인간이 지구와 자기 자신을 변화과정 속에서 실제로 지각했다는 거야. 젠코는 일련의 아주 섬세한 TNT 폭파를 통해 단층을 따라가는 압력을 창출하려고 애쓰고 있어. 몇군데만 더 제대로 폭파하면 그는 자신의 작은 지진을 갖게 되지. 일찍이 이뤄진 적 없는 가장 위대한 예술품이야. 하지만 예술이라고 부르지는 마."

"그게 사실이야?"

"왜 아니겠어?" 젠코가 말했다. "대륙들은 판 위에 올라타고 있어. 지구의 표면은 움직이고 있어서 균열과 단층을 초래해. 인위적인 균열의 아름다움은 인접한 지표면을 사진으로 찍을 수 있다는 거야. 지표면에다 물체들을 놓고 그 물체들이 쓰러지는 모습을 공중에서 촬영하는 거지. 나는 그걸 동역학(動力學)의 전율이라고 불러. 사물들이 넘어지고 삼켜지는 것 말이야. 만일 우리 사회가 그릇된 가치에 그렇게 집착하지 않는다면 내 전율에 살아 있는 동물들을 사용할 수도 있을 텐데. 양, 염소, 토끼들. 지진발생 기술로 인해 인간은 지구에 뭔가를 되돌려줄 수가 있어. 염소들이 삼켜질 수 있다면 그건 완벽한 진율, 희생적 사랑의 행위가 될 텐데. 우리가 지구에 돌려주고, 지구는 그걸 받아들여서 더 푸르러지지. 네 몸무게가 얼마나 되니?"

"이게 네가 작업한 첫번째 전율이니?"

"세계 최초의 전율이지." 그가 말했다. "난 신중하면서도 대담하게 접근하고 있어. 파괴를 통해 생명에 도움을 주는 일이란 항상 대담한 일이지. 네 몸무게가 얼마나 되니? 여기 있는 사람들 모두 아주 야위었다는 건 알고 있니? 너희들 모두가 내 눈앞에서 사라지고 있는 것 같아."

오펄은 그날 저녁 비교적 일찍 침대로 갔다. 사람들은 그녀의 몸 위와 주변을 여기저기 기어다녔다. 조금 더 외로운 치들은 비애의 작은 리본 속에 있는 그녀 곁에 그냥 머물러 있었다. 다이앤 보위는 곰 인형을 들고 욕실로 갔다. 사람들의 목소리들이 약간 타오르는 듯했다. 키스 초콜릿의 끝을 베어 문 사람들, 상한 치아들, 얼룩진 손가락들, 끔찍하게 나쁜 자세들. 위노나 배리는 웨스트빌리지의 신문에 자신의 바느질 기술에 대한 광고를 내보냈다고 했다. 어떤 남자가 전화를 해서 수녀 옷과 가랑이가 없는 승마용 바지를 주문했다. 그들의 흥정은 토막 문장으로 이뤄졌다. "성도착엔 추가 비용." "돈은 문제 아님." "쌔틴류 속옷엔 추가 비용." "섬세하게만 해줘요." "승마바지의 구멍엔 추가 비용." "앞으로 더 많은 일감을 보낼 예정." 모트 양은 오필의 전화 다이얼을 시간에 맞춰 돌리려고 했다.

"우리 언니가 새 남자친구를 사귀는데." 라이크라 스판덱스가 말했다. "금고와 로프트 아파트*와 순찰 트럭을 가진 형사야. 그 사람은 나를 한번 보더니 그냥 거의 숨을 못 쉬더라. 그런 남자한테 내가 어떻게 아이래시 컬러와 마스카라와 하이라이터와 토너를 꿈꾸며 보낸 내 어린 시절을 얘기해줄 수 있겠어? 사복형사에게 얇게 비치는 블라우스와 긴 플레어스커트와 아주 섹시한 속옷과 꽉 끼는 목걸이와 귀걸이와 핀과 클럽에 대해 어떻게 설명해줄 수 있겠어? 그 남자는 사복형사야. 그 사람은 이해하지 못할 거야, 그렇지? 내가 그 남자에게 아이섀도우를 바르고 장미 꽃잎처럼 부드러운 피부를 갖

---
* 공장 등을 개조해 만든 아파트.

는다는 것이 무엇을 뜻하는지 감히 얘기할 수 있을까? 평생 동안 내가 원해온 전부는 마지 챔피언과 가워 챔피언* 두사람이 되는 거야. 하루씩 번갈아가면서 말이야. 내가 그 형사한테 그런 얘기를 할 수 있을까? 내가 폭스사(社)의 발성영화 시절에 대해서, 그리고 발레 드레스를 입고 나무 받침대를 뛰어넘는 소녀들에 대해서 그에게 설명할 수 있을까? 그 형사는 내내 다른 애들을 자전거 체인으로 패면서 사춘기를 보낸 사람이야. 내가 그런 사람한테 사타구니의 처진 부분을 감춰주는, 속이 훤히 비치는 팬티호스에 대해서 이야기를 한다? 미안하지만 난 그런 놀이를 할 수 없어. 나는 라이크라 스판덱스에게 뭐가 최선인지 알고 있어. 라이크라 스판덱스는 권위를 지닌 사람들에게 굽실거릴 필요가 없어. 그 사람들이 뉴욕 시 경찰 소속이고, 금고와 로프트 아파트와 순찰 트럭을 가졌다 하더라도 말이야. 만일 그 개 같은 새끼가 그렇게 대단하다면 왜 내가 들어가 살 괜찮은 로프트 아파트나 별 볼 일 없는 내 보석들을 보관할 수 있는 금고나 벼랑 위로 몰고 갈 수 있는 그 망할 놈의 트럭을 안 주는 거야?"

피부가 창백하고 키가 큰 여자 한명이 내 의자 주위에 서 있었다. 그녀는 빨간 머리를 땋아내리고 있었으며 페인트가 묻은 청바지와 한가운데에 구멍이 난 티셔츠를 입고 있었다. 나는 몸을 기울여 그녀의 팔에 손을 살짝 갖다대었다. 그래서

---

* 미국의 여자 배우, 남자 배우로서 오랫동안 부부였다.

나는 존재한다. 그녀가 돌아섰고 나는 그녀의 배꼽에 내 입을 갖다대었다. 그러자 그녀가 웃으면서 약간 몸을 비틀었다. 그녀의 두 엄지손가락이 내 귓바퀴를 부드럽게 어루만졌다. 그녀의 배꼽에는 보푸라기는 없었는데, 비정상적으로 컸다. 주름과 안식을 지닌 내부의 달이었다. 그녀가 누구인지, 혹은 그 평평한 순간이 그녀의 손에 의해 어떻게 둥글게 말려졌는지 궁금해할 이유는 없었다.

"내 이름은 제임스야." 누군가가 말했다. "네 음악을 들어봤고 좋아해. 세번째 앨범은 정말 획기적인 작품이야. 정말 대단한 앨범이야. 소음과 고함과 웅얼거리는 소리. 너의 앨범과 너의 씽글을 모두 들어봤고 다 좋아해. 나름대로 유명한 사람의 일원으로 하는 말이야. 아무도 그걸 모르긴 하지만 말이야. 마일런과 나. 나는 마일런의 친구야. 우리도 너처럼 개떡 같은 건물에 살고 있어. 넌 좀 쉬고 싶어하는데 이해할 수 있는 일이야. 요샌 그릴 것도, 쓸 것도, 영화를 찍을 것도, 노래를 부를 것도, 사랑을 나눌 것도 없으니까. 하지만 네 음악은 지금도 계속 라디오에서 흘러나오고 있어. 정말 엄청난 소리야. 네 음악이 산간벽지나 오지에서도 엄청난 인기를 누리고 있다고 생각하면 정말 놀라워. 내가 원래 산간벽지 출신이거든. 절대적인 오지, 깊고 깊은 산간, 사람들이 항상 그런 종류의 소리를 흡수하면서 사는 대도시하고는 아주 다른 곳 말이야. 네 두번째 LP도 죽여줬어. 하지만 내 생각엔 세번째 것이 진짜 획기적인 작품이야."

마일런 웨어는 혼자 구석에 서서 누구하고도 이야기하지 않았다. 그는 캐나다 서부에서 온 포크송 가수로 기묘한 눈을 한 깡마르고 음산한 표정의 남자였다. 뉴욕에 온 뒤 두번째 겨울에 그는 굶주림을 견디다 못해 자신의 개를 잡아먹었다. 사람들이 그에게 음식을 주겠다고 했고 생활보호연금을 받으라고 알려주었지만, 그는 아무것도 받지 않았고 다른 사람의 말을 듣지도 않았으며 한마디 말도 하지 않았다. 그가 기르던 개는 독일이 원산지인 셰퍼드로 호신용으로 샀었는데 죽이기가 무척 힘들었다. 그는 먼저 방범용 잠금장치의 한 부분인 긴 막대기를 집어들었다. 첫번째 가격은 정확하지 못했고 힘도 충분치 못했다. 그리고 그 막대기는 이어진 싸움에 사용하기에는 너무 긴 무기라는 게 판명되었다. 하지만 마일런이 역시 호신용으로 사놓은 사냥용 칼을 꺼내는 동안 개의 접근을 막는 데는 도움이 되었다. 그가 개를 죽이는 데에는 십오분이 걸렸다. 그 일이 끝났을 때 그의 작은 아파트에 있는 거의 모든 물건은 제자리에서 벗어났고 피투성이가 되어 있었다. 마일런은 개를 토막낸 다음, 먹을 수 있을 것 같은 부위는 모두 나흘에 걸쳐 요리해 먹었다.

"이건 마지막 파티야."

"제1막은 뉴욕 공연이 나왔어. 제2막은 런던 것이 나왔고."

"키스해줘."

"이게 나의 비전이야. 전세계에 사는 모든 사람이 서로서로 다른 사람의 속옷을 입는 거야. 모든 나라가 속옷을 교환해. 중국에서는 이집트의 빨래를 하고, 크고 건장한 터키 사람들은 뉴욕 스카스데일에서 온 팬티를 입어. 대중적인 운동이지. 나는 철저하게 대중주의자야. 그렇게 하면 아주 도움이 될 거야. 머릿속으로 그려볼 수도 있어. 속옷을 위한 특별한 4등급 우편료를 말이야. 속옷을 가득 실은 화물선이 무역 루트를 정기적으로 왕래하는 것, 이게 내 비전이야. 속옷 연쇄편지, 속옷을 통한 세계 평화."

"난 내가 칭얼댄다는 사실을 인정해. 내가 늘 환상적으로 유치하다는 사실을 인정해. 내가 그냥 바닥에 퍼질러앉아 마ー마, 다ー다, 나ー나, 이렇게 말하고 싶어한다는 걸 인정해."

"그 여자는 필리핀 여자로서는 거의 조각상 수준이야."

"위노나의 아기처럼 똥을 많이 싸는 아기는 다시 보기 힘들 거야. 그 아기한테는 독자적인 에이전트가 있어야 해. 그 아기는 어떤 아기도 감히 흉내낼 수 없는 재주를 가지고 있어. 난 위노나한테 윌리엄 모리스와 통화하라고 했어. 그 아기한텐 에이전트가 필요하다고."

"이건 마지막 파티야. 사람들한테 전해줘."

"내가 이 사진을 어떻게 찍고 있는지 말해줄게. 난 그걸 아름답게 찍고 있어. 그게 내가 사진을 찍는 방법이야."

"이건 마지막 파티야."

"난 4번가에서 만화책을 팔아. 이것도 삶이야, 맞지? 애들도 사러 오고, 그 머리, 그 옷차림, 그 피부를 한 대학생 남자

애들도 오지. 난 중고 만화책을 그애들한테 팔아. 보니타 그
랜빌이나 킹콩이 등장하는 고급 잡지도 팔아. 삶이라고 부르
는 데에는 다 이유가 있는 거야. 이건 삶이야. 난 살아. 지금보
다 더 나쁠 수도 있어. 적어도 난 살아가잖아. 이건 삶이야. 난
삶을 꾸려가."

"이건 마지막 파티야. 전해줘."

"자아는 타자 안에 있어. 동작은 태양계를 이끌어가는 정
신이라고 할 수 있지."

"해피밸리는 요새 폭력에 빠지고 있어."

"키스해줘."

나는 그 방에 있는 모든 장기(臟器)에 대해 생각했다. 그것
의 소유주와는 별개로 말이다. 그렇게 생각하는 바로 그 순간
난 우리가 우리의 피부 뒤편을 볼 수 있는 순교자들의 모임
같다고 생각했다. 그 방은 신비주의 그림에 나오는 세포 같았
다. 신성한 콩팥과 담배연기 속에 떠 있는 허파들, 빛을 반사
하는 내장들, 고통 없는 불 속에서 지글지글 끓고 있는 방광
들로 가득 차 있는 그림 말이다. 우리를, 후광 속에서 거의 신
적인 경지에 있고 소멸하면서 동시에 영원한 주머니와 타오
르는 올가미로 표현하는 이것에는 미치광이다운 진실이 있
었다. 나는 창백한 소녀가 자신의 관능적인 배꼽을 만지는 모
습을 지켜보았다. 우리는 모두 하나하나 창백한 껍데기에 다
시 둘러싸여 호흡을 재개했다.

11

꿈속에서 나는 숫자가 쓰여 있지 않은 문을 열고 나갔는데, 바로 눈앞에 바다가 펼쳐져 있었다. 바다는 넓고 고요했으며 환각적인 은빛으로 덮여 있었다. 내가 아는 어떤 사람이 길을 걸어가고 있었고, 그 길을 따라 언덕 아래로 내려가니 집이 몇채 있었다. 열기가 휘황찬란하게 대기를 채우고 있었다. 앙심을 품은 불빛이 분필로 그린 듯한 작은 바닷가 집들의 돌 속으로 타들어갔다. 이어서 어렴풋이 사람들의 목소리가 들려왔으며, 사람들이 문간에 서 있는 모습이 희미하게 보였다.

아침식사든 어떤 식사든 간에 오펄은 프랑크푸르트 쏘시지가 든 빵을 구웠다. 그녀는 포크로 빵을 찍어 버너 위에 올리고 내 것은 안쪽을, 자신의 것은 바깥쪽을 구웠다. 우리는 서로 상대방이 선호하는 방식이 이상하다고 생각했다. 그녀는 빵에다 딸기잼을 바른 다음 모두 침대로 가지고 왔다.

"진짜 딸기가 있었으면 좋겠어." 그녀가 말했다. "커다란 딸기를 구경하고 나중에 먹게."

"녹음된 딸기 대신 생방송 딸기라 이거지."

"한번은 정말로 비행기를 연이어 네번 갈아타고 육천 마일을 날아 아는 사람 집에 도착한 적이 있어. 사람들이 딸기를 먹고 있었는데, 난 그냥 앉아서 식탁 중앙의 설탕 안에 놓인 딸기를 바라보기만 했어. 그것들은 내 생각의 범위를 넘어선 곳에 있었어. 마치 내가 죽은 자들의 땅에서 돌아온 것 같은 느낌이었어. 그것들은 살아 있었지. 그 딸기들은 생생하게 살아 있었어. 난 그것들의 내면을 꿰뚫어볼 수 있었어. 난 딸기의 진정한 정체를 이해할 수 있었지. 그걸 말로 표현할 순 없었지만 말이야. 그것들은 상상할 수 없을 정도로 아름다웠고 너무나 풍부하고 통통하고 생생했어. 실제로 내면에서 빛을 발하고 있었어. 물론 내가 무슨 약에 취해 있었을 거야."

"문 앞에서 얘기한 사람은 누구였어?"

"자고 있는 줄 알았는데."

"자긴 잤는데 깊이 잠든 건 아니었나봐. 누군가 문 앞에 있었고, 너랑 그 사람이 뭔가 얘기하고 있었어. 페니그는 아니었어. 페니그의 목소리는 내가 아니까. 아래층 여자도 아니었어. 남자였으니까. 그러니까 짐작건대 결론은 하나, 네가 기다리던 그 사람이야. 그 운반책, 맞지?"

"맞아." 그녀가 말했다.

"좋은 소식이니, 나쁜 소식이니?"

"페퍼 박사가 짐작한 곳에 없대. 하지만 48시간 안에 그와 만날 것이라고 예상하고 있대. 왜 48시간인지는 나도 몰라. 왜 47시간이나 53시간이 아닐까? 어쨌든 내일밤 소식이 오면 당장 떠날 수 있도록 준비를 해야 한대. 그래서 난 벌써 며칠 전부터 준비완료 상태라고 했지. 그랬더니 내가 자기들과 호흡이 잘 맞을 것 같대."

"마침내 일에 진척이 있어서 기쁘니?"

"한가지 좀 마음에 걸리는 점이 있긴 있어. 아까 그 사람은 내가 기대한 것과 전혀 딴판이더라고. 난 그가 모타운* 같은 데서 온 낮은 단계의 A&R** 타입일 거라고 생각했거든. 구릿빛 안경에 성긴 턱수염, 약간 구부정하게 펑키 스타일로 걷는 그런 사람 말이야. 난 순수한 펑크***를 예상했거든. 평생 동안 여러 종류의 상품을 다뤄온 사람 말이야."

"근데 실제로는?"

"헤인스였어." 그녀가 말했다.

"제기랄, 그 목소리였구나. 헤인스 그애 목소리라는 걸 어렴풋이 알기는 했어. 글롭키가 여기 개입되어 있단 말은 안했잖아?"

"아니야, 버키. 헤인스가 독자적으로 하는 일이야. 그가 이 일에 관여한다는 게 실은 놀랄 만한 사실은 아니야. 우리가

---

* 모타운(Motown)은 모터와 타운이 결합된 말로 디트로이트의 별칭이지만 여기서는 1959년 디트로이트에서 설립된 레코드 회사를 가리킨다.
** Artist and Repertoire의 약자로 아티스트의 발굴, 계약, 육성과 그 아티스트에 맞는 악곡의 발굴, 제작을 담당하는 레코드 회사의 업무 중 하나.
*** 1960년대에 등장한 미국 흑인음악으로, 하모니나 멜로디보다는 리듬을 강조한다.

공통으로 아는 사람이 그렇게 많진 않잖아. 만일 종이 위에 다 우리가 아는 이름을 전부 적어놓고 줄로 연결해보면 헤인스가 문 앞에 나타난 일이 어쩌면 논리적일지도 몰라. 어쨌든 그를 보고 생각한 게 한가지 있어. 너를 놀라게 해줄 일이야. 그러니까 실은 네 생일선물이지. 좀 늦긴 했지만 진정 몹쓸년의 천재성을 한번 발휘했다고나 할까."

"궁금해 못 기다리겠어."

"나도 모르는 그 무언가가 풍부하게 담긴 선물이지."

"헤인스는 인간 흡착지야." 내가 말했다. "그런 놈이 이런 종류의 일에 개입하는 건 안 좋아. 아주 흐물흐물한 친구야. 그를 흡착지로 쓰고 던져버릴 수도 있을 정도야. 순종과 역설이지. 그 친구는 차라리 경찰하고 협력해서 일하는 편이 더 나은 놈이라고."

"기분 좋고 편하다." 그녀가 말했다. "가서 빵을 더 구워올래."

어둠이 내리고 있었다. 나는 버너 네개를 다 켜놓고 있었다. 우리는 빵을 다 먹어치웠고, 오펄은 침대에 누워서 칼의 뭉툭한 모서리에 묻은 잼을 핥아먹고 있었다. 그녀의 무동작의 힘은 사라져갔다. 이제 그녀가 하는 모든 일에는 그녀의 출발이 암시되고 있었다. 헤인스가 문 앞에 나타날 때까지 오펄의 존재감은 엄청났다. 그녀는 침대에서 여왕처럼 군림했다. 마법 때문에 현기증을 느끼고 자신의 악취가 감각을 압도하는 속에서 허우적대는, 늪에 빠진 오만한 크리올 여왕처럼.

오펄은 내가 즐기던 무동작 상태를 내게서 훔쳤다. 나는 소금처럼 움직이지 않고 있었다. 사람들은 내 주변을 감싸고 돌았으며, 나는 날씨의 변화와 빛과 침묵의 부드러운 변이를 계획하고 있었다. 나는 중심을 잡고 내 내면의 움직임에 대해서, 고립에서 고독으로의 전이, 무언에서 무동작으로의 전이에 대해서 배우고 있었다. 그러다가 오펄이 중심을 차지하게 되면서 나는 그 주변을 감도는 존재로 변했다.

"나 다시 돌아갈지도 몰라." 내가 말했다.

"순회공연에? 뭘 가지고?"

"아직은 잘 몰라. 아니, 실은 전혀 모르겠어. 하지만 다시 돌아가야겠다는 생각은 좀 하고 있어. 돌아간다는 사실 자체가 중요한 거니까. 면벽을 멈출 시간이야. 네가 맞았어. 이제 돌아갈 때가 된 거야."

"이왕이면 새로운 걸 만드는 선에서 그냥 관두는 게 어때? 왜 순회공연을 하려고 그래?"

"그것도 일부분이 될 거야. 나도 이유는 몰라. 아마 난 그저 접촉하고 싶은 걸 거야. 스튜디오 작업으로는 극단에 도달할 수 없어. 난 자살에서 살인으로 넘어가는 것 같은 그런 극단에 도달하고 싶어. 남들이 계속 날 부려먹고 마음대로 휘두르고 장난치고 그랬잖아. 내 엄지발가락보다도 자살이 나한테 더 가까웠지. 자살은 자연스러운 귀결이었어. 난 그게 바로 코앞에 닥쳤다고 생각해. 내가 자살한다 해도 아무도 놀라거나 충격을 받지 않을 거야. 진짜로 다들 나한테 그걸 기대하고 있거든. 만일 내가 공연 도중에 훌쩍 떠나오지 않았더라면 어떤 식으로든 그런 일이 일어났을 거야. 종이가 무너지는 것처럼 부드럽게 무너졌을 거야. 내가 떠나온 뒤에도 자살은 바로 내 코앞에서 날 빤히 바라보고 있었어. 하지만 이제 난 그것에서 벗어난 것 같아. 난 돌아가고 싶지만 좀 다른 방법, 새로운 극단(極端)으로 돌아가고 싶어. 그러니까 자살에서 살인으로 넘어가려는 거지."

"무슨 말인지 잘 모르겠어, 버키."

"너같이 단순한 거래를 하는 사람에게는 너무도 사악한 일이지."

"넌 완전히 새로운 걸 가지고 돌아가고 싶어하는구나. 그런데 그게 어떤 거지? 흉측한 가사를 외치며 청중들에게 방울뱀을 던질 수도 있겠지. 대체로 그런 생각이니? 펜타곤을 향해 사랑의 노래를 부를 수도 있겠지."

"정치적인 건 안해." 내가 말했다.

"따분한 공포물 종류를 빼면 요새는 아무것도 없어. 단지 그런 걸 너의 새로운 첨가물로 섞어서 넣을 순 없잖아. 너 같은 영웅, 악한, 상징적 존재한텐 안 맞지."

"어쩌면 난 그런 걸 섞어서 넣고 싶은 생각이 전혀 없는지도 몰라. 어쩌면 난 더 따분하고 더 공포스러운 걸 만들어내고 싶은지도 몰라. 나도 잘 모르겠어. 한가지는 분명해. 내가 청중들 앞에 다시 나서서 예쁜 가사 또는 충격적인 가사를 노래하거나, 더 시끄럽고 더 논쟁적인 새로운 곡을 제시할 수는 없다는 거야. 그런 건 이미 다 했으니까. 그런 걸 다시 한 다면 그건 문자 그대로 똑같은 걸 더 하는 것밖에 안돼. 그러니까 내가 원하는 건 덜 하는 걸지도 몰라. 과거의 나를 최소한으로 줄이는 것 말이야."

"좋아, 괴물의 정체가 드러났어. 최소한이 최선이다. 하지만 이 경우 괴물은 누구지? 네 특유의 깔끔한 가사를 비틀지 않도록 신경 써야 돼. 물론 그게 바로 네가 원하는 것일지도 모르지. 그렇다면 난 관심을 가지고 지켜볼 거야. 실제로 네가 필요하다고 하면 어떤 도움이나 위안도 네게 줄 태세가 되어 있어. 망할 놈, 우린 오랜 친구잖아."

"오랜 친구이자 진정한 친구지." 내가 말했다.

"오랜 친구, 진정한 친구, 그리고 지속적인 친구."

"의심의 여지 없이."

"절대적으로."

"똥처럼 확실히."

난 버너의 불을 다 끈 다음 창문 곁에 가 섰다. 파이프 안에서 스팀이 도는 소리가 먼 데서 나는 소리처럼 들려왔다. 나는 여기서 이렇게 지내는 게 불행하지 않았다. 이곳에 있는 사물들은 아직 감화력을 빼앗기지 않았다. 사물들 간의 거리는 적당했고, 소음은 날것 그대로 들려왔고, 공기는 재순환 없이 흐르도록 허락된 것이었다. 하지만 이 완벽함도 이제 나를 붙잡아두기엔 충분치 않아 보였다. 나는 성냥불을 켜서 씽크대 위에 있는 여러 초들 중 하나에 불을 붙였다. 오필은 침대 속에 더 깊숙이 들어가면서 이 약한 빛을 피하는 시늉을 했다.

"사람들은 모두 단순해지고 있어." 그녀가 말했다. "예를 들면 나를 봐. 전에는 이런저런 변화가 있었어. 그런데 지금은 늘 똑같아. 반사에 의한 문명. 만일 우리가 빠블로프 시대에 살았더라면 그는 개에게 음식값으로 쓸 돈을 아주 많이 절약할 수 있었을 거야. 이제 널 돌아봐. 만일 네가 과거의 라스베이거스 버전으로 다시 세상에 나가고 싶다면 뭐 그래도 괜찮아. 하지만 내가 바라는 건 네가 스스로 무엇을 하고 있는지 아는 거야. 넌 관점을 잃을 거고, 네 모서리는 무너질 거야. 그리고 넌 진짜로 전혀 다른 존재가 되겠지. 그게 자연스러운 진화일 수도 있어. 앨범에서 앨범으로 넘어갈 때마다 넌 점점 더 일관성을 잃어갔어. 마지막에는 엄청난 양의 소음을 내면서 절대적으로 아무런 의미도 전달하지 못했지. 밴드 전체가 종이가 타듯이 완전히 말려들어가고 있었어. 자신이 한 게 뭔지 넌 아니? 넌 우리에게 말하던 광기를 끌어안고 있었어. 그러니까 그게 자연스러운 진화일 수도 있을 거야. 넌 계속 진행되어온 그 공포물에 너무 푹 빠져 있었어. 왜냐하면 그게 네 음악을 형성시킨 것이었고, 넌 그 소재에 매혹되어 있었으니까. 네가 쌘스* 무대로 기어올라가 국부 보호대를 착용하고 앉아서 꿀꿀거리는 게 자연스러운 다음 단계일 수도 있

* 라스베이거스에 있는 카지노 이름.

126

어. 너와 알고 지낸 뒤 넌 언제나 돈을 움켜쥔 사람들, 돈 얘기, 그리고 거래하고 운영하는 사람들에게 둘러싸인 채 지내왔어. 하지만 다른 건 몰라도 돈은 널 타락시킬 수 없어. 네가 진짜로 굶어서 죽어간다 하더라도 말이야. 네가 경계해야 할 대상은 너 자신이야. 약간 적그리스도 같은 네 성향 말이야. 내가 너의 다양한 모든 면들 중에서 그 면을 가장 좋아하고, 또 그 면이 너의 명성과 영예의 원천이니까 내가 그걸 문제 삼은 것은 잘못일 수 있어. 하지만 문제는 네가 공허를 향해서 가고 있다는 거야. 네가 그리로 가고 있다는 데에는 우리 둘 다 동의하잖아. 그건 네 여행이야. 만일 네가 그리로 가기를 원하는 게 확실하다면 나는 네가 가는 걸 도울 거야. 내가 지닌 몹쓸 년 특유의 천재성 덕분에 난 이미 장난 같은 어떤 아이디어를 유통시키기 시작했어. 아마 곧 그 아이디어가 바로 이 아파트 문 앞에 나타날 거야. 넌 주제도 확정되지 않은 패널 토론에 귀를 기울여온 거야. 이 패널 토론자들은 이제 옷을 벗고 서로의 몸에 다채로운 천연염료를 칠할 참이야.”

오펄의 정적(靜寂)은 이제 그 본래의 성격을 잃고 있었다. 무거운 엔진이 잠입함으로써 이제 그 정적은 단순한 철야로 변하고 있었다. 그건 붐비지 않는 시간에 탑승구로 향하는 고요한 형광색 터널에 서 있는 외로운 여자의 상태 같은 것이었다. 촛불 속에서 그녀는 거의 잔상처럼 보였다. 주도권이 거의 사라진 그런 모습이었다. 그녀는 다시 하늘 한가운데 떠 있는 하나의 점으로 축소되었다. 이제 그녀는 종이 위에서 컴

퍼스와 각도기의 도움으로 찾아질 수 있는 그런 존재였다. 그녀는 증권업자와 붙임성 좋은 복장도착자 사이에 앉아서 공손하게 속삭이고 있다. 수화물 찾는 곳과 통관절차에 대해 미리 생각하고 있다. 극단적인 변종들은 어디에나 있으니, 밀수업자들과 국제적인 마약 밀매업자들은 나이트로글리세린을 치아에다 감추고, 설익은 아편 원료를 외과수술로 안구 아래에 넣고 꿰매어 항공로를 오염시키고 있다. 747기를 타고 있는 빈민가와 혁명. 헤인스가 찾아와서 오펄은 지금 떠남을 위해 리허설을 하는 중이다. 내가 지중해 꿈을 꾸는 동안 문 앞에 서 있었던 사람은 헤인스였던 것이다.

"장소들은 언제나 기대한 그대로야." 그녀가 말했다. "그게 장소들의 문제점이기도 하고 장점이기도 해. 과거엔 분명히 그러지 않았지. 하지만 지금은 틀림없이 그래. 몇몇 장소는 아직도 서로서로 다르기는 해. 하지만 어느 곳에서도 내가 예상한 것과 다른 모습을 보이는 장소를 찾을 순 없어. 엽서 제작자들을 봐. 그들은 관광객을 상대로 바가지나 씌우는 지저분한 호수를 신들이 카누를 타는 곳으로 바꾸려고 해. 하지만 너무 번쩍번쩍 세련되게 만들어서 그 엽서를 한번만 보면 누구나 그곳이 똥으로 가득 찬 호수라는 걸, 거기 가는 관광객들은 모두 전쟁범죄자들이거나 아니면 웃을 때 침을 튀기는 그런 부류의 사람들이라는 걸 알 수 있어. 물론 그런 장소에 나름의 아름다움이 없는 건 아니야. 그러니까 그게 문제야. 전세계가 라파예트 거리로 변하고 있어. 뉴욕 시에서 가장 추하면서 아름다운 그 거리 말이야. 어떤 면에선 예상한 걸 얻는다는 건 좋은 일이야. 장소도 사람과 마찬가지로 수동적일 수 있지. 사람들은 그저 성당이나 사막을 내세우며 팔다리를 아무렇게나 벌리고 앉아 있어. 수동성도 아름다울 수 있어. 요즘엔 그저 남들이 주면 주는 대로 받아. 그리고 만일 모든 게 추해지면 우리가 할 수 있는 유일한 일은 이건 아름답다, 아름다워, 하면서 스스로를 세뇌시키는 거야. 궁극적으로 아름다울 수도 있어. 하지만 헤인스의 수동성을 봐. 거기에는 섹스에 지친 아름다움이 있어. 그 점은 인정해줄 수밖에 없지 않니? 시간이 흐르지 않는 나라들, 시간이 흐르지 않는 나라들을 봐. 왜 내가 그렇게 많은 시간을 시간이 흐르지 않는 나라에서 보냈을까? 왜냐하면 거긴 시간이 없으니까, 거기는 더이상 진화를 안하니까, 따뜻한 바람이 나를 돌처럼 반짝거리게 해주니까. 여기처럼 추운 곳이라면 나는 발전하고 모가 나고 빠르게 노화하겠지. 그레이트존스, 본드 거리, 바우어리 지역, 이런 곳들 역시 사막이야. 사실 진짜 사막과 마찬가지로 아름답고 무시무시한 곳들이지. 어떤 사람들한텐 너무 추운 곳이지만 말이야. 내가 가장 추위를 느끼는 부위는 내 눈과 무릎이야. 이상하지? 눈덮개와 무릎장갑이 명백한 해결책이야. 트랜스패러노이아에서 그런 걸 개발할 수도 있겠지. 내일 아침 제일 먼저 글룹키한테 한번 얘기해봐."

나는 침대 주변을 걷다가 다시 한번 창가로 갔다. 오펄은 턱까지 이불을 끌어당겨 덮고는 누웠다. 난 우리가 상대방으로부터 정확히 뭘 필요로 했기에 만나게 되었는지 전혀 알지 못한다. 어쩌면 그냥 서로서로 오가는 걸로 만족했는지도 모른다. 우리는 서로에게 상대방의 움직임과 휴식이 되어주었는지도 모른다. 방바닥 위에 쌓아놓은 네권의 전화번호부 위에는 전화기가 놓여 있었다. 초 한자루가 타고 있었고 다른 하나는 꺼져 있었다. 나는 창문을 향해서 숨을 내쉬었다. 온수 파이프, 눅눅한 쇠의 텅 빈 공간에서 요란한 소리가 울리고 있었다. 오펄이 모아놓은 1쎈트짜리 동전이 냉장고에 있는 두 제빙그릇을 가득 채우고 있었다. 욕조에는 이미 한번 쓴 물이 가득 차 있었다. 내가 이런 것들을 확인하는 것은 아마도 질서로 돌아가기 위해 필요한 요소들을 모으려는 하나의 시도일 것이다.

"사물들 역시 사람이나 장소들처럼 진화해." 그녀가 말했다. "아니, 다른 표현을 쓰면, 사람과 장소는 스스로 믿고 싶어하는 것보다 훨씬 더 정적이야. 나를 봐. 인간의 진화 도식에서 난 현재 뭐가 되어 있지? 수하물, 난 수하물이야. 선택에 의해서, 성격에 의해서, 직업에 의해서. 수하물이 아니면 난 뭐지? 난 나 자신을 열고 그 속에 아주 비싼 뭔가를 집어넣고 다시 닫은 다음, 시간이 흐르지 않는 나라로 옮겨져. 내가 사물이라는 사실을 누가 알고 있는지 알고 싶니? 세관원이야. 세관원은 우리가 보통 믿는 것보다 훨씬 더 많이 알고 있어. 세관원은 방법론을 이해하고 있어. 사물들이 작동하는 방식을 아는 거지. 나는 수하물이야, 의심할 바 없이 여자의 가

죽으로 된 수하물. 하지만 난 그 단어를 별로 좋아하지 않아. 수-하-물. 나처럼 섬세한 물건에 붙이기엔 너무 무거운 야수 같은 말이야."

칼은 날이 위로 향한 채 빈 항아리 속에 서 있었다. 태엽이 풀린 시계는 벌레처럼 무력하게 다리를 공중으로 쳐들고, 태엽 감는 나사가 일부 빠져나온 채 벽장 바닥에 나자빠져 있었다. 나는 그 순간 눈 내리는 모습을 바라보았다. 눈은 정확히 가로등 불빛 안에 갇혀서 내리고 있었다. 바람은 전혀 없었다. 눈은 아래를 향해 직선으로 아주 서서히, 당당하게, 시골에서 내리는 눈 특유의 위엄을 보이며 내리고 있었다. 신용의 언어와 헐벗은 나무들, 산비탈의 우유, 장화 자국 안의 거대한 노인들. 소방서의 문은 닫혀 있었다. 노랑, 분홍, 주황, 그리고 초록의 작은 차가 지나갔다. 번호판은 안 보였다. 내가 창에서 돌아섰을 때 오펄은 죽어 있었다. 방에 변화가 일어난 게 틀림없다는 느낌이 들었다. 나는 그녀 곁으로 가서 그녀를 만져보았다. 입이 약간 벌어져 있었다. 담요는 목 부근까지 미끄러져 내려와 있었다. 고요했다. 얼굴에는 아무런 표정이 없었다. 나 여기 있어, 죽어서. 내 짐작에 그것은 그녀가 입을 벌려 하려고 했던 유일한 말이었다.

이게 내가 한 일이었다. 나는 창가로 돌아가서 가슴에 팔짱을 끼고 양손을 따뜻하게 하기 위해 겨드랑이 속으로 깊이 집어넣었다. 나는 죽음을 회복 불능의 상태로 여기도록 배웠다. 그 순간 나는 단계를 하나하나 밟아나가면서 그 명제를 재고해보려고 노력했다. 그리고 나는 내가 그렇게 노력하는 동안 내 몸이 따뜻했으면 했다.

마침내 나는 욕조의 마개를 빼고 욕조에 담긴 회색빛 물을 비웠다. 나는 빗자루를 가지고 와서 방을 약 십분 동안 마구 쓸었다. 나는 존재 그 자체, 나 자신 속에 자리잡고 있는 너무나 깊은 공황상태에 사로잡혀 있었다. 내 이름, 혹은 내가 사용하는 언어를 잊으면 어쩌나 하는 그런 상태 말이다. 나는 오필의 물품을 주섬주섬 치웠다. 의자 위에 아무렇게나 걸쳐 놨거나 이런저런 문고리에 걸쳐져 있던 몇가지 것들을 걷어서 벽장 안에 넣었다. 그런 다음 화장실에서 비누 그릇을 박박 문질러 씻으며 얼마간의 시간을 보냈다.

이것은 내가 한 다른 일이다. 나는 방의 여기저기를 뒤져 동전을 찾아냈고, 그런 다음 전화기를 찾아 밖으로 나갔다. 걷는 동안 세 음절의 소리를 계속 반복했다. '원, 덜, 릭.' (시내로, 항상 아래로) 브로드웨이 거리를 남쪽으로 걸어가면서 나는 그 소리를 반복하고 또 반복했다. 안개 속을 뚫고 그 소리를 넘어 그 소리가 가리키는 그 무엇에 가닿으려고 노력하면서. 눈보라를 뚫고 몸을 끌고 나아가는 꿈, 원—덜—릭, 탐구의 목적지. 거친 공기가 콧구멍 속 깊숙이 약간 매캐한 느낌을 남겼다. 나는 전화부스로 들어갔다. 10미터 정도 떨어진 곳에서 한 사내가 벽에다 오줌을 누며, 자기가 만든 오줌의 폭포와 김 속에 행복하게 서 있었다.

나는 시청의 어떤 사람, 시청 직원의 따분해하는 목소리를 향해 말했다. 뒤죽박죽 섞여 있는 건물들, 기록실들, 사망과 세금, 신청용지들, 모든 긴급상황을 녹음하는 경찰 초년병들 속에서 따분해하고 따분해하며 똑같이 반복하는 목소리를 향해. 중간 높이까지 초록색으로 칠해진 모든 벽들, 기관들, 부서들, 부속건물들, 방대하고 수동적이며 지속적으로 증가하는 기록이 보관된 시청에서 나오는 목소리라는 '관념', 통제받지 않는 목소리를 향해.

그런 다음 나는 벨뷰에 전화를 할까 하다가 결국 쓴트빈센츠로 정했다.* 온유하고 인도적이며 헌신적인 쓴트빈센츠, 자비롭고 인정많은 곳. 나는 수녀에게 직접 말하고 싶다고 고집했다. 나는 빈센트 성인, 그의 이상과 희생이 어떤 것이든 간에 그것을 믿는 사람을 원했다. 그들은 주소와 전화번호와 사망자의 성별을 원했다. 나는 수녀를 고집했다. 나는 수녀를, 자그맣고 동그란 체구의 여자, 독일계일 수도 있는, 죽음의 성스러움과 죽은 자에 대한 존중을 믿는 사람을 원했다. 수녀가 없다면 거래도 없다. 난 그렇게 그들에게 말했다.

사내가 공중전화 부스 밖에 서 있었다. 그는 격자무늬로 된 누군가의 외투 안감을 입고 있었다. 그는 손에 들고 있던 반 파인트짜리 호밀 위스키병을 내게 내밀었다. 나는 전화기를 내려놓고 그것을 받았다. 눈이 완벽한 모습으로 내리고 있었

---

* 벨뷰(Bellevue)는 1736년 뉴욕 시 맨해튼에 세워진 미국에서 가장 오래된 공립병원이며, 쓴트빈센츠(St. Vincent's)는 1849년 뉴욕 시 맨해튼의 그리니치 빌리지 지역에 세워진 가톨릭계 병원이다.

다. 그 사내의 얼어붙은 그루터기 수염 아래에는 화상 자국이 역력했다. 나는 위스키를 한모금 마신 다음 그에게 감사하다고 말하며 병을 돌려주었다. 그런 다음 글룹키에게 전화를 했다. 그는 모든 것을 자신이 알아서 처리하겠다고 했다.

슈퍼슬릭
마인드 컨트랙팅
홍보자료

버키 원덜릭 이야기

새로운 아이템과 노랫말, 뒤죽박죽 인터뷰에서 말한 내용들

트랜스패러노이아 산하

에슘 테일러 어소시에이츠

제공

런던, 4월 17일(UPI) ─ 미국의 록 음악 스타 버키 원덜릭이 런던 경찰의 심문을 받기 위해 구류 중인데, 이후에 알려진 바로는 TWA747이 런던 공항을 이륙하기 직전 한 여승무원에게 불을 붙였다는 것이다.

  몇몇 목격자들에 따르면 24세의 원덜릭은 비행기가 아직 이륙하기도 전에 비행기 멀미를 호소하며 소동을 벌였다고 한다. 런던발 뉴욕행 비행기에 탑승하고 있던 열두명의 승무원 중 버지니아 주 폴스처치에 사는 22세의 패티 스텝니가 문제의 연예인을 진정시키려고 했는데 그가 담배 라이터로 그녀의 제복에 불을 붙였다고 한다. 그의 동료에 따르면 이 라이터는 이름이 밝혀지지 않은 영국 왕실 가족 한명이 그에게 선물로 준 것이라고 한다.

  승객들이 담요를 사용해서 불을 끄고, 공항관계자가 스텝니 양을 355톤 제트기 밖으로 호위해 데려가는 동안 비행기의 출발은 지연되었다. TWA 대변인은 이후 상태의 관찰과 혹시 필요할지도 모르는 치료를 위해 그녀를 급히 의료기관으로 호송했다고 말했다. 동시에 런던 경찰은 자신들이 원덜릭 씨의 신병을 확보하고 있다는 성명을 발표했다. 목격자들에 따르면 원덜릭 씨는 약간의 실랑이 끝에 비행기에서 내렸다고 한다.

이 국제적인 유명인사가 했다는 "평화를 사랑하는 모든 사람들은 영국의 폭력 애호에 대해 한탄한다"는 말을 그의 동료 한사람이 전했다. 그가 2200만 달러짜리 제트기 밖으로 끌려나간 직후 경찰차에서 잠시 실랑이를 벌이다가 그렇게 말했다는데, 그는 왼쪽 눈 위가 찢어져 피를 흘리고 있었으며 전설적인 토트넘 핫스퍼 팀의 이름이 쓰인 셔츠를 입고 있었다고 전해진다.

「아메리카 전쟁 수트라」 중에서

두 곡

비스왁스 레코드 녹음
LP 7178342
Bzzz — 비스왁스 레코드의 독점상표 특허출원 중

VC 애인

영구차에서 태어났다네
왼발이 먼저 나왔다네
싸구려 젖꼭지의 젖을 먹으며 자랐다네

ITT에서
살인 학위를 받고
절름발이에게 세발을 쏘아 구멍을 냈다네

고산지방에 난 보내졌네
고산지방에선
플루트 음악이 흐르고

그들은 죽은 자들을 세고 있네
고산지방에서 플루트 음악이 흐르네

저기 저 사람은 누구인가
말문을 막는 공포의 연회를 향해 살금살금 다가가고
있는 그는
치켜올라간 눈이 불타고 있네, 여기 성서에 나오는
관목숲에서

VC 허니
곱슬머리에 탭댄스 신발을 신고
VC 애인 막대기를 돌리네

그녀는 슈퍼도그처럼 청력이 뛰어났고
그녀의 눈은 한눈에 모든 걸 조망했네
나는 사랑을 나눌 때 그녀의 자태를 사랑했네

열두살
호랑이의 영혼
그녀는 남자 다루는 법을 알았네

고산지방을 가로질러 우리는 갔네
고산지방을 가로지르며

블루스 음악이 흐를 때
그들은 죽은 자들을 세고 있네
고산지방에서 블루스 음악이 흐르네

그녀는 검은색 잠옷을 입고 있었네
엉덩이께엔 칼날이 매달려 있었네
너무나 부드럽고 시원하고 달콤했네

열두살
호랑이 영혼
그녀는 속이는 일을 되풀이할 줄도 알았네

난 그녀에게 나 자신의 참된 목소리로 노래해주었네
꽃과 평화의 포크송을.

서로를 위해서가 아니라면
우린 무엇을 위해서 살아야 하나
우리의 사랑을 위해서가 아니라면
우린 무엇을 위해서 죽어야 하나

동쪽으론 사라진 산들
서쪽으론 헐벗은 들판들

축구를 하는 보살들
초원을 통해 흘러가네

그녀는 나에게 자신의 참된 목소리로 노래해주었네
민중과 대지의 포크송을.

넌 키 크고 깡마른 이방인
너는 단어
너는 부활절의 크리스마스 트리
빛나는 새

넌 사냥꾼 예언자
넌 사자의 발
넌 복수하는 천사
내 문으로 들어오렴

그날밤 그녀 눈엔
교묘한 작은 반짝임
난 털 있는 짐승처럼 사랑을 나눴네

열두살
호랑이 영혼
그녀는 최소한의 것만을 줄 줄도 알았네

고산지방에서 우리는 쉬었네
고산지방에서
재즈 음악이 흐르고
그들은 죽은 자들을 세고 있네
고산지방에서 재즈 음악이 흐르네

오래오래 깊은 잠을 자면서
딱딱한 돗자리 위에서
난 생애 최고의 사랑을 꿈꿨네

열두살
호랑이 영혼
그녀는 칼을 쓸 줄도 알았네

저기 저 사람은 누구인가
말문을 막는 공포의 연회를 향해 살금살금 다가가고
있는 그는
치켜올라간 눈이 불타고 있네, 여기 성서에 나오는
관목숲에서

VC 허니
곱슬머리에 탭댄스 신발을 신고

VC 애인 막대기를 돌리네

고산지방 아래로 난 보내졌네
고산지방 아래로
록 음악이 흐르네
그들은 죽은 자들을 세고 있네
고산지방에서 록 음악이 흐르네

영구차에서 태어났다네
왼발이 먼저 나왔다네
싸구려 젖꼭지의 젖을 먹으며 자랐다네

집으로 돌아갔네
크롬만 약간 남았네
여자들, 그들은 날 절름발이라 부르네

아무것도 안 도네

감각으로는 잡을 수 없네
죽음 속에선 아무것도 안 도네, 살조차도
오 아무것도 안 도네

죽음 속에선 아무것도 안 도네, 살조차도
늙음이 건드리지 않은 살

네가 죽이는 아이들보다도
더 어려져

십성 장군이 앉아 있네
바로 저기
전직 보드빌 연예인
암 병동에서 빠른 말을 연습하고 있네

치즈 같은 발을 가진 공작부인이 앉아 있네
바로 저기 앉아 있네
자궁 없는 귀부인
불타는 아기들의 종이인형을 자르네

죽음 속에선 아무것도 안 도네, 살조차도
늙음이 건드리지 않은 살

아무것도 안 도네

네가 죽이는 이들보다도 더 젊어져
그리하여 벨벳 아이로 남아 있네

너무 늦게 그들의 세포가 난장판을 만드네
장군과 그의 부인

넌 전쟁에서 졌어
오 참 지루해

넌 전쟁에서 졌어
넌 전쟁에서 졌어

다음은 챈스 메인웨이 출판사의 선임 편집진과 민주적 선택권 회복을 위한 항구적 심포지엄 발행위원회가 공동으로 개최한 쎄미나에서 발췌한 것이다.

위원회	챈스 메인웨이 출판사
로버트 필더	쌤 L. 브래들리
터너 베이키	로스 홀로이드
그레이스 홀	앨라인 올름스테드
레스터 E. B. 나일스	조지 포터
월터 젱크스 올름스테드	
클래런스 B. 워싱턴	

특별 초대손님
버키 원덜릭

필더 씨: 이제 오늘 아침좌담의 특별 초대손님을 모시겠습니다. 이 기회에 괜찮으시다면 우리 출라비스타 단지에 오신 그분을 환영하는 것으로 오늘의 좌담을 시작하고 싶습니다.

버키 원덜릭: 예, 괜찮지요.

필더 씨: 우리는 다른 수준이나 범위의 논의, 예컨대 자유라든가 상하원의 우선권, 혹은 새롭게 부상하고 있는 탄원서와 영장에 대한 논의에 익숙한 만큼 이런 종류의 논의에는 익숙

하지 않습니다. 하지만 우리가 미국 대중문화라 부를 수도 있는 것의 전역사를 통틀어서 최근 몇년간 있었던 그 현상만큼 남녀들 사이에 이쪽 아니면 저쪽으로 의견이 모이거나 갈렸던 일도 아마 없었을 겁니다. 저도 그런 사람들 중의 하나이고, 오늘 이 아침좌담에 모이신 모든 분들도 틀림없이 마찬가지시겠지요. 그러니까 우리가 이 모든 소음의 정중앙에 있는 그런 부류의 젊은이들과 효과적인 대화를 나눌 수 있을까 하는 문제 말입니다. 아무도 제가 '소음'이라고 부른 그 단어에 대해 이의를 제기하지 않으시기를 바랍니다. 그 문제에 대해 여러분 자신의 언어로 자유롭게 논의하시기 바랍니다. 우리는 여러분들이 어떻게 보실지 모르지만 실제로 그렇게 감을 전혀 못 잡는 사람들은 아니니까요. 아마도 와이셔츠를 답답하게 채운 그런 인간으로 보실지 모르지만 실은 전혀 안 그렇습니다. 우리는 그런 종류의 아류 언어의 일상어를 들어봤지요. 오늘 아침모임에 와 계시는 우아한 숙녀분들도 마찬가지일 거라고 감히 짐작합니다.

버키 원덜릭: 소음, 맞아요. 그건 소리지요. 헤르츠와 메가헤르츠. 우리는 그들의 해골을 엄청난 전기의 힘으로 두들기는 거예요. 전기, 맞아요. 그건 자연적인 힘이죠. 우리는 그냥 자연적인 힘을 처리하는 거예요. 섹스가 자연인 것과 꼭 마찬가지로 전기도 자연이니까요. 섹스란 말은 뭐 씹하거나 그런 걸 뜻하죠. 전류는 모든 곳에 있어요. 우리는 그걸 철사와 케이블과 마이크와 앰프 등을 통해 흐르게 하지요. 그건 단순히

자연이에요. 어떤 때는 거기다 말을 붙이기도 해요. 하지만 아무도 그 말을 들을 수는 없어요. 소음에 묻혀버리니까요. 그건 물론 아주 자연스러운 일이에요. 우리의 최신 앨범은 사람들의 고함소리를 넣고 가사를 그 속에 더 많이 파묻어버리기 위해 실황 녹음을 했어요. 가사는 원래부터 무의미한 말들이었지요. 고함소리는 이제 우리가 하는 음악의 본질적인 일부가 되었어요. 모든 것은 악기와 소리 조절을 통해 처리된 자연이에요. 우리는 자연을 처리하는 사람들이에요. 나 자신은 도시 소년이기 때문에 자연이란 새된 소리를 지르는 흉악하게 생긴 골치 아픈 존재라고 생각해요.

홀 양: 맞아요, 소음이지요. 아주 굉장한 소음입니다. 그걸 정확히 어떻게 다루는지 궁금합니다. 전 당신의 레코드 근처에만 가면 언제나 편두통 같은 것이 머리 전체로 퍼진다는 걸 솔직히 시인할게요. 데시벨의 문제와는 전혀 별개로 악기들이나 뭐 그런 것들의 혼합이 우리의 평정을 깨뜨리는 면이 있잖아요. 좀 완곡하게 표현해서 말이에요.

버키 윈덜릭: 바로 그 점이 우리가 너무나도 대단한 존재라는 사실을 말해주는 것이에요. 우리는 소음을 만들거든요. 우리는 큰 소리를 다른 누구보다도 잘 만들어요. 어떤 곱슬머리 사내라도 흐트러진 발라드를 쓸 순 있어요. 사람들의 머리를 깨부숴버려야 해요. 그게 그런 씹새끼들로 하여금 귀를 기울이게 할 수 있는 유일한 방법이거든요.

포터 씨: 하지만 제가 진짜로 이해하려고 노력하는 건, 진짜로 말이에요, 제 생각엔 더 근본적인 인간적 가치, 인간적 관심의 문제예요.

홀로이드 씨: 조지가 진짜로 말하고자 하는 건 제 생각엔 이런 종류의 것이 미치는 영향……

포터 씨: 아니, 아니, 아니, 아니, 아니에요.

베이키 씨: 점심시간입니다.

올름스테드 여사: 당신은 자신을 예술가라고 생각하시나요?

버키 원덜릭: 진정한 예술가는 사람들을 움직이게 만들지요. 사람들이 책을 읽거나 그림을 볼 때는 그냥 거기에 앉아 있거나 서 있어요. 아주 오래전엔 그것이 좋았어요. 그게 멋있는 거였고, 그게 예술이었어요. 이제 상황은 달라졌어요. 저는 사람들을 움직이게 만들어요. 제 소리는 그들을 자리에서 벌떡 일어나게 만들어요. 전 그런 일을 해요. 아시겠어요? 전 그런 일을 한다고요. 제가 진짜로 하고 싶은 일은 제 소리로 사람들에게 상처를 주는 거예요. 실제로 몇명을 죽일 수도 있어요. 그들은 그런 일이 일어날 수도 있다는 걸 아주 잘 알고 오거든요. 그들이 오면 우리는 연주를 하고 노래를 하고, 청중들은 고통으로 얼어붙거나 몸을 비틀죠. 그들 중에는 실제로 우리의 말과 음악을 듣고 죽는 사람도 있어요. 창조는 쉬운 일이 아니에요. 알맞은 소리와 적당한 크기가 필요하지요. 실제로 고통 때문에 쓰러지는 사람들도 있어요. 그걸 잘

알면서도 오거든요. 그 모든 아름다움과 힘의 결과로 사람들은 죽어가는 거예요. 그게 예술이죠, 아가씨. 전 그걸 하는 거예요.

나일스 씨: 전 당신이 지금 한 말씀이 진담 반 농담 반이라고 생각하는데요.

버키 원덜릭: 어느 쪽이 진담이라고 생각하세요?

베이키 씨: 그러니까 당신이 하는 유일한 일은 시끄러운 소리를 내는 것뿐이고, 그것이 원덜릭 공식 혹은 원덜릭 정신의 핵심이라고 말씀하시는 건 아니겠죠?

버키 원덜릭: 제 삶 전체가 우울의 정조를 띠고 있습니다. 제가 사람들을 움직이면 움직일수록 전 개인적인 부동성으로 더 다가갑니다. 모두들 그런 식으로 껑충껑충 뛰고 머리를 마음대로 흔들고 하니까, 전 좀 우울한 기분이 돼요. 왜냐하면 전 모든 움직임에 좀 지쳐 있고 그냥 벽에다 제 몸을 납작 붙인 채 가만히 있고만 싶거든요.

홀 양: 아, 그렇군요.

브래들리 씨: 혹시 '피-피-모-모'라는 구절의 기원이나 의미에 대해 말씀해주실 수 있을까요? 당신한테서 시작된 게 분명한 그 구절이 현재 미국 전역을 휩쓸고 있으니까요. 어딜 가든, 그런데 전 여행을 아주 많이 다니는 사람이에요, 아무튼 어딜 가든 그 짧은 음절이 적힌 윗옷이나 바지를 입은 사람들을 볼 수 있어요. 상점의 봉지나 단추, 판박이 그림, 범퍼

스티커는 말할 것도 없고 심지어는 그걸 반복해 말하는 인형까지 볼 수 있어요. 5달러짜리 말하는 인형이 그 구절을 계속 되풀이하는 거예요. 그게 전부 당신에게서 비롯된 건데, 뜻이 있다면 그게 무슨 뜻인지 궁금하군요.

버키 원덜릭: 어린 시절에 외우던 주문이에요.

베이키 씨: 아.

올름스테드 여사: 좀더 부연해 설명해주실 수 있을까요?

버키 원덜릭: 제가 아주 어렸을 때 거리에서 좀 큰 아이들이 그렇게 말하는 걸 듣곤 했어요. 저의 가장 오래된 기억 중 하나예요. 좀 큰 아이들이 밤에 거리에서 놀면서 그런 주문을 외우는 거예요. 전 층층대 위에 올라가 있거나, 아니면 창문에서 그들을 내려다보고 있었어요. 큰 아이들과 놀기엔 아직 어렸으니까요. 여름밤 뉴욕의 거리에서 말이죠. 아주 어린 시절의 기억이에요. 그 아이들이 '피-피-모-모'를 서로에게 불러주고 있었어요. 그 누구도 그 구절의 뜻을 안다거나 어디서 그 구절이 비롯했는지를 알았던 것 같진 않아요. 아마도 12세기 영국이나 바이킹, 아니면 무어족한테서 나온 거겠죠. 아이들이 거리에서 '피-피-모-모'를 노래하고 있었어요. 그런 노래는 문명의 새벽에까지 거슬러올라갈 수도 있겠죠. 요즘 아이들의 놀이가 천년 전 인도 아이들로 거슬러올라갈 수 있는 것처럼요. 흥미로운 주제예요. 그것에 대해 논의하는 시간을 따로 마련하는 것도 좋을 것 같네요.

필더 씨: 여러분의 대변자이자 의장인 저는 웅변을 좋아하긴 하지만 끝맺는 말은 가능한 한 최소한으로 짧게 할 것을 약속합니다. 이번 좌담은 무척 역동적인 것이었고, 저에게는 무척 좋은 배움의 기회이기도 했다는 것, 여기 모인 다른 모든 분들도 그랬을 거라고 믿고요, 아무튼 그랬다는 점만을 간단히 말씀드리고자 합니다. 물론 얼마만큼 도움이 되었느냐는 각자 다를 수밖에 없겠지요. 고정 참석자이신 터너 베이키가 예술리더십 위원회의 집단학살에 대한 브런치 토론회 중에 라뤼의 문장을 에딩이 해석한 것에 대해 응수하면서 지적하신 것처럼 말이에요. 어쨌든 모든 분들께 감사를 표합니다. 그리고 이제 수영장에 몸을 담그시지요.

「다이아몬드 스타일러스」 중에서

세 곡

안스파 레코드 테이프 녹음
국제저작권 보호됨

냉전 연인

난 그녀의 몸을 다뤘지
내시빌 중국인 거리의
원룸 복층에 사는
늙은 장님의 손길에서 배운 대로

그건 사랑이었네, 가장 진정한 사랑
총 아래서
차례차례
그녀는 뉴올리언스의 부치*
난 그녀의 한때의 남자친구

....
* 남성 역할을 하는 여성 동성애자를 일컫는 말.

그 뚜쟁이들과 사기꾼들의 살인침대에서 보낸
그 폭언의 밤 내내
우린 있던 걸 가졌고 나머질 남겼으며
우편으로 짧은 머리칼을 동쪽에서 서쪽으로 부쳤네

오, 펑키한 도시
펑키한 도시, 오

우린 사랑을 나눴네
마약으로 쇠약해진 삐끼의 혓바닥에서 배운 열기로
털사에 있는 어퍼크러스트*의
두칸짜리 화장실에 쭈그리고 앉아서

그건 사랑, 동물의 사랑이었네
자물쇠 아래서
흔들고 또 흔들었지
그녀는 뉴올리언스의 부치
난 그녀의 한때의 남자친구

그 퀸**들과 표적들의 살인침대에서 보낸

....
* 미국 오클라호마 주 털사에서 처음 생겨난 피자 체인점.

154

찌는 듯이 더운 오후들
우린 기도하고 매 맞고
교회에 가서 좀 끄덕거렸네

오, 펑키한 도시
펑키한 도시, 오

그녀는 은총으로 내 몸을 씻어주었네
멤피스에 있는 김이 나지 않는 목욕탕의
패드를 댄 욕조에 갇혀 있는
지쳐빠진 때밀이한테서 배운 그대로

그건 사랑, 동물적 사랑이었네
열쇠 아래서
셋씩 셋씩
그녀는 뉴올리언스의 부치
난 그녀의 한때의 남자친구

그 찬반양론의 살인침대에서 보낸
여름날 내내
우리는 마지막에 이르렀고 심지를 줄였고

....
** 여성 역할을 하는 남성 동성애자를 일컫는 말.

우표를 핥기 위해 광고를 냈네

오, 펑키한 도시
펑키한 도시, 오

우리는 서로를 솜씨있게 파괴했네
할렘의 론리하트 빌딩의
공기 없는 굴뚝에 갇혀 있는
친절한 다이크*의 마음으로부터 배운 그대로

그건 사랑, 가장 진정한 사랑이었네
식인 전쟁
더욱더
그녀는 뉴올리언스의 부치
난 그녀의 한때의 남자친구

남자들과 아내들의 그 살인침대에서
가장 빠른 마지막 여행

그녀는 총을 꺼냈지, 31구경
시퍼런 쇠 끝에 자신의 혀를 대었지

....
* 여성 동성애자를 일컫는 말.

오, 펑키한 도시들
모빌*의 종이공장들
나는 만에서 수영을 하네
낮에는 섹스를 하고
밤새도록 사랑을 부르며 우네

청교도 직업윤리 블루스

아침에 일어나
침대에 누운 자신을 내려다보네
오, 아침에 일어나
죽은 것과 다름없는 너의 창백하고 늙은 몸을 보네
오, 블루
너무 하얘서 블루스를 못 부르진 않아

자신을 정돈하고
낮과 밤을 분리하고
오, 자신을 정돈하고
라미네이팅을 한 점성술 도표를 열심히 들여다보고

....
* 미국 앨라배마 주의 항구도시.

오, 블루
너무 하얘서 블루스를 못 부르진 않아

플라스틱 의자에 똑바로 앉아서
얼어붙은 토스트를 꿀꺽 삼키고
오, 저 낡고 깨진 창문이 있는 기차를 타네
널 그곳으로 데려다주는
그곳
그곳
네가 가장 싫어하는 그곳으로

오, 예

청교도 직업윤리 블루스
넌 화이트칼라 블루스를 느끼네

책상 뒤 의자에 털썩 주저앉네
나자빠지고 구겨진 덩어리
오, 책상 뒤 의자에 털썩 주저앉네
실존적 도약을 할 그 기운을 기다리며
오, 블루
너무 하얘서 블루스를 못 부르진 않아

잠에 떨어져서 우네
너의 세 기둥의 침대에서
오, 깊고 어두운 잠에 떨어지네
자신이 머리에 가면을 쓰고 있음을 깨닫네
오, 블루
너무 하얘서 블루스를 못 부르진 않아

청교도 직업윤리 블루스
흔들어 털어버리기 힘든 블루스

다이아몬드 스타일러스

소리들 보이네
강한 불빛 속에 부서지네
면도날 같은 음들
누군가의 목 가까이에
'거-부'란 말이
팔을 따라 쓰여 있고
LP 레코드는
적(敵)

내가 만지는 노래들

부드러운 밤을 따라 굴러가네
트랙을 돌아가는 힘은
내가 죽는 길

그것은 내 얼굴에 선을 그었고
시험이 시간을 압박하네
그건 내게 고통을 주네, 고통을 주네
비닐을 메마르게 하네

소리는 아기를 낳기 힘들고
검은 잉크칠을 한 피부는
불타는 것으로 변하고
워드타임으로 회전하네

말들을 맛보네
칼로 베어문 틈을 통해 뚝뚝 떨어지네
바늘 트랙들
눈〔雪〕을 표시하네
회−전(re-volve)은
내가 살아야 하는 시간
원−반(ma-trix)은
어머니−자르기(mother-cut)

내가 연주하는 음들
새의 비상을 통해 반짝거리네
트랙을 돌아가는 힘은
내가 죽는 길

그것들은 내게 오백시간을 주네
천개의 면들을 주네
부서진 소리들에 번호를 붙이며
삶을 긁어나가네

소리는 아기를 낳기 힘들고
검은 잉크칠을 한 피부는
불타는 것으로 변하고
워드타임으로 회전하네

내가 보는 소리들
강한 불빛 속에 부서지네
면도날 같은 음들
누군가의 목 가까이에
'거—부'란 말이
팔을 따라 쓰여 있고
LP 레코드는
적(敵)

록 음악 잡지 『아이벡스』의 편집장 스티븐 그레이가 진행한 인터뷰 전문

그레이: 어이, 와줘서 기뻐. 먼저 산장 테이프들에 대해 한두가지, 혹은 서너가지 질문을 하는 것으로 시작하고 싶어. 그 물건들을 그냥 깔고 앉아 있기만 할 작정인가, 아니면 그 물건들의 발표날짜가 잡혀 있나, 어느 쪽이야? 새로운 작품을 발표한 지가 한참 되어서 모두들 그걸 궁금해하는데. 우리의 이런 사업에선 별별 소문이 다 떠도니까. 그리고 본론으로 직접 들어가서……

원덜릭: (불분명하게 혼란스러운 소리)

그레이: 거기 있는 그 물건에다 대고 말해줄 수 있겠어? 어디 가나? 어이, 이 친구, 어디 가는 거야?

원덜릭: (불분명하게 혼란스러운 소리)

그레이: 어이, 이 친구. 어, 어이. 어, 어서 돌아오라고, 이봐. 어, 아니. 어, 어이. 우린 그냥…… 우린 그저…… 어, 맙소사, 아이고.

록스타의 스웨터 페티시 드러나다!!!

카멜라 베빌라콰

나는 험준하고 아름다운 애디론댁 산맥의 반짝이는 호수를 내려다보고 있는 버키 원덜릭의 멋진 산장에서 그를 인터뷰했다. 인터뷰를 좀체 안하는 가수인 버키 원덜릭을 만난 뒤 나는 그의 부드러움과 고요한 매력에 약간의 어지러움까지 느끼며 그의 별장을 떠나왔다. 사실 더욱 강력해진 로큰롤 세계는 내가 보통 다루는 주제는 아니며, 더욱이 버키 원덜릭은 괴팍하고 성마른 사람으로 흔히 알려져 있다. 그러니 깃털처럼 부드러운 그의 성격을 마주한 내가 얼마나 놀랐고 기뻤을지 상상해보라. 사실 그건 경이로 가득한 경험이었다. 예기치 못했던 손님의 별나고 이상한 방문까지 포함해서 말이다.

하지만 방문의 시작으로 다시 돌아간다면 '인터뷰'란 말은 아마 정확한 게 아닐 것이다. 버키는 실제로 내 질문에 대해서 전혀 대답을 하지 않았다. 적어도 격식에 맞춘 대답은 하지 않았다. 하지만 그가 내게 말을 한 것만은 분명하다! 그의 개인적인 삶과 직업적인 삶에 대한 나의 질문에 버키는 천천히 고개를 끄덕거리는 것으로 답변을 대신했다. 그리고 일종의 졸린 듯하면서도 매력적인 태도로 자신의 꿈과 두려움, 음악과 사랑과 시, 사람들과 대양과 거리와 나무에 대해 활발하게 이야기했다. 그의 목소리는 너무나 주술적이어서 가끔은 말을 알아듣기가 힘들었다. 어떤 때는 속삭임으로 내려앉았고, 다른 때는 그저 중얼중얼하며 특별한 목적 없이 패턴을 그리듯 단어를 엮어나가는 것 같았다. 버키가 이야기를 하는 동안 그의 현연인이 가끔씩 드나들며 대화에 끼어들기도 했다. 독자 여러분이 아마 궁금해 못 견뎌할 것이기 때문에 나는 더이상 시간을 낭비하지 않고 알려드리겠다. 그녀는 날씬하고 약간 바랜 듯한 금발을 한 마졸라 준이라는 이름의 인물이다. ("옥수수 기름의 이름을 따서 내 이름을 지었지요." 그녀는 느릿느릿 말려드는 듯한 목소리로 말했다.) 그녀가 자리를 뜨고 난 뒤 나는 버키에게 이 결혼 적령기의 여성 친구에 대해서 자세히 말해달라고 부탁했다.

"우리는 죽음의 질주를 하고 있어요." 그가 아리송하게 대답했다. 가까운 장래에 결혼할 가능성, 자식을 낳을 계획, 그리고 번지르르하고 화려함과는 거리가 먼 삶에 대해서 얘기를 시켜보려 했지만 버키는 그의 어여쁜 (그리고 사적인) 동반자를 다시는 화제로 삼지 않았다.

인터뷰가 여기쯤 이르렀을 때 버키의 주변을 떠나지 않고 있는 조수, 하인, 뭐 그런 종류의 사람이 고개를 숙이고 들어와서 '어떤 이상한 사람'이 담을 넘어들어와 바깥복도에서 서성대며 스타와 직접 이야기하고 싶다고 졸라댄다고 보고했다. 버키는 어깨를 으쓱하는 것으로 대답을 대신했고, 이내 그 침입자가 안내를 받아 들어왔다. 그는 체구가 작고 얼굴이 창백한 남자였는데 버키의 눈을 똑바로 응시하더니 단 네 문장을 말하고 대답도 기다리지 않고 다시 나가버렸다.

"당신이 가르쳐야 하는 내용은 우리의 배움의 능력보다 더 위대한 것입니다. 당신이 해온 일을 우리가 이해할 수 있도록 당신은 멈춰야 합니다. 난 당신을 만나기 위해서 천 마일을 왔습니다. 이제 당신이 내게 올 때까지의 긴 기다림이 시작됩니다."

나중에 나는 버키와 함께 호수를 찬란한 빛으로 물들이며 가라앉는 석양을 지켜보았다. 나는 명백히 부당한 그에 대한 악평, 즉 그가 논쟁적이고 소동을 잘 일으킨다는 소문과 관련해 그의 견해를 물어보았다. 그는 어릿광대 같은 슬픈 미소 외에 다른 대답을 하지 않았다. 그래서 나는 폭풍우 몰아치는 그의 직업에서 정상을 차지하는 일이 얼마나 어려운지, 사상자가 거리에 널려 있는 이 업종에서 최고의 지위를 계속 유지하는 데 따르는 지속적인 압박을 견디는 일이 얼마나 어려운지 궁금하다고 말했다.

"스웨터를 입으세요." 점점 사라지고 있는 석양빛 속에서 버키가 부드러운 목소리로 말했다. 그는 차츰 추위가 내려앉고 있는 집 뒤의 널따란 뜰에서 나로부터 겨우 1미터 정도 떨어진 곳에 앉아 있었다. "스웨터는 큰 충격을 흡수해요. 난 어딜 가든지 스웨터를 세벌, 어떤 때는 네벌 입어요. 날씨가 맞으면요. 무대 위에선 아니죠. 무대에 대한 얘기는 아니에요. 무대 위에선 충격이 주어지는 순간 벌거벗고 있어야 해요. 그때야말로 궁극적 진실과 궁극적 허위의 순간인데, 그 시점에 이르는 유일한 방법은 완전히 다 벗고 가는 거지요. 하지만 무대 밖에선 스웨터를 입어요. 여러벌, 여러 종류로요. 세벌이나 네벌, 어떤 때는 다섯벌까지 입어요."

그 순간 마졸라 준이 내가 이 세상에 태어나서 본 것 중 가장 긴 스카프를 두르고 밖으로 나왔다. 그리고 머잖아 그 두 사람은 내 바로 앞에서 꿈속으로 빠져들어갔다. 북부지방 숲속에 있는 한쌍의 아기들처럼.

「피―피―모―모」중에서

타이틀 곡

안스파 레코드 테이프 녹음
국제저작권 보호됨

피―피―모―모

무의미한 웅얼거림 울음소리
옹알이 노래 옹알이 노래
입에선 거품
완탕 수프

뱉고 양치질하고 구역질하기
부활절 토끼 주크박스 토하기
가족 동물원 나와 너
음매 음매 음매

야수가 풀려나고
최소한이 최선이지

피―피―모―모

무(無) 영(零) 공허
손수건을 입에 물고
이 굽이의 끝이 어디냐
고함 꿈 아기

우 고함 야유
귀의 줄을 당겨라
강철 기타 한조각을 잘라내라
정확히 탕탕 쨍그랑

야수가 풀려나고
최소한이 최선이지
피―피―모―모

야수가 풀려나고
최소한이 최선이지
피―피―모―모

「피―피―모―모」
작사·작곡   버키 원덜릭
ⓒ 1971 티피 뮤직
모든 권리는 트랜스패러노이아사에 있음

12

내가 산에서 지낼 때 산장의 스튜디오 곁에는 특별실이 있었다. 그곳은 울림이 없는 방으로, 절대적으로 방음이 되어 있었고 진동이 전혀 없었다. 방 전체가 스프링 위에 놓여 있었고 벽에는 모든 울림을 흡수하는 섬유유리 방음장치가 되어 있었다. 나는 바로 그 방에서 나의 노래 테이프들을 들었다. 제작 중인 것과 완성된 것 모두를. 그 방에서 음악은 마치 보이지 않는 액체, 귀가 맛볼 수 있는 포도주 같은 것이었다. 나는 그 테이프를 틀기 위해서 항상은 아니더라도 자주 그 방을 이용했다. 침묵의 덩어리 속에 갇힌 상태로 때로는 그냥 그 방에 앉아 있기만 했다. 시간이 늘어날 수 있다는 느낌을 피하려고 노력하면서 말이다. 그 작은 방은 빙하가 남겨 놓은 쓰레기 같았다. 단단한 물체들에 의해서만 튕겨질 수 있고, 어떤 중심적인 명제에도 종속되지 않으며, 순수한 음악이 테이프에서 미끄러져 나올 때보다 훨씬 더 흠결이 없는 그런 쓰레기 말이다. 만일 우리가 자신에게 주어진 일분의 시간을 늘릴 수 있다면, 우리는 그것의 늘어난 구성요소들 사이에서 무엇을 발견할까? 아마도 별의 광기 같은 것이거나, 사물들의 궁극적인 크기에 대한 음울한 이해이리라. 물론 그 방은 그 어떤 실질적인 비밀도 만들어내지 않았고, 침묵 자체의 본성에 대해 암시하는 것 이상은 제공해주지 않았다. 그 면도한 공기에서조차 들을 수 있는 어떤 소리가 항상 있었다. 지구가 휘휘 돌아가는 소리, 내 몸속의 세포들이 전쟁에 응답하는 소리.

어재리언이 애도를 표하기 위해 로스앤젤레스에서 왔다. 그는 계단을 올라와서 나와 악수를 하고는 방의 반대쪽 끝에 섰다. 그는 오는 길 어디서 공식적인 발표를 들었을 것이다. 그녀의 죽음이 자연사였다는 것, 지독하게 자신을 돌보지 않은 결과였다는 것을. 급성 췌장염, 바이러스성 폐렴, 내장 장애, 혈관에 문제가 있는 비감염성 신장병. 그녀가 자신이 세운 잔인한 기본 행동원칙을 철저히 따르기 위해 얼마나 심한 고통을 참아야 했을지 궁금했다. 자연적인 마모. 살기 위해 노력할 때 생기는 스트레스로 하여금 네가 어떻게 죽을지를 결정하게 하라. 그냥 숨어서 그 과정이 너무 고통스럽지 않기를 바라라. 주술에 사로잡힌 어린아이의 고집. 그 어린아이를 사랑하면서 나는 그녀가 진지하다는 걸 알고 그녀를 좀 두려워했다. 그녀가 얻거나 잃고자 하는 게 뭐였는지는 끊어지지 않는 선이 규정하고 있었다. 그녀는 나를 측정하기 위한 기준 같은 존재였다. 어재리언은 글롭키가 그녀의 가족에게 연락을 했고 시신을 급행 항공편으로 그녀의 집으로 보내는 조치를 취했다고 말했다.

"넌 LA에서 뭘 하고 있니?" 내가 물었다.

"엄청난 일들. 어쩌면 너한테 얘기하지 말아야 할지도 몰라. 맞아, 절대 너한테 말 안할래."

"뭔데?"

"흑인에 관한 것."

"흑인음악?"

"흑인의 모든 것." 어재리언이 말했다. "흑인성 그 자체."

"흑인성에 몰두하는 느낌이 어떤 거니?"

"아직은 그렇게 많이 들어가질 못했어. 하지만 조금씩 들어가고 있어. 정말 아직은 그것에 대해서 말하면 안돼. 정말 심오한 거야, 버키. 심오하고 어두워. 엄청난 무게로 나를 짓누르고 있어. 거의 내 가슴을 부수고 있다고 할 수 있지. 그것엔 굉장한 두려움이 포함되어 있어. 온갖 종류의 두려움. 내가 두려움에 휩싸여 있지 않은 순간을 찾아내기 힘들 정도야."

"어떻게 하면 흑인성 같은 것에 들어갈 수 있니? 먼저 백인성을 벗어버려야 하니? 아니면 돌진하고, 충돌하고, 정신과 신체의 모든 상처를 무릅쓰면서 나아가야 하니?"

"어떻게 흑인성에 들어가느냐고? 네가 묻고 있는 게 그거야?"

"그걸 말로 표현할 수 있어?" 내가 물었다.

"그건 길거리와 관련되어 있어. 흑인성이란 길거리와 관련된 거야. 길거리에 있는 사람들이 자신을 어떻게 규정하느냐에 달린 거지. 와츠는 아주 많은 길의 총합이야, 베드스터이도 그렇고.* 할렘은 할렘가가 문제라기보다 그 역사와 그 영기(靈氣)가 지닌 악함이 문제지. 가장 좋은 의미에서 흑인성은 가장 나쁜 것이야. 존재의 마력에 대해 이해하려면 거기로 갈 수밖에 없어. 우리는 그 모든 거리됨(streetness)과 무게와 공포를 통과해 더 다차원적인 사람이 되어 나오는 거야."

"하지만 어떻게 흑인도 아닌데 흑인성 속으로 들어갈 수 있지?"

"그건 말로 설명할 수 없어." 그가 말했다.

나는 의자를 가리켰지만 그는 서 있는 걸 선호한다고 했다. 그는 나를 정면으로 바라보는 것을 피하는 것처럼 보였다. 사랑하는 사람을 여읜 사람의 눈에 담겨 있는 저주가 두려운 것이리라. 나는 작은 얼음사태가 연속해서 발생함에 따라 어재리언의 신발 아래에서 물웅덩이가 생기는 모습을 지켜보았다.

"밴드는 어때?"

"우리는 보컬을 그만두었어." 그가 말했다. "하지만 여전히 계약 관련 문제들이 많이 있지. 지금으로선 우리가 누굴 위해서 녹음하는 건지 잘 모르겠어. 사람들이 와서 우리한테 고함

....
* 와츠(Watts)는 로스앤젤레스에 있는 지명으로 1965년 8월 11일에서 17일까지 흑인폭동이 일어난 곳이다. 베드스터이(Bed-Stuy)는 베드포드스터이비전트(Bedford-Stuyvesant)를 줄인 말로 뉴욕 시 브루클린 지역의 중심가이다.

을 지르기도 해. 넌 언제 돌아올 거니?"

"아직은 아냐. 좀 늦추었어. 나 자신을 추슬러야 해."

"버키, 나를 대변자로 내세우고 있는 그 사람들 말이야. 그들은 지난번 내가 여기 왔을 때 우리가 얘기했던 그 제품에 정말로 관여하고 싶어해."

"해피밸리 쪽에 얘기해."

"난 겁이 나, 버키. 단지 다치거나 병신이 되어서 평생 고생할까봐 겁이 나는 것은 아니야. 그 사람들의 정체를 생각하면 모든 게 겁이 나."

"그 사람들이 누군데?"

"네가 나보다 더 잘 알잖아. 그 사람들하고 접촉을 해왔으니까. 그 사람들이 자신들의 중간책으로 오필을 고용했잖아. 현시점에서는 네가 나보다 그 사람들에 대해 훨씬 더 많이 알고 있어. 그러니까 달리 말하면 그 사람들하고 얘기할 사람은 너라는 거지. 네가 지금 애도를 하고 있다는, 아니 애도에 해당하는 최신의 뭔가를 하고 있다는 거 나도 알아. 그러니까 분명히 넌 지금 다른 일 때문에 바쁠 테고, 네가 지금 거래를 하고 싶지 않다면 다른 시간과 장소도 가능하다고 생각해. 하지만 내가 해피밸리에 가서 개인 자격으로 얘기를 한다면 무슨 일이 일어날지 몰라. 특히나 그들 대열에 분열이 생겨난 이후로 말이야."

"사태가 더 흥미로워지겠지." 내가 말했다. "서로 경쟁하게 만들 수 있잖아."

"너 미쳤니? 난 그런 종류의 일에는 전혀 가담할 생각이 없어. 너 미쳤니?"

"그럼 음악만 하지, 왜 그래?"

"난 음악을 하고 있는 거야, 버키. 흑인성에 빠져들면서 로큰롤의 원형에 관심을 갖게 되었어. 난 그 분야 속으로 깊이 파고들기 시작했어. 하지만 내 삶엔 이렇듯 다른 부분도 있어. 그걸 위한 자리를 찾으려고 해. 우리 시대엔 두려워할 게 너무나 많아. 나는 자신이 느끼는 두려움의 원천을 조사하고 발견하기 위해 내가 전에 태평양 연안에 있다고 말한 그 사람들과 영구적인 관계를 수립하고 있어. 그 사람들과 난 함께 계획을 세웠지. 영향력과 신비감의 소유자인 너로 하여금 해피밸리 농장공동체에, 이 분파든 저 분파든 그 제품을 장악한 쪽에 제안하게 하려고 말이야. 너라면 나나 태평양 연안의 내 친구들, 아니면 여기 관련된 그 누구라도 방해를 받지 않고 그 사람들과 거래하게 할 수 있어. 네가 말한 사람들 외에는 관련되어 있지 않은 걸로 할 수 있지. 계획의 세부적인 내용에 대해서 얘기해줄까?"

나는 고개를 가로젓고 다시 한번 의자를 가리켰다. 어재리언은 서 있기를 원했다. 그리고 가장 구석진 곳에 여전히 있었다. 방의 중심을 피하려 하는 게 분명했다. 방의 중심이 전적으로 접근 불능한 곳이라고 여기고 있거나, 적어도 위험한 곳이라고 생각하는 것처럼 보였다. 오펄의 죽음을 알려주는 기체가 아직 가구나 그녀의 고급 소유물에 맴돌고 있다고 생각하는 듯했다. 어재리언은 옛날 그의 단순했던 명성과 그의 침대에 드나들던 여자들에 대해서 얘기했다. 매일 밤 여러명이 써커스의 팝콘 판매자들처럼 오갔다고 하면서. 우리는 다시 악수를 나눴다. 그런 뒤 그는 스테레오 FM에서의 인터뷰를 위해 시 외곽으로 갔다.

13

아무것도 변하지 않았다. 달라지지도 다양해지지도 않았다. 방에는 내가 기어올라갈 식물도 살아 있는 식물도 없었다. 벌레도 보이지 않았다. 진눈깨비가 창문 여기저기에 착달라붙었고, 근방에서 이루어지고 있던 모든 철거 행위는 날씨 때문에 중단되었다. 시간은 지나가기보다 천천히 무게를 모으면서 쌓여가는 듯했다. 이것이 방에서 이루어지고 있는 유일한 성장이었고, 그러한 성장을 배경으로 침묵이 감돌고 있었다. 이 발가벗겨진 침묵은 아래층에서 나는 목소리를 통해 하얀 악몽을 드러내고 있었다. 나는 장소들과 물건들을 기억해보려고 노력했다. 국제공항 활주로의 비, 가짜 헬멧 위로 떨어지던 비, 터미널 구내의 비, 강변 헬리콥터 발착장에서 저녁기도 중에 내리던 비, 추상적인 형태로 디자인된 정원의 비, 뮌헨의 매춘부 신발 속의 비, 이름 없는 황무지의 비.

나는 라디오 듣기, 소방서 바라보기, 한 장소에 처박혀 있기로 되돌아갔다. 예술가는 그가 다루는 재료들이 그에 의해 형상화되는 것이 아니라 오히려 그것들이 그의 삶을 형상화하기 때문에 결국 손을 놓고 가만히 앉아 있는다. 그리고 고요 속에서 일종의 자기방어를 하고자 하는데, 그것은 결국 부패로 귀결되거나 시간의 경과 속에 붙잡힌 정적으로 귀결된다. 하지만 음악인으로서 내가 도달한 지점은 정확히 그런 지점은 아니었다. 나는 오래된 왕궁들로 귀환하는 것을 꿈꿨다. 로큰롤의 거대하고 진저리 나는 낡은 선체는 문을 판자로 막아놓기는 했지만 내가 아는 한 아직도 버티고 서 있으며, 이 도시 저 도시에서 혼수상태에 빠진 슬럼의 모서리에 항상 있었다.

한 사내가 나를 만나러 왔다. 그는 더블 양복과 높고 빳빳한 셔츠 칼라에 감싸여 있었다. 특별히 잘 손질된 머리는 빳빳하면서 숱이 많았고 스프레이로 고정되어 이마 위로 단정하게 넘어가 있었다. 르네상스 시대 벽돌공의 솜씨를 방불케 했다. 그는 한쪽 팔로 외투를 든 채 문간에 서서 열성적인 악수를 기대하는 자세로 손을 내밀었다.

"누구신가요?"

"ABC 방송국입니다." 그가 말했다.

"생각도 하지 마요."

"뭐 거창한 거 말고 축약된 인터뷰를 하려고요. 당신이 관심을 가지고 있는 주제에 대해 텔레비전 카메라 앞에서 간단히 언급만 해주세요. 십분도 안 걸릴 겁니다. 아래층에 촬영 준비를 다 해놨어요. 십분이면 돼요. 약속해요, 버키. 개인적으로 당신을 숭배하는 사람의 약속이에요."

"절대로 안해요."

"전 지방의 아침뉴스 시간대를 맡고 있어요. 제 얼굴을 알아보지 못하실 것 같아 말씀드리자면, 저희는 젊은이들을 위한 행사와 젊은이들을 위한 인물을 다뤄요. 물론 이것은 우리모두 저항해온 예의 상업적 세뇌이긴 하지만, 그럼에도 불구하고 우리가 어떤 목소리를 내려면 여기저기 스케줄의 틈새에다가 그것들을 끼워넣을 수밖에 없어요. 그렇게 함으로써서로 다른 시간대들이 서로에게 가하는 압력을 줄여주는 거죠. 그리고 그 사이사이에 확실한 비전의 소유자들, 예언자라고 불러도 좋겠죠, 그들의 허튼소리가 아닌 진정한 목소리를슬쩍 끼워넣는 거예요. 십분 동안 질문과 대답을 텔레비전 카메라 앞에서 하는 거예요. 솔직히 말해서 전 당신에 대해 엄청나게 조사를 했어요."

"안해요."

"이 일의 화려한 말단에서 활동을 시작한 뒤로 이만큼 엄청나게 미리 조사를 한 적은 한번도 없었어요. 전에는 겉으로 드러나지 않는 분야에서 일했죠. 하지만 옛날 얼굴들이 몰락하고 새로운 시간대가 비게 되면서 시장에 틈새가 좀 생겼어요. 저는 이런 시간대의 몇몇 부분을 젊은이를 대상으로 한기획물로 채워보려고 하는 중이에요. 버키, 당신에 대한 소문이라든가, 당신이 지금 있는 곳이라든가, 또 미래에 대한 계획 같은 게 있으면 그런 것들에 대해 미리 준비할 필요 없이즉석에서 그냥 이야기하면 돼요. 저희가 요구하는 건 당신의 시간 중에서 정말 아주 작은 일부분이에요. 솔직히 제가 보통 다른 사람들한테 하는 요구에 비하면 이건 요구라고 할 수도 없어요."

"나중에 한 십년쯤 뒤에나 하죠."

"당신의 힘은 커지고 있어요, 버키. 당신이 고립 속에서 시간을 보내면 보낼수록 당신과 관련된 말이나 사진을 달라는 요구가 다양한 미디어에 더 많이 들어오게 돼요. 우리가 당신에게 이런 요구를 하는 이유는, 어떤 미디어나 모두 미디어 거머리들이어서 그런 게 아니고, 솔직히 당신이 고립되면 될수록 증가하는 요구가 우리에게 오기 때문이에요. 사람들은 말과 사진을 원해요. 이미지를 원해요. 당신의 힘은 커지고 있어요. 당신이 말을 아끼면 아낄수록 당신은 더 중요한 존재가 돼요. 하지만 이건 우리 업계에서 자명한 이치이고 제가 뭐 저를 무슨 이론가나 개념의 환전상으로 내세우려고 여기까지 온 것은 아니에요. 전 카메라 속에 있는 존재예요. 전 카메라 속에서 제 할 일만 하고 사라질 거예요. 그건 좀 복잡한 삶의 방식이죠. 열 단어 내외로 아래층에 제가 뭘 갖고 왔는지 말씀드릴게요."

"나중에 하면 안되나요?"

"카메라와 녹음도구가 있어요." 그가 말했다. "그것들이 저기 저 아랫길에 있어요. 카메라맨, 싸운드맨 둘 다 최고경력자예요. 예술가라 부를 수 있지요. 이 건물 바로 앞에서 인터뷰를 하고 싶어요. 카메라가 수직으로 빌딩 아래까지 내려와 당신과 저를 잡을 겁니다. 우리는 진눈깨비를 맞으면서 거기에 서 있는 겁니다. 우리가 대화를 나누는 동안 저는 우리 두 사람 머리 위로 우산을 들고 있을 겁니다."

그는 먼저 내 손을 바라본 다음 내 얼굴로 시선을 옮겼다. 마치 카메라의 정열, 카메라의 그 엄청난 턱이 가진 조금씩 잠식하는 기술에 대보기 위해 내 살의 색조와 질감을 점검하는 듯했다.

"제가 여기 없을 때 다시 오세요." 내가 말했다. "그게 더 쉬울 테니까. 그럼 원하는 대로 할 수 있을 거예요."

"전 방송 시간대를 꼭 채워야 해요, 버키. 당신의 힘은 커지고 있어요. 시간대가 모두 채워지지 않는 건 생각만 해도 아주 안타까운 일이에요. 거기다가 뭘 넣겠어요? 우리는 오만 곳에서 하고 있는 록페스티벌 장면들을 활용해왔어요. 오케페노키 늪*만 빼고요. 짐작건대 다음 차례는 거기일 거예요. 모두들 티푸스에 걸리든지 악어한테 물어뜯기든지 할 테죠."

"꽤 인상적인 셔츠를 입고 계시군요."

"제가 입고 있는 셔츠 말인가요? 이건 니트적 발상으로 만든 옷이에요. 보통의 니트보다 셔츠 깃을 더 높게 한 거죠. 소맷동에는 단추가 세개 달려 있어요. 강렬한 색깔을 쓰고, 몸통 부분을 넉넉하게 했어요. 스칸디나비아에서 수입한 건데다 해서 2295벌만 만들었대요. 제 얼굴을 보세요."

---

* 플로리다 주와 조지아 주 사이에 위치한 자연보호구역.

"왜요?"

"제 얼굴을 보시라고요. 어서, 자세히 보세요. 자, 뭐가 보이나요?"

"잘 모르겠는데요." 내가 말했다.

"당신이 보고 있는 건 건강한 땀구멍이에요. 막히지 않은 땀구멍이죠. 어떻게 하느냐고요? 얼굴 미용을 도와주는 스킨머신을 써요. 그건 공기 중에 있던 모든 오염물질을 땀구멍에서 제거하는 장치예요. 그건 얼굴 구멍 바깥에서 곧바로 오염물질을 깨뜨려버려요. 왜 그런 번거로운 일을 하느냐, 그거죠? 들어보세요. 전 일주일에 엿새 동안 매일 평균 삼분 동안 카메라 앞에 서요. 그게 모든 걸 설명해줘요. 열기, 빛, 긴장, 땀, 클로즈업. 이제 이해가 되기 시작하시죠, 그렇죠? 스킨머신, 부속기구인 땀구멍용 브러시, 투명한 젤로 된 박피 마스크, 깊이 침투해서 용해되는 알레르기 없는 비누. 선명한 이미지를 전달하는 게 제 직업이잖아요. 당신이 여기 있는 것을 어떻게 알게 되었는지 얘기해드릴까요?"

"그럴 필요는 없어요."

"누군가가 말해줬어요." 그가 말했다. "누군가가 압력을 넣고 있는 거예요. 당신을 여기서 나오게 하려고 노력하고 있는 거지요. 하지만 시 외곽으로 갈 때가 됐네요. 방송 시간대를 낭비해서 안타깝군요. 아무튼 신의 가호가 있기를 빌어요. 이제 갈래요. 곧 다시 봐요. 평화."

"전쟁." 내가 말했다.

나는 라디오에 귀를 기울였다. 아나운서들이 번갈아가며 똑같은 뉴스를 보도하고 있었다. 각각의 아나운서가 동일한 씨리즈물의 다음 아나운서에게 마이크를 넘기며 한바퀴 돌았다. 표현은 조금씩 바뀌었지만 목소리의 어조는 한시간 내내 일관되었다. 그 전파의 보금자리에서 이제 새로운 목소리, 즉 환상적이면서도 야만적이고, 아름답게 들리면서도 배의 힘으로 휘저어서 나오는 듯한 목소리가 들려나왔다.

"내 말을 들어봐요, 베이-비(bay-bee), 난 두-웹(Doo-Wop)이에요, 뛰고 놀아요, 요우 요우 요우, 내 말을 들어봐요, 아니, 나처럼 해봐요, 신나게 발짓하며 춤춰요, 아이 치후 아후아, 순금 괴물 음악, 앉았다가 돌아요, 내 콘솔 앞에서 로봇동작으로 춤춰봐요, 두-웹 베이-비, 들으며 살아요, 순금 번호 8, 형편없는 재스퍼 브라운 맥주, 마마 마마 마마, 다섯 하고 뛰어들기, 두-웹, 당신의 죽은 머리를 흔들어요, 요우 요우 요우, 순금 8, 마마 마마 그게 다 무슨 뜻인지, 나쁜 재스퍼, 날 넘어뜨려요."

그때 헤인스가 찾아왔다. 워낙 잘빠진 몸매 때문에 그는 실제 나이보다 더 어려 보였고, 큰길의 멋쟁이 사내, 즉 머리 좋고 연약하고 항상 자제라는 관념에 탐닉하면서 허깨비 같은 자신의 쾌락을 포기할 준비가 되어 있는 사람처럼 보였다. 그는 메이시 백화점의 쇼핑백을 들고 들어왔다.

"여러모로 애석해요." 그가 말했다. "오펄이 마침내 저를 한사람으로 인정하기 시작했거든요. 궁극적으로 절 좋아하

는 법을 배울지도 모르겠다고까지 말했는데. 전 그렇게 안될
이유도 없다──오펄과 제가 함께 일할 날이 올 수도 있다──
고 생각했어요."

"그 꾸러미를 가지러 왔나?"

"바깥 층계에 시체가 있어요."

"얼마 전까지만 해도 없었는데." 내가 말했다.

"머리가 깨졌더라고요."

"플로런스 나이팅게일을 살아 돌아오게 해서 이런 일들
을 어떻게 다뤄야 할지 우리에게 말해주도록 할 필요가 있겠
군."

"전 여덟 트랙 스테레오 카트리지 레코더를 장만할지도 몰
라요. 어떤 종류를 추천하세요? 제 음악기기 중에 그것만 빠
져 있거든요. 돈은 신경 쓰지 마시고요. 가까운 장래에 최상
의 것을 살 형편이 될 수도 있거든요."

"난 물건들에 관심없어." 내가 말했다.

"당신은 굉장히 많은 걸 놓치고 있어요. 지금 아주 많은 것
들이 진행 중이거든요. 물론 아직 겉으로 다 드러나진 않았어
요. 표면적인 사건들은 거의 아무것도 없다고 볼 수 있어요.
하지만 그렇다고 해서 아무 일도 안 일어나고 있는 건 아니
에요. 그건 그렇고 그저께 영국의 세 도시에서 당신이 목격되
었다고 하더군요. 그리고 몬태나의 어느 시골 묘지에 아무 표
시도 없이 매장되어 있다는 소문도 있고요. 몬태나의 도시는
아니라나봐요."

"소문이 좀 엉성해지고 있군."

"글롭키는 시적이라던데요. 하지만 일은 계속 진행 중이에요. 전혀 느슨해지지 않았어요. 언론은 당신의 실종에 대해서 여전히 요란해요. 지하 언론, 과격 언론, 업계 언론, 정직한 언론, 혁명적 언론."

"실종이라고 말할 순 없을 텐데. ABC 방송국에서 오늘 아침 여기 왔다 갔어. 꾸러미를 줘, 말아?"

"꾸러미를 제가 원하느냐, 안 원하느냐? 글쎄 그러니까 그 질문에 대한 대답이 쉽지가 않네요. 제가 그 꾸러미를 원하는 건 맞아요. 하지만 그걸로 뭘 하기를 원하느냐? 그건 별개의 문제죠. 비행기표와 어떤 지시를 받긴 받았어요. 하지만 제가 경로를 바꿀 수도 있어요. 해피밸리라고 알려진 이 사람들은 상황의 작은 뉘앙스까지 제대로 이해할 준비가 반드시 되어 있는 건 아니거든요. 그러니까 제 말은 그 물건이 경매에 붙여질 거라는 거예요. 자유시장이지 않나요? 미묘한 문제들이 있어요. 누군가 이 제품의 입찰을 준비할지도 모르죠. 여러가지 뉘앙스가 있고, 모호함들이 있어요. 삶 자체는 순수한 모호함이지요. 그걸 이해하지 못하는 사람이라면 그는 멍청한 자식이거나 파시스트죠."

"그런데 넌 그 꾸러미를 가지고 가겠지."

"물론이죠." 그가 말했다. "확실히 가지고 갈 거예요. 실은 몇시간 후에 전 휴가여행을 떠나요. 갈 곳이 어디인지 한군데인지 여러군데인지 아직 몰라요. 글롭키는 앞으로 몇주간 저

없이 일을 해나가야 할 거예요. 실은 전 아직 큰 결정을 내리지 않고 있어요. 전 마지막 순간까지 기다리고 싶어요. 이 비행기 아니면 저 비행기죠. 전 페퍼 박사와 함께 협상 테이블에 앉을 수도 있고, 단독으로 거래할 것을 결심할 수도 있어요. 정직한 월급생활은 따분할 거예요. 세금구조가 그 모양이니 말이에요. 그러니 누가 알겠어요? 저는 위험을 모두 감수할 수도 있어요."

"플로런스 나이팅게일과 아주 많은 붕대들."

그는 쇼핑백을 들어올렸다.

"여기, 이걸 받으세요." 그가 말했다.

"그게 뭔데?"

"제품이에요."

그가 쇼핑백에서 꺼낸 꾸러미는 트렁크에 있는 것과 똑같아 보였다. 밤색 포장지, 밤색 접착테이프, 같은 크기, 그리고 무게도 거의 같아 보였다. 헤인스는 약간 떨어져서 손을 얼굴에 대고 가만히 응시함으로써 자신의 즐거움을 표시하고 있었다.

"오펄." 내가 말했다.

"좋아요, 아주 훌륭해요. 저는 당신이 알아챌 거라고 생각하지 못했어요. 제가 지난번에 여기 왔을 때 오펄이 그걸 줬어요. 당신은 어린아이처럼 순진무구하게 자고 계셨죠. 오펄은 그걸 제품이라 부르라고 했어요. 전 보통 끼리끼리 사이에 통하는 농담을 별로 안 좋아해요. 하지만 이 경우는 제가 존성하는 두분 — 왜 아니겠어요? — 이에요. 분명히 오펄은 당신이 단 한번에 찾을 수 있도록 이걸 여기에 놔두고 저와 함께 페퍼랜드로 가려고 한 것 같아요. 오펄은 이리로 돌아올 생각이 전혀 없었어요. 아실지 모르겠지만요. 우리는 페퍼 박사와의 일을 마치면 스페인으로 직행할 계획이었어요. 결국 당신은 그 꾸러미를 발견할 거고, 작은 농담은 끝나게 될 거였죠. 하지만 배달자가 구면인 것으로 판명되자, 즉 저인 걸 알게 되자 그녀는 저를 물건 배달자로 만듦으로써 장난을 꾸밀 기막힌 생각을 했어요. 전 그 안에 무엇이 있는지도 전혀 모르고 물어볼 의향도 없었어요. 글롭이 위협하려고 할 때 열어보랬어요. 그게 오펄의 말이에요. 글롭이 위협하려고 할 때."

"그게 뭐든, 그건 내 생일선물이야."

"생일 축하해요." 그가 말했다. "하지만 당신이 카트리지 레코더에 대해 제게 조언을 안해줘서 실망이네요. 저는 특정한 분야의 정상에 도달한 분들한테서 조언 듣는 걸 좋아하거든요. 그런 사람이 주는 조언은 어떤 종류든 들을 가치가 있더라고요."

"어떤 종류든?"

"그럼요." 그가 말했다.

"네 믿음을 위해, 혹은 네 믿음을 컴퓨터로 인쇄한 것을 위해 목숨을 걸어라."

"아주 흥미로운 말씀이라고 할 수 있겠네요." 헤인스가 말했다.

나는 트렁크를 열어 원래의 꾸러미를 그에게 주고 오필의 선물을 그 자리에 넣었다. 그날밤 내가 계단을 내려갈 때 복도에 한 여자가 서 있었다. 그녀는 일층 아파트 문을 열려고 했다. 그녀의 방한용 덧신은 그 안에 신발이 넣어진 채 눈송이를 뚝뚝 떨구며 벽에 기대져 있었다. 그녀는 맨발이었고 핸드백에서 열쇠를 찾고 있었다. 그녀는 작고 아담한 여자였는데 발목이 특히 움푹 들어간 것처럼 보였다. 나는 그녀를 향해 고개를 끄덕였다. 잠수함에 오랫동안 갇혀 지낸 사람들끼리 나눌 만한 인사였다.

"아래층 여자예요." 그녀가 말했다. "삼층 사람이 말하길 새로운 사람이 왔다고 하더군요. 당신은 별로 소리를 안 내는 분이에요, 확실히. 너무 추우면 파이프를 두드리세요. 미클화이트예요. 당신의 아래층에 살아요."

"맞아요."

"여기 산 지 백년쯤 된 것 같아요. 남편은 한때 관리인이었죠. 하지만 합병증으로 죽었어요. 내가 난방을 담당하고 있어요. 추우면 파이프를 두번 두드리세요. 안에 있는 아이가 정상은 아니에요. 소음이 들리더라도 신경 쓰지 마세요."

"그렇게 시끄럽진 않더군요."

"남편은 온갖 터무니없는 아이디어를 내곤 했어요. 처음에는 아이를 카니발에 팔자고 하더군요. 하지만 누가 사겠어요? 그 아이를 돌볼 비용만큼도 티켓을 못 팔 텐데. 그다음엔 의사와 간호사들이 연구하는 대학에 빌려주자고 했어요. 그 말에 내가 아주 결정타를 먹였죠. 꿈꾸고 있다고, 아무도 이 아이를 보고 싶어하지 않는다고, 우리가 할 수 있는 유일한 일은 아이를 여기 놔두고 문을 닫아놓는 거라고요."

"아이 이름이 뭐예요?" 내가 물었다.

"이름요? 그애한텐 이름이 없어요. 그런 머리통을 갖고 넉 달 이상 살 거라고 생각하지 못했거든요. 하지만 우리는 참 바보짓을 했어요. 멍청한 한 아이에게 달라붙어 있었던 거죠. 그래서 남편은 이 사태를 최대한 활용하자, 그렇게 생각했던 거예요. 관심을 가질 만한 사람을 찾아서 아이를 그냥 팔아버리든지, 아니면 한달간 빌려주든지 하자, 그랬죠. 카니발은 기간이 있으니 데려갔다 데려오고, 데려갔다 데려오고 해야죠. 그 개새끼를 보셨어야 했는데. 그는 자나 깨나 설계와 계획과 흥정 따위를 했어요. 내가 바보 같은 소리라고 말했죠. 꿈꾸고 있네라고 했어요. 내가 말했어요. 당신이 정신병원에 가면 관심을 가질 만한 사람을 만날 거라고요. 그는 광고를 내고 싶어했어요, 남편이란 작자가 말이에요. 카니발을 다루는 전문 신문이 있대요. 그는 계속 계획을 세우고, 또 세우고, 또다른 계획을 세우고 그러다가 쓰러졌어요. 그 사람 쓰러지는 꼴을 보셨어야 했는데. 두번째 수술 직후였어요. 테시가 여기 있었어요, 사탕가겟집 딸 말이에요. 그이가 우리 바로 눈앞에서 쓰러지더라고요. 내가 테시한테 그랬죠. 합병증일 거야. 하지만 그는 원대한 계획을 세우고 있었어요. 그가 말하는 걸 한번 들으셨어야 했는데. 그는 겨우 이만한 크기의 사람이었는데, 입 하나는 전기톱만했어요. 그 사람이 어떤 사람이었는지 얘기해드릴게요. 직접 본다고 해도 짐작을 못하실 테니까. 그는 완전히 경마에 빠진 사람이었어요. 비가 오나 눈이 오나 열심히 경마장에 갔어요. 눈보라가 치는 날에도 브롱크스에 사는 되놈하고 모자를 귀까지 내려쓰고 경마장에 갔지요. 갈 때마다 평균 삼사십 달러씩 잃었어요. 그 되놈은 자주 이겼죠. 그는 경마신문에 대해서 알고 있었고, 투기꾼에 대해서도 알고 있었고, 트랙도 알고, 날씨도 알고, 짐승도 알았어요. 남편은 똥인지 구두약인지도 몰랐어요. 말한테 쏟을 돈을 모으기 위해 거의 죽을 지경까지 굶었어요. 하지만 내 입에 신경 쓰지 마세요. 난 그냥 말을 하고 또 하고 그러는 거예요. 입에서 무엇이 나올지 몰라요. 그냥 외로워서 그래요. 그것뿐이에요. 말을 할 수 없는 아이하고 사니까요."

나는 내가 계단에서 뭘 하던 중이었는지 기억해보려고 했다. 난 럼버재킷을 입고 있었지만 어디를 향해 가는 중인지 기억이 나지 않았다. 난 잠시 동안 건물 밖에 서 있었다. 긴 코트를 입은 남자가 라파예트 거리와 브로드웨이 거리 사이의 골목에 서 있었다. 내가 위층으로 다시 올라갔을 때에는 사방이 조용했다. 파이프에서 그르렁거리는 소리도 안 들렸고, 페니그가 작품 생산을 위해 방에서 왔다 갔다 하는 소리도 거의 안 들렸다. ABC 방송국에서 온 사람이 탁자 위에 놓고 간 명함이 눈에 띄었다. 그를 텔레비전에서 본 적은 없지만 그의 외모 세세한 부분을 하나하나 기억할 수 있었다. 그는 서로 교환될 수 있는 유명인사들, 중요한 여성 중역의 남성 비서들, 그리고 오락산업에 관여하는 변호사들이 공통으로 갖고 있는 고급러운 윤기를 가지고 있었다. 그의 옷은 감춰진 끈으로 조여서 극도로 꽉 끼는 것이었고, 이야기하는 내내 그는 표정을 전혀 바꾸지 않았었다. 텔레비전이라, 아마 그건 모두 미라 만드는 기술에 대한 연구인지 모른다. 그 매체의 효과가 워낙 덧없기 때문에 그것의 시간 기구 안에서 일하는 사람들은 자신들을 보존할 필요성을 느끼는 것이다. 그들의 몸을 래커로 칠해 묶거나 그 몸에 희귀한 압력젤리를 뿌려서 단 한가지 목적, 즉 시간의 위험한 맥락에서 자유로워지기 위해서 말이다. 그들의 유일한 허영은, 모든 파괴에서 자유롭고 영원히 밀폐된 부속 복도에 머물면서 소금에 절여져 잠자고 있는 옛날 왕처럼 안전하기를 바라는 것이다.

나는 이틀 만에 처음으로 옷을 벗고 알몸인 채로 침대에 들어갔다. 기운이 없었고 내 몸이 낯설게 느껴졌다. 그때 페니그가 길고 필사적인 걸음을 떼기 시작했다. 그리고 아래층의 물렁물렁한 소년, 미클화이트의 카니발 고깃덩어리가 꿈속에서 네번 울부짖었다.

14

　모텔에서 대마초를 피울 때면 항상 기분이 고약했다. 머리의 중앙에서 뭔가가 팽창하는 듯한 느낌, 끔찍하게 머리를 압박하며 밖으로 나가는 듯한 느낌을 받은 게 기억난다. 우리는 비행기 여행을 하는 사이, 혹은 연주를 하는 사이, 혹은 비행과 연주 사이, 혹은 연주와 비행 사이에 모텔에 머물렀다. 모텔은 늘 조금씩 달랐지만 어느 모텔이든지 그곳에서 지낸 시간은 언제나 똑같았다. 기다림의 긴장에 모서리 같은 것은 없었다. 그건 구획되지 않은 시간의 단 하나뿐인 텅 빈 평원이었다. 우리는 (꼭 도시는 아니더라도) 보통 인구가 밀집된 지역의 변두리 어디쯤에 머물렀고, 의자가 아닌 침대나 방바닥에 앉아 질 나쁜 대마초를 늘 피워댔고, 플라스틱 주차장에서 곧 미끄러져 들어올 거라는 소문만 계속 내는 리무진을 기다렸다. 리무진은 결국 연주자들과 로드 매니저들과 완벽한 다리를 가진 긴 금발의 처녀들을 포함한 일고여덟명의 몸뚱이를 실은, 우스꽝스러울 정도로 우아한 장의차였다. 우리 대부분은 낡고 더러운 옷을 입고 있었다. 거지나 입을 것 같은 청바지를 입고 낡을 대로 낡은 부츠를 신고 있었고, 앞뒤가 안 맞는 상황을 이해하려고 노력하면서도 그런 노력을 기울일 가치가 없다고 생각하면서 다들 대마초에 취해 있었다. 하지만 내가 기억하는 건 기다리는 동안 우리가 있던 방들이다. 그 방들의 평범함에는 뭔가 중심이라 할 만한 어떤 것, 멀리 떨어진 비밀이 있어서, 우리는 특정한 마약이 가져다주는 강직한 에너지를 통해서만 거기에 도달하려고 노력할 수 있었다. 그런 환경에서 사용된 대마초에는 뭔가 기묘한 것이 있었다. 그 마약은 테크놀로지의 꼭두각시처럼 보였다. 정부의 감독하에 제조되고 판매되는 것으로, 더욱 악질적인 산업 분야의 어느 취미생활자 계층이 고안해낸 무기인 듯했다. 그 무엇도 안전하게 느껴지지 않았고, 중심을 향한 확실한 길을 찾을 수 없었다. 나는 공포에 사로잡힘과 동시에 전적으로 꼼짝달싹도 할 수 없었다. 난 방에 있는 모든 사람을 신뢰할 수 없었는데, 그들은 순간순간 더 육중한 무게로 나를 짓누르고 있었다. 으스스한 유기체의 모터가 내 머리의 벽에 기댄 채 진동하고 있었다. 종종 나는 이성적으로 사고함으로써 그 공포와 엄청난 무게로부터 빠져나오려고 했다. 하지만 집중적으로 압박을 받는 범위가 너무 넓었고, 우주에는 너무도 많은 '중력'이 있었다. 그리고 내가 비록 어떤 궁극적인 공포와 결코 타협하지는 않았지만, 나 자신은 나보다 더 정적인 범주, 즉 의자나 침대, 방, 혹은 모텔 그 자체에 포섭되어 있다는 체계적인 진실에 저항할 수 없었다. (이런 삼십분가량의 우수에 젖은 광기 후에, 소유하고 있는 회사와 트러스트와 매수와 음모의, 팽창하는 우리의 잉크 자국을 위해 트랜스패러노이아라는 이름을 생각해냈다.) 가장 평범한 방들에 앉아서 난 아무것도 이해할 수 없었다. 우리 자신을 주먹으로 갈기고, 우리의 혈관 속에 행운의 콧노래를 달리도록 하고, 사악한 고깃덩어리를 청중들의 먹이로 주기 위해 경기장이나 컨벤션 센터나 극장이나 스타디움으로 우리를 데려가주기를 기다렸다. 스티로폼으로 만든 단 위에 있는 벌거벗은 금발의 처녀들, 고대의 약을 파는 상인들, 최면의 대가들, 바늘자국을 과시하는 흑인 금욕주의자들, 칼잡이들과 독살자들, 우리가 지르는 소리의 파장 안에서 녹아버리는 모든 머리들, 굴절된 전기적 울부짖음, 휠체어에 앉아서 고함을 지르는 부인네들, 넝마 같은 옷을 입은 아이들, 의지가 박약한 은행가들, 와인 장사치들, 아동 강간범들, 암내를 풍기는 신비주의자들, 선교사 아내들의 젖꼭지를 만지작거리는 반투명한 소년들. 그들은 각자 보이지 않는 자신들의 역사에 묶인 채 서로 상대방과 몸을 맞부딪치고 있었다. 그들 중 가장 젊은 축들은 궁극적인 필요성, 즉 단어가 스스로를 지우는 나라에서 문맹이어야 할 필요성을 알고 있었다.

몇주 만에 페니그가 층계 꼭대기에 앉아 있었다. 나는 문 앞에 멈춰섰다. 그가 무슨 말인가를 하고 싶어한다는 확신이 들었기 때문이다.

"모든 음란물 일은 우리를 파시즘에 가까이 가도록 만들지."

나는 문을 잠그지 않고 다시 안으로 들어갔다. 잠시 후 페니그가 들어왔다. 날이 저물어 어둑해서 나는 촛불을 켰다. 페니그는 등받이가 바른 의자 모서리에 앉아서 자신이 신고 있던 테니스화의 앞부분을 손가락으로 만질 수 있을 정도로 몸을 앞으로 숙였다.

"고마워." 그가 말했다.

"뭘 말이에요?"

"내 말에 귀를 기울여줘서."

"문을 열려면 어차피 멈춰서야 했어요. 그러니까 내가 뭐 아주 힘든 일을 한 건 아니에요. 그동안 안 보이더군요, 에디. 열심히 일하고 있었나봐요?"

"방금 에디라고 했지. 친절한 배려 고마워. 자신의 분야에서 최고의 경지에 있는 버키 자네가 그렇게 말했다는 사실, 아마 영원히 못 잊을 거야. 커피 좀 줄 수 있나?"

"커피를 아직 못 찾았어요."

"안 씻은 오래된 컵에서 나온 찌꺼기라도 기꺼이 마실 용의가 있네."

"미안해요."

"난 어두운 시기의 한복판에, 실질적으로는 어둠속에 있어. 글을 쓰다가 그냥 침대에 누워 머리끝까지 이불을 뒤집어쓰고 싶을 때가 있는데, 지금이 바로 그런 때야. 난 그동안 일해오던 모든 장르를 버리고 완전히 새로운 장르 속으로 들어가고 있어. 아동을 소재로 한 음란물은 잘 안되더군. 하나도 팔지 못했어. 어떤 것도 한 게 없어. 모든 게 제대로 되질 않는데, 그 이유를 어렴풋이 짐작하기 시작했어. 다음에 만나면 거기에 대해 더 얘기해줄 수 있을지도 몰라. 하지만 지금은 그냥 내가 정말 힘들다는 이야기를 하는 정도로 만족하는 게 좋겠어."

"얼마나 힘든데요?"

"버키, 얼마나 힘든 게 진짜 힘든 걸까? 바닥 그 자체야. 햇빛이 비치지 않는 곳, 거대한 해구의 압력구멍. 내 주변에선 눈먼 고기들이 나를 둘러싸고 헤엄치고 있어. 산맥보다도 더 추워."

"방을 서성대는 게 도움이 되지 않나봐요?"

"어떤 지점이 있었네. 버키 자네한테 그걸 고백하고 싶지 않지만, 하여간 내가 실제로 달리고 뛰고 한 그런 지점이 있었어. 스스로 이건 운동이야 운동, 그렇게 말했지. 하지만 그것은 극단적인 형태의 서성거림이었고 전반적 구성에 새 기운을 불어넣으려는 시도였다는 걸 마음속 깊은 곳에선 알고 있었어. 이제 다시 평소의 서성거림으로 돌아왔어. 그러니까 아직 완전한 어둠은 아닐지도 몰라. 난 다양한 문체로 아주 많은 양의 글을 써왔어. 몇 미터씩 써댔고, 미터 단위로 돈을 받았지. 무슨 일이 생긴 건지 모르겠어. 내 가격이 너무 비싸서 시장성을 잃은 게 아님은 분명해. 일하겠다는 의욕을 잃은 것도 아니야. 하지만 최근 들어서 아무 글도 못 팔고 있는 건 틀림없는 사실이야. 보내는 족족 퇴짜를 맞았어. 심각한 내적 결함이 있는 게 분명해. 근본적으로 음란물이라는 게 문제야. 내가 잘 알지. 내가 포르노 마을에서 길을 잃었다는 것, 거기서 나의 전문성을 훼손당하지 않으면서 빠져나올 길이 없다는 것을 말이야. 다른 적절한 표현이 없으니 하는 말이지만 영감을 상실하게 된 배후의 요인과 계기를 이제 이해하기 시작했어. 하지만 그건 다른 계절에 해야 할 다른 이야기야. 나를 규정하는 것이 있다면 내가 전문가라는 사실이야. 나한테서 그걸 빼앗아가면 난 형체도 불분명한 덩어리가 되고 말아. 시장에는 잔인한 종류의 시(詩)가 있지. 커다란 바퀴가 돌아가고, 소용돌이치고, 불꽃놀이 때의 소음을 내. 점점 더 빨리 돌다가 더이상 버티지 못하는 사람들을 바깥으로 내동댕이치면서 말이야. 시장이 나를 거부하고 있지만 난 그 안의 잔인한 시에 대해 눈감고 있는 건 아니야. 시장은 참 놀라운 곳이야. 수백개의 도시처럼 밝지. 돌고 또 돌아. 그리고 그곳에선 작은 사람들이 곳곳에서 매달린 채 한 손으로 버텨내려고 하지만 결국 내팽개쳐지고 있어. 주변을 둘러싸고 있는 밤, 침묵, 공허, 어둠, 분지, 분화구, 구덩이 속으로 말이야. 하지만 그 씹새끼가 날 그렇게 쉽게 제거하진 못할걸. 난 덩치가 작긴 해도 아주 끈질긴 놈이거든. 난 접근전에 강해. 그자와 맞짱 뜰 수 있어. 내 또래의 어느 누구도 나만큼 이 사업의 부침에 대해 잘 알지 못해. 아무튼 자네가 날 에디라고 불러줘 고마워. 그건 나처럼 감정적인 사람한테 커다란 일이거든. 난 아주 감정적인 사람이야. 그리고 내가 영원히 그걸 기억할 거라는 사실을 자네가 알아주기를 바라. 다른 사람들은 잊을지 몰라도 난 기억해."

"당신이 어떻게 하면 재기할 수 있는지 제가 조언해줄 순 없어요."

"자네가 할 수 있는 일이 뭔지 말해줄게." 그가 말했다. "자네는 커피를 마지막으로 탈 때 쓴 커피포트를 찾을 수 있을 거야. 그리고 가루커피 담는 그릇에 가루커피가 좀 남아 있을지도 몰라. 종이 냅킨을 한장 주면 습기에 찬 커피가루로 냅킨을 적실 수 있고 그걸 코 밑에 대고 잠깐 동안 그 냄새를 맡을 수 있을 거야."

"다른 것은 제쳐두더라도 냅킨이 없는 것 같은데요."

"내가 필요한 건 종이 냅킨이야."

"그게 있다 해도 요새 가루커피를 본 기억이 없어요."

"명성, 부, 위대함, 불멸성."

우리는 침묵에 잠긴 채 오랫동안 앉아 있었다. 페니그는 그의 운동복에 달린 후드 끈을 잡아당겨 조였다. 그는 오른손 엄지를 왼쪽 팔목에 대고 자신의 맥박을 짚었다. 그는 손등에 난 털을 혀로 핥았다. 그런 다음 '워프'(Warp)*라는 기묘한 소리를 냈다. 나는 그를 향해 몸을 기울였다.

"어디 아프세요?"

....
* '휘다'란 뜻으로 SF에서는 '순간이동'을 가리키는 말로 쓰인다.

"속이 메슥거려." 그가 말했다. "난 암울한 시기를 지날 때마다 이래. 난 지금 암울한 시기의 한복판에 있어. 차디찬 해구, 새로운 걸 시작할 수 없는 상태, 워프. 전에도 이런 적이 있긴 있었는데 이렇게까지 바닥을 치지는 않았어. 유전자 상으로 눈먼 고기 같은 느낌이야."

"물을 좀 마시는 게 도움이 될지도 몰라요."

"조금 지나면 괜찮아질 거야."

"상태가 나빠 보여요."

"워프."

"에디, 뭘 좀 마셔요."

"그냥 위층으로 올라가는 게 낫겠어. 속이 좀 가라앉는 것 같았는데 그게 아닌가봐. 올라가는 게 최선이야. 워프. 난 창작에서 오는 긴장을 다른 사람에게 풀고 싶지 않아. 올라가는 게 최선이야."

"그러세요." 내가 말했다.

침대는 자신이 흡수한 물체에 의해 황홀해진, 마음을 끄는 거대한 유기물이거나 양식 해산물 혹은 합성식물이었다. 나는 안개와 옛날이야기 속으로, 잠의 가장자리에 침착하게 놓인 격렬한 이미지 속으로 빠져들면서 침대가 꿈을 꾸고 있고 그 꿈이 나라는 느낌이 들기 시작했다. 한자루의 초가 타고 있었는데, 그 불빛은 내 의식에서 완전히 빠져나가지 않고 있었다. 나는 의식을 거의 잃은 상태에서 초자연적인 존재에 의해 꿈으로 인도되었고, 사물의 신비를 탐구하는 정신여행을 했다. 그건 모두 의지조절의 문제였다. 나는 꿈과 마약과 창조에 종속되었다. 꿈은 한자루 초가 타고 있는 방 한가운데의 침대에서 잠든 한 남자에 관한 것이었다. 그건 현실이 아니고 꿈이었다. 나는 꿈꾸는 자의 냄새나는 화학적 숨에 불과했다. 핵심적인 문제는 의지조절이었다. 그때 나는 나 자신의 꿈을 생산하려고, 전설의 불길과 남자들이 안전하게 사용할 수 있는 골무 안의 섹스가 있는 저 희미한 중간지대에서 되돌아오려고 발버둥치며 더 깊이 꿈속으로 들어갔다. 나는 나 자신을 해방하려고 하면서 이중적 순간에 매달려 있었다. 그때 갑자기 침대 위로 사나운 소음, 난폭한 울림이 퍼져 내 의식의 여러 층위를 뚫고 나를 춥고 휑한 방으로 데려다주었다. 전화였다. 믿기 어려운 일이라고 느끼며, 나는 그냥 그 흡인력 있는 검은 형상을 멍하니 바라보았다. 각각의 음이 더욱더 커지고 날카로워지는 듯했다. 잠복상태를 선호하던 물체가 항의의 외침소리를 내고 있는 것 같았다. 전화였다. 나는 방을 가로질러서 수화기를 들었다.

"뭐요? 당신 누구요?"

"버키, 잘 있었나? 버키."

"씹새끼, 글롭키. 못된 쌍놈의 새끼."

"버키, 버키, 버키."

"당신 말고 누구겠어. 돈 밝히는 기계, 책상 뒤에 앉아 있는 엉덩이만 커다란 놈."

"버키, 버키."

"도대체 전화는 왜 개통시켰어요? 난 여기에 전화기 있는 거 원치 않아요."

"버키, 버키, 버키."

"똥 싸는 기계, 썩을 놈의 글룹키, 글룹키 씹새끼. 당신은 씨팔, 입에 담을 수도 없는 형용사요, 그거 알아요?"

"그들은 사무실에서 전화를 손볼 수 있거든. 사무실에 앉아서 고쳤다고 하더군. 고장난 게 아니야, 알겠지? 그냥 선을 끊어놨던 것뿐이야. 그래서 다시 연결시켜달라고 했지."

"매니저."

"자넨 말 못할 고통을 겪었어. 미칠 지경이고 비탄에 잠겨 있고 위장에는 보통 때보다 더 많은 위산이 차 있어. 자네가 아무한테나 욕을 해대는 건 당연한 일이지. 다 이해해. 내가 이해 못한다면 그런 욕을 받아들이기 힘들겠지. 괜찮으니까 나한테 고함지르고 욕해. 욕이란 욕은 다 퍼부으라고. 내가 차를 타서 자네와 통화하려고 전화기를 집어들기 전 렙한테 말했지. 버키가 말의 쓰레기를 개인 매니저인 나한테 다 쏟아붓는 게 낫다고. 만일 언론을 상대로 그러면 아무래도 우리에게 피해를 주게 되니까 말이야. 하지만 중요한 건 지금 내가 내 차에 앉아 웨스트사이드 고속도로에서 조지 워싱턴 다리 쪽으로 가면서 그 다리의 불빛을 바라보고 있는데, 그러면서 이게 모두 버키한테 아무 의미도 없겠구나 하고 생각하고 있다는 거지. 난 생각하고 있어. 그는 무엇 때문에 거기 죽은 사람의 아파트에 앉아서 말 못할 고통을 받고 있는 걸까? 이 다리의 건너편은 미국이야. 내가 말하는 거 듣고 있나, 버키? 다른 차선으로 가는 차들이 윙윙대는데, 잘 들려? 미국이 바로 저기, 이 다리 건너편에 있어. 그리고 미국에는 뭘 하면 좋을지 누가 말해주기를 기다리는 사람들로 가득 차 있어. 난 지금 머투천의 어브 코슬로우 스테이크 판타지아에서 있을 막중한 사업 만찬에 참석하기 위해 가는 중이고, 버키 자네는 거기서 말 못할 고통을 겪고 있는데, 도대체 왜일까? 저 너머에 있는 사람들은 자네 목소리를 듣고 싶어해. 자네 말을 듣고 싶어해. 자네 팔과 다리와 속옷을 원해. 그게 내가 소유하고 있는 2만2천 달러짜리 이 바나나보트에 앉아서 지금 내가 생각하고 있는 거야. 다른 것도 물론 생각하고 있어. 솔직히 인정하지. 돈 문제도 생각하고 있어. 자네가 마냥 거기 앉아 있을 수만은 없어. 자네한테 가장 좋은 건 일이야. 공연, 순회공연, 여행. 순회공연은 그 자체로 생존 전체를 대표하는 거야, 버키. 그리고 난 자네가 그 진실을 인식하고 있다는 걸 알아. 사람들이 저 너머에서, 바로 저 다리 건너편에서 기다리고 있네. 그게 미국이야. 그 모든 거대한 것, 팝콘과 끝내주는 마약. 자넨 마냥 거기 앉아 있을 수만은 없어."

"당신은 최근에 헤인스 편에 돈을 한푼도 안 보냈어요."

"나의 짧은 연설이 자네에게 적어도 돈 생각을 하게 했군. 돈을 손에 쥐기가 힘들다는 게 문제야. 서로 얽히고설킨 사업이 너무 많아서 어디에서 돈을 가져와 누구한테 줘야 할지 알기 어려워. 돈을 손에 쥐기가 쉽지 않아. 하지만 아직까지는 법적인 장애뿐이야. 묶여 있어, 돈이. 더 많은 돈을 벌기 위해 사용되고 있지. 하지만 난 지금 칠층에 있어. 그래서 법 의식을 가진 사람들로 하여금 그 일을 다루도록 했어. 우리의 원로들 말이야. 그러니까 일이 좀 풀리기 시작해야 자네가 현금을 만질 수 있어. 하지만 그러지 못할 수도 있어. 돈을 손에 쥐기가 힘들어. 어느 쪽을 쑤셔도 이런저런 법적인 장애물들이 있어. 그러는 사이에 렙은 마을 곳곳을 다니며 그가 기획한 철거에 사람들이 불평하지 않도록 그들을 행복하게 해줄 나무를 심고 다녀. 이 세상에는 부동산도 있고 동산도 있어. 불행한 사람만 있으면 렙은 나무를 심어. 사람들한테 이것 좀 보라고, 나무나 관목이 얼마나 좋냐고, 낡은 빌딩을 철거하고 새 빌딩을 짓는 데 따르는 소음과 흉측함을 그걸로 보상하니 얼마나 좋냐고 말하지. 그게 기업구조에 내재한 비밀의 전부라네, 친구. 적에게 몇그루 나무를 심겠다고 말하는 게 말이야."

"원하는 게 뭐요?" 내가 말했다.

"내가 원하는 게 아니야, 버키. 그들이 원하는 거지. 우리가 파는 걸 사가지고 가는 사람들 말이야. 죽은 사람의 방에 앉아 있는 것, 그건 삶이 아니야. 난 이 중대한 순간에, 즉 다리를 건너고 통행료 징수 부스를 지나는 바로 그 찰나에 이 말을 하고 있는 거야. 통행료 징수 부스를 지나면 진짜 미국땅이야. 거기에 있는 사람들은 자네가 옛날의 자네로 돌아가든지, 아니면 뭔가 새로운 것, 차트에 신기록을 세울 어떤 것을 가지고 나타나기를 고대하고 있어."

"더이상 듣고 싶지 않아요."

"지금이 음악산업에서, 그리고 우리나라 전체의 미래에서 아주 중요한 시기야."

"다신 절대로 전화하지 마요."

"나한테 욕해. 난 그게 좋으니까. 내 옷에다 침을 뱉어. 난 그것들을 절대 세탁소에 안 맡길 거야. 천재의 침이 묻은 정장, 내가 특별 주문한 그 폴리에스테르 체크무늬 정장을 입고 별 네개짜리 최고급 식당에서 근사한 식사를 하면서 나만큼 행복해할 사람도 없을 거야. 하지만 한가지 자네가 알아야 할 게 있네, 버키."

"그게 뭔데요?" 내가 말했다.

"프레스노에 있는 슈퍼마켓에서 자네가 파인애플 통조림을 훔치는 장면이 목격되었다는 거야."

15

꾸러미에는 산장에서 녹음한 테이프들이 담겨 있었다. 이것은 오필이 내 생일을 기념하기 위해 선택한 방식이었다.

테이프에는 내가 작사, 작곡한 스물세곡의 노래가 녹음되어 있었다. 오래된 어쿠스틱 기타 반주에 맞춰 (다른 반주 없이) 내가 부른 것들이었다. 그 노래들은 내가 가장 최근에 만든 곡으로서, 약 십사개월 전에 산에 혼자 머무르면서 기타와 녹음기를 들고 앉아서 즉흥적으로 작사해 부르며 녹음한 것들이었다. 전세계 순회공연에서 돌아온 직후여서 내 목소리는 지치고 시들해져 있었다. 가부장적 마을에서 영아가 살해될 때 아기가 내는 콧소리와 비슷한 소리라고나 할까. 언젠가 손님이 와서 우연히 그 테이프를 보고 틀게 되었다. 얘기가 나갔다. 물론 내용이 왜곡되었다. 소문과 추측으로 만들어낸 것들이었다. 나는 누구하고도 그 테이프에 대해 논의하기를 거부했다. 그것을 공개하거나 그 노래를 다시 녹음하거나 그것에 대한 어떤 제안을 받아들이는 것을 거부했다. 나 스스로 내 노동의 본질을 이해하지 못하고 있었다. 기타 소리는 그런

대로 괜찮았지만 목소리는 내 것 같지 않았다. 그 목소리에는 어린애 같은 독특한 담백함이 있었다. 가끔씩 고통을 인정하는 날것의 미숙함이 느껴졌지만, 대체적으로는 외롭고 노숙자 같은 무딘 목소리였고, 진정한 거침이나 다른 어떤 독특한 특성을 가지고 있지 않았다. 더욱이 가사가 기묘할 정도로 자폐적이며 산만했다. 아마도 가사들이 한번도 종이 위에 적힌 적이 없고, 심지어 아주 잠깐 동안의 성찰도 거친 것이 아니었기 때문에, 그 노래들에서 특별한 황량함, 일종의 비정상적인 자연스러움이 풍겨나왔는지도 모르겠다. 과거에는 내가 만들어낸 웅얼거림과 신음 뒤에 언제나 어떤 의미가 담겨 있었다. 하지만 산장에서 만든 테이프들은 진정으로 유아적인 것이었다. 나는 그게 좋은 건지 나쁜 건지 전혀 알 수 없었다. 그 노래들이 구원을 주는 것인지, 냉소적인 것인지, 혹은 그런 것들과 전혀 무관한 것인지 알지 못했다. 내 말없는 팬들에 대한 찬사, 싸구려 플라스틱 계책들, 미치광이 같은 정치인들에 대한 반어적인 쏘네트, 시내 중심가를 지나가는 퍼레이드의 소음, 유아 음식에 대한 광고, 호소의 소리와 인디언들의 평화의 담뱃대, 사라진 혁명에 대한 발라드의 후속곡. 어떤 노래든 그냥 한곡 한곡 계속 흘러나왔고, 난 이삼일 동안 잠을 이룰 수 없었다. 그 기간에 대한 나의 기억은 선명하지 못했다. 그 테이프들만이 그런 일이 있었다는 걸 증명해줄 따름이다. 테이프 릴 하나하나에 반복과 실수와 발음이 불분명한 단어들이 꽉 차 있었다. 일관성을 결여한 긴 노래 사이

사이에 먹고 마시고 텔레비전을 향해 뭐라고 떠들어대는 소리들이 삽입되어 있었다. 그 테이프들을 여러번 되풀이해서 들었지만 그것들의 핵심은 계속 나를 비켜가고 있었다. 그래서 나는 그냥 그것들을 한쪽에 내버려두었었다. 사실 따지고 보면 기억도 나지 않는 단 며칠간의 노력의 산물에 지나지 않는 그것들을 잊는 게 나은 일이다 싶었다. 그 노래 모음을 발표한다면 엄청난 혼동이 일어날 게 틀림없었다. 이후 그 테이프는 아주 가까운 친구들이나 슈퍼맨처럼 옷을 입고 다니면서 록 음악을 물신숭배하듯이 대하는 연구자들 아니면 언급하지 않았다.

그때만 해도 난 지금보다 더 젊었고 청중들에 대한 의무감을 느끼고 있었다. 혼동을 일으켜서 무슨 소용이 있을지 충분히 알지 못했다. 명성은 고음 아니면 저음이며, 고음과 저음을 함께 소유하는 지점에 다이얼을 맞출 수 있는 사람은 아주 드물 것이다. 오펄은 내 머릿속에 속삭임을 집어넣었다. 나는 그녀가 언제 산장에서 테이프를 들고 갔는지 알지 못한다. 그리고 그녀가 내게 그걸 되돌려준 일이 처음에는 한갓 장난에 지나지 않는다고 생각했다. 과거 나 자신의 혼동을 상기시키는 것이니까. 하지만 물론 그 행위엔 그 이상의 의미가 있었다. 나는 그녀가 직접 말했거나 헤인스가 대신 말한 몇가지를 기억해냈다.

(1) 그 선물은 진정 몹쓸 년의 천재성이 가한 하나의 일격이다.

(2) 그건 제품이라고 불려질 것이다.

(3) 글롭키가 그의 스타를 복귀시키기 위해 계책을 세울 때까진 열어보지 말아야 한다.

오펄은 그 테이프가 나의 출구라는 사실을 알았다. 그녀는 내가 정확히 무엇을 필요로 하는지 알고 있었던 것이다. 난 그녀에게 나 자신의 기획이 너무도 사악해서 단순한 중개인은 그걸 이해할 수 없다고 말했었다. 이제 그녀는 내게 나의 말을 증명해보라고 그 수단까지 제공해주면서 도전을 하고 있는 것이다. 원더의 마지막 릭(lick).* 깡마른 몸매의 신비한 남자가 전설적인 테이프를 가지고 돌아와서 스스로를 재창조할 기회였다. 그것을 모든 사람들에게 들려주고, 그를 따르는 팬들을 새로운 침묵으로 이끌 기회였다. 팬들은 자신들의 공포를 아기 젖병 속에 담아 의자 아래 놓아둘 것이다. 난 새로운 작품을 만들 필요도 없었다. 그게 핵심적인 것이었다.

와트니가 공항에서 전화를 했다. 나를 보기 위해서 오는 길이라고 했다. 영국의 국왕 반대자이자 환각을 복제하는 주교인 와트니는 반은퇴 상태로 지낸 지 오륙년쯤 되었다. 그동안 그는 콘서트나 레코딩을 거의 하지 않은 대신 공부와 명상을 하면서 수백만 달러를 벌어들였다. 그의 수입원은 불분명하면서 다양한 것처럼 보였다. 돈은 잉글랜드 북부, 프랑스 남

---

* 주인공 이름인 원덜릭(Wunderlick)의 철자를 나눈 것으로 원덜릭의 마지막 노래라는 뜻. 릭(lick)은 노래의 일부로 기타 등으로 연주하는 짧은 곡조를 가리킨다.

부, 유럽의 저지대 습지에 있는 은밀한 장소들에서 그에게로 흘러들어갔다. 그에게 무슨 용건으로 날 만나려 하느냐고 물으니, 그는 직접 만나서 얘기해야 된다고 했다. 말하자면 남자 대 남자로 얼굴을 마주 보며 탁자 위에서 손을 마주 잡고서.

나는 테이프를 재포장해 트렁크에 다시 집어넣었다. 오필의 마음이 방 안에 있는 것처럼 느껴졌다. ("악이란 공허를 향한 운동이다.") 나는 신발과 양말을 벗고 침대에 앉아 발가락 갯수를 세었다. 머지않아 나는 무슨 분노가 앞길에 놓여 있는지 직접 알게 되고, 내 엉덩이에 손을 내미는 소년들과 소녀들, 잿빛 공간의 계절과 알 수 없는 말들을 맞닥뜨릴 준비가 되어 있을 것이다. 처음에는 조금씩 알게 될 것이고, 그 모든 조각을 하나하나 맞추는 데 시간이 좀 걸릴 것이다. 나는 욕실로 가서 거울을 보면서 눈과 귀와 콧구멍과 치아의 수를 세어보았다.

16

와트니가 고용하고 있는 블레싱턴은 분홍빛 손을 가진 당당한 체구의 젊은 친구로 지하철에서 일하는 사람들에게서 흔히 볼 수 있는, 교묘하게 이리저리 빠져나가는 듯한 방식으로 걸었다. 나는 그가 항공사 가방을 목에 걸고 단숨에 네 계단을 뛰어올라오는 모습을 바라보았다. 푸른색 스웨이드 신발을 신은 와트니가 그 뒤를 따랐다. 그는 나와 악수를 하고 방을 둘러보며 양쪽 콧구멍으로 한번씩 쿵쿵 냄새를 맡더니 창가의 의자에 가 앉았다. 블레싱턴은 짐가방 사이의 바닥에 앉았다.

"우린 리무진을 가지고 왔어, 알겠지." 와트니가 말했다. "바로 아래 주차를 해놨어. 방 셋에 작은 식당이 있는 차야. 하지만 그럼에도 불구하고 별로 눈에 안 띄는 차지. 완전히 까만색이야. 안팎이 다 까만색이지. 그러니까, 내가 눈에 안 띄는 걸 원했거든. 난 눈에 안 띄게 여행하는 걸 좋아해. 잘난 티를 낼 필요가 없거든. 내가 눈에 안 띄는 것과 잘난 티를 내는 것 중 하나를 골라야 한다면 즉각적인 결정을 내리기 위한 자연적 반응시간 이상으로 망설이는 일은 결코 없을 거야. 하지만 내가 왜 짐을 이 위층까지 가지고 왔는지 궁금하지? 우리는 리무진이 있어, 알겠지. 하지만 난 짐을 도둑맞기는 싫어. 그러니까 그게 이유야. 뉴욕의 어떤 마약중독자가 내가 모은 짐을 몽땅 강탈해가는 걸 난 원하지 않아. 그러니까 차는 뭐 괜찮아. 안에 운전사도 있어. 짐을 맡길 정도로 운전사를 신뢰하지는 않아. 하지만 차는 운전사한테 맡겨놨어. 그게 그 친구 일이니까, 안 그래? 짐은 내 거야. 차는 그 친구 소관이고. 그 친구가 차를 돌보는 건 신뢰할 수 있어."

"영국에 무슨 새로운 소식 좀 있니?" 내가 말했다.

"거기 간 지 좀 됐어. 지금 그리로 가는 길이지. 다른 쪽에서 왔어. 예상 밖의 방향에서 악명 높은 버키 윈덜릭에게 살금살금 다가온 것이지. 네 매니저가 네가 어디 있는지 일일이 다 가르쳐줬지. 네 전화번호의 모든 숫자를 다 알려줬지. 그래서 곧바로 공항에서 너한테 전화를 해야겠다 그렇게 혼잣말을 했지. 그 친구 괜찮은 친구야, 네 매니저 글룹키 말이야. 입 닥쳐, 이 병신아."

"아, 저 말이에요?" 블레싱턴이 말했다. "계속 입을 꽉 다물고 있었는데요."

"네가 딴짓을 할까봐 그래."

"여기 앉아 짐에만 신경 쓰며 조용히 있었어요. 옛날에 엄마 거실에 조용히 앉아 있었던 것처럼 그렇게 여기에 앉아 있었어요. 우리는 전에 그렇게 앉아 있곤 했어요. 우리 둘요.

엄마는 손에 맥주잔을 들고, 난 텔레비전을 향해서 내 거시기를 슬쩍 내보이면서 말이죠. 우리 둘이 거실에 앉은 채로요."

"난 곧장 영국으로 돌아갈 수도 있었지." 와트니가 말했다. "하지만 그러는 대신 토론토에서 비행기를 타고 음악 형제를 만나러 온 거야. 난 오래된 그레치 기타를 때려대진 않아. 판매와 구매와 운영, 그런 쪽으로 일하고 있지. 난 꽤 큰 앵글로유럽인의 그룹을 대표하고 있어. 그 일이 나의 지배적인 관심 영역이고, 그쪽에 내 장점이 있거든. 하지만 너도 알지만 요새도 가끔 콘서트를 하긴 해. 완전히 손을 떼진 않는다, 뭐 그런 거지. 하지만 우리가 망할 놈의 황소들처럼 이 도시 저 도시로 끌려다니던 그 옛날 같진 않아. 그 시절에 정말 미쳤었지, 안 그래?"

"지금도 그래." 내가 말했다.

"난 당시의 미국을 기억해. 이 주에서 저 주로 돌아다녔지. 그땐 그게 대단한 거였어. 광기의 절정이었지. 모두 다 미치광이 같았어. 모두 미쳤었지."

"요새도 별로 안 바뀌었어."

"그땐 매일같이 광기의 새로운 경지에 빠져들었어. 온 나라가 미치광이처럼 돌아갔지. 미국은 절정 그 자체였어. 모두 다 이렇게 아니면 저렇게 미쳐 있었어. 총과 섹스와 정치였고 마약과 피부색이었고 오토바이와 쓰레기와 주먹다짐이었어. 내가 도저히 참을 수 없었던 건 환경오염이었지. 영국엔 그걸 처리하는 사람이 있거든."

"이번 여행 때 캘리포니아에도 갔었니?"

"이번엔 캐나다를 갔어. 캐나다 전체를 상대로 한 작업이었지. 기초 정지작업, 상황 판단, 다소 새로운 영역을 개척하는 일. 아니, 이번 여행 때 캘리포니아엔 못 갔어. 거긴 좋은 친구들이 있고, 다른 곳과는 달라. 난 캘리포니아가 좋아. 사람들이 딴 데처럼 신경을 날카롭게 곤두세우지 않잖아."

"그들은 사람 피를 마셔." 내가 말했다.

"그런데 날씨가." 그가 말했다. "지난번 갔을 땐 날씨가 줄곧 환상적이었어."

"그 사람들은 개와 고양이의 내장을 꺼내가지고 죽은 영화 스타들에게 희생제물로 바쳐."

"거긴 날씨가 끝내줘. 날씨만은 기억하지."

"캘리포니아 날씨." 내가 말했다.

"맞아, 캘리포니아 날씨. 그게 바로 내가 캘리포니아를 묘사하는 방식이야. LA에 있는 좋은 친구들, 노르드퀴스트와 그 일당들. 잡혔잖아. 너도 알지만 그는 런던으로 갔어. 노르드퀴스트는 그랬지. 곧바로 체포되었지만 말이야. 우편 배낭을 꿰매고 있는 그를 잡았지. 그런 다음에 그는 스웨덴으로 갔어. 가자마자 콰광! 거기 있는 실험적인 감옥에 집어넣어졌지. 거기선 땅바닥에서 씹을 할 수도 있고 뭐 그렇대. LA에 있는 좋은 친구들."

"밤에도 계속 해가 빛나는 곳."

"그게 바로 거기서 받는 느낌이야, 안 그래? 그게 바로 거기서 벌어진 일들이 우리 머릿속에 그려주는 그림이지."

"따뜻하고 밝고 비가 전혀 안 오고."

"바로 그거야." 그가 말했다.

"거기선 자기 자식들을 잡아먹어. 멀티미디어 인간희생제의가 있지. 레코드, 카세트, 영화, 조명 쇼우, 인형극, 약국의 깜박거리는 네온사인, 농장의 교미하는 동물들. 사람들이 자기 자식들을 잡아먹어."

와트니는 유명했던 시절에 야비한 느낌을 도시 전체의 중추신경 속에 집어넣을 수 있었다. 그의 밴드는 이름이 시클그루버였는데 어딜 가든 마을의 어른들은 공연을 허가하지 않을 기술적인 구실을 찾거나, 아니면 적어도 마지막 곡이 끝나자마자 그의 밴드를 마을 밖으로 쫓아내기 위해 지방조례를 뒤지곤 했다. 와트니는 얼음처럼 차가운 기타곡을 연주했고, 기타에서 지속적으로 냉혹한 곡조를 끄집어냈다. 그걸 그는 망할 년 뜯기라고 불렀다. 하지만 시클그루버의 진정한 영향력은 음악 외적인 것에 있었다. 와트니는 화려한 맞춤옷을 입고 무대를 종횡무진 누볐다. 어느 저녁엔 몸에 착 달라붙는 리어타드를 입는가 하면, 다음날 저녁엔 자전거 타는 사람들이 입을 것 같은 옷을 입었는데, 그가 고안해낸 패러디는 너무나 충격적이었다. 그의 예술은 바로 그런 거였으니, 수술로 기운 바늘 한땀을 잡아서 그걸 넓게 뜯은 다음 거기서 피가 나는 동안 눈을 끔벅거리는 거였다. 그러면 사회의 풀린 부분이 포장 없이 드러났다. 그의 밴드는 젊은이들의 폭력 욕구를 자극했다기보다 아예 모든 욕구를 죽여버렸다고 할 수 있었다. 완전히 기가 질려서 단지 모든 것에 대한 무관심만 남게되었다. 와트니는 리무진의 뒷좌석에서 작사를 하곤 했다.

"나는 구매자야. 하지만 때론 팔기도 해. 가끔 팔기도 하는 구매자지. 그 점이 나의 지렛대야. 우리는 여러곳에 발판을 가지고 있어. 우린 대체로 앵글로 유럽인을 상대로 하지. 성취, 바로 그게 내가 원하는 거야. 난 음악을 통해서 성취를 이루지 못했어. 그러니까 모든 사람이 각자의 성취 쿼터를 가지고 있는데, 나는 내 몫을 성취하지 못한 거지. 나는 음악체계 속에서 아무런 힘도 없었어. 그냥 전부다 쇼우였어. 젊은 애들에 대한 내 영향력 어쩌고저쩌고하는 것, 대서양을 가로지르는 악한 와트니, 자유의지의 살해자 시클그루버, 그건 그냥 쓰기 좋은 것, 신문을 채우기 위한 말에 불과했어. 나한텐 아무런 영향력도 없었어, 버키. 난 그저 무대 위에서 에나멜 구두를 신고 악당 같은 조소를 지은 채 까불며 굴러다니는 존재였어. 나름대로 괜찮은 연기를 보이긴 했지. 하지만 그건 모두 그냥 연기였을 뿐이고, 바쁘게 노는 거였고, 단순한 쇼우였어. 그래서 이제 나는 판매와 알선과 운영 쪽의 일을 하고 있어. 나는 네가 가지고 있는 제품에 대해 입찰하러 여기에 온 거야."

"운영 이상의 것을 하고 있군그래." 내가 말했다. "경영을 하고 있는 거야, 맞지?"

"그러니까 영역의 문제야. 난 영국 쪽을 맡고 있어. 영국 쪽을 경영하는 거지."

"어떤 물건을 다루는데?"

"지금으로선 마이크로도트야. 환각제가 든 이 초소형 알약은 현재로선 최고의 상품, 최상의 상품임이 분명해. 공급이 수요를 못 따라가고 있지. 물론 마이크로도트에는 기묘하게 치명적인 사건들이 따라다녀. 이상하게도 다리에서 뛰어내린다든가 달리는 기차로 뛰어드는 그런 일들이 일어나. 그 약이 달리는 기차의 궤도를 가로질러 뛰어들고 싶게 만드는 거야. 두려움과 공포, 공포와 두려움. 이런 요소들은 인간 드라마의 한가운데에 있어. 어이, 블레싱턴? 카프카를 읽고, 망할 놈의 오웰을 읽어봐. 국가는 강제적인 힘으로 공포를 창조해. 국가는 개인의 가정에 공포를 조성하기 위해 팔천 마일 떨어진 곳에서 강제력을 발동해. 너 NTBR이 무슨 뜻인지 아니?"

"아니." 내가 말했다.

"블레시, 넌 NTBR이 뭔지 알아?"

"엄마가 알파벳도 가르쳐주지 않았어요."

"NTBR은 소생시키지 말 것(not to be resuscitated)이라는 구절의 약자야. 영국 전역의 병원에 있는 환자들 중에는 NTBR이라고 표시된 사람들이 있어. 연로한 환자, 악성 암 환자, 만성병 환자들이지. 심장이 마비될 경우 이런 환자들은 소-생-시-키-지-말-라, 이거야. 이런 제도에 대해 어떻게 생각해? 마이크에 대고 말해줘."

"그 제도에 대한 제 의견." 블레싱턴이 말했다. "그게 질문이에요?"

"에이, 이 바보천치 새끼야."

"전 영국을 사랑해요, 사랑한다고요. 영국을 욕하는 말은 절대로 안할 거예요."

"NTBR이 살인자 국가의 진정한 시작을 보여주는 표시냐고?"

"그냥 제가 뭐라고 하면 되는지 말씀해주세요. 그럼 그렇게 말할게요."

"예리한 질문을 받게 되면 넌 징징대지, 그렇지? 커다란 압박을 받게 되면 그냥 몸을 비비 꼬면서 어쩔 줄 몰라해. 멍청한 놈, 블레시, 넌 그런 놈이야. 느려, 너무나 느려, 망할 놈 같으니."

"엄마 뱃속에 있을 때 잘못 먹어서 그래요." 블레싱턴이 말했다.

"넌 태어난 다음에 그렇게 된 거야. 그렇지 않니? 넌 돼지같이 씰룩거리는 놈이야, 그렇지?"

"절 또다시 모욕하지 마세요."

"꼬챙이에 꿰기 딱 좋은 장밋빛 돼지새끼, 그게 너야."

"그런 말씀 마세요. 전 숨을 참을 거예요. 정말 그렇게 할 거라고요. 그럼 후회하실걸요. 그럼 당신이 잘못했다는 걸 알게 될 거예요."

"돌고, 돌고, 돌고. 불타고, 불타고, 불타고. 신선한 목장 버터처럼 입속에서 사르르 녹지."

"그러다 언젠가 도가 지나치시게 될 거예요. 어느날 불쌍한 아빠가 광고지를 읽으려고 거실에 앉았을 때 엄마가 도가 지나쳤던 것처럼 말이에요. 당신이 그러면 저는 뇌졸중을 일으킬 거예요. 제가 뇌졸중을 일으켜서 몸 반쪽이 마비되면 어떻게 하시겠어요? 누가 요리를 하고 짐가방을 챙기고 집을 청소하고 저처럼 좋은 친구가 되어드리냐고요?"

"너의 마비 안된 다른 반쪽이 그렇게 해주겠지, 뭐." 와트니가 말했다.

"말도 안되는 소리 하지 마세요."

"먼저 하던 얘기로 돌아가자. 선택을 해야 된다면 블레시, 넌 연로해지는 걸 택하겠어, 아니면 악성 암이나 만성병을 택하겠어? 가능하면 마이크에 대고 말해."

"제 변호사가 지금 이 시점에서는 아무 말도 하지 말라고 그래요."

"이 교활한 새끼. 이 친구 아주 교활한 놈이군, 정말 아주 교활해. 우린 우리 나름의 작은 오락이 있어, 버키. 넌 이제 여행은 하지 않는 모양이지만, 우린 여전히 끈질긴 여행가들이야. 우린 우리 나름의 오락이 필요해. 우리 같은 여행게임의 중독자들은 시간을 죽일 뭔가가 필요하거든. 제품이 이 방에 있나, 버키? 여기 없다면 왜 없는 거지?"

"무슨 제품을 말하는 거야?"

"거래를 진지하게 논의하려고 여기 온 거야." 와트니가 말했다. "우리 앵글로 유럽인들은 아주 진지한 사업가들이야.

우린 오래된 방법, 오래된 길, 오래된 전통을 고수하거든. 이
곳 사람들의 매끄러운 거래 말고 말이야. 우린 확실한 숫자를
제시하고 그걸 고수해. 우린 견실한 사업가들이야. 다양한 관
심분야와 엄청난 활동영역을 가지고 있어. 우린 까불대며 나
서서 잠시 활력을 불어넣고 사라지는 그런 사람들이 아니야.
돈을 추구하지 스릴을 추구하는 게 아냐. 우리의 작업은 단
단한 거야. 우리는 정통적이지 않은 방법은 사용하지도 않고
미치광이나 가학성애자나 마약중독자 따위는 고용하지도 않
아. 그게 우리가 일하는 방식이야. 정통적인 방식, 앵글로 유
럽인의 방식."

　"그분에게 몰타 거래에 대해서 얘기해주세요." 블레싱턴
이 말했다.

17

그날밤 나는 각자 신문을 겨드랑이에 끼고 행렬을 지어 귀가하는 사람들을 지나쳤다. 그들은 단순히 파운드나 온스 단위로 잴 수 없는 무게를 지닌 짐을 운반하고 있었다. 그들 남자들과 여자들은 불평하지 않고 견뎌내는 산악 길잡이처럼 여전히 네온 등불과 다른 김빠지고 흉한 것들로 점철된 바람 부는 거리를 바람을 향해 몸을 숙인 채 거의 일렬종대로 걷고 있었다. 이 불룩한 짐을 집으로 가져가서 하나하나 풀면 마침내 손가락에는 희미한 잉크자국만 남게 될 것이다. 그들은 신문 가판대에서 몇 미터밖에 떨어지지 않은 곳에서 토요일 밤의 도덕적 의무감에 저항하면서, 혼자 서서 나무상자로 불을 피우고 있는 남자, 엉덩이께에 흰색 속감만 남겨놓고 주머니가 뜯겨나간 코트를 입고 있는 남자를 쳐다보지도 않고 지나갔다. 나는 잠시 동안 손을 불 위에 올려놓았다. 남자는 두 손을 가슴까지 높이 들어올려 마주 잡고 있었다. 손톱은 녹이 슨 듯한 윤곽이 뚜렷한 은빛이었고, 반달 모양의 자국이 있었다. 손가락 관절 주변의 살이 너덜너덜했고, 한쪽 집게손가락에는 손가락 길이만큼 커다란 상처가 길게 아가리를 벌리고 있었다. 손바닥에 그물 모양으로 그려져 있는 손금이 수백 마일은 족히 될 것 같았다. 마이애미 돌핀스 팀의 로고가 있는 미식축구 헬멧이 그 남자의 머리를 덮고 있었는데, 그것은 얼굴 보호대까지 있는 완벽한 것이었다.

"심이 들어갔다 나왔다 하는 볼펜입니다." 그가 말했다. "35센트예요."

2번가 쪽은 터벅터벅 걷던 우크라이나 이민자들이 잠자리에 든 탓인지 더 어두웠고, 자그마한 체구의 여자가 막 길을 건너려 하고 있었다. 그녀는 오른팔을 똑바로 들고 집게손가락을 펴서 반대쪽 구석을 가리켰다. 그런 뒤 팔을 내리고 자신이 가리킨 방향으로 재빨리 길을 건너갔다. 건넌 후에는 급격하게 왼쪽으로 돌더니 팔을 들어올려 골목 끝에 있는 얼룩덜룩한 콘크리트를 가리킨 다음 그 방향으로 걸어갔다. 회전, 손짓, 행진. 나는 그녀가 모퉁이에 멈춰섰다가 우회전을 하고 또다시 손짓하는 것을 보았다. 칠이 다 벗겨지고 속이 텅 빈 굿휴머 아이스크림 트럭이 바우어리의 공터에 서 있었다. 나는 천천히 서쪽으로 걸어갔다. 일초 동안 아무것도 움직이지 않았다. 아무도 없었고 차도 보이지 않았다. 나는 모퉁이에 멈춰선 다음 주변을 샅샅이 둘러보았다. 바람이 불어와 종이와 상자를 가져갔다. 마침내 남쪽으로 두 구역을 지나자 손에 걸레를 든 사내들이 거리에서 다음 신호를 받고 나타날 차들을 기다리는 모습이 보였다. 걸레를 손에 들고 문간이나 옆골

목에서 천천히 나와 서 있다가 차의 앞유리를 닦아주고 돈을 받는 사람들. 한 열두명가량의 남자들이 거리로 느릿느릿 나오고 있었는데, 그때 첫 차가 시야에 들어왔다. 교량에서, 또는 차이나타운에서, 혹은 리틀이탈리아에서, 혹은 은행 건물들에서 와 북쪽을 향해 가는 차였는데, 그 뒤로 다른 차들이 거리의 과속방지턱 위로 불빛을 비추면서 나타났다. 몇십대의 차가 바우어리 지역으로 와서 손에 걸레를 든 거친 사나이들에게로 향했다.

미클화이트의 아파트 문이 열려 있었다. 문은 테두리와 모서리가 부서져 있었다. 그녀는 소파에 앉아서 텔레비전을 보고 있었다. 내가 문의 테두리를 두드리자 그녀가 고개를 들었다.

"그 작자들한테 깨진 병으로 똥구멍이나 긁으라고 그랬어요. 똥구멍이나 긁어라, 그렇게 말했죠. 그 작자들 하나도 안 무서웠어요. 그 작자들이든 누구든 안 무서워요. 문을 저렇게 부수고 쳐들어와서 난장판을 만들다니. 난 그런 거 그냥 안 놔둬요. 여기 와서 그딴 짓 하지 마, 난 너희들 같은 깡패 부랑자 놈들 하나도 안 무서워. 난 그놈들에게 말했어요, 선생. 나한테 까불면 가만 안 놔둔다고. 나한테 무기를 들이대고 돈을 뺏는 건 또 그렇다 쳐도, 와서 깽판을 치는 건 별개의 문제죠. 남편이 있었다면 그 작자들이 보았을 거예요. 자신들이 완전히 작살이 나는 걸 말이죠. 정말이에요, 선생. 남편이 죽어서 묻혔기에 망정이지, 그 친구들 운이 좋았어요."

"몇명이나 왔어요?" 내가 말했다.

"네명이 들어왔고, 복도에 있다가 결국 못 들어온 놈들이 몇명 더 있었어요. 문을 열어젖히고 그냥 곧장 들어오더군요. 그런 다음 여기서 나가더니 우르르 위층으로 몰려갔어요. 삼층에서 그들의 소리가 들렸어요. 삼층의 그 양반과 함께 시끄럽게 떠들어대는 소리가 났어요. 문을 차고 꽝 소리를 내면서 말이죠. 미친놈들. 아무 말도 안하고, 아무 짓도 안하고, 아무것도 안 가져갔어요. 쓰레기 같은 새끼들, 가서 엉덩이나 긁어라, 난 그렇게 말했어요."

"그 사람들 때문에 다치진 않았나요?"

"저애가 그 사람들을 막았죠." 그녀가 말했다. "저애가 저기 있는 걸 보더니 순식간에 딱 멈추더라고요. 바로 저기 저 의자에 앉아 있었는데, 그 작자들이 저애를 보자마자 그냥 우르르 나가더니 건물 전체가 흔들릴 정도로 계단을 올라가더군요. 나를 작살내려고 왔다가, 저애가 의자에 앉아 있는 모습을 보고 그냥 뛰쳐나간 거죠. 남편이 없었기에 망정이지, 그 작자들 오늘 운이 좋았어요. 그이는 싸움을 아주 능숙하게 잘했거든요. 그냥 삐쩍 마른 말라깽이였지만 꾀로 그걸 보충했죠. 체구는 작아도 자기보다 덩치가 큰 남자들을 다 때려눕혔어요. 상대방이 방어태세를 갖추기 전에 기습공격을 했죠. 그이는 불알을 노렸어요. 그게 그이가 잘한 유일한 거였어요. 자기보다 큰 남자에게 한방을 먹였죠. 덩치가 큰 남자를 많이 때려잡았어요. 당신이 만나고 싶은 개새끼들 중에서 아마 가장 꾀가 많은 사람일 거예요."

나는 방으로 들어섰다. 그녀의 아들이 구석의 의자에 앉아 있었다. 그를 위해 특별히 고안된 의자인 것 같았다. 천은 씌워져 있지 않았다. 나무틀과 끈, 스프링, 침대용 베개 둘. 그는 앉아 있는 것도 기대어 있는 것도 아니었다. 그냥 거기 보관되어 있었다고 해야 옳을 것이다. 머리를 천천히 좌우로 흔들었다. 팔다리는 보통 사람들보다 짧았다. 기형적인 그의 형태 때문에 그에 관한 모든 것이 속속들이 실제적이었고, 순간적으로 나는 내 눈이 포착할 수 있는 것 이상으로 커다란 공포에 사로잡혔다. 그의 머리는 일관성 있게 다져진 진흙처럼 보였다. 머리는 아주 튀어나왔고, 안으로 굽었으며, 머리카락은 별로 나 있지 않았다. 초록빛을 띠는 항아리 같은 부드럽고 신기한 물건이었다. 아무 데에도 쓸데없는 한쌍의 곤봉 같은 팔은 정상적인 팔의 4분의 3쯤 되는 길이였다. 다리는 그보다도 더 짧은 듯했다. 그 소년은 존재가 발하는 순수한 유기체적인 힘으로 인해서 잊힐 수가 없는 아이였다. 그애 앞에 서 있는 것은 불가능한 어떤 돌연변이의 진행을 목격하는 것과 같은 일이었다. 이를테면 새가 갑자기 고동색 벌레가 되는 것처럼 말이다. 하지만 물론 그는 그냥 젖어 있는 존재, 허옇게 변하지 않는 존재, 완전히 침체상태에 빠져 있는 존재로 거기에 놓여 있었다. 그리고 나는 그와 내가 진화 선상의 다른 지점에 놓인 것처럼 느껴지기 시작했다. 충격과 공포감이 여전히 떠나지 않았고, 나는 그 약탈자들이 왜 이 특수한 방을 뒤

질 마음이 사라졌는지 이해하게 되었다. 누구든 구조적 전환에 대한 시사를 받음으로써 거의 대체되는 듯한 느낌이 들었을 것이다. 그는 우리가 항상 두려워해오던 것, 암흑을 가로질러 퍼져 있는, 완전히 박탈당한 우리 자신이었다. 나는 방을 나가는 대신 그에게 다가갔다. 난 그의 지배력이라고 느낀 것, 즉 그가 별 볼 일 없는 육체에 갇혀 있다는 사실, 존재의 변형이 지니고 있는 무기력한 힘에 끌린 것이다. 나는 한쪽 무릎을 꿇고 앉아서 그의 창백하고 멍한 눈길에 어떤 것, 어떤 시선이 담겨 있는지 그것을 추적해보려고 했다. 왼손으로 그의 머리를 들어올렸는데, 내가 그의 눈에서 발견한 것은 박자를 맞춘 깜박임 외에는 아무것도 없었다. 그의 눈엔 내가 그림자처럼 보였을 것이다. 그가 들어가 살고 있는 빛의 덩어리 속에 흔히 있는 얇은 액체인 것이다. 그때 처음으로 나는 그의 태아적인 아름다움에 주목하기 시작했다. 멍한 눈이 끔벅거렸고 입이 살짝 열렸으며 타액이 흘러나오려고 했다. 나는 껍질이 벗겨져 이런 흐느적거리는 상태로 될 가능성에 공포를 느꼈고, 공포에 질려 신체의 혈액순환이 멈춰져서 놀랐다. 하지만 다른 것일 수도 있다. 그런 상태가 아름다움으로 귀결될 가능성 말이다. 그 소년에게는 매혹적인 면, 일종의 달의 인력(引力)이라 할 만한 것이 존재했다. 나는 그의 젖은 얼굴에 손을 가져다대고 만져보았다. 이성적인 인간의 가느다란 목에 가져다댄 칼처럼 아름다움은 찰나적인 순간엔 위험하다. 그리고 이렇게 이상한 나날의 층들 사이에 사는 사람들만이 아름다움의 이름과 형태를 안다. 내가 그의 얼굴에서 손을 뗐을 때, 그의 머리는 다시 메트로놈처럼 좌우로 왔다 갔다 했다. 나는 여전히 그가 무서웠다. 아니, 사실은 전보다 더 무서워졌다. 하지만 이제 나는 그의 공기를 숨 쉬고 싶고, 그에게서 나오는 무색 무취의 가스를 맡고 싶고, 형태가 어쩌하든 간에 그의 의식 속으로 들어가고 싶어졌다. 그 아이를 일종의 초갑각류나 아니면 끔찍한 데친 채소로 생각하는 편이 나을 듯싶었다. (그러면 유쾌할 수도 있을 것이다.) 하지만 그러기엔 그 아이는 너무나 분명하게 인간의 속성을 가지고 있었다. 그리고 마치 빨판이나 끈끈이처럼 내게 달라붙었다. 입이 열렸다 닫혔다 했다. 눈이 정확히 똑같은 간격으로 떠졌다 감겼다 했다. 머리가 좌우로 흔들거렸다. 미클화이트는 텔레비전 소리를 조절했다.

"조심해요. 그애가 깨물 수도 있으니까." 그녀가 말했다.

나는 페니그를 찾아 위층으로 올라갔다. 문짝은 떨어져나가기 직전으로 아래쪽 경첩에 의지해 간신히 붙어 있었다. 그는 타자기 앞에 앉아서 열쇠꾸러미를 바라보고 있었다. 붕대와 테이프와 거즈가 마룻바닥을 온통 뒤덮고 있었다. 그는 몇 글자 두들긴 다음 문을 향해 돌아앉으며 내게 작은 손짓을 보냈다. 얼굴은 멍투성이였고, 옷은 피투성이였으며, 눈두덩은 부어 있었고, 아랫입술은 찢어져서 그 위로 피딱지가 두껍게 말라붙어 있었다. 그는 상처 부위, 최소한 눈에 띄는 상처 부위에 붕대나 거즈를 전혀 붙이지 않고 있었다. 나는 문간에

서서 그가 아주 천천히 한두줄 타이핑하는 것을 바라보았다. 각 손가락들이 실제로 두드리기 이전에, 즉 글자들이 손을 통해 종이에 자리를 잡기 이전에, 그의 손가락은 타자기의 글자판을 그냥 쪼고 있었다. 그가 다시 내 쪽을 쳐다보았다.

"잡지들이 하나둘 폐간되고 있어. 경기가 별로 안 좋아. 나는 요새 필수적인 의욕의 불꽃을 잃어버린 건 아닌지 꽤 걱정하며 지내고 있어. 문제는 내가 아니라 시장이야. 시장이 날로 좁아지고 있어. 밝은 빛이 흐려지고 있고, 소리와 메아리가 사라지고 있어. 그 위대한 타원형의 호가 점점 느리게 돌고 있어."

"그놈들이 뭘 가져갔나요?" 내가 말했다.

"그냥 손을 묶고 약간 짓밟더군. 운이 좋았지. 내 방에 있었던 시간은 아마 육초 정도밖에 안되었을 거야. 요란한 소리를 내면서 계단을 올라왔다가 요란한 소리를 내면서 우르르 내려가더라고. 그게 그놈들 작전에서 가장 큰 비중을 차지하는 부분 같아. 건물을 접수한다는 개념, 부수고 쳐들어간다는 개념, 지배한다는 개념. 훨씬 더 나쁠 수도 있었어. 운이 좋았지. 어쩜 그렇게 운이 좋은지 생각만 해도 아찔해. 내가 알기론 이 세상에는 그렇게 좋은 운을 위해서라면 뭐든 다 내줄 사람들이 많아."

"이 난장판을 치우는 일을 좀 도와드릴까요?"

"붕대니 뭐 그런 거 말이지. 붕대랑 그런 것을 내동댕이친 건 나야. 그자들이 아니라 내가 그랬어. 그 사람들이 떠난 다음에 난 약상자에서 이것을 모조리 꺼냈지. 반창고, 소독된 거즈, 끈적거리지 않는 소독된 패드, 응급처치 테이프, 탈지면. 내가 그것들을 몽땅 꺼낸 거야. 그리고 식탁 위에 늘어놓고 바라보았어. 특히 작은 공기구멍이 영리하게 디자인된 황갈색 붕대를 유심히 바라보았지. 그런 다음 그걸 모두 식탁 아래로 쓸어내렸어. 지배의 관념에 대항할 때 거즈와 솜이 무슨 소용이 있어? 지배의 관념에 대항할 때 소독된 붕대가 무슨 소용이야? 그래, 피가 나지. 며칠 동안 불편할 거야. 난 그 점에 대해선 생각하지 않아. 왜냐하면 이 의자에 앉아서 자네와 얘기하고 있는 바로 지금 나는 새로운 장르의 작품을 쓰는 중이기 때문이야. 재—정, 재정 분야의 글, 백만장자들과 미래의 백만장자들을 위한 책과 논문들. 둑의 문이 열리고 단어들이 마구 쏟아져나오고 있어. 재정문학. 상대적으로 말해서, 잘만 하면 망할 놈의 금광이지."

내가 사는 아파트의 문은 전혀 손상되지 않은 상태였다. 안으로 들어가서 라디오를 틀었다. 방은 추웠다. 문 근처에 항공사 가방이 있었다. 와트니의 고용인이 우연히 놓고 간 것이었다. 전화벨 소리가 울렸다. 로스앤젤레스에서 어재리언이 건 전화였다. 자기네 사람들이 빨리 입찰하고 싶어한다는 얘기였다. 나는 그냥 전화를 끊었다. 라디오에서는 몇몇 사내들이 낯선 언어로 이야기를 나누고 있었다. 담요를 하나 더 꺼내려고 트렁크 안을 들여다보았다. 산장 테이프가 들어 있는 꾸러미가 사라지고 없었다. 몇차례 내 정신의 계단을 오르락

내리락한 다음에 그와 같은 결론에 도달한 것이다. 트렁크를 열었을 때 곧장 뭔가가 사라지고 없다는 것을 알았다. 그리고 그것이 밤색 꾸러미라는 것을 깨달았다. 처음엔 그 꾸러미 속에 마약이 들어 있다고 생각했다. 하지만 마약이 든 꾸러미는 헤인스가 가지고 간 사실이 곧 기억났다. 그러니까 또다른 꾸러미에는 테이프가 있었던 것이다. 그 꾸러미가 사라지고 없었다. 나는 창문과 가까운 방의 구석진 곳에 서서 팔짱을 꼈다 풀었다 하다가 마침내 두 손을 각각 양쪽 겨드랑이에 넣었다. 손을 따뜻하게 하기 위해서였다. 나는 다시는 그 테이프에 담긴 복합적이며 감수성이 강한 내용물을 재생산할 수 없고 한줄의 가사도 기억해낼 수 없다는 사실을 잘 알고 있었다.

잠시 후 나는 문 쪽으로 가서 와트니의 항공사 가방을 들어 지퍼를 열어보았다. 가방 안에는 수백개의 풍선껌 카드가 들어 있었다. 와트니의 사진이 그 한장 한장에 다 박혀 있었다. 그만하면 충분히 우스꽝스러운 광경이었다. 하지만 그 순간 내게 필요한 건 그게 아니었다.

거기에 여벌의 담요는 없었다. 나는 오펄의 코트로 어깨를 덮고 그 코트 위를 방에 있던 담요로 덮은 다음 의자에 앉아 창을 가로질러 미명이 밝아오기를 기다렸다. 꿈이 없는 잠과 함께.

18

전화기를 집어들고 거기서 나오는 소리, 죽은 우주의 소리에 귀를 기울였다. 그 소리는 매혹적이었다. 나는 전화가 다시 개통되고 나서 이따금 전화기를 집어들고 그 소리에 그냥 귀를 기울이는 습관이 생겼다. 그건 이전에는 한번도 탐사된 바 없는 쾌락과 공포의 원천이었다. 그 소리는 항상 똑같았다. 그건 음향적 특성을 가진 침묵이었다.

나는 글롭키의 사무실과 집과 차에 있는 전화로 다이얼을 돌렸다. 아무도 그가 어디에 있는지 몰랐다. 그의 아내는 움직이는 사물의 중심에 있는 고요에 대해 내게 이야기했다. 그녀가 말하는 동안 배경에서 33과 3분의 1에서 돌아가고 있는 내 목소리를 들을 수 있었다. 세번째 앨범의 싸이드 1의 두번째 곡이었다.

헌병의 어깨망또를 걸친 남자가 문간에 나타났다. 체구가 작고 피부가 창백한 남자였는데, 어깨망또와 긴 장화 속으로 사라질 듯한 모습이었다. 빈틈없이 보이려고 노력했지만 그의 눈에서는 쫓기고 초조해하는 듯한 기색이 보였다. 그는 화장실 쪽을 가리켰다.

"저기 뭐가 있소?"

"여기 없는 모든 게 있죠."

"내 이름은 중요하지 않아요. 메니피입니다. 어쩌다보니 메니피란 이름을 가지고 있지만 그건 중요하지 않아요. 중요한 건 내 뒤를 이어 올 분이죠. 난 그냥 정지작업을 하러 온 거예요. 당신과 의문 속의 그분이 비밀거래를 하기 전에 보안구역을 확보하러 온 겁니다. 우리한테는 오랫동안 발전시켜 온 나름의 절차가 있어요. 전화 좀 쓸 수 있을까요?"

그는 나와 전화기 사이에 서서 다이얼을 돌렸다. 전화기 저쪽 끝에 있는 사람과 이야기하면서 머리를 어깨망토에 파묻었다. 단순히 듣기만 하면서 몇초에 한번씩 나에 대한 묘사를 확인하려는 듯 약간 몸을 돌려 나를 흘낏흘낏 바라보았다.

"계획 변경입니다." 그가 말했다. "우리가 그리로 가지 않고 그가 여기로 옵니다."

"누가 이리로 온다고요?" 내가 물었다.

"페퍼 박사요."

"그분이 실망하실 텐데요."

"나한테는 아무 말도 하지 마세요." 메니피가 말했다. "난 그냥 정지작업을 하러 여기 온 거니까요. 안전을 확보하는 일요. 난 총액이 아니라 세부사항에 대한 일을 맡고 있죠. 총액과 관련된 정보에 대해선 전혀 알고 싶지 않아요. 내가 맡은 일만 해도 힘들거든요. 페퍼 박사 같은 분을 위해 세부사항을 다루는 일은 극도의 신경쇠약에 빠지는 것과 같아요. 우린 이 나라 저 나라를 왔다 갔다 하고, 호텔과 모텔에 들어갔다 나왔다 하고, 비행기와 택시를 타고 내려요. 사람들을 만나기도 하고 사람들을 피해 도망다니기도 하죠. 거래를 트기도 하고 바퀴를 굴리기도 하고요. 페퍼 박사는 많은 것에 정통한 분이에요. 사람들은 그분이 마약과 관련된 일에서만 천재성을 발휘한다고 생각하고 있어요. 마약과 관련된 일 말이에요. 하지만 아니에요. 그분은 자신의 재능을 여러가지 방면에서, 매일매일, 북쪽과 남쪽에서, 호수지역과 산악지대에서 보여주고 있어요. 제작자나 교란자와 얘기를 하면서, 시골길을 한가하게 걷다가 속죄하고 금욕하는 배낭여행자의 등을 가볍게 툭툭 쳐주기도 하면서요. 하지만 그분은 세부사항을 아주 꼼꼼히 챙겨서, 내가 해야 할 일이 정말 장난이 아니에요. 우리가 모든 사항을 확정지으면 그분은 곧 나한테 우회적인 어떤 방법으로 연락을 해서 만약 열한가지 사항이 있다면 그중에 여덟가지를 바꾸라고 해요. 지나치게 은밀한 분이라고 할 수 있죠. 으스스하다느니 기괴하다느니, 그런 형용사를 쓸 수도 있을 거예요. 그게 정확한 묘사예요. 그분은 변장을 하고 갑자기 나타나 놀라게 하기도 해요. 이 세상 어느 누구도 신뢰하지 않는 분이죠. 아마 나를 가장 신뢰하지 않을 거예요. 내가 얼마나 충성을 다하는지 알아내려고 항상 시험을 고안해내곤 해요. 그분은 각 지역의 사투리를 쓰는 데 명수이고, 기억력이 비상하며, 은밀한 계책을 세우는 데 명수예요. 어디서

든 낯선 사람을 만나면 난 페퍼 박사가 변장을 하고 내 충성심을 시험하는 거려니 한다니까요. 하지만 그분은 진─짜 천재예요. 난 그분께 감사하죠. 나는 캘리포니아 싼타바바라에 있는 싼타바바라 캘리포니아 주립대학에서 이년 동안 위기 사회학을 공부했어요. 그저 내 머리만 결딴났죠. 페퍼 박사가 용어와 숫자와 분류 따위의 세계에서 나를 끄집어내서 새로운 종류의 인식에 접근하게 해주었어요. 원심주의와 과부하, 두뇌회로접속, 전극 활동장."

　그가 갑자기 말을 그쳤고, 나는 서쪽으로 반 구역쯤 떨어진 길에서 울리는 휴대용 착암기 소리를 의식하게 되었다. 나는 씽크대 부근 작은 탁자 곁에 앉았다. 메니피는 여전히 문 옆에 있었는데, 가끔 몸을 움찔거렸으며 얼굴이 너무나 강렬하게 정신집중 상태를 보여주고 있었다. 나는 그의 눈알이 자기 정신의 깊은 곳까지 들여다보느라 갑자기 눈 뒤쪽으로 찰칵 소리를 내면서 떨어질 것 같다는 느낌이 들었다. 응시하고 있는 내 눈에 보이는 흐물흐물한 흰자위와 뚝뚝 떨어지는 핑크빛 액체만을 남겨놓고 말이다. 그가 서서히 문 쪽으로 걸어가더니 문을 1인치 정도 열고 복도를 내다보았다. 그러다 그가 방 한가운데로 파도처럼 밀려들어왔고, 그 뒤를 따라 페퍼 박사 그 사람이 들어왔다. 평범한 체구에 유행에 좀 뒤떨어진 평범한 옷을 입은, 전체적으로 종이접시 위의 조개만큼이나 평범한 모습의 사람이었다. 메니피는 만사형통이라는 뜻의 손짓을 했다. 문이 닫히고 창의 블라인드가 내려지고 소개가 이루어지고 나서 탁자 주변에 둘러앉았다. 페퍼와 나는 등받이가 곧은 똑같은 의자에 마주 보고 앉았고, 메니피는 우리 중간에 낮게 내려앉은 천의자에 앉아서 그의 얼굴이 탁자와 같은 높이가 되도록 몸을 앞으로 기울였다.

"제품은 여기 없어요." 내가 말했다.

"이미 통지를 받았네." 페퍼 박사가 말했다. "그 사람들이 고용한 배달원이 자기 스스로 거래를 해보겠다고 어디론가 떠나고 없다는 걸 말일세. 예측 가능한 일이었네. 최소한 반쯤은 예측 가능했어. 해피밸리 친구들은 미리 계획을 잘 세우는 그런 부류의 사람들이라고 할 수는 없어. 활동적이긴 하지만 예리하지가 못해. 처음엔 그 물건을 두사람이 전달한다고 하더군. 그러다가 예상하지 못한 지체가 생겼다고 했어. 내 어휘엔 오직 한가지 종류의 지체만 있을 뿐이네. 전략적 지체. 하지만 아무 말도 하지 않고 그냥 넘어갔지. 내 마음속으론, 이것 봐라, 이 친구들 필수적인 예리함을 결여하고 있군, 하면서 만족감을 느꼈지만 말일세. 누구나 자신을 단련시키지. 나도 여러해에 걸쳐 자신을 단련시켰어. 가장 똑똑하고 가장 총명한 지성들을 상대했지. 그렇게 해서 나 자신만의 민첩성을 획득하게 되었다네. 나는 어느 쪽이 표시된 카드인지 아는 사람들을 상대했네. 나는 그런 사람들을 제작자와 교란자라고 부르지. 누구나 스스로를 단련시킨다네. 불필요한 살점을 도려내지. 그래서 그다음엔 그 사람들이 뭐라고 했느냐고? 그 사람들이 나에게 이제 그 전달자가 동시에 거래의 전권을 위임받은 사람이라고 하는 거야. 나는 미소를 지으며 전화기를 내려놓았지. 미소로 내 얼굴에 주름이 생겼다네. 판단력 결핍이다, 그렇게 결론을 내렸지. 경험 부족. 다시 말해서 해피밸리는 신뢰할 수 없는 집단이야. 그 지도부도 신뢰할 수 없는 사람들이고, 그들이 고용하고 있는 사람들이나 추종자들도 신뢰할 수 없는 사람들이야. 과거의 활동에 비추어 황달 걸린 눈 하나로 다른 지하 대행사들을 검토할 수밖에 없는 거지. 그들이 이 사기극의 희생자라는 사실에 비추어 황달 걸린 두 눈으로 미국 정부를 봐야 돼. 미국 정부에 대해 내가 할 말은 딱 한마디일세, 엉터리. 미국 정부란 단어는 엉터리란 뜻이야. 미국 정부란 뭐냐? 그건 골프를 치는 한 무리의 부자들일세. 그건 대기업, 대군대, 그리고 대정부가 모두 회사전용 비행기를 타고서 골프 치고 돈 얘기나 하려는 단 한가지 목적을 위해서 서로를 찾아다니는 걸세. 그러니 믿을 수 있는 게 누구냐? 친구, 그건 자네와 나일세."

페퍼 박사는 작은 중절모자를 쓰고 있었는데 테두리를 밑으로 내리고 있었다. 그의 양복은 두 싸이즈 정도 컸다. 낡은 회색 양복에 회색과 흰색의 좁은 넥타이를 매고 깃이 너덜너덜해진 후줄근한 흰색 셔츠를 입고 있었다. 나이는 사십대 후반 정도 되어 보였다. 그의 얼굴은 휑하니 비었고 좀 좁은 편이었으며, 눈은 까맣고 정적이었다. 비록 처음 봤을 때는 모든 면에서 탁월해 보이진 않는다 싶었지만 시간이 지남에 따라 나는 그의 모습에서 전문가다운 면모를 조금씩 발견할 수 있었다. 단조로운 그의 표정은 무성영화에서 프레임 하나하나를 가져온 것처럼 고전적인 면모를 유지하고 있었다. 그의 말투는 흔들의자에 앉아서 독백을 하는 배우의 목소리처럼 단조롭고 조금 거칠었는데, 평범하다는 인상을 주기 위해 고심한 결과였다. 물론 나는 그가 누구인지 안다는 이점을 가지고 있었다. 또한 나는 전에 그를 만난 적이 있고 그 목소리나 그 비슷한 목소리를 들은 적이 있다는 사실을 어느정도 확신하고 있었다. 아마 페퍼 박사한테서 가장 이상한 점은 그가 안경을 쓰고 있지 않다는 사실일 것이다. 그의 얼굴은 안경을 써야만 온전해 보이는 그런 얼굴이었다. 코에 낮게 걸치는 옛날 무테안경 말이다. 하지만 이 마지막 세부항목의 결여는 그가 정체를 알 수 없는 인물이며 독특한 기술의 소유자라는 사실을 확인시켜주는 점이기도 했다. 누구나 그의 얼굴을 보면 그것을 채워서 우스꽝스러운 형상에 끝맺음을 해주고 싶은 기분이 들게 된다. 단 한가지 점이 모든 다른 것—보이지 않는 매너리즘, 교묘한 기술, 인색한 유머—을 연결시켜주고 있었는데, 이 한가지 연결의 끈은 바로 위험이었다. 페퍼 박사는 위험한 사람들 사이에서 살았고 위험한 환경에서 일했다. 그의 유별난 점, 즉 중심축으로부터 그가 떨어져 있다는 점은 법의 주요 명제에 맞춰 생각하거나 살 수 없는 사람에게 주어지는 기본적인 압력, 기계가 내리누르는 듯한 압력에서 비롯된 것이었다. 심지어 그의 겉모습도, 비록 평범하긴 했지만, 뭔가 불법의 냄새를 풍기고 있었다. 무엇보다도 그는

1947년 일리노이 주 졸리엣 감옥에서 막 풀려난 사람 같은 모습을 하고 있었다. 그가 무슨 죄로 형을 살았는지 짐작하기는 어려울 것이다. 그는 자신에게 박수를 치는 사람들과 거리를 두는 뛰어난 재능을 가지고 있었다. 나의 자신감 없는 추측은 아동 성애, 횡령, 과부를 상대로 한 사기 등을 포함할 것이다.

"말해줄 게 있네, 벅. 그 친구들이 만들었다는 이 물품은 내가 일축할 만한 것은 아닐세. 나는 그들이 그런 사업을 벌였다는 사실에 점수를 주네. 나한텐 정보원들이 있고 그 정보원들은 내가 오랫동안 짐작해오던 것을 확인시켜줬어. 이건 학생 놈들의 쓸데없는 짓 같은 그런 게 아닐세. 절대, 어떤 일이 있어도, 어떤 형태로도 그렇진 않네. 우리가 지금 다루고 있는 사안은 상당히 중량감 있는 걸세. 이 약은 어떤 극단적인 내용을 가지고 있네. 이것은 아주 중요한 것이어서 세심하게 주의를 기울여서 다뤄야 하네."

"나도 그 정돈 알고 있어요." 내가 말했다. "자유세계의 모든 사람이 입찰하려고 해요. 입찰하려고 하는 태평양 연안의 그룹도 있어요. 거래를 트려고 안달하고 있죠. 유럽에 있는 그룹도 입찰을 하길 원하는데, 안달이 나 있어요. 그게 와트니의 그룹이죠. 대영제국과 유럽 말이에요. 일본인들한테선 아직 연락을 못 받았어요. 물론 헤인스가 연락을 받았는지는 모르지만요. 그 친구가 지금 제품을 가지고 어딘가에 가 있을 테니까."

"와트니는 처음에 보스턴에 있는 내 영역 안으로 헤엄쳐 왔었지." 페퍼 박사가 말했다. "그래, 와트니와 그의 무리 말일세. 그 무렵에 난 괴상한 행동과 엄청 많이 마주쳤지. 재봉틀을 흉내낼 수 있는 친구도 있었네. 리노어와 도린이라는 한 쌍의 처녀도 있었는데 꽥꽥거리면서 길을 벗어나 곧바로 왔었지. 자매였는데, 보자, 리노어가 뚱뚱한 애였어. 오스트레일리아 퍼스의 전파를 잡는다는 라디오를 나한테 팔려고 했네. 나는 직접 쎄일즈 매니저인 척하면서 반짝반짝 빛나는 검은 캡슐을 엄청나게 만들어서 팔아치운 직후였네. 얼마였는지 액수는 밝힐 수 없지만 말일세. 그 재봉틀 친구는 와트니의 사촌이 건 최면에 걸려 있었네. 와트니의 사촌은 처음에 이리로 왔을 때 호텔을 안 떠나겠다고 고집을 부렸지. 차의 범퍼에 내동댕이쳐지고 북부로 끌려가 목재공장에 되팔릴까봐 겁난다면서 말일세. 그 당시 보스턴은 한밤의 유괴사건 이야기들로 요란했지. 내가 기억하는 사람 중엔 몬텔도라는 친구도 있었네. 브레인트리 북쪽으로 국경까지의 모든 난초 사업을 가치가 얼마나 되든 간에 그쪽에서 통제하고 있었어. 와트니 자신은 독특하고 흥미로운 방식으로 환각에 빠져 있었네. 그곳엔 아주 조그만 부엌이 있었지. 아주 기본적인 설비만 갖춘 곳이었네. 와트니는 계란을 집어 프라이팬에 올려놓고 불도 없고 열기도 없는데 그냥 거기 서서 계란프라이가 나타나길 기다렸지. 왜 안 나타나는지 이해를 못하면서 말일세. 내가 누군지 아무도 몰랐지. 나는 호텔 스위트룸을 전전하며 지냈네. 그러는 동안 수많은 제안들을 목격했지. 그 지역 어떤 그룹의 설비담당은 이름이 멀더릭이었는데, 신용카드와 운전면허증과 군대전역증과 하버드 경영대학원의 성적표 따위를 팔았어. 팔에 깁스를 하고 있는 한 아이는 그 깁스 안에 비밀 칸이 있어서 거기에다 마약을 숨겨 운반할 수 있다면서 20달러만 주면 심부름을 해주겠다고 하더군. 나는 이 모든 사업 신호 때문에 방향을 바꾸었지. 그건 내겐 오락거리였네. 단 하나의 예외가 있었다면 최면술이었지. 나는 최면술이 그 주제에 대한 실제적인 감각 없이 이루어지고 있다는 걸 알았네. 난 이 나라의 인가받은 대학에서 수여하는 몇 안되는 최면술 학위 소지자로서 그 주제에 대해서는 좀 알고 있지. 와트니는 그 무렵 런던 교외에 있는 자기 집에 전화를 걸었는데 불행히도 자신이 집에 없어서 자신이 건 전화를 받을 수 없었지. 그는 자기한테 전화를 하려고 했던 걸세. 띠링, 띠링. 하지만 집에 아무도 없어서 전화를 못 받았지. 그 결과는 공포와 두려움이었어. 마룻바닥에 앉아 울면서 전화기 속에 눈물을 흘려넣고 있었네. 오, 그건 꽤 큰 위기였네. 그 친구는 아주 심각한 불안 초조에 사로잡혀 있었지. 눈에 절대적인 공포를 담고서 말일세. 오, 의심의 여지 없이 공포에 질려 있었어. 귀에선 띠링, 띠링, 띠링 소리가 들려오고 있고. 이게 와트니가 처음 내 영역 안에 들어왔을 때의 상태였네. 그가 사업가의 방패를 집어들기 전에 말일세."

"내 말이 맞나 틀리나 말해줘요." 내가 말했다. "여기서 파티가 있던 날 밤 당신도 왔었어요. 그날 이 아파트에 사람이 꽉 들어차 있었죠. 당신은 파이프 담배를 피우고 있었어요. 당신은 그 잠재역사학 교수예요. 그 주제에 대해 한참 동안 얘기했었죠. 내 추측이 맞는지 틀리는지 말해보세요."

"내가 여기 왜 왔었는지 말해주겠네, 벅. 난 그 아가씨가 믿을 만한 사람인지 알아보려고 왔었네. 그땐 제품이 자네 손에 있는 줄 몰랐지. 하지만 나는 해피밸리의 주요 담당자가 누구인지는 알고 있었어. 그래서 여기 와 있던 차에 마침 다양한 지역 정보원들을 통해 그 파티 소식을 듣고 가보는 게 좋겠다고 생각했지. 그 아가씨를 만나 거래를 위한 첫 발판을 마련해보려고 말일세. 불운하게도 그 아가씨에게 말도 못 붙여봤네. 그 아가씨는 일찍 그 많은 담배연기 한가운데로 사라져버리더군."

"기억나요."

"그냥 비리 정찰을 한 깃일세. 난 기회만 생기면 그렇게 정찰하는 걸 좋아하네. 자네와 내가 처음 만난 날 내가 그랬던 것처럼 말일세."

"오펄을 만나러 오신 그날 우리는 만났었죠."

"그전일세." 그가 말했다. "나는 자네가 해피밸리와 접촉하고 있다는 걸 알고 있었네. 자네의 거처를 포함해서 인근 지역 전체를 살펴보고 싶었지. 그냥 재빨리 휙 둘러보고, 휙 들어갔다 나오고 싶었네. 대충 감을 잡기 위해서 말일세."

"그게 언제였죠?"

"내가 그 브러시 판매원이었네. 쌤플 상자를 들고 와서 팔

다리 절단과 환율에 대해 떠들어댔지."

"맙소사."

"내가 옛날에, 아주 옛날에 써먹었던 수법이지. 먼지를 털어내고 다시 써먹어볼까 생각했지, 마침 뉴욕에 왔으니까."

"더이상 여행을 안하신다고 들었는데요." 내가 말했다.

"소문이 어떻게 난 건지 말해주겠네. 그런 말을 슬쩍 흘린 게 바로 날세. 사람들이 균형을 잃도록 만들어야 했거든. 사람들이 균형을 유지하고 있으면 여러 일들이 발생할 수 있네. 그중 가장 그럴듯한 것은 내가 우위를 잃는다는 거지. 이런 종류의 작업은 균형과 우위가 문제거든. 실은 아직도 계속 여행을 다니고 있네. 난 슬쩍 들어갔다 슬쩍 빠져나오는 걸 좋아해. 뉴욕엔 일년에 네다섯번씩 찾아오지."

"난 안 좋아해요." 메니피가 말했다. "우리가 뉴욕에 올 때마다 난 마약에 취해 있어야 해요. 석탄을 때야 돌아가는 엔진처럼 나 자신의 불을 지피는 거죠. 뉴욕은 너무나 생생한 현실이에요. 우리가 관찰할 수 있는 우주 안에서 아마 가장 생생한 현실일 거예요."

"우리는 여기서 거인이라는 인종을 키우고 있어요." 내가 말했다. "이 사실은 지금은 불분명해 보이지만 곧 명확해질 거예요. 남자들, 여자들, 아이들, 모두 거인이에요. 유리를 먹고 콘크리트를 주먹으로 쳐서 뚫고 나갈 준비가 되어 있죠."

"난 불을 지펴요, 그래요. 이 약 저 약을 섞어서 기묘한 어떤 혼합물을 만들죠. 그게 이런 종류의 생생한 현실 속에서 살아남을 수 있는 유일한 방식이에요."

"난 땅에 붙어서 여행하는 걸 좋아하네." 페퍼 박사가 말했다. "그러면 길 위의 사람들, 부랑자들, 순수한 제품들을 알게 되지. 로이 베스트라고 하는 전설적인 밴조 연주자가 있는데, 내가 그를 만났을 때는 종이에 구멍을 내는 회사에서 일하고 있었다네. 부시윅 퍼포레이팅 회사의 로이 베스트 말일세. 그 시절의 또다른 전설적 인물로는 빈센트 T. 스키너라는 당구장의 단골손님이 있었지. 당구장의 단골손님이라는 현상은 그 나름으로 인류학적인 문화현상이라 할 수 있네. 비니 스키니는 당구를 워낙 좋아해서 집집마다 다니며 당구대를 팔았지. 빈센트 T. 스키너는 한여름 휴식시간에 냉장시설이 있는 통조림 공장에서 자다가 얼어죽고 말았네. 마일런 웨어라고 하는 미치광이 포크 가수, 그 친구도 거의 전설적인 인물이지. 영양사 제임스 래들리는 몇번이나 다시 전설적인 인물이 되었지. 반쯤 전설적인 디스크자키 하워드 머드 스텀프 미건은 발에 유색 염료 알레르기가 있어서 매일같이 흰색 양말을 신었다네. 보비 보이 토드는 버스회사의 배차 담당자로 일했는데 배차일을 하다 하다 결국 그만두고 여행을 떠났지. 그저 여행만 했고 여행 외의 다른 건 하지 않았다네. 낮에도 밤에도 여행만 했지. 자유로운 정신의 소유자, 여행의 전설. 튀기 소녀와 결혼했는데 결혼식날 어린이용 세발자전거를 타고 협곡을 내려가다가 두 다리가 부러졌지. 자유로운 정신의 소유자들은 왜 그렇게 모두 형편없는 멍청이들일까? 로잘리

다우디, 만화계의 여왕으로 굉장히 전설적인 인물이지. 트리스턴 브램블, 민속학자 겸 음악학자이며 마약 소지로 아홉번이나 체포된 사람인데, 초기에 영향을 미친 중요한 인물이지. 얼린 그리핀, 리듬앤블루스 편곡자로 중요한 인물이지. 내가 뉴욕에 있을 때 곧잘 시간을 보내곤 하는 항만청 버스터미널에서 어젯밤 버넌 클리글과 메리 클리글을 만났다네. 50년대 말의 전설적인 백화점 절도범들로 난쟁이 부부지. 요새는 거의 은퇴를 하고 거치식 연금에 의존해 살고 있다더군. 어제 만났을 때 그들은 만취상태로 서로를 부둥켜안고 있었어. 내가 불렀지만 너무 취한 나머지 내 말소리도 못 알아듣더군. 그래서 난 그들을 쫓아 내려가는 에스컬레이터 쪽으로 갔네. 한데 그 에스컬레이터는 운행을 안했지. 고장인지 멈춰서 있었다네. 클리글 부부는 에스컬레이터 계단의 제일 위쪽에 그냥 서 있었네. 너무 취해서 에스컬레이터가 움직이지 않는다는 사실을 의식하지도 못했던 걸세. 올라가는 에스컬레이터는 순조롭게 작동을 해서 그 부부 곁을 한 백명쯤 지나쳐갔고, 그런 후에야 메어리 클리글은 자신들이 그동안 전혀 움직이지 않았다는 사실을 깨닫고 버넌 클리글의 팔과 가슴을 마구 때리면서 도대체 무슨 일이 일어난 건지 설명하라고 야단야단했지. 내 얼굴이 미소로 주름이 졌었네. 난 바로 그 순간을 선택해 그 사람들을 에스컬레이터에서 내리게 했지. 버넌은 나를 곧 알아보더군. 그래서 우린 악수를 하고 이런 일 저런 일에 대해 이야기하기 시작했네. 그러는 동안 난 메리 클리글이 눈살을 찌푸린 채 나를 올려다보고 있다는 것을 깨달았네. 그녀는 너무 취해서 날 못 알아본 거지. 그녀는 또다시 버넌의 팔과 가슴을 때리기 시작했네. '저게 누구야? 그가 누구야? 우리가 아는 사람이야?' 하고 계속 꽥꽥거리면서 말일세. 결국 나는 버넌 클리글의 육체적 안녕을 위해 대화를 중단해야 했지. 그녀는 내가 누군지 설명할 기회도 안 주더군. 난쟁이들은 아주 배타적인 사람들이야."

그의 손은 탁자 위에 살며시 놓여 있었다. 그의 표정은 이야기를 하는 동안 아무런 변화도 없었다. 나는 바깥세상에 그런 사람들이 존재한다는 사실을 알고 있었다. 소위 순수한 제품들 말이다. 철길 옆에서 변사체로 발견되든가, 아니면 확실히 미친 사람의 대형창고에 무더기로 보내지든가. 페퍼는 그럼에도 불구하고 단순한 연습을 위해 읊어대는 것처럼 보였다. 어쩌면 그는 이 특정한 인물을 연습하는 중인지도 모르겠다. 근육을 늘리고 그것의 거리를 200미터쯤 연장하는 식으로. 내 귀에는 강약이 없는 그의 목소리 연기가 아무런 결함도 없는 것처럼 들렸다.

"이제 어떻게 하실 거죠?" 내가 물었다.

"난 결국 그 물건을 25밀리그램짜리 초록색 캡슐에 포장하려고 하네. 평범한 초록색 콩들 말일세. 가격을 매기기엔 아직 너무 이르지."

"하지만 쌤플을 안 가지고 계시잖아요. 헤인스가 가지고 있죠."

"그게 내가 여기 있는 이유일세, 벽. 헤인스는 그 물건을 그렇게 쉽게 팔아넘길 수 없을 거야. 헤인스는 균형과 우위를 알지 못해. 그 아이는 아직 시험을 통과하지 못했어. 얼룩 이리들 한가운데 있는 오줌싸개 아기에 불과하다네. 그는 최고의 거래망도 없고, 세상이 어떻게 돌아가는지도 알지 못해. 이제 알아가는 중인지는 모르지만. 내 짐작엔 돌아올 걸세. 그냥 지금 그 지점에 무한정 있으면 위험을 자초하지 않을 도리가 없거든. 이 사업 전체는 엄청난 위험을 지닌 사업이라고 함직하네. 그가 만에 하나 생명을 부지한다면 아마 제일 먼저 이리로 올 걸세. 난 그 점에 대해 거의 100퍼센트 확신하고 있네. 제기랄, 제품을 원래 있던 곳에다 다시 갖다놔야지, 이게 함정에 빠진 사람이 본능적으로 하는 첫 생각이거든. 그동안 난 가까운 데서 기다리고 있을 걸세. 사태가 어떻게 돌아가는지 지켜보는 거지. 내가 연락을 하겠네."

"내가 여기 없을지도 모르는데요." 내가 말했다.

"벽, 난 이 물건을 아주 간절하게 원하네. 이게 마약과 약물 분야에서 하는 내 마지막 사업이 될 수도 있네. 난 새로운 영역을 개척하길 갈망하는 사람일세. 내 가슴속에는 아직 탐사되지 않은 인간 정신의 공간과 영역을 탐사하려는 갈망이 있네. 에너지, 난 아직 발굴되지 않은 에너지의 장을 열기를 원하네. 마약도 괜찮지. 마약은 땅의 힘이자 산물로서 땅과 연결된 정신의 부분들을 더 깊이 파고드는 것일세. 하지만 에너지는 우주의 힘이야. 난 그 힘을 활용하고 싶네. 난 수많은 대중이 미래에 우주의 기본적인 주파수에서 나오는 생체리듬을 조절함으로써 자신들의 에너지 패턴을 바꾸리라는 점을 내다보네. 물론 남용도 있을 거라고 생각해. 남성용 잡지의 맨 끝에 실릴 우편주문 광고도 벌써 보인다네. 순식간에 암을 치료합니다! 당신의 성기 길이를 늘려드립니다! 그런데 그런 종류의 우스꽝스러운 짓거리들은 불가피하고, 그런 걸 걱정할 시간은 없네. 그것이 전문가인 나를 슬프게 할지라도 말일세. 난 이미 원심성주의의 과정이라고 부르는 것에 반쯤 관여하고 있네. 스테레오 전극들, 혈압 충격장치들, 내가 내적 정신의 자기지배라고 부르는 것 말일세."

"난 당신이나 헤인스 혹은 우주와 아무 상관이 없는 문제들을 해결해야 해요."

"난 전설적인 경지를 넘어설 기술적·상업적 업적으로 내 경력의 이 단계를 마감하고 싶네. 자네와 나는 친구이고, 신뢰관계에 있는 유일한 두사람일세. 일단 제품이 돌아오면 우리는 심오한 협의에 들어가야 해. 엄청난 돈을 벌 수 있고 전설을 창조할 수 있는 그런 사안에 대해선 나는 어떤 요소도 우연에 맡겨놓지 않네. 그리고 자네가 다른 지하조직들이 접근하는데도 그 제품을 넘겨주지 않았다는 사실은 우리가 맺은 동반자 관계의 미래를 낙관하게 하지. 하지만 한마디 경고의 말을 해둬야겠네. 이 작업은 위험으로 가득 차 있는 작업일세. 보핵은 우습게 볼 수 있는 사람이 아니네. 그는 다양한 종류의 공급선을 가진 아주 날카로운 신사야. 그중 어떤 건

합리적이고 어떤 건 안 그렇지."

"보핵이 도대체 누군데요?"

"푸프프프."

"뭐라고요?" 내가 물었다.

"그냥 웃으신 거예요." 메니피가 말했다. "그게 저 양반이 웃는 소리예요. 푸프프프. 푸프프프 푸프프프. 저도 그거 감 잡는 데 몇달 걸렸어요. 몇달 동안이나 난 저 양반이 내 셔츠의 풀린 올을 불어 없애주시는 줄 알았다니까요."

메니피는 얄미워하고 재미있어하다가 탁자의 모서리에 턱을 여러번 부딪쳤다. 마침내 그는 보핵이 해피밸리의 두 분파 중 하나를 지휘하고 있는 사내의 이름이라는 것을 알려주었다. 두 남자가 일어서는 동안 나는 공기 압축 착암기가 바위를 쪼아대는 소리를 들었다. 그후 페퍼 박사는 양복 윗도리의 속주머니에서 안경을 꺼냈다. 그는 일회용 티슈로 안경알을 문지른 다음 안경을 불빛에 비춰보더니 귀와 코 위에 조심스레 걸쳤다. 그것은 무게감 있는 검은 테의 썬글라스였다. 약간 우스꽝스러운 편집증 증세가 있군, 하고 나는 생각했다. 변장한 위에 또다른 것을 덧씌운 것이다. 순회공연을 하는 광대는 이중으로 얼굴을 감추었다.

19

오펄과 나는 방음시설이 되어 있어 울림이 없는 산장의 그 방에서 사랑을 나눈 적이 있다. 침대에 누웠지만 잠들 수가 없고 그때의 기억이 떠오른다. 그때 우리는 그 시간과 공간 속에서 바깥 소리의 무게에 짓눌리지 않으면서 어떠했던가? 우리는 아원자 물질을 통해 이런 표류에 우리 자신을 맡기고 있다는 사실에 아찔해하면서, 무욕의 관념 속에서 서로를 보듬고 있는 천사들 같았다. 정신의 사랑은 생명 너머로 지속됨 직하다. 그럴지도 모른다. 우리들이 각각 소유하고 있는 정신은 이론으로밖에는 보이지 않는 중성자 별의 주사위 던지기로서, 그것은 차가운 우주 속에서 연인을 찾기 위해 인력(引力)을 펼치고 있다. 오펄은 다시는 그 방에 들어가지 않았다. 쐐기 모양의 방음벽이 동굴에 매달린 박쥐를 연상시킨다고 하면서.

나는 침대에서 문까지 가는 데 필요한 발걸음 수만큼 앞으로 내디뎠다. 아무도 거기 없었다. 나는 잡지를 집어들고 칼럼을 하나 읽으려고 하다가 두번째 줄에서 눈 뒤쪽의 안압 때문에 멈춰야 했다. 물이 라디에이터와 연결된 파이프로부터 녹아서 뚝뚝 떨어지고 있었다. 그 바람에 마룻바닥의 색이 바랬다. 거의 한낮이었다. 눈이 오려는 참이었고, 전화기는 여러권 쌓아놓은 전화번호부 위에 쪼그리고 앉아 있었으며, 소방서에서는 소방관들이 숨을 쉬고 있었다. 나는 다시 문으로 갔다. 젊은 흑인 여자가 다리를 잔뜩 벌리고 손을 엉덩이에 댄 채 복도에 서 있었다. 그녀는 반짝이와 주름으로 장식된 옷을 입고 있었다. 그녀의 몸에서는 깔끔한 반짝거림, 상업적인 우아함이 풍겨나왔는데, 멋진 육체적 폭력을 준비하는 신체의 중심이동을 아주 매끄럽게 해내고 있었다. 나는 그냥 낡은 반바지 차림에 더러운 발톱을 한 채 거기 서 있었다. 그때 어재리언이 층계로 올라왔다. 우리는 아파트 안으로 들어왔고, 그가 의자를 차지하자 나는 침대로 갔다. 그 여자는 열린 문 입구에 서 있었다. 사흘 만에 처음으로 잠을 잘 수 있겠다고 느꼈다.

"우리 그룹은 해체됐어." 어재리언이 말했다. "이제 우리는 더이상 그룹으로 존재하지 않아. 우린 공식적으로 해체됐어."

"저 멋있는 아가씨는 누구야?"

"경호원." 그가 말했다. "이름이 에피퍼니 파월이야. 네가 그녀에 대해 들어봤는지 모르겠군. 전에는 노래도 하고 모델도 하고 연기도 했어. 이제 경호원 일을 하지. 우리 그룹은 해체됐어. 우리는 더이상 그룹으로 존재하지 않아. 물론 네가 떠났을 때 희망이 정말 있었던 건 아니었어. 그래도 여전히 모든 게 무서워. 아무도 마음의 준비가 되어 있지 않았거든. 하지만 어쩔 수 없었지. 우리는 옛날 같은 의미에선 더이상 존재하지 않아."

"언제부터?"

"공항에서 이리로 오는 동안 라디오에서 들었어. 내가 LA를 떠날 때만 해도 아직 유동적이었어. 우리가 그런 결정을 내린 사실을 어디에다 발표할지, 그 점에 대해선 아무 결정도 못 내리고 있었어. 하지만 라디오에서 해체 발표를 들었으니까 우리는 해체된 게 맞겠지. 이런 문제에 대해선 누가 최종 결정권을 가질까?"

"라디오." 내가 대답했다.

"내 탓이 커." 그가 말했다. "내가 흑인음악에 많이 경도되어 있었거든. 공연을 하지도 노래를 만들지도 않고 그냥 귀로 감상만 했어. 옛날의 쇼케이스는 반짝거리는 옷을 입고 머리에 포마드를 바른 모든 이들을 집어넣었지. 붓질을 한 드럼, 피아노, 색소폰 삽입부. '귀여운 이여, 내가 얼마나 당신을 사랑하는지 모르시나요.' 내가 그런 음악에 빠져 있어, 버키. 그리고 거기서 헤어나오지 못하고 있어. 이런 세월이 모두 흐른 후 그게 내가 진짜 사랑하는 유일한 소리라는 걸 깨달았어. 그래서 난 밴드활동을 경시한 거고, 이제 우리는 더이상 그룹으로 존재하지 않게 된 거야. 그 사람들이 하는 작은 댄스 동작, 손은 화려하게 내밀고 발은 미끄러지며 몸은 아주 부드럽게 도는 그런 것 말이야. 불멸의 그룹들이 연주하는 낭만적인 쏘울 음악. 그룹 인패추에이션스, 그룹 테일핀스, 그룹 스플 렌디픽스. '당신은 내게 너무나 아픈 고통을 줘요, 귀여운 이 여. 하지만 난 내 사랑을 위해 싸울 거예요.' 온통 사랑과 슬 픔뿐이지, 버키. 그리고 난 그런 것들 때문에 감정적으로 거 의 파괴될 지경에 이르렀어. 그 조악하고 터무니없는 감정, 그게 너무나 믿을 수 없을 정도로 아름다운 거야. 가끔 가성 이 들어가는 슬프기 짝이 없는 발라드가 말이야. 그리고 그냥 음악을 듣기만 해도 무대 위에서 돌아가는 그들의 작은 동작 과 미끄러지는 듯한 발짓, 앞으로 손을 내미는 동작을 눈앞에 그려볼 수가 있어. 반짝이는 금발, 맞춰입은 턱시도우, 환상 적인 치아와 손톱들. 그런데 그 가사들 뒤에 있는 싸구려 감 상이 그냥 나를 망가뜨리는 거야. 그룹 모텔스, 그룹 배니티 스, 그룹 윌로우스, 그룹 렌디션스, 그룹 플레어스, 그룹 네이 트 피어스와 하이드로매틱스. '사랑하는 이여, 당신 때문에 내가 얼마나 슬픈지 아시나요, 슈―이, 슈―이.' 거기 모든 게 있어, 버키. 내가 원하고 필요로 하는 것은 그것 외엔 없어."

"글룹키는 어딨니? 조금이라도 아는 게 있니?"

"서로 연락 안한 지 꽤 됐어. 글룹키? 전혀 연락이 없었어."

"헤인스는 어딨니?" 내가 물었다.

"난 헤인스하고 절대 얘기 안해. 글룹키의 사환 말이지? 한 번도 얘기한 적 없어."

"난 움직일 준비가 거의 다 되었어. 하지만 필요한 물건이 하나 있어."

"버키, 내가 일을 대행하고 있는 사람들은 사업 중심적인 집단이야. 그 사람들은 그 물건을 어떻게 다뤄야 하는지 알고 있어. 그들은 칼이나 휘두르는 악귀 같은 마약중독자 무리가 아니야. 그 사람들은 폭탄을 사모으는 그런 사람들도 아냐. 그들은 공동체 안에서 영향력을 지닌 실력자들이야. 거리에도 알려져 있고, 담배연기 자욱한 거실이나 모퉁이의 사무실에도 알려져 있는 그런 사람들이야."

"그런데 그들은 귀부인들의 라운지에도 알려져 있을까? 오르간이 설치된 이층이나 선사시대의 동굴에도 알려져 있을까?"

"너 움직일 태세가 되어 있다고 하지 않았니? 움직여서 어디로 갈 건데?"

"광대한 공간에서 느끼는 밀실공포증. 소음, 공명, 소음. 뭐가 뭔지 모르는 것. 청중들이 4달러짜리 좌석에서 화염에 휩싸이는 것."

"겁나니?"

"그게 내가 할 수 있는 유일한 일이야." 내가 말했다. "나에겐 움직여야 할 절대적 필요가 있어. 난 반밖에 이해하지 못하고 있는 관념을 지금 드러내고 있는 거야. 하지만 그건 필연적이야. 나는 이 방과 이 물체들을 배반하고 있어. 하지만 해야 하는 일이야. 그런 의미에서 겁이 나. 광대하고 무겁게 느껴져. 갈고리에 꿰여 질질 끌려가고 있는 느낌이야."

"흑인성의 광대함과 무거움보다 더 무서운 건 없어." 어재리언이 말했다. "그건 정말 믿을 수 없을 정도로 너무나 무거워. 그 속으로 들어가는 건 고약한 냄새를 풍기는 엄청난 양의 시멘트 속으로 가라앉는 것과도 같아. 그렇게 해서 자신이 누구인지, 그들이 누구인지, 그리고 자신이 그 여행을 통해서 어떻게 역사적으로 중요해졌는지를 알 수 있는 어떤 역사적인 지점에 도달하는 거지. 흑인성은 그것 특유의 단단한 냄새를 가지고 있어. 그건 아랍국가에서 같은 방에 들어갔을 때나는 냄새와 같아. 버누스*를 입고 쎈들을 신은 많은 사내들이 컴컴한 곳에서 둘러서서 다들 대마초를 피우고 있어. 우리가 이해할 수 없는 언어로 말하면서 말이야. 모두 대마초 냄새와 낯선 발냄새와 여러 기이한 세기의 엄청나고 강렬한 무게의 냄새를 풍기고 있어. 그 세기는 우리가 경험한 적 없는 세기야. 어떻게 너한테 그 무게와 무거움을 느끼게 할 수 있을지 난 모르겠어. 금속성이면서도 유기체에서 나는 그 냄새, 모든 것의 느릿느릿함, 흑인 체험이 그걸 추구하려고 하는 사람에 대해 보이는 무관심. 그건 모든 마약 체험 중에서도 가장 진중한 거야. 내가 장담해. 믿을 수 없을 만큼 강렬하지. 가장 강력한 마약보다도 더 강력해."

"제품은 여기 없어. 어디 있는지도 모르고. 해피밸리도 그게 어디 있는지 몰라. 거래할 게 없는 거지."

---

* 아랍 사람들이 입는 두건 달린 겉옷.

"그 사람들은 무엇보다도 먼저 네게 보너스를 지급할 거야. 둘째로 일정한 지분을 네게 줄 거고, 셋째로 투자 선택권도 줄 거야. 그 제품의 시장성이 어떻게 판명되든 보너스는 받게 되어 있어. 그 사람들이 나한테 압력을 넣고 있어, 버키. 난 이 일을 끝내고 싶어."

내가 깨어났을 때 어재리언은 창가에 서서 눈 내리는 광경을 내다보고 있었다. 내가 얼마나 오래 잤는지 전혀 감을 잡을 수 없었다. 거리에서 소음이 들려오고 있었다. 사내들이 트럭에서 짐을 내리는 소리였다. 그 여자는 코트를 열어젖힌 채 문틀에 기대어 서 있었다. 나는 침대에서 일어나 앉아 그녀를 바라보았다. 그녀가 책임지고 있는 건 어재리언의 안전도 내 안전도 아니라는 건 알 수 있었다. 그녀는 그들이 어재리언에게 가하는 압력의 일부처럼 보였다. 머리는 짧고, 얼굴은 움푹 들어가 있으며, 가느다란 목에는 위엄이 있었다. 장애물 경주자의 육체, 서로 다른 요소를 잘 융합하고 있는 육체, 모든 것이 불투명 유리와 크롬으로 멋있게 만든 작품 같은 느낌을 주었다. 어재리언은 창문을 열고 창턱의 눈덩이를 약간 집어들어 맛을 보았다.

"양념이 좀 필요요해." 그가 말했다. "한입 먹어볼래?"

"창문이나 닫아."

"에피퍼니는 자료에 따르면 디너 클럽에서 노래를 부른 적도 있어. 내가 그 얘기를 했던가? 디너 클럽 말이야. 난 사실 그런 곳이 요즘에도 존재한다는 사실을 몰랐어. 그녀는 여섯

달에서 일곱달 동안 싸구려 착취영화에서 연기를 했대. 진짜 전문가인 거지. 여기저기서 모델도 했어. 어려운 길을 걸었지. 직업정신의 모든 것, 그건 사람들한테 영향을 주고, 사람들을 단단하게 만들지."

"그게 피퍼니*의 평정심을 뺏지는 않았어." 그녀가 말했다. "어떤 것도 피퍼니의 기를 죽이지는 않아."

어재리언이 잠시 그녀를 바라본 후 나를 향해 돌아섰다.

"그러니까 아무도 그 제품이 어디 있는지 모른단 말이지."

"맞아."

"그걸 가지고 있는 사람들을 포함해서."

"역시 맞아."

"난 네 말을 믿어, 버키. 이런 상황에서 네가 나를 오도하지는 않을 거야. 난 적어도 확실한 보고를 할 수 있어. 더이상 이 단계를 건너뛰거나 기다리진 않을 거야. 모든 게 싫증났어. 더이상 안 그러고 싶어."

"겁나니?" 내가 물었다.

"모든 게 겁나. 세상에 태어나서 이렇게 겁난 적도, 그리고 이렇게 지속적으로 겁난 적도 없어."

나는 끓는 물속에 쇠고기 덩어리와 언 국수가 들어 있는 플라스틱 봉지를 넣었다. 그게 냄비 한쪽으로 미끄러져 내려

----

* 에피퍼니(Epiphany, 예수의 출현이라는 뜻도 있음)를 피퍼니(Piffany)로 달리 부르고 있다.

가 물이 잠시 동안 잠잠해졌다가 다시 부글부글 끓어오르는 모습을 바라보았다. 제대로 작동하고 있는 시계도 없어서, 녹이고 맛을 내는 데 필요하다는 십사분을 측정할 방법이 없었다. 나는 60까지를 도합 일곱번 세었고 그걸 다시 반복한 다음 봉지를 꺼내서 맥주캔에서 불쑥 튀어나온, 날이 녹슬고 뭉툭한 가위로 갈랐다. 가위는 세모꼴로 갈라진 틈마다 날이 하나씩 있는 것이었다. 나는 오랫동안 잠복해 있던 굴라시* 냄새가 내 코에 도달하기를 기다렸다. 목동의 고기에서 김이 났다. 하지만 공기는 희미한 당근 냄새 이상을 날라주지 않았다. 나는 그 봉지 속 내용물을 콘플레이크 그릇에 부어넣고 먹기 시작했다. 눈으로 음식을 보지 않고 이로 기계적으로 씹었다. 봉지에 넣어진, 학대해서 기른 롱혼종 쇠고기. 저주받을 방부제 주사를 맞은 의례용 살코기. 나 자신을 먹기. 동족끼리 잡아먹는 것의 효과에 대한 학습. 나는 가장자리에 꽃무늬가 인쇄된 종이타월 두겹으로 내 입술에서 그 고기 맛에 대한 기억을 지우려고 했다. 그런 뒤 일어나서 전화를 받았다. 차가운 수화기의 감촉에 소스라치면서.

"자네 매니저, 자네를 사랑하는 사람이야. 내가 지금 어디서 전화하고 있는지는 묻지 말게. 사람들이 전화로 말하길 자네가 나를 찾아나섰다고 하더군. 사건의 갑작스러운 전환이라고 부를 만한 일이지. 자네가 나를 찾다니 말이야."

---

* 고기에 파프리카를 넣은 헝가리 스튜 요리.

"테이프 어디 있죠?"

"무슨 테이프?"

"사람을 시켜서 내 아파트를 뒤졌잖아요. 트랜스패러노이 아가 열쇠를 가지고 있다는 말 기억하고 있어요. 당신이 테이 프를 가지고 있다는 걸 알고 있어요."

"무슨 테이프?" 그가 말했다. "처음부터 끝까지 찬찬히 말 해봐. 무슨 테이프야? 내 귀에 대고 말해봐."

"산장 테이프 말이에요."

"아, 그 테이프. 그러니까 내가 테이프를 가지고 있다고 할 때 자네가 말하는 건 바로 그 테이프로군."

"그것들 어디 있어요, 글롭?"

"나는 가지고 있지 않아."

"물론 당신은 가지고 있죠."

"물론 내가 가지고 있지. 벌써 일년째 그것들을 생각하고 있어. 공연 중간에 자네가 그냥 나가버렸을 때 난 생각하기 를 멈추고 욕망하기 시작했어. 손가락이 근질근질해졌지. 도 저히 걷잡을 수가 없었어. 그 망할 놈의 공연 중간에 그냥 나 가버렸잖아, 버키. 자네는 내 활동을 빼앗아갔어. 우린 제품 이 필요했어, 알지? 자넨 제품을 공급하는 데 실패했어. 제품 은 아주 중요한 어떤 것이야. 자네는 우리에게 제품을 공급할 의무가 있었어. 우리 서류철에 있는 계약서에는 자네가 우리 에게 정확히 어떤 제품을, 언제까지, 어떻게 전달해야 하는지 다 적혀 있단 말이야. 이건 단순히 몇천 달러가 하수구로 콸

럭쿨럭 흘러내려가는 문제가 아니야. 우리는 특허를 가진 기업이야. 우리는 사방팔방에 자회사들과 제휴사들을 가지고 있어. 그 회사들이 지속적으로 하는 일이 뭔 줄 알아? 그들은 먹을 걸 달라고 아우성을 치고 있어. 먹여줘요, 먹여줘. 자네의 실종 연기엔 엄청난 돈이 관련되어 있다는 말이야. 이러한 모든 회사들이 입을 크게 벌리고 아침식사용 벌레와 점심식사용 벌레, 저녁식사용 벌레를 기다리고 있어. 활동의 일부라도 유지하려면 내겐 그 테이프가 필요했어. 진기한 제품에 대한 수요를 창출하라, 대중이 계속 군침을 흘리도록 하라, 이거지. 그래서 때때로 사람을 보내 그 건물 주변에 있게 했지. 그 친구는 자네가 건물에서 나갈 때마다 나한테 전화를 했어. 그러면 난 재빨리 그곳으로 달려가 그 유명한 테이프를 찾으려고 정말 말도 안되는 희망을 품고 뒤졌지. 자네의 산장을 샅샅이 뒤지느라 이틀이나 소모하기도 했어. 하지만 그런 뒤엔 자네가 그 테이프를 깔고 앉아 있나보다 했지. 바로 오펄의 아파트에 있다, 그렇게 짐작을 했어. 문제는 자네가 아파트를 오래 비우는 일이 전혀 없었다는 거야. 보가트 영화처럼 그곳에 대한 전문적인 수색을 할 수가 없었어. 발끝으로 살금살금 들어가서 여길 살짝 치켜들어보고 저 속을 잠깐 들여다보고, 잉꼬처럼 조심조심 뒤져야 했어. 심지어 발자국이 나기도 전에 발자국을 덮으면서 말이야. 내가 마침내 그 꾸러미를 손에 넣은 날 밤은 아주 절묘했지. 왜냐하면 난 얼마나 많은 녀석들이 흥분된 상태로 가서 동물 소리를 내고 발을 굴렀는지 모르기 때문이지. 문이 부서지고 아래층에서 온갖 소동이 벌어지고, 그다음엔 위층에서 똑같은 일이 반복되었지. 그리고 난 그 중간에 있는 방에서 내가 보기에 산장 테이프가 담겨 있다고 여겨지는 꾸러미를 팔로 감싸고는 발끝으로 살금살금 걸었지. 그 몽골 마적떼들이 정복의 소리를 내면서 계단을 위아래로 뛰어다니고 있을 때 말이야. 나는 그 사람들이 나한테 와서 그 물건을 빼앗아갈 거라고 확신하고 있었지. 그들이 떠나가자 한숨을 세번 길게 내쉬면서 러시아식으로 오른쪽 어깨에서 시작해 나를 축복하는 몸짓을 했어. 내 첫번째 마누라는 신에게 화가 나서 보드카 김릿을 마시기 전에 거의 언제나 그렇게 했거든. 한숨을 세번 쉬었어. 예수님, 산장 테이프를 찾게 해주셔서 감사합니다. 또한 저 미치광이 같은 놈들이 여기 와서 보잘것없는 과제를 수행 중인 이 불쌍한 연장자를 처참하게 죽이지 않게 해주셔서 감사합니다."

"참 놀라운 일이에요." 내가 말했다. "그렇게까지 고생을 하다니. 당신의 돈, 당신의 지위, 당신의 명성. 당신이 이 빌딩을 소유하고 있는 거나 마찬가지잖아요, 글롭키."

"자네는 이해를 못해, 버키. 자네는 한번도 역겨움의 논리적 결론까지 가본 적이 없으니까. 새로운 제품을 만들거나 현존하고 있는 제품의 생명을 연장하는 일이라면 난 어떤 일에도 불쾌해하지 않고 관여할 수 있어. 더욱이 나는 현실과 동떨어져 있기를 원치 않거든. 중년에다 비만, 이런 것들은 회전의자에 앉아서는 싸울 수 없는 적들이야. 동부나 서부에서 나와 같은 일을 하는 사람들이 자가용 운전사를 고용하고 있을 때, 난 왜 고용하지 않았을까? 난 현실과 동떨어지고 싶지 않았거든. 나는 차량에 대한 도전을 원해. 나는 손과 무릎과 엉덩이를 땅에 댄 상태에서 적과 싸우고 싶어. 행동, 행동, 행동. 그럴 만한 가치가 있었지, 안 그래? 내가 그 테이프를 손에 넣었으니까, 맞지? 그렇게 고생할 만했어, 그렇지 않아?"

"막 넘기려고 하던 참이었어요." 내가 말했다. "난 컴백하려고 마음먹었어요."

"정말 기쁘고 좋은 소식이야, 버키. 우리가 옛날처럼 동시 맞물림 패턴으로 돌아오다니."

"그걸 넘겨주기 전에 뭔가 좀 알아낼 게 있었어요. 나는 그 테이프가 한가지 점에선 완벽한 대답이라는 걸 알고 있었어요. 그것들은 예상을 깨는 것이고 꿈도 꾸지 못한 것들이며 완전히 새로운 방향이죠. 하지만 나는 청중들 앞에 나서서 그와 똑같은 노래를 부를 수는 없어요. 그 테이프의 효과는 그것들이 테이프라는 거예요. 특정한 감정의 무게 아래서 특정한 시간에 만들어진 거죠. 즉석에서 만들어진 것이고 결점투성이의 것이죠. 이 물건은 콘서트에서 재생될 수 없어요. 물론 테이프를 공개할 순 있지요. 하지만 나를 어떻게 공개하느냐고요. 내가 어떻게 청중들 앞에 다시 나서죠? 난 작은 속임수도 쓸 줄 몰라요."

내 오른쪽에서 뭔가가 움직이는 것이 느껴졌다. 그래서 서둘러 그쪽을 바라보았다. 뭔가 희끗희끗한 것이 보였다. 문

밑에 종이가 있었다. 단정하게 접힌 종이였다. 나는 글롭키에게 잠깐 기다리라고 말하고 내 시간과 영향력과 내가 소유하고 있는 물건의 최신 입찰자가 누구인지 보러 갔다. 줄이 쳐진 종이에 작은 인쇄체 글씨로 짤막한 메시지가 쓰여 있었다. 그걸 읽어보고 모든 부분을 종합해 이해하기까지 조금 시간이 걸렸다. 해피밸리의 보핵. 나는 전화기로 되돌아갔다.

"누가 나를 보고 싶어하네요. 내가 피하고 싶은 것과 관련된 거예요. 다시 전화할게요."

"나한테 전화할 순 없을 거야. 전화 연결이 안되는 곳에 있거든. 나는 테이프를 가지고 있고, 어떤 일이든 더이상 전화로 밝히고 싶지 않아. 난 전화번호도 내가 물리적으로 있는 곳도 알려주지 않을 거야. 내일 사무실로 돌아갈 거야. 그때 얘기하자고. 아무것도 걱정하지 마. 난 자네의 의문에 대한 대답을 알 뿐만 아니라, 그 대답에 따르는 질문까지 알고 있으니까."

"좋아요, 좋아. 아주 훌륭해요."

나는 그 메시지가 지시하는 대로 창가로 갔다. 세 남자가 길을 건너 내가 살고 있는 건물을 향해 오고 있었다. 나는 문을 열어놓고 기다렸다. 두 남자가 욕조 뒤의 벽에 기대며 자리를 잡았다. 세번째 남자가 보핵이었는데, 동그란 얼굴에 성긴 구레나룻을 가진 덩치가 엄청나게 큰 남자였다. 그는 욕조에 기대선 채 미소를 지으며 고개를 천천히 끄덕거렸다. 그의 편해 보이는 태도에는 전혀 노력의 흔적이라곤 보이지 않았다. 그는 눈가의 살이 월남쌈처럼 주름졌고, 입술은 세상에서 가장 예의 바른 인종의 비인간적인 미소 속에서 방부처리가 되어 있었다. 그의 얼굴 중앙은 15세기 중국 시인을 끌어낼 수도 있을 것처럼 보였다.

"크나큰 사과를 할게요." 그가 말했다. "우리가 버키 원덜릭의 사생활을 이처럼 침해하게 될 거라곤 생각지도 못했어요. 하지만 어쨌든 여기에 오게 되었군요. 당신에게 보여주기 위해서 말이죠. 이쪽은 롱보이, 저쪽은 머지예요. 처음에 우리가 바랐던 건 본인의 전설이라는 전설로부터 스스로 격리되어 은둔한 분에게 찬사를 표하는 거였어요. 하지만 찬사를 표하는 일이 X만큼의 갈등을 일으키면서 걷잡을 수 없게 되었군요. 우리는 빈 공간을 채워드리려고 온 거예요. 우리가 빨리 알려드리면 드릴수록 버키 원덜릭이 그 제품과의 연관성에서 자유로울 수 있을 테니까요. 헤인스가 어디 있는지 아나요?"

"몰라요."

"헤인스가 어디 있는지 찾을 수가 없어요. 흔적도 없어요. 어딘가에서 보따리 장사를 하며 누군가와 접촉하려고 노력하고 있을 거예요. 문제는 누가 어디로 먼저 가느냐예요. 페퍼 박사가 어디 있는지는 아나요?"

"몰라요." 내가 말했다.

"우선 페퍼 박사를 찾아야 해요. 그런 다음 그를 찾아가서 정리를 해야 돼요. 그가 지금 어디 있는지 또 알 수가 없게 되었어요. 와트니가 어디 있는지는 아나요?"

"전혀."

"와트니가 어디 있는지 찾아서 그가 제품을 손에 넣을 수 있는지 없는지 알아야 하는데 도대체 어디 있는지 알 수가 없어요. 우린 그가 관심을 갖고 있다는 사실을 알고 있어요. 하지만 거래를 트지 못했거나 그의 액수가 너무 적었던 것 같아요. 오케이, 어재리언, 어재리언이 어디 있는지 아나요?"

"전혀."

"어재리언이 정확히 어디 있는지 알아낼 수가 없어요. 우리는 그가 여기 왔었고 비행기로 LA에 간 것까지는 알아요. 우리는 그가 게토에 새로운 자금을 쏟아부어 그것을 바닥에서부터 새로 쌓거나 위에서부터 부수려고 하는, 자신이 관여하고 있는 공동체 집단으로 돌아간 사실을 알고 있어요. 하지만 그가 정확히 어디에 있는지는 모르고 있어요. 거리 이름도 집의 번지수도 몰라요."

"제품이 무엇인지 아는 사람 있나요? 정확히 말이에요."

"페퍼가 장갑을 끼고 실험실에 들어갈 때까진 아무도 정확히 알 순 없어요."

"얼마 전 밤중에 이 빌딩을 깨부수고 다닌 게 누구예요? 문짝을 부수고 사람들을 짓밟았죠. 정확히 누구였나요? 내 아파트만 그냥 놔두었어요. 내 생각엔 해피밸리의 작전인 것 같은데. 하지만 정확히 누구였죠?"

"우리한텐 기동타격대가 있어요, 버키. 그 사람들의 전문

분야가 폭력이죠. 무심한 폭력 말이에요. 그 사람들은 항상 폭력 얘기만 하고 있어요. 그 얘기를 하지 않을 땐 그걸 행동으로 옮기는 중이죠. 무심하고도 무심한 폭력. 간접적으로 그것 때문에 그 사람들은 마약도매에 흥미를 갖게 되었어요. 무심한 폭력은 돈이 많이 들어요. 계속 활동하기 위해선 돈이 필요하죠."

"그 사람들이 무심함을 어떻게 정의하는지 궁금하군요." 내가 말했다.

"그것은 스스로를 정의하죠. 무심함 말이에요. 어느정도 나는 그들이 무슨 일을 하는지 알 수 있어요. 무심한 폭력이야말로 유일하게 진정으로 철학적인 폭력이에요. 그들은 정치적인 것이든 다른 것이든 의미란 의미는 모두 피하려고 아주 세심한 주의를 기울여요. 그 사람들은 내가 말한 것 이상의 어떤 실제적인 강령이나 근거는 없어요. 무심함. 그러니까 그 사람들은 자신들의 행위에서 의미를 모두 없애려고 노력하고 있는 거예요. 그 친구들 중 일부는 이름도 새로 지었어요. 브루노, 렉스, 코키, 스폿, 그리고 킹. 무심한 폭력을 위해선 돈이 필요하죠. 우리는 우리의 사생활을 보호하기 위해 돈이 필요하고요."

"당신들은 모두 함께 살고 있지요, 맞나요?"

"우린 해피밸리 농장공동체 구성원이에요." 그가 말했다. "우리는 아직도 그 아이디어가 효과를 볼 가능성이 있다고 생각해요. 우리는 여전히 그룹 대 그룹으로 서로 대화를 하며 지내요. 우리는 여전히 똑같은 싸구려 공동주택에 살아요. 그러나 지금 그들에겐 두채의 아파트가 있고 우리에게도 두채의 아파트가 있으며 그저 서로 다치지 않도록 하기 위해 바리케이드를 쌓는 중이지요. 우리는 사이가 나쁘지 않아요. 분열은 이데올로기의 분열이니까요. 하지만 우리는 상대방이 무심한 사람들이어서 특별히 더 세심한 주의를 기울이는 게 좋다고 생각해요. 그래서 우리가 사는 곳과 그들이 사는 곳 사이의 복도에 바리케이드를 쌓고 있지요. 사생활에는 그 나름의 위험이 따르지요. 외따로 기른 원숭이들이 폭력적이 된다고 하잖아요."

"붉은털원숭이." 머지가 말했다.

"성장기에 일정 기간 외따로 떨어져 있었던 붉은털원숭이들은 그 기간이 끝난 후 다른 원숭이들에게 비정상적으로 사납게 굴어요. 방어력이 없는 아기 원숭이들을 공격하는 걸 즐기죠. 영장류인 인간도 비슷한 단계를 거쳐요. 해피밸리의 사적이고 고립적인 생활방식이 그 구성원의 절반을 폭력적이게 만들었는지도 몰라요. 영장류인 인간은 오로지 사만년 동안만 폭력적이었어요. 폭력적으로 되기 시작한 건 추상적인 사고 때문이었지요. 인간은 추상적인 사고를 하게 되자 음식을 위해 죽이는 것에서 언어와 관념을 위해서 죽이는 방향으로 진화하게 되었죠. 무심한 폭력과 더불어 우리는 새로운 순환 주기로 접어들었는지도 몰라요. 더이상 추상적인 사고도, 구체적인 사고도 아닌 아무런 목적도 없는 폭력."

"비폭력." 내가 말했다.

"나 개인적으로 말하면 난 그걸 게이 같은 폭력이라고 생각해요." 보핵이 말했다. "성적인 의미는 차치하고, 아무튼 우리가 어떤 것에서 의미를 모두 제거하고 나면 난 게이 같은 것으로 가득 차게 된다고 생각해요. 내가 남캘리포니아 대학에서 풋볼 선수로 뛰기 위한 훈련을 하느라 전문대학에서 육개월을 낭비하면서 배운 게 한가지 있다면 역사적인 무게가 없는 폭력은 기본적으로 게이 같은 폭력이고, 기본적으로 우스꽝스러운 거라는 거예요. 그리고 그것은 방어하기 위한 관념을 가진 것에서 오는 폭력이나 떠받치기 위한 일종의 역사적 기동력, 그러니까 사생활 관념이나 사생활의 기동력 혹은 사생활의 강령 같은 것을 가진 것에서 오는 강렬한 강령적 폭력보다 훨씬 쉽게 무시할 수 있는 폭력이에요. 렉스와 스폿, 그리고 다른 친구들은 건물을 부수고 벽을 치고 순진한 희생자들에게 고함을 질러대면서 다니는데, 이건 우리가 몰두했던 강렬한 내부지향적인 삶의 결과 중 하나예요. 물론 유일한 결과나 독점적인 결과는 아니지만요. 나는 수비수로서 왼편 태클을 하다가 내 폭력이 게이 같은 것을 지니고 있다는 사실을 깨달았죠."

"게이 같은 것을 지니고 있어요." 머지가 말했다.

나는 보핵이 잠시도 쉬지 않고 머리를 끄덕거리는 것과 보조를 맞추기 위해 머리를 끄덕이기 시작했다. 그의 약간 소심한 듯한, 한번도 높아지지 않은 목소리는 그와는 다른 존재,

즉 그의 가슴속 빈 곳에 자리잡고 있는 조그만 사람, 보핵의 제곱근, 추레한 위아래의 양복에 조끼까지 갖춰 입고 머리를 한쪽 면으로만 빗질해 넘긴 그런 사람에게 속한 것 같았다. 바깥의 어둠속에서 소리가 들려왔다. 비가 내리고 있었다. 도시에 갑작스러운 소동을 일으키면서, 갑자기 풀려난 분노가 쏟아지듯, 이상하게, 여름비의 열정으로 내렸다. 롱보이는 밀짚 같은 머리를 긁다가 커다란 주머니 여럿을 뒤져 구부러진 담배꽁초를 찾아냈다. 그는 대륙을 횡단하는 다른 사람의 차를 운전해주는 사람처럼 걷는 모습에 맥이 빠져 있었다. 그는 점프 부츠를 신고 야전점퍼를 입고 있었다. 머지는 내 것과 똑같은 럼버재킷을 입고 있었다.

"저 항공사 가방에 뭐가 들어 있소?" 보핵이 물었다. "그냥 궁금해서 묻는 거요."

"풍선껌 카드요."

"우리가 스펙트럼 중 어디에 위치해 있는지 말해주겠소." 그가 말했다. "모든 사람들이 해피밸리의 정체에 대해서, 그리고 우리가 어디에 위치해 있는지에 대해서 잘못 해석하고 있어요. 이 주제들에 대한 잘못된 해석만 난무하고 있어요. 첫째, 해피밸리의 정체는 무엇인가? 해피밸리는 해피밸리 농장공동체이다. 우리는 살아가면서 우리 자신을 규정하고 있어요. 우리는 우리의 정체성을 찾아가는 중이에요. 그게 우리가 도시로 온 이유예요. 우리는 우리 자신을 찾기 위해 이리로 온 거예요. 둘째, 스펙트럼의 어디에 우리가 위치하느냐?

그 점에 대해서 내가 할 수 있는 말은 이거예요. 환경, 지옥에나 떨어져라. 신선한 야채, 지옥에나 떨어져라. 제3세계, 지옥에나 떨어져라. 종교와 신과 우주에 대한 모든 관념, 지옥에나 떨어져라. 우리는 사생활이라는 관념을 미국적 삶이라는 관념에 되돌려줄 필요가 있다고 믿어요. 영장류인 인간은 대중교통수단인 인간에게 자리를 내줬어요. 대중적 인간은 자유롭지 못해요. 조금이라도 상식을 가진 사람은 누구나 그 점에 대해 알고 있어요. 해피밸리는 자유로워요. 자유롭고 더욱더 자유로워지고 있어요. 땅은 더이상 남아 있지 않아요. 사생활을 찾기 위해 서부로 갈 순 없어요. 내면 속에서 그걸 만들어야 해요. 그게 뭔가를 만들 수 있는 남아 있는 유일한 방향이에요. 우리는 내면 속에서 만들고 있어요. 우리는 마약도매를 해서 내면 속에서 만들기 위한 돈을 벌려고 해요. 이건 설명하거나 이해하거나 변호하기 쉬운 개념이 아니에요. 하지만 당신은 변호가 필요없는 사람이라고 생각해요. 우리는 당신의 집단 이미지예요, 버키. 당신은 내면에 들어가서 거기 머물고 있어요. 당신은 항상 시대를 한걸음 앞서갔고, 이것은 가장 큰 한걸음이에요. 자신을 둘러싸고 있는 신화를 벗겨내는 것, 자신을 덮어버리고 벽을 쌓는 것, 자신에 대한 환상과 전설을 벗겨내는 것, 자신을 최소한으로 줄이는 것 말이에요. 당신의 사생활과 고립이 우리에게 우리 자신이 되도록 힘을 주고 있어요. 우리는 당신이 내는 소리의 희생물이 될 용의가 충분히 있었어요. 그러나 이제는 당신이 지키는 침묵의 추종자들이에요."

"헤인스를 어떻게 할 작정이에요?" 내가 물었다.

"찾아낼 거예요." 머지가 말했다.

"그후엔 그들도 그를 찾아내겠지." 롱보이가 말했다.

"똥 개울에 배꼽까지 빠질 거야." 머지가 말했다.

롱보이는 비뚤어진 담배꽁초의 불이 꺼지지 않도록 바람을 계속 불어댔다. 그는 꽁초를 피우려고 입에 물지는 않았다. 그는 가끔씩 불꽃을 피우려고 그것의 끄트머리에 바람을 불어넣었다. 영장류인 인간이 불을 피우고 있었다. 불꽃의 열기가 꽁초를 잠식해들어가자 갈색 끝단이 종이 위로 나타났다.

"풍선껌 카드엔 누구 사진이 있나요?" 보핵이 물었다.

"와트니요."

"우리가 좀 봐도 될까요? 그냥 궁금해서 그래요. 머지, 가서 좀 봐라."

"풍선껌 카드가 보이네요."

"누구 사진이 인쇄되어 있나?"

"와트니요." 머지가 말했다.

"카드 하나를 조심스럽게 갈라봐. 앞면과 뒷면을 가르는 거지."

"그렇게 가를 만한 두께가 되는지 모르겠는데요."

"찢어봐." 보핵이 말했다. "영국 머핀빵을 떼어낸다고 생각하고 해봐. 조심스럽게, 아주 조금씩."

"됐다."

"그 안에 뭐가 있어?"

"아무것도 없는데요."

"다섯장을 더 꺼내서 똑같은 방법으로 갈라봐. 앞면과 뒷면을 갈라. 영국 머핀빵처럼 말이야. 자, 조심해서."

"도대체 뭘 찾는 거예요?" 내가 물었다.

"나도 모르겠소." 보핵이 대답했다. "하지만 와트니는 와트니고, 종잡을 수 없기로 유명한 사람이죠. 버키 윈덜릭의 사생활을 이런 식으로 침해해서 정말 미안하오. 우리는 버키 윈덜릭을 제품과의 관련성에서 자유롭게 해주려는 거요. 그후론 당신의 사생활을 침해할 일이 전혀 없을 거요."

롱보이는 담배꽁초의 끄트머리를 핥은 뒤 그걸 다시 주머니 속에 집어넣었다. 야전점퍼 위에는 제82공수부대의 패치가 붙어 있었다. 머지가 보핵을 바라보았다.

"카드 다섯장을 더 꺼내서 앞면과 뒷면을 갈라봐." 보핵이 말했다. "다섯장만 더 해봐. 그냥 궁금해서 그래. 무작위 쌤플조사인 거지. 다섯장 더, 그리고 그후 다섯장 더. 앞면과 뒷면, 조심해서. 영국 머핀빵처럼."

20

"그 테이프의 효과는 그것이 테이프라는 사실이에요."

"맞아, 맞아, 맞아. 나도 그렇게 생각해, 절대적으로. 나도 자네와 동감이야. 자네와 나, 절대적으로, 팀 동료지. 라, 라, 라."

글롭키는 내 귓속의 장난감 모터였고, 전화의 눅눅한 열정을 증명하는 존재였다. 그의 목소리는 충성의 열광을 전달하고 있었다. 그는 자신의 주권 안에서 관대했고, 모든 사람에게 축복을 나눠주었으며, 치유자이자 스승이었고, 내 안에 빈사 상태로 있는 것을 살려낼 준비를 하고 있었으며, 주저하고 있는 것을 채찍질해 내 마음속의 작은 불씨라도 부추겨서 살려내려고 애썼다.

"얘길 해봐, 내가 듣고 있으니. 자네의 천재소년 머리를 괴롭히는 것이라면 뭐든지 자유롭게 말해. 난 너무나 많은 답변을 가지고 여기에 앉아 있는데 그것들이 내 옷에서 비어져 나올 지경이야. 어젯밤 그 테이프와 함께 어디 있었냐는 질문만은 하지 말게. 그 질문에 관한 한 직접 만나 대면해야만 말해줄 수 있으니까 말이야. 비밀이 새어나가지 않게 자네 귀에 대고 속삭여야 해. 난 그 점에 대해선 조금의 느슨함도 용인하지 않아. 내 쪽 사람들은 모두 그것을 알고 있지. 내 쪽 사람들의 사람들도 마찬가지고."

"내가 어떻게 청중을 대면할 수 있지요?" 내가 물었다. "테이프에 있는 내용을 공연할 순 없어요. 난 옛날 곡들을 연주하고 싶지 않아요. 새로운 곡도 없어요. 그런데 어떻게 다시 돌아가냐고요? 어떻게 그럴 수 있을지 모르겠어요."

"자네가 모르는 건 당연해. 그건 자네가 해야 할 과제가 아니니까. 그건 자네의 직업적 정체성과 상관없어. 그건 자네의 피와 근육이 아니야. 하지만 난 어떻게 하면 되는지 알고 있어, 버키. 난 정확히 어떻게 하면 되는지 알고 있다고."

"좋아요. 말해봐요."

"초대손님으로 등장하는 거야." 그가 말했다. "우리에겐 전국 순회공연을 다니는 밴드들이 있어. 그중 하나와 함께 한 장소에 출연하고, 이틀 후에 다른 그룹과 함께 천 마일 떨어진 곳에 출연하는 거야. 깜짝 출연을 하는 거지. 누구한테도 미리 알려주지 않고 있다가 말이야. 그렇게 하면 엄청난 관심을 유발할 수가 있어. 그건 자네가 다시 활동을 개시하는 데 그치지 않아. 깜짝 출연에 그치지 않는 거지. 일련의 출연, 다른 장소, 다른 시간에 몇주 동안 어디서 언제 어떤 그룹과 함께 출연할지 아무도 모르는 거야. 자넨 그냥 등장해서 인사를 하고 떠나는 거지. 그렇게 해서 굉장한 관심과 긴장감을 쌓아나가는 거야. 자네의 움직임과 자네가 있는 장소에 대해 추측들이 무성할 거야. 어느날 저녁엔 씨애틀에 있고, 다음날 저녁엔 뉴올리언스에 있는 거지. 청중들은 자네가 다음에 어디에 나타날지 알고 싶어서 안달이 날 거야. 함께 공연할 밴드는 모두 트랜스패러노이아 소속이고, 그게 사람들이 갖고 있는 유일한 단서야. 그런 밴드가 아주 많기 때문에 자네의 여행경로를 정확히 짚어내는 건 불가능하지. 우리는 믿을 수 없을 정도로 테이프에 대해 광고를 많이 할 거야. 이 모든 공연이 산장 테이프를 두장짜리 음반에 담아 발매하는 것으로 귀결되는 거야. 자네가 순회공연을 다니기 시작할 즈음엔 이미 산장 테이프에 대한 소문이 나 있게 되지. 그러니까 순회공연을 하는 동안 자네는 그 테이프에 대한 전례 없는 관심을 만들어내는 거야. 자네가 순회공연을 하고 나면 우리가 앨범을 발표하는 거지. 그런 다음 자네는 다시 순회공연을 하는 거고. 난 자네가 무슨 질문을 할지 알고 있어."

"내가 뭘 공연하죠?"

"이 모든 콘서트에서 완전히 다른 그룹들과 함께 몇주 동안 도대체 무슨 곡을 연주하느냐고 물을 참이지. 버키, 무슨 곡이든 상관없어. 즉흥적인 곡을 연주할 수도 있고, 그냥 휘파람을 불 수도 있고, 콧노래를 할 수도 있고, AM 라디오 상위 40곡 같은 싸구려 곡을 부를 수도 있고, 그냥 거기 서서 청중들한테 소리만 지를 수도 있어. 자네가 뭘 하든 그건 전혀 상관이 없어. 중요한 건 자네가 다시 활동을 시작하고, 신비

를 다시 가동시키며, 청중들로 하여금 오줌을 싸거나 소리
를 지르거나 비명을 지르게 만드는 일이야. 즉흥곡을 연주해.
내 생각은 그래. 마이크를 툭툭 친 다음 기타를 뜯기 시작하
는 거지. 이십분 동안 기타를 화려하게 연주하다가 그냥 나오
는 거야. 시끄러운 소리를 내. 그게 핵심이야. 입술을 움직이
면 더 좋지. 거기 서서 입술을 움직여. 그걸 무슨 공연이라고
생각하지 마. 그냥 출연이라고 생각해. 순회공연을 다시 시작
했다는 사실, 우리가 관심을 가지는 것은 그거야. 딱 이십분,
그러곤 공항으로 직행하는 거지. 한 도시에서 한 그룹과 곡
을 맞추고 다른 도시로 가서 다른 그룹과 똑같이 하고, 세번
째 도시로 가서 또다른 그룹과 같은 일을 하고, 네번째 도시
로 뛰어가서 거기서 독창적인 그룹을 만나는 거야. 그렇게 하
면 엄청난 관심을 불러일으킬 수 있어."

"그리고 내 장례식 다음날 테이프를 발표하면 되겠군요."

"자네는 다시 활동하고 싶어 미칠 지경일 거야. 솔직히 말
해봐, 버키. 자넨 순회공연의 진실을 알고 있어. 자신에게 순
회공연이 필요하다는 걸 자네는 알고 있어. 길지 않을 거야.
대략 여섯주나 여덟주일 거야. 그런 다음 테이프에 녹음된 내
용을 내놓는 거야. 두장짜리 음반 세트로 말이야. 신춘발매.
제목은 더 생각할 것 없이 '산장 테이프'야. 모든 사람들이 그
렇게 알고 있으니까 다른 이름으로 부르는 건 미친 짓이지.
지금 현재 곡을 고르는 중이야. 스무곡 정도 추려서 편집할
거야. 테이프에서 나는 쉭쉭 소리나 다른 잡음을 제거하고,

자르고 떼어내고, 이리저리 옮기고, 흐름을 만들어내고, 한 4분의 3 정도는 기악곡을 믹싱하는 거지. 아주 고약하고 거칠게 될 거야. 하지만 내 생각엔 지금 그게 우리한테 필요해. 인스턴트 페이징이니 열여섯 트랙이니 씬시사이저니 하는 건 그동안 충분했어. 사람들은 뭔가 평범한 걸 원해. 평범하면서도 복잡한 거. 자네 같은 사람, 자네만이 만들어낼 수 있는 그런 거. 나는 대중음악의 수준이 어쩌고저쩌고하는 사람도 아니고 이게 수준 높은 작품인지 아닌지도 잘 몰라. 어쩌면 그 점이 그 테이프의 힘일지도 몰라. 하나의 수준이냐, 두개의 수준이냐, 아니면 수준이 전혀 없는 것이냐? 단순한 수준이냐, 심오한 수준이냐? 나만의 특별한 시각으로 보건대 산장 테이프의 힘은 바로 그거야. 그건 내 취향의 음악은 아냐. 내가 여름밤에 침실 창가에서 강 건너 저편을 바라보며 귀를 기울일 그런 소리는 아냐. 마누라가 옆 침대에서 일어나 앉아 동양의 가르침을 읽고 있고, 강 위로는 달빛이 비치고, 맨해튼의 낡은 고층빌딩이 밤을 가로질러 나란히 서 있고, 나는 에어컨을 끈 다음 창문을 열고 내 축음기에 카트리지를 넣지. 솔직히 말해서 자네의 음악은 그럴 때 내가 듣는 음악은 아냐. 하지만 좋은 음악이고 아마 트럭째로 팔릴 거야. 그래서 지금 우리는 그걸 추려내고 믹싱하고 세련되게 다듬고 있는 거야. 기술자가 열심히 일하고 있지. 우리는 초봄에 발매하는 걸 목표로 하고 있어. 분명히 두장짜리 음반 세트가 될 거야. 제목은 '산장 테이프'가 될 게 확실하고 말이야."

"천조 세트의 첫번째 판이군요." 내가 말했다.

"나는 현재 순회공연 일정을 짜고 있어. 여기 있는 모든 사람이 그 작업을 하고 있지. 밤 늦게, 주말에도, 점심도 대충 때워가면서 말이야. 사상 초유의 것이 될 거야, 버키. 며칠만 더 있으면 두번째 순회공연 일정이 나오게 돼. 그럼 그때 다시 얘기하자고. 지금은 첫번째 순회공연 일정을 확정짓기 직전이야. 그다음에는 약간의 조정작업이 필요하겠지. 그러고 나선 차트 도시와 테스트 도시를 확정해야지. 그건 좋은 음악이야. 그 점은 의심의 여지가 없어. 처음에 어디를 가게 될지 말해줄게. 궁금하지? 바로 여기 빨간색 큰 글씨로 기밀문서라고 표시한 목록이 있어."

"지금 말고 나중에 하죠." 내가 말했다.

"세번째는 수요일, 애틀랜타. 네번째는 멤피스. 다섯번째는 쌘안토니오. 여섯번째는 댈러스. 일곱번째는 뉴올리언스. 여덟번째는 앨버커키. 아홉번째는 LA. 열번째는 포틀랜드. 열두번째는 씨애틀. 열세번째는 포틀랜드. 열네번째는 탬파. 잭슨빌은 열다섯번째. 마이애미는 열여섯번째, 화요일. 밀워키는 열일곱번째. 플린트는 열여덟번째. 그랜드래피즈는 스무번째. 롱비치는 스물한번째. 피닉스는 스물두번째. 엠포리아는 스물세번째. 오넌타는 스물다섯번째. 코틀랜드는 스물다섯번째. 브록턴은 스물여섯번째. 토론토는 스물일곱번째. 런던은 스물여덟번째. 쏠트레이크시티는 서른한번째. 러벅은 첫번째, 목요일. 휴스턴은 이일. 갤버스턴은 삼일. 배턴루지는 사일. 내시빌은 오일. 멤피스는 육일. 채터누가는 칠일. 녹스빌은 팔일. 얼라이언스는 십일. 밀러스버그는 십일일. 리플리는 십이일. 브래드포드는 십삼일. 웰즈보로는 십사일. 헤이즐턴은 십육일. 우들랜드는 십칠일. 캘리스토가는 십팔일. 클로버데일은 십구일. 쌘프란시스코는 이십일, 화요일, 안개가 서서히 들어오고, 갈매기들이 말뚝 위에 내려앉고."

산장 테이프

기자 시사회 겸 레코드 산업 오리엔테이션
편집된 가사 필기록──테이프 4번

펄스 리댁터사와 협력작업을 한
트랜스패러노이아 산하
에슴 테일러 어소시에이츠
제공

15:     가까이 또 멀리
        밤은 너무나 높고
        물이 떨어지네
        물이 떨어지네

        밤은 너무나 높고
        물이 떨어지네
        밤은 너무나 높고
        물이 떨어지네

        물이 떨어지네
        물이 떨어지네
        가까이 또 멀리
        물이 떨어지네

        가까이 또 멀리

밤은 너무나 높고
물이 떨어지네
물이 떨어지네

16:    아빠엄마 누이
검은 차 탔네
아빠엄마 누이
흰 선에서 보이네

멀리서 뭔가가 오네
눈부신 빛 속에서
멀리서 뭔가가 가네
눈부신 빛 속에서

죽었네 모두 죽었네
우우우 모두 죽었네

피투성이 발
피투성이 머리

크리스마스에 코를 먹어라
사순절에 발가락을 먹어라
이−터−카(Eat-A-Car)를 위해 차를 먹어라

뼈다귀는 켄트로 보내라

17: 장미들 장미들 조금도 안 빨갛네
     말똥가리 달콤하게 노래하네

     말해줘 말해줘 말해줘
     시간 날씨 계절들
     이야기하네
     가르쳐주네
     처녀가 말을 배우네

     젊음은 신(神)을 회복시키네
     그것은 자신을 먹네
     그것은 자신을 먹네
     그들이 자신의 이빨을 가지고 우리를 물어뜯을 때
     끝나고 마는 향연보다 좋네

     말해줘 말해줘 말해줘
     더 적은 하늘을
     만드는 구름
     더 많은 비상을
     만들려고 노력하는 하늘

바람을 타고 오네
뭔가 바람을 타고 오네

시간 날씨 계절들
처녀가 말을 배우네

서서 앉아서
한가닥 한가닥
내 얼굴로부터 피부를 벗겨내네
신이 되네
빛나기 시작하네
장미의 목을 부러뜨려라

그들이 이빨을 가지고 우리를 물어뜯을 때
끝나고 마는 향연보다 좋네

말해줘 말해줘 말해줘
장미들 장미들 조금도 안 빨갛네
부드럽게 독수리 웅얼거리네

18:    나는 모든 언어를 입안에 담고 태어났네

바바

바바
바바

이것과 저것
에그라민과 슬픔
진흙 위의 모래단어들
높은 탈조닉스

말이 된 모든 것들은 내 이빨 위에서 빛나네

바바
바바
바바

할다 니 와지
힐다 크리위키
밀드레드 헤이스
바이오논제닉스

맘보 마술
오 오 오 오
맘보 광기
오 오 오 오

라틴 발코니에서 춤추네
별의 교향곡에 맞춰 흔드네
맘보 광기
오 오 오 오

꿈꿔지지 않은 문법들이 내 침 속을 떠다니네

바바
바바
바바

가둥 가둥 가둥
우마 칠다 노보
포도주 안의 디스팁틱스
오늘 미쳤네

나는 모든 언어를 입안에 담고 태어났네

바바
바바
바바

무의 창조자
불쑥 말하는 것 외엔

노래하는 것 외엔
아기 하느님과 찐득찐득한 것

19:　밤이 오네
산은 어둡고
나무 꼭대기엔 바람이 불고
미친개가 짖어대네

20:　난 내 발가락을 알지
하나에서 열까지
이건 크고
이건 아니고
큰 건 크고
아닌 건 아니고
난 내 발가락을 알지
하나에서 열까지

난 내 손을 만지네
하나에서 열까지
하나는 만지고

하나는 만져지고
만지는 걸 만지고
손은 손을 만지고
나는 내 손을 만지고
내 손은 나를 만지네

나는 내 코의 냄새를 맡네
나는 내 코의 냄새를 맡네

나는 내 발가락을 아네
나는 내 손을 만지네
나는 내 코의 냄새를 맡네
나는 내 입을 다무네

허가 없이 전재하는 것을 금함

21

앞으로 천년이나 이천년 후에는 우리가 건설한 문명의 역설처럼 보이는 것들이 반(反)고고학의 방법에 정통한 사람들에 의해 가장 잘 이해될 것이다. 그들은 땅을 파는 것이 아니라 산업쓰레기 더미와 못 쓰게 된 철재 더미가 만든 거대한 언덕에 올라가는 것을 통해 우리를 연구할 것이다. 우리가 세운 건물들의 꼭대기에 도달하려고 노력하면서 말이다. 거기서 그들은 우리가 만든 첨탑들과 이중경사 지붕들과 작은 탑들과 난간들과 종탑들과 물탱크들과 화분들과 비둘기의 거처들과 굴뚝들을 사랑이 어린 손길로 깎아낼 것이다.

나는 브로드웨이에서 남쪽으로 돌았다.

우리가 쌓은 벽돌을 벗겨내면서 그들은 20세기 예술과 문화의 외피를 십년 단위로 확인할 것이다. 각각의 층은 지하층에 있는 폐기물들──산산조각이 난 은행 귀중품 보관실들, 현금계산기들, 금고들, 자물쇠들, 전류가 통하는 경보 씨스템들, 그리고 장갑차들──과 비교하기에 충분히 단순한 것이다. 땅속에 있는 그들의 대학에서 그 반고고학자들은 우리가 쇠퇴한 이유들을 정리해낼 것이다. 두드러진 이유로는 우리가 자신의 아름다움을 먹이를 찾는 사나운 새들의 눈에 잘 띄도록 공중에 보관했다는 사실, 그리고 우리의 눈높이에 장비와 기계와 고문기구들보다 더 교육적인 것들을 갖다놓지 않았다는 사실을 들 것이다.

헤인스는 시내 구간열차의 마지막 칸에 앉아 있었다. 꾸러미는 그의 발 사이에 놓인 항공사 가방 밖으로 삐죽 튀어나와 있었다. 나는 그의 곁에 가 앉았다. 그의 손이 내 손목을 살짝 쳤다. 소음이 끔찍했다. 굽이치며 강 하류를 향해 달려가는 일련의 외침소리 같았다. 대화를 할 때 나는 머리를 기울여 그의 귀에 바짝 대고 얘기를 해야 했다. 그 칸에는 다른 승객이 네명에서 다섯명쯤 있었다. 헤인스는 지치고 아파 보였다. 내가 그레이트존스 거리에 처음 와서 면도하다 베었을 때의 거울 속 나의 모습을 복제해놓은 듯이 보였다.

"원하는 게 뭐니?" 내가 물었다.

"당신이 뉴욕의 별 볼 일 없는 동네에 있는 낡은 빌딩에 살고 있다는 소문이 있어요. 정말로 그게 지금 당장 당신에 대한 가장 강력한 소문이에요. 최근에 저는 어떤 소문이 요새 것이고 엄선된 것인지 알 수 있을 정도로 많은 곳을 떠돌아다녔어요. 너무도 많은 시간대를 통과해서 아예 몸이 없어질 지경이에요."

"어떤 곳들인데?"

"문자 그대로? 아니면 비유적으로?" 그가 말했다. "문자 그

대로 말하자면 대략 열세 나라의 열다섯 도시예요. 한번은 거래가 확실히 성사될 것처럼 보였어요. 하지만 나중에 밝혀졌을 땐 아니었어요. 그들은 윤리문제라고 하더군요. 시간대가 저를 거의 망가뜨렸어요. 전 여행자수표에 제 이름조차 쓸 수 없었어요. 단순한 계산도 못했고요. 제가 한 여행을 문자 그대로 말하는 거예요. 비유적으로 말하자면 전 티베트의 라마교 사원에 살면서 죽음의 가장 높은 경지가 보여주는 신비로 인도되었지요. 제 휴가 전체는 그것에 관한 것이었어요. 삶속의 죽음, 일련의 외양 꾸미기. 전 수동적인 생각의 흐름을 따라 움직였어요. 아무도 저를 이용하려고 하지 않았어요. 저는 이용당할 준비가 되어 있는데 말이죠. 신문에 광고하는 것 빼고 온갖 수단을 다 써봤어요. 모든 게 잘못되었어요. 저는 엘리베이터를 타고 한 층에서 다른 층으로 왔다 갔다 할 운명인 거예요. 그 이상의 일을 하기 위해선 당신 같은 반신(半神) 기질이 필요해요. 전 사무실 사이를 오가는 메모를 계단에서 웅크리고 읽을 팔자인 거죠. 육체가 없는 존재가 되는 건 엄청나게 큰 유혹이에요. 그게 제 눈에 보이긴 하지만 두려워요. 마약중독자의 죽음 같은 거예요. 마약중독자의 죽음은 아름다워요. 아무런 노력도 필요하지 않으니까요."

헤인스는 몇 정류장마다 열차를 갈아타야 한다고 고집했다. 우리는 그런 방식으로 오후를 보냈다. 플랫폼에 서서 상대방의 머리에다 고함을 지르고 삭막한 터널 통로를 서둘러 지나가며 열차에서 열차로 이동할 때마다 내려가는 층수를 바꾸면서 말이다. 다시 열차의 마지막 칸에 타고 있을 때 우리는 레드후크*의 어중이떠중이의 발아래 어딘가에서 사내아이 하나와 계집아이 둘이 잠자고 있는 부랑자의 신발을 훔치는 것을 보았다. 그 남자는 몸을 조금 움직이다가 이내 더욱 웅크리며 흔들리는 의자 속으로 깊이 파고들었다. 그 세아이는 열차칸 사이의 문을 열더니 열차의 중앙을 향해 나아갔다.

"신발의 존엄을 이해하기에는 너무 어려요." 헤인스가 말했다.

"왜 나를 불렀어?"

"전 계속 움직이고 있어요. 돌아온 뒤로 한번도 멈춘 적이 없어요. 그 사람들은 제가 한 일을 마음에 들어하지 않아요. 당신이 중재해주셔야 해요, 버키. 그동안 지체한 것에 대한 깊은 사죄와 함께 해피밸리에 물건을 되돌려주려고요. 제 휴가가 내일 아침이면 끝나거든요. 저는 사무실로 돌아가야 해요. 그러나 저는 그런 뻔한 장소에 나타날 순 없어요. 보핵이 그리로 가는 길에 비누칠을 해놓았을 게 분명하니까요. 그러면 어떻게 해야 하나요? 저는 제 아파트로 돌아갈 수도 없고, 계속 지하철만 타고 다닐 수도 없어요. 비행기를 타고 날아갈 수도 없고요. 당신이 중재해주셔야 해요."

"안 좋아." 내가 말했다.

---

* 뉴욕 브루클린에 있는 지명.

"그 사람들한테 당신이 제품을 가지고 있다고, 달라고 하면 그냥 주겠다고, 아무런 해도 입지 않았으니 헤인스에게 조금 동정을 베풀어달라고, 친구들, 그애가 정신이 좀 나가서 중개상이 되려고 했었네라고, 그렇게 말해주셔야 해요. 은을 치명적으로 좋아하다가 그렇게 된 거라고. 하지만 아무런 해도 입지 않았잖아, 친구들? 그렇게요."

"넌 나를 필요로 하지 않아. 네가 직접 그렇게 말하렴. 그냥 돌려주며 미안하다고 말해. 난 그 꾸러미에 대해 아주 염증이나. 더이상 보고 싶지 않아."

"제 휴가가 내일이면 끝난다고요." 그가 말했다.

우리는 열차를 한번 더 갈아탔다. 찢어진 옷을 입고 수술용 마스크를 쓴 여자가 술에 취해 기둥에 기대서 있었다. 검은 옷을 입은 한 다스의 어린 학생들이 올라탔다. 열차의 악마 같은 좌우 움직임에 따라 그들의 몸이 마구 흔들렸다. 그들은 랍비처럼 고요한 태도를 보였고 머리는 엄숙하게 소용돌이쳤으며 귀는 사막의 과일 같았다. 어떤 남자가 흉터가 있는 목에서 전투의 함성을 뽑아냈다. 지하철에 탄 사람들이 좌우로 흔들리는 열차칸을 지나갔다. 통로 맞은편에 열다섯개에서 스무개쯤 되는 쇼핑백을 한가득 들고 서 있던 한 여자가 앞으로 몸을 내밀더니 우리에게 말을 걸었다.

"지상에서 휴가를 보내는 젊은 공군은 도대체 모두 어디로 간 거죠? 그 사람들이 더이상 보이지 않아요. 그 사람들한테 무슨 일이 일어난 걸까요? 뭔가 수상한 일이 있는 게 틀림

없어요. 사람들은 뼛속에서부터 그걸 알지만 소리내 말하지 않아요. 사람들이 모두 사라지고 있어요. 조금씩 조금씩 모두 사라지고 있어요. 우리는 그걸 뼛속에서부터 알아요."

우리는 열차에서 내려 추운 일련의 통로를 지나갔다. 헤인스는 항공사 가방을 가슴께에 껴안고 운반했다. 이상한 바람이 터널 통로에 머물렀다. 돌벽은 냉장 효과가 있는 듯했다. 나는 코트 안에서 몸을 더욱 웅크렸다. 열차 소음이 우리 머리 위 텅 빈 벽 너머에서 울렸다. 자그마한 남자가 단일석 모양의 뚜껑이 달린 쓰레기통 앞에 자리를 잡고 단정히 서 있었다. 신문지 뭉치가 가지런히 놓여 있는 팔은 그 위로 더 많은 신문지 뭉치가 쌓이기를 기다리고 있었다. 나는 모퉁이를 돌아 계단을 향해 걸어갔다.

"당신이 그 사람들한테 말해줘야 해요, 버키. 농담처럼 그 사람들한테 제가 얼마나 교활한 녀석인지 말해주세요. 일단 그 사람들이 균형을 잃으면 연예인 특유의 동정심을 가지고 들어가요."

"소용없어."

"신발의 위엄." 헤인스가 말했다. "견고한 밤나무 받침대를 가진 레코드 체인저의 위엄, 룸 이퀄라이저의 위엄, 주문 디자인한 스피커 컴포넌트 그룹의 위엄."

나는 그를 지하철에 내버려둔 채 나왔다. 해가 지려면 아직 한시간가량 남았고, 거리는 지하만큼 그렇게 춥지는 않았다. 한 여자와 두 남자가 나를 유심히 바라보았다. 내가 그들을 지나치자 거의 보이지 않을 듯한 몸짓을 서로에게 보냈다. 나는 그레이트존스 거리의 건물 건너편에 서서 내가 그때까지 그 지역의 시각적 관습에 따라 그 건물을 싸구려 공동주택들로 이뤄진 아랫부분과 주철로 만든 거인 같은 중간과 윗부분으로 나누어 바라보았고 한번도 그것을 하나의 단위로 생각해본 적이 없다는 사실을 깨달았다. 그 건물에서 볼거리는 없었다. 기울어진 채광창도 날씬한 첨탑도 없었고, 있는 것이라곤 창문 너머 페니그의 구부린 등뿐이었다. 위쪽을 파헤치는 사람에겐 그 정도면 충분히 아름답다고 할 수 있겠다. 자신의 원고와 함께 묻힌 시인의 고상한 뼈다귀.

헤인스 다음엔 사건이 원초적 속도로 움직였다. 내가 나 자신의 몸을 온천지역으로 다시 되돌려놓아야만 하는 시기가 가까워졌다. 그래서 나는 일종의 훈련과정으로 밤에 불시에 밖으로 나갔다. 그건 순회여행이었는데, 매번 반경을 조금씩 넓혀나갔다. 원초적 속도, 온천지역, 매번 이어지는 시간. 헤인스를 만난 이후 최초의 사건은 캘리포니아에서 온 전화였다. 도지. 나는 휴스턴에서 공연장을 떠난 후 한번도 그와 대화를 나눈 적이 없었다. 목소리의 주인공을 알아내는 데 몇초가 걸렸다. 도지는 내가 리더로 있던 마지막 두 그룹의 베이스기타 연주자였다. 항상 위세척을 당하는 사람만큼이나 불편한 상태로 있었지만, 사지가 유연한 젊은 친구여서 우리는 호흡이 기막히게 잘 맞았었다.

"어재리언이 목에 칼을 맞았어. 와츠의 공터에 놓여 있던 망가진 텔레비전 수상기 뒤에서 발견됐어."

"이상하네." 내가 말했다.

"그건 정말 커다란 마그나복스 텔레비전 콘솔박스였어. 뒤에 처박혀 있었어. 발견했을 땐 죽은 지 대략 열시간 정도 지난 뒤라고 하더군. 우리 엄마가 그 친구와 연락을 하려고 하루 종일 애를 썼었어."

"이상하네, 정말 이상해."

"우리 엄마는 심령술사야. 네가 그 사실을 알고 있는지 난 몰라, 버키. 엄마는 그 일을 진짜로 잘하게 되었어. 하지만 엄마는 어재리언이 너무 멀리 떨어져 있을지도 모른다고 생각했어. 목소리가 잡히지 않는다고 그러더라고. 진동은 있는데, 그가 너무 멀리 있어서 대화가 안된다고."

"괴상하네." 내가 말했다. "아, 정말 괴상해."

22

자정이 다 되어갈 때 메니피가 빗속을 뚫고 와서 나를 페퍼 박사와 만날 장소로 데리고 갔다. 그는 커다란 검정색 우산으로 나를 가려주었다. 호텔 문지기들이 사용하는 그런 우산, 보통 크기의 거의 두배 정도 되는 우산이었다. 우리는 극단적으로 돌아서 갔다. 빙 돌아서 제자리에 오기도 했고 우회해서 가기도 했으며 갔던 길을 되돌아오기도 했다. 화물 승강장 아래서 한 사내가 나타나 괴상하게 울부짖는 소리를 내면서 우리를 향해 다가왔다. 머리는 꾸바의 프로 권투선수처럼 고르지 못한 젖은 머리카락을 뒤로 납작하니 똑바로 넘긴 모습이었다. 그가 메니피에게 덤벼들었다. 메니피는 우산을 내던지고 거리의 중앙으로 재빨리 뒷걸음질 쳤다. 그는 거기서 극도의 공포에 사로잡혀 반복해서 껑충껑충 뛰었고, 그 바람에 입고 있던 어깨망또에 몸이 덮였다.

"뉴욕!" 그가 그 남자에게 외쳤다. "뉴욕! 뉴욕! 뉴욕!"

덤벼드는 동안 멈춰섰던 남자는 가던 길을 계속해서 갔다. 나는 우산을 주워들고 메니피를 진정시키려고 애썼다. 우리는 모퉁이를 돌았고, 다시 뒤로 돌아 북쪽 라파예트 거리로 걸어갔다. 쥐새끼 한마리 보이지 않았고 비가 억수로 퍼부었다. 차가 지나가자 메니피가 우산을 바짝 내려 우산살이 머리를 긁을 지경이었다. 물이 하수구에서 넘치기 시작했고, 우리는 길 하나를 건널 때마다 길모퉁이에서 만들어지고 있는 웅덩이를 돌아가야 했다.

"어재리언이 살해되었어."

"끔찍한 일이군." 그가 말했다.

애스터플레이스에서 그는 어두운 구석에 주차되어 있는 시내버스를 가리켰다. 그곳은 버스가 출발하기도 하고 기사들이 휴식을 취하기도 하는 종점이었다. 앞문이 열려 있었다. 나는 보도에 메니피를 놔두고 버스에 올라탔다. 페퍼 박사가 버스 뒤의 긴 좌석에 앉아 있었다. 나는 그리로 가서 그와 자리를 같이했다. 이번에 그는 모자를 쓰지 않았고 벨트가 있는 트렌치코트를 입고 있었다. 코트에는 단추와 지퍼와 주머니 덮개와 견장과 적어도 네개의 주머니가 있었다. 버스 안이 어두웠지만 그가 점점이 장식구멍을 낸 구두를 신고 있다는 것을 알 수 있었다.

"운전사는 이기스에서 커피를 마시고 있네. 좋은 사람이지. 내 친구야. 나에겐 낮은 곳에 사는 친구들이 있네. 그런 사람들과 잘 사귀는 편이지. 낮은 곳에 사는 친구들이 있으면 크게 도움이 돼. 길게 보면 보통의 제작자와 교란자보다 그런 사람들이 나를 위해 더 많은 일을 해주거든."

"어재리언이 살해되었어요." 내가 말했다.

"좋은 아이였는데." 페퍼가 말했다. "내가 직접 만난 적은 없네. 하지만 사람들의 평이 좋더군. 좋은 아이라고. 그놈들이 그애 목에 끔찍한 짓을 했다고 들었네."

"맞아요, 그놈들이 그랬어요. 지난번에 내가 만났을 때 그는 호위구축함과 함께 있었어요. 한 스물다섯쯤 되어 보이는 흑인 여자였지요. 헤비급 세계챔피언처럼 입고 있었어요. 에피퍼니 파월, 그녀는 173쎈티에 말이 없었고 무슨 특징이나 흉터 같은 것도 없었어요."

"그 여자는 경찰 끄나풀이야. 그 여자의 이름은 페리 아니면 스페리 아니면 뭐 그 비슷한 이름이야. 캘리포니아 주 어쩌고, 마약단속반 저쩌고."

"저로서는 이게 끝이에요. 신경 쓸 다른 일들이 있거든요. 뭣 때문에 저를 보자고 한 건가요?"

"헤인스." 그가 말했다. "누구보다 그리고 무엇보다 헤인스 때문이지. 그애가 자네한테 연락하려고 하지 않았나? 그애가 제품을 내놓으려고 하지 않았나? 이런 질문들에 대한 대답이 필요하네, 벅."

"헤인스는 지하철을 타고 다녀요. 만일 제품을 원하시면 직접 가서 찾으세요."

"자네 목소리엔 짜증이 담겨 있군." 페퍼가 말했다. "그동안 노정된 모든 아마추어리즘에 짜증을 낼 권리가 있는 사람을 꼽으라면 그건 자네와 나겠지. 이 모든 일이 마음에 사무치기 시작했네. 너무나 많은 허튼 짓들이 저질러지고 있다네. 나는 상당히 여러해 동안 높은 수준의 직업정신을 유지해왔는데, 이런 부정행위들이 내 평정상태에 영향을 미치고 있네. 나는 그 망할 놈의 일 전체에 대한 높은 표준을 확립한 사람이네. 브라운즈빌* 마약전쟁에 대해 얘기해줄 수 있지. 데이브 그레이디와 그의 소형버스, 코카인 수녀."

"지금 말고 다음에 해주세요." 내가 말했다.

"자네의 어조가 무엇을 뜻하는지 알겠네. 왜 자네를 여기로 불렀는지 얘기해주겠네, 벅. 헤인스의 위치를 확인하기 위해서야. 자, 우린 이 건을 마무리지어야 해. 그 개새끼들이 거칠게 날뛰고 있어. 보핵은 점점 신랄해지고, 어재리언의 검은 군단은 행동을 취할 태세를 갖추고 있어. 마약단속반은 사방팔방에 있네. 대략 앞으로 며칠간이 결정적일 걸세. 만일 마흔여덟시간 안에 헤인스하고 연결이 안되면 난 다 때려치울 작정이네. 마지못한 선택이지만 나 자신의 안전을 위해 그렇게 할 수밖에 없네. 아마추어들이 너무 많아. 어재리언 그 착한 애한테 무슨 일이 일어났는지 보게나. 집도 없는 아이, 폭풍우 속에서 외롭게 서 있는 고아 헤인스 그애에게 무슨 일이 일어날지 생각해보게나. 그 아이를 기다리고 있는 것은 분명히 가망이 없는 미래야. 그게 내가 제품을 해방해야 하는

---

* 미국 텍사스 주의 최남단 도시로 멕시코와 접한 국경지대에 있으며 마약 거래가 만연한 곳으로 유명하다.

이유라네. 그걸 가지고 사라지는 것 말일세. 해피밸리는 자기들끼리 알아서 하라고 그러고. 벽, 자네와 나는 서로 신뢰하는 위치에 있는 유일한 당사자야. 이윽고 난 자네가 헤인스와 접촉한 적이 있음을 알게 됐네. 자넨 그냥 그가 있는 방향을 내게 가리켜주기만 하면 돼. 절대 후회하지 않을 걸세. 꿈의 제품이 초짜들의 손에 떨어지는 꼴을 보는 것은 참으로 안타까운 일이지. 일생에 한번 만날까 말까 한 제품이야. 그렇게 해주게, 벽. 헤인스가 있는 쪽을 내게 가리켜줘."

"그는 지하철 안에 있어요. 그게 내가 아는 전부예요. 그는 제품을 가지고 있어요. 난 그걸 그 친구 손에서 빼앗는 데 흥미가 없어요. 나한텐 다른 일들이 있으니까요. 그냥 가지고 있으라고 했어요."

"자네 정말 놀랍네, 벽. 자네가 지금 대화하고 있는 상대는 세상물정에 밝은 신사라네. 뒷방의 나이 든 정치꾼이고. 지금 자네가 나한테 뭐라고 했는지 아나? 지금 그러니까 제품을 품에 넣을 수 있었는데 움켜잡지 않았다는 거 아닌가. 그 이야기엔 신빙성이 전혀 없네. 난 우리가 파트너라고 생각했고, 상호 신뢰의 분위기 속에서 함께 일할 수 있는 사이라고 생각했어. 아마 내가 판단력을 잃은 모양이야. 온통 흐물흐물해지고 있어. 생각하니 슬프군, 벽. 개새끼들은 거칠어지고 있고, 미국 정부는 내 빨래 냄새를 맡고 있다네. 난 딱한 이 모든 못난이들 사이에서 그래도 내 편을 한명 가지고 있다고 생각했네. 터무니없군. 깊이 실망했어. 헤인스와 대면했고,

제품이 바로 손 닿는 곳에 있었어. 그랬다고 가정해야겠지. 자네 기억을 최대한 살린다면 손이 닿을 만한 거리에 있었다고 하는 게 정확하겠지?"

"우린 지하철 좌석에 나란히 앉아 있었어요. 몇몇 터널 통로를 통과할 때도 함께 있었고요. 우린 소맷자락이 닿은 적도 있었어요."

"그런데 제품을 내놓으라고 안했단 말인가? 나더러 그 말을 믿으라고? 자네가 제품을 가지고 있지 않다는 말을 믿으란 소린가? 가지고 있지 않더라도 마음만 먹으면 그것에 접근할 수 있단 말인가? 자네와 헤인스가 거래를 하지 않았다는 말을 내가 믿어야 한다는 건가? 내가 그 모든 걸 믿어야 하나? 꿀꿀. 그게 다예요, 여러분."

"미안해요."

"자, 지금." 그가 말했다. "자네는 나한테 다른 선택의 여지를 전혀 남겨주지 않았네, 친구. 나는 어쩔 수 없이 자네에게 압력을 가할 수밖에 없고 자네는 그걸 감당해야 하네. 선택의 문제나 내 성향의 문제가 아니라 균형과 우위의 문제야. 상황이 나한테 불리하게 돌아가고 있어. 오래된 유대는 불운에 빠지게 되었어. 내겐 고약한 마지막 카드밖에 남아 있지 않네. 내 정보원에 따르면 자넨 다시 순회공연을 할 거라더군. 두시간 만에 입수한 정보일세. 그러니 다음의 내 제안을 듣고 집에 가서 잘 생각해보게. 간단한 걸세, 벅. 자네가 제품을 나한테 건네주든가 내가 자네의 안식 기간을 연장할 준비를 하든

가. 내 말은 자네가 떠날 수 없을 거라는 걸세. 그 방은 자네의 과거, 현재, 미래가 될 걸세. 사방의 벽과 좌식 변기. 내가 그 일을 할 수 있다는 사실을 의심하지 말게. 쉽지 않을 거라는 사실은 인정해. 그런 공작을 하는 건 아마 아주 위험한 일일 거야. 멍멍 멍멍. 난 와일드 터키 버번을 내가 마시는 물에 좀 넣어야 할 거야. 오, 나는 침으로 구두의 광을 내고서 마녀의 젖꼭지처럼 차가워진 채 모서리 위에 똑바로 있어야 해. 자네가 결정하게. 마흔여덟시간, 누가 봐도 그 정도면 시간을 넉넉히 주는 걸세. 그 직후에 연락을 하겠네. 우리 두사람의 영혼을 위해 제품을 내게 가져다주게, 벅. 난 그걸 입수해야 돼네, 젊은 친구. 그건 전설을 만드는 일이니까.”

나를 잘 호위해서 그레이트존스 거리로 데려다주는 일은 메니피의 몫이었다. 비는 그쳤지만 그는 계속해서 우산을 머리 위로 바짝 내려서 쓰고 있었다. 차가 지나갈 때마다 우산으로 내 얼굴을 가렸다. 이번에는 경로가 약간 덜 우회적이었다. 동쪽으로 좀 가는 척하다가 슬쩍 북쪽을 탐색했고, 그런 다음 대형창고들을 지나 라파예트 거리로 곧장 내려갔다. 에어로졸 깡통을 든 두 여자가 버려진 가구 더미 속으로 모기약을 뿌리고 있었다. 다 뿌린 다음 낡은 소파의 뼈대를 질질 끌어서 꺼냈다.

“박사는 점점이 장식구멍을 낸 구두를 신고 있더군요.”

“나도 알고 있어요.” 메니피가 말했다. “난 바깥으로 나오시라고 설득했죠. 비도 오고 그랬지만 그분은 장식구멍이 있는 구두를 신어야 할 경우라고 생각하셨나봐요. 이십년 동안 신어온 구두라고 하시더군요. 정말 비상한 분이에요. 그분은 의복의 장인, 발성 역학의 장인, 잡다한 지식의 장인이시죠. 스타일도 있고, 교활한 꾀도 있으시죠. 인간 생각의 단위인 나 자신의 발전이란 관점에서 생각해볼 때 그분이 계셔서 정말 다행이라는 게 내가 할 수 있는 말의 전부예요. 나는 싼타바바라 캘리포니아 대학의 전체 교육기구에 의해 체계적으로 비인간화되던 중이었죠. 날이면 날마다 부모님이 편지와 전화와 전보로 싼타크루스 캘리포니아 대학으로 전학 가라고 나에게 권하셨죠. 그들 자신의 이기적인 욕심을 채우기 위해서, 아마 거의 근친상간적인 동기에서 그걸 원하셨을 거예요. 그래서 난 페퍼 박사의 도제가 된 거죠. 그후로 난 접근수단이 있는 포괄적 봉사의 그릇으로 나 자신을 바라보는 일에 믿을 수 없을 만큼 큰 발전을 이뤘어요. 그래서 우린 안 가본 데 없이 여기저기 다녔어요. 그러자 부모님은 내가 어디 있느냐고 물어보셨어요. 그럼 나는 학교에 다니고 있다고, 매사추세츠 주 피츠필드에 있는 캘리포니아 대학에 다니고 있다고 그래요."

메니피는 그 커다란 우산을 접고 나와 함께 층계를 걸어 올라갔다. 그는 자신이 먼저 아파트를 점검해본 다음 내가 들어가도록 했다. 그런 다음 보석 둥지로 돌아가는 신화 속의 새처럼 떠나갔다. 아파트에는 온기라곤 없었다. 나는 목욕물을 받으면서 옷을 벗었다. 물은 거의 곧바로 차가워졌지만 나는 욕조가 찰 때까지 물을 받았다. 그리고 나를 통과한 일련의 깊은 지진을 이겨낸 몸을 머리빗으로 문지르면서 목욕을 했다. 이윽고 욕조에서 나왔을 때 몸은 방보다 더 차가워져 있었다.

23

"나에게는 종말 환상이 있어." 페니그가 말했다. "그 환상이 점점 더 자주 나를 찾아와. 아주 집요한 놈이지. 매번 찾아올 때마다 난 하나둘 세부사항을 더하곤 해. 그 환상이 싫증나지 않는다는 게 신기해. 전혀 싫증이 안 나고, 그걸 내 속에서 씻어내야 한다는 생각도 안 들어. 바로 이런 거야. 그 환상이 나한테 오는 그대로든, 아니면 내가 그걸 접하는 그대로든, 어느 경우라도 좋으니 들어보고 의견을 말해줘. 종말 환상. 난 이 건물에 홀로 살고 있어. 밖에서는 개 같은 놈들이 끊임없는 배회를 삶의 스타일로 추구하고 있어. 텅 빈 거리를 배회하며 아무 건물이나 골라 그냥 주먹질, 발길질을 하면서 쳐들어가 문을 부수고 계단을 우르르 뛰어올라가서는 복도를 성큼성큼 걸어다녀. 난 여기서 홀로 살고 있어. 낮에는 글을 쓰면서 생각을 해. 작은 테이블 스토브로 토마토 수프를 끓이고, 짭짤한 쏠틴 크래커에 버터를 바르며, 맥주의 왕인 버드와이저 한잔을 따라 마시지. 이게 거의 매일 내가 먹는 기본 식사야. 기본적으로 하루 두번 타자기 앞에 앉아 글을 쓰는 동안에 먹지. 물론 주스가 넘친다는 전제하에서 말이지만. 종말 환상의 핵심은 밤에 일어난다는 것이야. 밤에 나는 나름대로 배회를 좀 해. 이 건물 안을 배회하는 거지. 내 앞뒤에는 사납게 생긴 독일산 셰퍼드가 있어. 난 펌프 연사식 산탄총을 내 배에 숨기고 다녀. 내 오른쪽 엉덩이에는 엄청나게 큰 마체테 칼이 특별히 맞춘 카트리지 벨트에 끼워져 흔들리고 있지. 나는, 즉 나와 내 개들은 밤새도록 계단을 오르락내리락해. 나는 어두운 구석을 모두 다 들여다보는데, 가장 어두운 복도의 끝 안쪽도 들여다보고 일층의 계단 아래도 살펴보지. 자네가 사는 집과 미클화이트가 사는 집은 철저하게 살펴보곤 해. 주변 건물들이 온통 침략을 당하고, 나는 그들이 이 건물에 나타나기를, 휘청거리는 걸음걸이로 성큼성큼 들어오기를 기다려. 나는 하루 종일 환상적인 종말 소설을 쓰고 밤에는 건물을 배회하지. 마침내 그들이 와. 전부 여덟 명이야. 작은 단도와 캐스터네츠처럼 생긴 작은 나무 딱딱이로 무장을 하고서 말이야. 그들은 유치하면서도 선(禪) 수행 같은 의식을 거행하며 희생자들의 귓가에 딱딱이를 쳐. 그들이 나타나도 난 전혀 무섭지 않아. 바로 오랫동안 기다린 일이거든. 정말 아무렇지도 않다는 듯이 난 계속 펌프질을 해. 산탄총은 요술 같아. 다시 장전할 필요 없이 슬로우 모션으로 으르릉거리는 소리를 내며 나와. 부우우우－우우우－우우움. 나는 개를 풀어서 그들을 덮치도록 한 다음 두 박자를 쉬었다가 그들 속으로 뛰어들어 마체테 칼을 휘두르며 베고 잘

라. 모든 것이 사전에 잘 짜인 영화의 폭력장면 같아. 피가 사랑스러워. 이 모든 일은 너무너무 천천히 진행돼. 개들은 그 개 같은 놈들의 목을 겨냥해서 뛰어오르고, 잿빛 칼날은 그들을 베고, 선홍색 피는 온갖 곳에서 사랑스럽게, 너무나 느리게, 엄마의 가슴에서 빠는 젖보다도 더 느리게 흐르지. 하지만 내게 만족감을 주는 건 피나 폭력이 아니고 이 모든 일이 너무나 종말적이라는 단순한 사실이야. 생경한 낮들과 밤들. 거리엔 아무도 없어. 건물 전체는 내가 다 차지하고 있어. 개들과 개 같은 놈들. 나는 단 한가지를 지켜. 나라나 예술을 지키는 게 아니야. 난 단지 내 사생활을 지키기 위해 여기 있는 거야. 난 이 건물의 정적을 깨뜨리는 자는 누구나 죽여. 밤새도록 지키는 것이 내 임무야. 난 개들에게 생고기를 먹이고, 죽은 자들과 부상당한 자들을 계단 아래로 끌고 간 다음 밖으로 가져가 거리에 10미터 간격으로 놓아. 그리고 거기다 휘발유를 부어. 시체에다 불을 붙이는 거지. 죽은 자들과 죽어가는 자들을 태우는 모닥불, 솔직히 아주 휘황찬란한 광경이야. 낮 동안의 토마토 수프와 소설. 밤새도록 지키는 임무. 종말 이벤트는 왜 그렇게 기분이 좋은 걸까?"

페니그는 자신의 원고가 들어 있는 커다란 트렁크 위에 앉아 있었다. 그는 운동화 뒤꿈치로 트렁크의 앞면을 알기 어려운 박자로 툭툭 차고 있었다. 방금 빤 그의 옷들은 다른 때 그가 입은 옷과 똑같은 것이었다. 아마 똑같은 물품을 네다섯벌씩 한꺼번에 사는 것 같았다. 이것은 그가 소유한 것의 전부

일 가능성도 있다. 다섯벌의 운동복 상의, 다섯벌의 치노 바지, 다섯켤레의 테니스 운동화. 페니그와 나는 분할할 수 있는 평면 아래의 기묘한 장소들에서 만났다. 이것이 사태를 단순하게 했다고 나는 생각한다. 감추기 위해 필요한 그림자를 제공하기 때문에 유사한 것들과 함께 살기란 쉬운 일이다. 상반된 것들은 그것들이 처음에 가능하게 해준 감정의 민주주의를 결국엔 잠식해들어가기 마련이다. 페니그의 옷장에는 레이스로 장식되어 있고 모자가 달려 있고 단정하게 주름이 있는 네명의 페니그가 더 있었다.

"난 포르노에 실패했어." 그가 말했다. "왜냐하면 그것은 작가인 내가 스스로가 쓴 것에 조종되도록 하기 때문이야. 이것이 포르노 마을에 사는 것의 핵심이야. 그건 사람들이 쉽게 조종되도록 해. 사람들을 사물의 수준에 놓는 거지. 그 점은 작가인 내가 아마 잠재적인 독자보다 더 잘 알고 있을 거야. 왜냐하면 난 내 안의 변화, 작동원리의 경직화, 정욕 만들기와 정욕 자각하기에 대한 아첨을 느낄 수 있기 때문이지. 위대한 음란물 작가가 되려면 반쯤은 미쳐야 해. 노골적인 음란물에 반복적으로 자신을 노출시키면서도 자기 자신의 인간적 척도를 잃지 않으려면 반쯤은 스웨덴인이 되어야 해. 모든 음란물은 우리를 파시즘에 다가가게 하지. 그것은 인간적인 요소를 축소시켜. 그리고 개미 같은 반응을 하도록 북돋아주지. 작가인 나는 혼자서 그런 것들을 겪었어. 내 어린 등장인물들이 하루 종일 서로를 채찍질하고 강간하는 동안 그들은 내 손가락 안에서 망가졌고, 나 자신은 서서히 해체되기 시작했어. 음란물의 한계와 스테레오타입이 처음부터 나와 대립적으로 작용을 한 거야. 그러면서도 그 마지막 선, 혹은 경계 너머에서 새로운 종류의 포르노 마을을 상상할 수 있었는데 그 마을에 사는 인물들은 결코 상대방을 만지지 않아. 하지만 나는 그 근처 어디에도 가지 못했어. 난 반쯤 미치지도 않았고 스웨덴인의 피가 단지 8분의 1밖에 섞여 있지 않았거든. 그러니까 명백히 그건 나와는 안 맞는 장르였어. 아무튼 그 시장은 그렇게 돈을 많이 벌 수 있는 곳은 아니었어. 소설 한권 분량에 천오백 달러야. 내가 그 사람들한테 이건 단순한 음란물이 아니고 아동 음란물이라고 했지. 그 사람들은 보지는 누구한테나 달려 있으니 다 마찬가지라는 거야. 언제나 성기가 우선이지. 범주는 혼합된 것이며, 그 범주 중 하나에서 중요한 부분을 성기가 차지한다면, 그게 내가 작업한 것의 지불비율이라고 그러더군. 들어봐, 난 그 일로부터 자유로워져 행복해. 양심에 거리끼지 않고 내 종말 환상을 즐길 수 있으니까. 내가 뭐 욕정 조달업자거나 문자 세계의 초기 전체주의자는 아니야. 내 환상은 또다른 사람들이 피 흘리는 것을 포함하긴 하지만, 이런 판타지가 내 삶의 실마리를 이루는 건 아니야. 그건 현재의 나 그리고 현재 내가 하는 일과 일치되는 것도 아니고, 그냥 많은 부분이 슬로우 모션으로 일어나는 고립된 변종일 뿐이야. 내가 만일 아동을 위한 음란물을 쓰고 있었다면, 줄거리와 실마리와 일관성에 대해 고민했을 거야. 하지만 지금은 그런 범주에서 자유롭고, 그것의 비참한 지불비율에서 자유로워. 재―정. 난 오천부가 팔린 다음부터 12.5퍼센트의 인세를 받게 돼. 재―정이 인기를 끌고 있어. 재―정 분야를 제외하면 시장이 다 사멸하고 있어. 낮시간의 연속극은 여전히 건전함을 유지하고 있지만 개인적으로 난 가능한 한 텔레비전을 피하고 있지. 텔레비전은 깊은 공간, 얇은 공기, 무산소야. 그건 있다가도 사라지고 내 말들은 걸어다니고 있는 죽은 사람의 귀를 간질이지. 나는 확실히 재정 문학에 몰두하고 있어. 재―정은 단단해. 세상에는 항상 백만장자들이 있을 것이고 또 백만장자가 되고 싶어하는 사람들이 있을 거야. 나는 이 물건을 아주 조심스럽게 산출해내고 있어. 이건 내 경력에서 분기점이 될 거야. 솔직히 봐봐, 난 무척이나 고르지 못한 작품을 이제껏 내놓았어. 난 나를 표현할 영구적인 기반이 필요해. 더이상 움직임이나 변동이 없는 기반 말이야. 긴 선이 똑바로 멀리까지 뻗어나가는 걸 볼 필요가 있어. 시장은 점점 더 느리게 돌고 빛은 흐려지고 시끄러운 소리는 모두 죽어가고 있어. 거대한 바퀴의 기세가 점점 수그러들고 있어. 그 점은 의심의 여지가 없지. 그런데 내가 철학적으로 되다니, 나 스스로 놀랄 지경이야. 만일 재정 분야의 시장이 다른 시장과 함께 죽어버린다고 해도 나는 현역 작가로서 나의 궁극적인 구원에 대한 미약한 희망을 계속 유지할 거야. 나는 텅 빈 거리를 보고 있어. 나는 죽은 시장을 보고 있어. 나는 깡패들이 배회하는 걸 보고 있어. 그리고 난 타자기 앞에 앉아 있어. 나는 늙었지만 여전히 젊은 몸을 유지하고 있어. 내 정신은 어느 때보다도 또렷해. 나는 내 능력의 전성기를 구가하고 있어. 나는 내 자료를 확실하게 장악하고 있어. 나는 종말 소설을 쓰고 있어. 그리고 나는 시장을 위해 쓰는 것도, 빨리 팔기 위해 쓰는 것도, 직업정신이나 내 이름이 활자로 박히는 것을 보기 위해 쓰는 것도 아니야. 나는 생존자들을 위해서, 자신들이 어떻게 생존했는가를 그들에게 알려주기 위해서 쓰는 거야. 말하자면 나는 후세를 위해서, 사람들로 하여금 무엇이 잘못되었는가를 이해하게 하고 우리를 너무 가혹하게 판단하는 역사적 필연에 저항하도록 하기 위해서 쓰는 거야. 난 토마토 수프와 쏠틴 크래커를 알고 있어."

조금 후에 그는 트렁크에서 일어나 커피를 탔다. 우리는 말 없이 그걸 마셨다. 페니그는 커다란 잔을 두 손으로 받쳐들었다. 그는 커피를 마시기 위해 커피잔 쪽으로 머리를 낮추었다. 그 동작은 일종의 작은 성찬례처럼 보였다. 시간은 얼추 한낮이었다. 나는 지난 한시간 동안 내 방의 전화기가 울리는 소리를 세번 들었다. 페니그가 커피를 좀더 따랐다. 그는 이번에 자신의 커피잔을 타자기가 놓인 탁자로 가져갔다. 그는 곧 자판을 치기 시작했다. 처음에는 두 손가락으로 긁적거리더니, 다음에는 엄지손가락이 타자기의 스페이스 바를 뛰어다니다가 왼손으로, 나중에는 양손으로 쳤다. 열 손가락이 자판 위에서 충돌했고 그의 머리는 검은 기계에 더 다가갔다. 두 눈은 종이 위에 잉크를 찍어대는 각각의 철제 새총이 그리는 원호를 따라가는 것처럼 보였다.

나는 아래층으로 내려가자마자 곧 잠이 들었다. 전화기가 울렸고 나는 소리를 없애려고 몸을 전화기 쪽으로 억지로 끌고 갔다. 영국 군도(群島) 어딘가에서 와트니가 건 전화였다.

"결국 집에 돌아왔니?"

"나야." 내가 말했다.

"아까 전화를 했어, 버키. 정확히 세번. 받질 않더군. 이상하다고 생각했어. 거기 없네, 그럼 어디 있지, 그렇게 생각했지. 이 빠르게 진화하고 있는 씨나리오의 중심인물이 어디로 사라진 걸까 궁금해하면서. 이상해, 그렇지? 그게 내가 한 생각이야."

"마침내 돌아왔어."

"버키, 나는 지난달 이십일 우리가 말한 것에 따라 너한테 연락하는 거야."

"무슨 말?" 내가 물었다.

"특정한 날 특정한 시간에 내가 너한테 전화하기로 우리는 합의했었어. 지난 한시간 동안 내가 한 일이 바로 그거야. 다시 말해 난 우리가 합의한 공동계획의 세부사항을 실행하고 있었던 거지. 그때 너는 제품에 대한 어떤 나침반도 갖고 있지 않다고 말했었지. 난 지금 공식적으로 너에게 묻겠어. 점성술과 신들에 따르자면, 나의 앵글로 유럽인 동업자들과 내가 진지하게 입찰하기에 상서로운 시기가 온 게 아닌가 하고 말이야."

"제품은 내 손아귀에서 완전히 빠져나갔어. 난 그걸 가지고 있지 않고 어떻게 구할 수 있는지 알지도 못해. 헤인스라는 이름의 사람이 그걸 가지고 있어. 키가 173쎈티고, 몸무게는 59킬로그램이야. 점이나 흉터 같은 건 없어."

"헤인스라는 이름을 가진 사람." 그가 말했다.

"맞아."

"젊고 호리호리하고 연약하고 따분해하는 등등."

"바로 맞혔어."

"매끄럽고 흰 피부."

"바로 맞혔어." 내가 말했다. "아주 잘 맞혔어. 맘에 들어. 오, 아주 훌륭해. 그가 매부리코를 가지고 있지 않아서 유감이야. 그랬더라면 조화가 잘 되었을 텐데. 하지만 맞아. 그게 바로 그자야. 딱 맞아."

"그가 상당히 오랫동안 그걸 소유하고 있었지, 그렇지?"

"난 며칠이었는지 몇주였는지 그런 건 기억 못해. 하지만 네가 여기 다녀가기 전부터 그가 제품을 가지고 있었다는 사실은 분명히 알고 있어."

"저런, 저런." 와트니가 말했다. "토론토에서 헤인스를 만났던 것 같아. 그가 여러날 내가 가는 곳마다 나를 미행했던 것 같아. 그 특유의 빛바랜 천사 같은 표정을 하고 나를 찾아왔지. 제품을 팔려고 말이야. 궁극적인 최고의 마약이라고 하더군. 그냥 다 팔 수도 있고, 지분을 팔 수도 있고, 유럽에서의 판매권을 팔 수도 있다고 하더군. 꽤 유연했어, 꽤. 그러니

까 내 정보는 모두 너를 지목하고 있었어, 버키. 네가 그걸 소
유한 사람이라고. 나는 캐나다를 누비고 다녔어. 여기저기서
정지작업을 하고 길을 틔우고 하면서 조금씩 일을 했지. 그러
면서 악명 높은 버키 원덜릭을 갑자기 찾아가 미치광이 같은
뉴욕 판촉을 하려고 했지. 무장을 한 내 오래된 동지한테 좀
냉정하게 입찰을 넣어야지 하면서 말이야. 이 헤인스라는 아
이는 그 특유의 필사적이고 귀엽고 빈둥거리는 걸음걸이로
나타났어. 난 좀 생각을 해봤지. 그랬어. 그러니까 내 소문의
서류철에 있는 모든 소문은 최고의 마약이 자네의 악명 높은
손아귀 안에 있다고 했어."

"헤인스가 그걸 가지고 도망갔어. 원래는 어딘가에 그걸
배달하고 가격을 협상하도록 되어 있었는데 자기가 직접 팔
려고 그걸 가지고 도망친 거야."

"주제넘은 나쁜 새끼."

"그 녀석을 쫓아버렸겠지, 짐작건대."

"전혀." 와트니가 말했다. "난 사람을 문밖으로 쫓아버리
는 일은 절대 하지 않아. 사람은 인간이니까. 그들은 무한한
능력의 소유자들이고, 영원한 영혼을 가지고 있어. 그들은 그
래. 쫓아내지 않고 난 보통의 절차를 따라서 그가 가진 물건
의 작은 견본을 분석하기 위해 배달부를 통해 그라운드 제로
지점에 보냈어. 버밍엄 중심지의 강가에 있는 어떤 비밀 실험
실로 보낸 거지. 흰색 가운을 입고 굽이 높은 구두를 신은 우
리의 최상급 젊은이들한테 말이야. 물론 난 수수께끼처럼 말

하고 있어. 난 가장 중요한 결론만 밝히고 있는 거야."

"그게 뭐였는데?"

"그러니까 봐봐. 한 자원자가 나서서 팔에 주사를 맞았어. 그러자 그는 침을 질질 흘리며 징징대는 소리만 했어. 처음엔 우리 기술자 아이들이 똑똑하게 테스트를 했지만 결과가 모호했어. 그래서 줄 밖의 한 자원자를 불러서 주사를 놓은 거야. 우리의 가장 큰 문제는 자원자들이 백주 대낮에 길가에서 줄을 선다는 거야. 과학의 대의를 위해 봉사하려는 열의로 가득 차 있었던 거지. 그러니까 봐봐. 그 마약은 좌뇌의 어느 특정 부분을 공격해. 그게 언어 반구라나봐. 단어가 보관된 곳 말이야. 그 자원자는 만성적 침흘리개로 변해버렸어. 그 보고서를 받았을 때 난 당연히 그 헤인스라는 친구에게 그 끔찍한 제품과는 전혀 관련맺고 싶지 않다고 얘기했지. 맙소사, 윤리는 존재하고 있어. 나는 기술자 아이들한테 망할 놈의 고양이를 사용했어야 했다고 말했지. 그들은 무엇보다도 고양이가 말을 할 줄 모른다는 사실을 지적했어. 그러니 고양이에게 주사를 놔봤자 별 소용이 없다는 거지. 네 아파트에 내 특유의 당당한 방식으로 들어갔을 때 모두가 탐내는 그 제품을 손아귀에 넣은 거나 다름없다는 사실을 난 몰랐어."

"풍선껌 카드를 어디에 놓고 갔는지는 아니?" 내가 물었다.

"항공사 가방, 맞지? 내 부하가 그걸 넣어둔 곳이 그 가방이지? 그걸 너한테 맡기고 갔던가? 너도 알겠지만 블레시는 정말 멍청한 놈이야. 그건 단지 우리가 하는 게임만은 아니야. 그 친구는 감시하는 걸 좋아해. 정말 그래. 이 일을 위해선 그 녀석을 전기연탄 위에 올려놓고 써레질해야 해. 그 녀석에게 죄의 삯에 대해서 가르쳐줘야겠어. 그는 리무진 운전사가 그걸 가지고 달아났다고 주장했어. 뭐 큰 손해를 본 것은 아니지만. 그래도 아주 고약한 선례가 되지.”

“만일 이런 질문을 해도 부당한 게 아니라면 말인데, 왜 풍선껌 카드를 가지고 여행을 하지?”

“비교적 나쁘지 않은 내 모습이지, 안 그래? 몇년 전에 찍은 거야. 푸른색 벨벳으로 온통 치장을 했었어. 어린 시절의 꿈을 실현한 것이지. 내 사진을 인쇄한 풍선껌 카드 말이야. 그것들은 요술카드야, 버키. 정말 입 다물어야 해. 한마디도 안한다고 약속해.”

“알았어.”

“정말 꼭 약속해야 돼. 온 마음, 온 영혼을 바쳐서 말이야. 군인의 맹세, 깨끗한 수녀의 맹세. 다시 생각해보니 그런 사람들에겐 더이상 대단한 의무감이 없겠군. 더 어두운 맹세를 해야 돼. 초라한 골방 사무실에서 하는 그런 종류의 맹세 말이야. 마약단속반, 우편물 검열관, 세무서 직원. 내게 피의 맹세를 해줘.”

“형제의 맹세.” 내가 말했다.

“난 내가 가는 곳이면 어디나 수백장의 풍선껌 카드를 가지고 다녀. 와트니 풍선껌 카드. 그건 구하기 어려운 거야. 아르헨띠나 띠에라델푸에고의 푸른 가죽신 한켤레보다 더 드문 거야. 알겠지만 난 시장을 실제로 장악했어. 실질적으로 독점을 확립한 거지. 때때로 내 가방에 있는 카드 둘이나 셋이 나머지 카드 전부와 달라. 그것들은 요술카드야. 영국 산업혁명의 직계후손이지. 난 항상 영국제를 사라고 말하지. 그 요술카드는 우리 자신의 사적인 봉인 담당자와 함께 그것들이 여러번 봉인되었다가 다시 봉인될 수 있도록 만들어진 것들이야. 이 아이템, 혹은 저 아이템의 가장 작은 쌤플을 양극 산화 처리된 미니 철제를 안에 넣을 수 있어. 차례차례 그 철제틀은 주어진 카드에 넣어져 일정한 장소로 운반되는 거야. 그런 다음 카드의 봉인을 떼고 아이템을 시험해보는 거지. 우리는 와트니 풍선껌 카드로 몰타에서 초소형 LSD 알약 쌤플을 운반했어. 그 물건들을 운반하는 일은 아주 즐거웠지. 파티에 아주 좋은 것이야. 자기 자신의 풍선껌 카드. 하늘을 가로질러 날아가는 커다란 제트여객기에 함께 탄, 아무 의심도 하지 않고 있는 다른 승객한테 그걸 흔들어 보이는 게 아주 재미있거든. A지점에서 비행기를 타서 B지점에서 내려. 그동안 내내 비유적인 풍선껌을 불면서 말이야. 블레시가 네 아파트에 놔둔 가방에는 평범한 카드만 있어. 요술과는 관계없는 것들이지. 요술은 짐가방 안에 들어 있었어. 무거운 짐가방, 진짜 물건, 짐가방. 하지만 나쁜 선례를 남기는 일이야. 그 아이를 가혹하게 혼내줘야 해."

"난 다시 순회공연을 할 거야. 어떻게 생각해? 미친 짓일까? 그냥 그렇게 해야 될 것 같아. 시간이 되었다 싶거든. 이제 움직일 때가 된 거야."

"다시 돌아간다, 이거지? 구덩이와 똥통 속으로 다시 돌아가는 것. 온갖 우발사태에 대비하는 게 좋겠지, 우리의 버키. 위태로운 순간들을 위해 약물 과다복용을 준비해둬. 웃장 위에 올려놔. 순회공연의 오래된 골칫덩어리를 말이야. 그렇게 하는 게 좋겠어, 오래된 친구. 서서히 무너지는 건 안 좋아. 이미지에 나쁘지. 너는 한꺼번에 돌아다닐 필요가 있어. 과잉, 그게 네 이름 아래 있는 숫자야. 난 너의 천재적인 과잉을 따라갈 수 없었어. 난 너무 인위적이었지. 전부 꾸며내고선 털어내야 했어. 그게 내 치명적인 결함이었어. 나는 진실되고 정직한 과잉을 체현하는 데 실패했어. 나는 그냥 네 신발에 붙은 껌딱지에 불과했어. 그러니 자신의 이미지를 고수해, 이 친구 버키. 아주 조심스럽게 약물 과다복용을 준비해서 너를 불꽃 속에 보내. 그걸 의도적으로 해야 돼. 인간의 능력으로 할 수 있는 만큼 철저하게 하라고. 숟가락을 핥는 것도 잊지 말고."

"난 꿈이 되고 싶어." 내가 말했다. "난 내 육체에 싫증이 나. 꿈, 그들의 꿈이 되고 싶어. 난 그들을 곧장 통과해서 흐르고 싶어."

"먼저 죽어야 해."

"내가 뭔가 잊어버린 것 같더라니."

"한꺼번에 확 죽어야 해. 중산층처럼 서서히 죽어가는 짓은 절대 하지 마. 불꽃이 되어 사라져야 해. 물론 그것은 모두 아무런 가치도 없는 제스처야. 그런 우울한 메시지를 전달하게 되어서 미안해. 하지만 사실이야. 그건 모두 가치가 없는 거야. 우리의 죽음은 우리의 힘에 걸맞은 것이어야 해. 약물 과다복용 혹은 암살은 미학적으로 아름답긴 하지만 권력의 소리에 반향을 불러일으키지 못하면 별 의미가 없어. 자동적으로 아름다운 죽음을 성취하는 힘있는 사람은 국가적 영웅이 되고 모든 교회의 성인(聖人)이 되지. 권력이 없으면 아무 소용이 없어. 버키, 너한텐 아무 권력도 없어. 네가 가진 건 권력의 환영이야. 난 그걸 직접 경험으로 배워서 알고 있어. 난 가르침 하나하나를 통해서, 도시에서 도시로 다니면서 그것을 배웠어. 어떤 것도 너의 목소리에 맞춰 정말로 움직이지 않아. 어떤 것도 흔들리거나 휘지 않지. 넌 망할 놈의 예술가야, 예술가라고. 고기 저울로 달아서 113그램밖에 나가지 않아. 넌 딱딱하지가 않고 부드러워. 넌 지하가 아니라 지상에 있어. 진정한 지하는 권력이 흐르는 곳이야. 이는 우리 시대에 가장 잘 보존되고 있는 비밀이지. 대통령과 수상들은 지하 거래를 하고 진정한 지하의 관용어로 말하는 사람들이야. 기업들, 군대, 은행, 이런 것은 지하의 네트워크야. 지하야말로 모든 일들이 일어나고 있는 장소야. 권력은 표면 아래서, 너와 내가 살고 있는 층 훨씬 아래서 흐르고 있어. 그곳은 법이 안 지켜지는 곳이야. 각성제 중독자나 헤로인 복용자들보다 아주 아래, 훨씬 아래에 있지. 넌 기업의 힘이 그러하듯 격리되어 있거나 책임을 안 져도 되는 그런 존재가 아니야. 너의 청중은 너와 관련이 있는 청중이 아니야. 그들은 무엇을 만들지도 않고 다른 사람한테 팔지도 않아. 너의 생명은 스스로 소진되고 있어. 어적어적. 삼천 마일의 잿빛 대양 너머에서도 그 소리가 들려. 어적어적, 어적어적. 난 환영에 대해서 알고 있어. 아주 잘 알고 있다고. 난 환영들 때문에 내 삶을 바꿨어. 나는 음악사업에서 내가 한 마지막 순회공연을 잘 기억하고 있어. 난 망가진 인간이었어. 환영의 희생자였지. 모든 영역에서 나보다 더 딱한 인간은 없었어. 내가 어떤 방식으로 대처하려 했는지 말해줄까? 내가 어디를 갔고 어떻게 거기에 갔을까? 그건 슬픈 얘기야. 정말 그래. 다른 사람한테 절대 한마디도 안한다고 약속해. 너의 핏속에 맹세가 흐르고 있다고 봐도 되겠니?"

"물론." 내가 말했다.

"진정한 친구처럼 약속해야 돼. 진정한 약속 말이야. 이제 말해줄까? 내가 뭘 했는지 말해줄까?"

"물론."

"난 외로운 거리를 따라 비탄의 호텔로 서서히 걸어갔어."

24

 그가 말하기도 전에 그녀의 이름이 떠올랐다. 그가 따뜻한 샴페인병을 개봉하자 우리는 우스꽝스럽게 친밀함을 과시하는 각도로 모였다. 얼마 안되는 그 방의 유일한 햇빛 속에 세 사람이 웅크렸던 것이다. 글룹키는 여기에 있는 유리잔이 별로 깨끗하지 않을 거라고 생각해 자신이 가지고 온 종이컵에다 술을 따라 돌렸다. 사발 모양의 의자에 무릎을 배꼽보다 더 높이 올리고 앉은 나는 산장 테이프의 무사함을 위해 축배를 들었다.

 "버키, 미셸 기억하지?"

 "물론이죠."

 "일년쯤 전에 자넨 우리 집에서 우리와 함께 식사를 했어. 그 직후 우리는 이사를 했고."

 "기억나요."

 "그때 우리는 양의 다리를 구웠고, 두 종류의 포도주를 마셨지. 미셸은 자기가 잘 만드는 그 굉장한 힌두 채소요리를 만들었고, 우린 「나비 부인」의 하이라이트를 들었지. 촛불을 켜놓고 포도주를 찔끔찔끔 마셨지."

"기억나요." 내가 말했다.

"그런 다음 위층 테라스에 앉아서 돈의 쓰임새에 대해 얘기했고, 그다음 탐욕에 대해서 얘기했어. 그리고 나선 돈의 남용에 대해서 얘기했고, 그다음엔 차를 마시며 그 찐득찐득한 후식인지 뭔지, 내가 지독히 싫어하는 걸 먹었어. 그러고 나서 리무진을 불러서 자넬 공항까지 데려다주게 했지. 그러니까 어쨌든 그녀가 여기에 있어. 내 젊은 아내야. 아내, 어머니, 연인, 동료, 친구이지. 자네, 미셸 기억하지?"

"물론이죠." 내가 말했다.

"그녀한테 손대면 안돼." 글롭키가 말했다.

"안 그럴 거예요."

"누가 그녀를 만지면 내가 아주 불안해져. 봐, 늙고 뚱뚱하지. 보여? 이게 어떤 결과를 가져오는지 보여? 날 우스꽝스러운 존재로 만들지만 난 그것에 대항해 싸우지도 지지도 않아. 난 계속 앞으로 나아가고 있어. 난 중년을 통과하면서 더블클러치를 밟고 있어. 자넨 그 테이프를 입수할 때의 내 모습을 봤어야 했어. 그때 난 행동 그 자체였어. 내 목소리에선 권위있는 날카로운 소리가 났지. 나는 직원들을 모두 불러모아서 계획을 세우고 지시를 내렸어. 그런 다음 내 팬앰 항공사 가방에다 그것들을 넣고 밤중에 씬시내티로 날아가서 거기서 자네한테 전화를 걸었지. 그곳은 스튜디오 겸 창고 겸 녹음실로 쓰는 장소였어. 작았지만 그만하면 충분히 쓸 수 있었어. 아주 소수의 사람들한테만 알려진 곳이었어. 그곳은 여러 해 동안 행군 악대와 고등학교 합창반의 곡만 녹음했지. 씬시내티, 초기에 서부의 여왕 도시였지. 테이프에 대한 기술적인 작업과 마지막 레코드 제작이 모두 거기서 이뤄졌어. 근거 없는 두려움이라고 해도 좋아. 하지만 난 그 물건을 어떤 다른 곳으로 가지고 가기가 두려웠어. 너무도 많은 파괴의 기회가 있으니까 말이야. 복제할 방법이 전혀 없는 물건을 싸구려 제품처럼 취급해선 안돼. 자, 산장 테이프를 위해 마시자고. 산장 테이프. 레코드가 판매대에 놓일 때까지 그것들을 안전하게 보관해주세요, 내 조상들의 하느님이시여."

"난 언제 떠나죠?"

"이제 순회공연을 위해 마시자고. 순회공연은 모레부터야 버키. 자넨 제압하러 가는 거야. 자, 쭉 들이켜, 모두들. 다 정해졌어, 모레로. 우리는 유사 이래 가장 어마어마한 레코드 판촉을 시작할 거야. 사실 오늘부터 산장 테이프에 대한 소문을 조금씩 흘리고 있어. 내일은 자네의 복귀 배경 뒤에 숨어 있는 소문들을 끌어들일 거야. 자넨 불치병을 가졌어. 일년밖에 살지 못해. 자넨 그 일년을 팬들과 함께 보내고 싶어해."

"다른 소문들도 생기게 마련일 텐데요."

"그 소문과 비교가 되겠어?"

"비교가 안될 것 같긴 하네요." 내가 말했다.

"천박한 걸로 비교가 되겠어? 상대가 되겠어? 난 다른 잠복된 소문들을 모두 활용할 거야. 그것들을 다 빨아들일 거야. 그것들은 야비함의 신성한 권리에 의해 내게 속해 있어. 난 전통의 산물이야, 버키. 난 참신한 돈, 참신한 문화, 참신한 의식이 아니야. 난 아주 분명한 전통, 야비함이라는 전통에서 떠오른 사람이야. 미셸은 그것의 모서리를 좀 부드럽게 해주지. 하지만 이 세상 어떤 것도 그걸 완전히 죽일 수는 없어. 그건 거기에 머물 수밖에 없고, 난 자랑스럽고 기뻐. 야비함의 동역학은 사람들이 연구기금을 받아서 연구해야 할 그런 주제야. 아주 환상적인 주제지. 내 일생은 야비함에 대한 연구라고 할 수 있어. 야비함은 내가 이룬 모든 성공의 기초야. 난 야비함으로 가득 찬 산업에서 자수성가한 거물이야. 나를 봐. 거물이란 말이 내 몸 전체에 쓰여 있어. 내가 어떻게 그 지점에 도달했느냐? 나를 그리로 데려다준 건 공격성이야. 엄청난 규모의 이중 거래, 거친 입, 믿을 수 없을 정도로 모욕 주기, 선의의 작은 거짓말들, 방귀와 트림, 친구를 배반하고 그걸 자랑하는 일, 이런 것들이 업계에서 지위를 갖다주는 요인들이야. 단순히 존경이나 추종자나 명성이 아니고. '지위.' 이것은 친구를 배반하는 걸로는 충분치 않아. 그것으로는 잘해봐야 존경 정도를 얻을 수 있을 뿐이지. 특별한 마무리가 필요해. 그러니까 친구를 배반한 다음 그걸 자랑하고 다녀야 해. 그게 스타의 특징이지. 그게 지위를 가져다줘. 야비함 외에 내가 어떤 것을 가지고 있는지 자네는 아는가? 나한텐 사업을 추진하는 본능이 있어. 그 결합은 무적이야."

"입고 계신 양복이 마음에 드네요." 내가 말했다.

"화학적으로 늘린 오늬무늬 양복인데 바지, 상의, 조끼가 한벌이라네. 뉴저지의 클리프턴에 있는 공장 직매점에서 샀지. 도매가격보다 20퍼센트 더 싸게 말일세."

"요란하지 않으면서 중량감이 있네요."

"영화 판권을 이십만 달러에 팔았어."

"당신 양복에 대한 판권요?"

"늦여름에 카메라 앞에 서게 될 거야."

"기분이 좋으시군요." 내가 말했다.

"다른 양복에 없는 이 양복 특유의 것이 뭔지 자네는 아는가? 말해줄까?"

"말해봐요."

"스타다운 특징." 그가 말했다. "이 양복은 스타다운 특징을 가지고 있어."

"당신은 정말 기분이 좋군요, 그렇죠? 기분이 아주 들떠 있어요. 행동이에요. 당신은 나를 당장 보내고 싶어하는군요."

"하지만 이게 내가 가장 좋아하는 양복은 아냐. 그것과는 거리가 멀지. 내가 가장 좋아하는 양복은 1954년 브롱크스의 싸이먼 애커먼에서 산 거야. 막 회전신용계정이 도입된 시절이었지. 우스운 얘기를 듣고 싶다면 내가 하나 들려주지. 그 양복이 그때 나한테 안 맞았는데, 지금은 딱 맞아. 1954년엔 나한테 안 맞았어. 자넨 지금 그걸 봐야만 해. 하지만 그들은 뭘 해야 하느냐. 자동차나 훌륭한 포도주에 생산년도를 표시하듯이 양복에도 생산년도를 표시해야 해. 내가 1954년형 싸이면 애커먼을 가지고 있다고 말할 수 있게 해야만 해. 어깨 깃도 있고, 주름도 제대로 잡혀 있지. 난 1968년형 클라인의 할인 양복도 가지고 있어. 44달러였지. 진열대에서 내려 바로 입었어. 비가 오면 자주색으로 변해. 하지만 자넨 지금 그 양복을 봐야만 해. 이 친구한테 말해줘, 미셸. 내 말 맞아, 안 맞아? 내가 과장하는 거야, 아니야? 우린 여기 있는 거야, 아니야?"

"최근에 헤인스 보셨나요?" 내가 물었다.

"헤인스는 다시 와서 일을 하고 있어. 헤인스? 돌아와서 일하고 있어. 왜 묻는 거야, 버키?"

"그냥요."

"우리는 온 힘을 다해 차트의 순위를 올려놓을 거야." 글롭키가 말했다. "우리는 손익분기점에 도달할 거야. 우린 우리의 배당금을 결정할 거야. 수익을 올리고, 그 기록을 깰 거야. 테스트 도시와 차트 도시에서 공연할 거야. 레코드 진열대를 새로 채울 거야. 원로들과 의논할 거야. 올라가고 손안에 넣을 거야. 전화를 통해서 고함을 지를 거야. 엄청나게 팔고, 그 기록을 경신할 거야. 영원한 야비함을 과시할 거야."

"모든 일은 다른 모든 일들과 동등하다는 사실을 서사시는 우리에게 가르쳐주죠." 미셸이 말했다. "우리가 공포와 욕망에서 일단 해방되면 우리의 어떤 행위도 그것에 앞선 행위나 그것을 뒤따르는 행위보다 더 중요하지 않아요. 집착하지 않는 것이 초월적인 현실로 가는 길이에요. 초월적 현실은 우리의 진정한 본성이 머무는 곳이에요. 육체는 환영이죠. 서사시는 우리에게 인간은 시간을 가로질러 절대자의 눈을 향해 뛰어갈 수는 없다고 가르쳐요. 인간은 많은 경계를 넘고 많은 단계를 거쳐야 나아갈 수 있죠. 공포와 욕망에서 자유로울 때 우리는 우리의 진정한 본성을 발견하게 돼요. 선, 선함, 신, 삼위일체의 하느님. 악은 집착에 지나지 않아요. 악은 집착이에요."

"악은 공허를 향한 운동이죠." 내가 말했다.

"같은 말이에요." 그녀가 말했다.

떠나기 전에 그녀는 내 의자로 와서 내 왼쪽 관자놀이에 입술을 갖다댔다. 그녀의 얼굴은 사랑과 고통이 즉각적으로 표면에 떠오르는 것을 허용하는 그런 얼굴이었다. 보통 그녀보다 더 나이 많은 여자들에게 해당되는 가리지 않는 얼굴, 무엇을 가리고 무엇을 노출해야 하는지를 잊은 얼굴이었다. 그 순간 그녀가 드러내 보인 것은 나를 향한 갈망이 아니라 오히려 나의 고통이라고 그녀가 여긴 것에 대한 요구였다. 그녀의 눈과 따뜻한 입술에는 짐을 지고자 하는 소망, 내가 질 수 없는 어떤 짐이라도 받아서 지고자 하는 소망이 있었다. 글룹키가 그 순간의 엄숙함에 기묘한 경의를 표하면서 문간에서 기다리고 있었다. 그는 빈 샴페인병을 겨드랑이에 끼고 있었다. 그 샴페인병은 내 재탄생의 날을 기념하는 기념물이라고 그가 말한 물건이었다.

그날 저녁 나는 창가에 앉아서 검은 장화를 신은 작은 남자들이 소방서에서 허겁지겁 나오는 모습을 상상했다. 소방서 건물에 불이 나 불꽃이 튀고 연기가 흘러나오는 가운데 조그만 남자들이 신이 나서 뛰어다니는 모습을 상상했다. 목이 짧은 장화를 신고 자그마한 빨간 헬멧을 쓴 남자들, 눈썹이 두꺼운 남자들, 손에 손을 잡고 원을 그리며 돌고 있는 작은 남자들.

25

햇빛이 환하게 비치는 가운데 한 남자가 낡은 소형 밴에서 그림을 꺼내 건너편의 고층건물 안으로 나르고 있었다. 그는 캔버스를 끝도 없이 꺼내고 또 꺼냈다. 한 열두점은 되는 것 같았다. 모두 회색 바탕에 중간에 하얀 선이 있는 것이었다. 나는 보핵 쪽으로 돌아섰다. 보핵은 방의 가운데를 차지하고서 자신의 중국식 턱수염을 향해 고개를 끄덕거리고 있었다. 발 하나를 의자 위에 올려놓고, 몸의 나머지 부분은 지지점을 향해 기울어진 모습이었다. 그는 나에 대해 만족하지 못하고 있었다. 지쳐서 부어오른 그의 신체가 그걸 보여주고 있었다. 그는 내가 이 방에 남아 있는 것을 더이상 좋아하지 않는다는 사실을 알고 있었고, 한시간이 지날 때마다 수긍하는 동작을 취하면서 그의 근위병들을 조금씩 조금씩 안쪽으로 들여보냈다. 그의 탁 트인 커다란 얼굴은 그가 느낀 실망의 빛을 방을 가로질러 보내는 듯했다. 우리가 두번째로 침묵한 지 십분이 지났다. 보핵은 손수건을 꺼내서 팽 하고 요란한 소리를 내며 코를 풀었다. 그는 계속 의자의 가장자리에 오른발을 올려놓고 팔꿈치는 오른쪽 무릎에 기댄 구부린 자세로 서 있었다. 산만한 턱수염은 손수건으로 가려져 있었다. 그는 나에 대해 전혀 만족하지 못하고 있었다. 유혹의 손짓을 보내는 첫 번째 아이의 은빛 눈의 추파를 읽으면서, 내가 합치점에 이르고 있던 우리의 운명을 배반했다는 것이었다.

"당신이 여기 제시간에 오실지 궁금했어요." 내가 말했다. "난 몇시간 후면 떠나요. 그들이 나를 위해 차를 보낼 거예요."

"내가 오는 걸 알았다면 왜 미리 떠나지 않았지? 기회가 있을 때 버키 원덜릭은 왜 빠져나가지 않은 거지?"

"어리석은 질문이네요." 내가 말했다.

"그런 것 같군. 망할, 난 가끔 멍청해. 반쯤 너는 이런 대면을 원하고 있었어. 반쯤은 나와 함께 에식스 거리로 가고 싶었고."

"누가 어재리언의 목을 땄나요? 부하들이 그렇게 했나요?"

"롱보이."

"왜요?"

"롱보이는 우리의 목따기 담당이지. 공수부대의 위생병일 때 야전에서 기관절개를 많이 해봤거든. 턱이 부서진 사람, 기도가 막힌 사람, 투하지대에서 숨이 막혀 죽은 사람. 롱보이는 그런 사람들의 기관을 즉석에서 절개해야 했지. 다 해서 아마 열명 정도의 기관을 절개했을 거야. 그래서 목에 대해 잘 알게 되었고, 그걸 잘할 수 있게 된 거야. 그래서 우리는 어재리언의 목을 따라고 롱보이를 보냈지. 어재리언이 어디 있는지 알아내는 일은 꽤나 힘들었어. 우리는 그가 제품을 찾는다는 건 알고 있었지만 그가 정확히 어디 있는지는 알 수가 없었어."

"어재리언은 그냥 거래를 하려고 했던 것뿐이에요." 내가 말했다. "제품을 한번 만져보지도 못했다고요. 개를 죽일 이유가 전혀 없었어요."

"우린 그 친구를 찾았기 때문에 죽인 거야." 보핵이 말했다. "그건 꽤 힘든 작업이었어. 그 일에 시간과 정력을 엄청나게 쏟아부었지. 그렇게 시간과 정력을 들인 다음에는 죽이지 않을 도리가 없는 거야. 우리가 그를 죽이지 않으면 시간과 정력이 전적으로 낭비되는 거잖아. 우린 그가 캘리포니아의 LA에, 아마도 와츠 지역에 있으리라는 걸 알아냈어. 그리고 마침내 거리 이름과 집의 번지수를 알아냈지. 그때 롱보이를 보낸 거야. 그는 우리의 목따기 전문이니까."

"페퍼 박사가 당신에게 내가 떠난다고 말했지요. 맞나요?"

"맞아. 페퍼가 얘기해줬어. 페퍼는 렉스, 브랜디, 킹, 브루노, 그리고 다른 이들과의 만남을 내가 주선해주기를 원했어. 그는 해피밸리가 너의 은퇴에 관심이 있다는 걸 알고, 그 개새끼들을 이용해 너를 이 방에 영원히 머물게 하려고 했어. 그는 그 개새끼들한테 가까이 가는 것이 무서워 죽을 지경이었지만 네가 제품에 접근하려는 자신의 기회를 박탈했다고 생각해 복수를 하고 싶어했지. 솔직히 말해서 난 깜짝 놀랐어. 페퍼가 그렇게 앙심을 품은 사람인 줄 몰랐거든. 그는 어느날 아침에 일어나서 자신한테 독니가 두개 있다는 사실을 발견한, 앙심을 품은 아이 같았어. 문제는 누가 첫번째로 물리느냐였지. 하지만 내가 보기에 그는 알고 있었어. 그 개새끼들 근처에 가게 되면 아주 큰 골칫거리를 떠안을 수밖에 없다는 사실을 말이야. 공포와 전율. 페퍼가 그 미치광이들과 함께 있는 걸 바라보는 일은 그럭저럭 재미있을 수도 있겠지만, 내가 결국 그에게 말해줬지. 그럴 필요 없다고. 우린 그 개새끼들이 필요하지 않다고. 왜 그랬는지 알고 싶지 않아? 너는 무표정한 얼굴로 그냥 거기 서 있군. 버키, 너는 이런 일에 흥미를 느끼지 않나? 별 관심이 없는 건가?"

"깊은 관심이 있어요."

"그 개새끼들은 독립적인 집단이 아니야. 내가 그들을 조종하지. 내가 그들을 앞뒤로 관리하고 있어. 그들은 독자적인 분파가 아니야. 그들은 우리의 목적을 위해서 우리가 이용하고 있는 미치광이 주변그룹일 뿐이야. 그들은 완전한 부속집단이지. 해피밸리 농장공동체는 오직 하나밖에 없어. 그 개새끼들은 미치광이 주변그룹일 뿐이야. 우리는 공포와 혼란을 조성해야 할 때 그들을 이용하지. 사람들은 해피밸리가 약하고 산만하다고 생각하지만 실은 그 정반대야. 꽤 솜씨가 좋아, 그렇게 생각하지 않나? 그냥 의견충돌이 있는 것처럼 소문을 낸 것, 어떻게 생각해? 괜찮지, 그렇지? 공포를 심어주고 혼란을 야기하는 것, 어떻게 생각해?"

"생각하려면 시간이 좀 필요하겠군요."

"내가 그들에게 이름을 지어줬지." 그가 말했다. "브루노, 렉스, 코키 등등. 어때? 괜찮은 솜씨 아냐? 유머감각, 넌 그게 필요해."

"몸무게가 얼마나 나가세요?"

"110킬로그램이야. 너무 무거운가? 난 원래 체구가 큰 편이야. 체구가 크면 몸무게도 상당히 나갈 수밖에 없지. 내 얼굴은 둥근 형이지만 내 몸의 나머지 부분은 아주 단단하게 뭉쳐져 있어."

"부모님들도 체구가 큰 편이셨나요?" 내가 물었다.

"두분 다 보통 체구셨어. 다만 이 세상에 태어나서 우리 어머니 엄지손가락만큼 큰 엄지손가락은 아직 못 봤어."

"형제나 누이가 있나요?"

"외동이야."

"옷은 어디서 사나요?"

"오처드 거리."

"집세는 현금으로 내나요, 아니면 수표나 우편환으로 내나요?"

"현재 넉달 치가 밀려 있어."

"나를 어떻게 할 작정인가요?"

"날씨도 좋은데." 그가 말했다. "옥상으로 올라가자고."

우리는 다양한 재료로 만들어진 다양한 모양의 굴뚝들 사이를 어슬렁거리며 걸었다. 어떤 건 벽돌로 만든 굴뚝인데 거의 무너져가고 있었고, 어떤 건 검은색 페인트를 칠한 두꺼운 철제품이었고, 어떤 건 알루미늄으로 만든 땅콩 호루라기 모양이었다. 타르는 단단했다. 앞쪽에 있는 뒤틀린 건물옥상 밖으로 탑들이 북쪽과 남쪽으로 삐죽삐죽 솟아 있었다. 보핵은 해가 비록 그의 등 뒤에 있었지만 눈을 감고 얼굴을 위로 향한 채 선반에 기대어 휴식을 취했다. 그날은 하늘이 아주 새파란 날이었다. 하늘을 배경으로 서 있는 모든 키 큰 건물들이 은빛 방울을 뚝뚝 떨어뜨릴 듯한 그런 날 말이다. 보핵은 그때 팔짱을 끼고서 나를 바라보고 있었다. 그는 구깃구깃하고 올록볼록한 천으로 된 옷을 입고 있어서 몸 전체가 아래위로 파동치는 듯 보였다. 자동차 부품처럼 생긴 단조로운 표정의 분수 같았다.

"너는 모로코의 탕혜르나 아이티의 뽀르또프랭스나 뉴질랜드의 오클랜드 같은 도시에서 자살을 해야 해. 아마도 어느 정도 신비롭거나 멀리 떨어진 곳이야말로 너 같은 사람이 자살하기에 가장 좋은 장소일 거야. 그러면 소식이 좀 늦어지고, 혼동스러워지고, 모순으로 가득 차게 되지. 그런 식으로 자살을 하면 항상 의심이나 의심의 그림자가 생기게 마련이야. 어쩌면 다른 사람일지도 모르는 거지. 어쩌면 지역 경찰이 비슷하게 생긴 사람을 잘못 안 것일지도 모르는 거지. 완벽한 자살은 어떤 차원에서는 사람들이 자네가 죽었다는 걸 알면서도 더 깊은 차원에서는 그걸 받아들이기를 거부하는 그런 종류의 자살이야. 그건 마지막 내적 추락인 거야, 버키. 그건 네가 우리에게 빚지고 있는 거야. 정말 그래. 우리는 우리의 삶 전부를 너의 예를 따라서 만들었어. 그런데 무슨 일이 일어나고 있는 거야? 너는 그냥 그만둬버렸어. 그렇게 간단하게 말이야. 전설 속으로 다시 들어가기로 결정했어. 안 돼, 버키. 그건 우리가 받아들일 수 없는 거야. 명백히 그건 우리를 허공에 붕 뜨게 하는 거잖아. 우리는 한창 내적 추락을 하고 있는데 네가 갑자기 그렇게 간단하게 다시 밖으로 나오기로 결정해버린 거야. 절대 받아들일 수 없어. 모든 면에서 자살이 가장 좋은 답이야. 이제 너도 그 점을 이해하리라고 생각해."

"좋은 답이긴 하지만, 꼭 최선의 답은 아니지요."

"차선도 있지. 하지만 자살이 최선이야. 어떻게 해야 너를 좀더 혹하게 할 수 있을까? 궁극적으로 모든 사람이 너에게 기대하고 있는 거라고 하면 되겠나? 팬레터를 쓰는 꼬마 글쟁이까지도 말이야. 그건 너 같은 위치에 있는 사람을 위한 인생 긍정의 몸짓이라고나 할까? 너의 삶과 일이 이런 종류의 행위에서 추가적 의미를 얻게 된다고 주장함으로써 네가 이 모든 것을 더 넓은 안목으로 보도록 해야 할까? 어떻게 해야 너를 혹하게 할 수 있지, 버키? 우리가 지금 얼마나 높은 곳에 있나? 사층인가? 이 정도로는 충분치 않나? 너는 틀림없이 성공하기를 바랄 것이고, 나도 그런 너를 전혀 비난하진 않아. 이스탄불, 그곳이 이상적이겠군. 뉴질랜드의 오클랜드보다 더 좋아. 오클랜드에선 아마 일을 너무 깔끔하게 잘 처리할 테고, 그러면 적절한 신비감이나 의심을 불러일으키지 못할 거야. 에식스 거리에 있는 우리 건물은 오층이야. 한층 더 올라가면 지붕이지. 그럼 육층이고, 아마 그 정도면 충분히 높은 게 아닐까 싶어."

"솔직히 구미가 당기는군요."

"이제까지 네가 한 대답 중 최고야."

"하지만 뛰어내리는 건 싫어요. 그건 아주 별로예요."

"다른 대안에 대해서 논의해보자고." 그가 말했다.

"더 좋은 방법도 많이 있을 거예요."

"너와 그것들을 의논하다니 기쁘군. 너한테 아이디어가 있다면 어떤 것이든 환영이야. 총도 나쁘진 않아. 즉각적인 효과가 있으니까. 다른 방법에 없는 잔인한 순수성이 있지."

"진지하지 않으시군요." 내가 말했다. "이 문제에 대해서 진짜로 심각하게 생각한다면 그렇게 멍청한 제안은 하지 않을 거예요. 훨씬 더 수동적인 방법이어야 해요. 마약이나 가스는 안돼요. 이국적인 독약이라면 혹시 모르겠어요. 바구니에 든 독사처럼요. 과잉이 유행하던 위대한 시절로 되돌아가는 어떤 것 말이에요. 하지만 진실을 말할게요, 보. 우린 이 꼭대기에서 그저 소음을 만들고 있을 뿐이에요. 난 진짜 그럴 의사가 없어요. 난 자살을 할 만큼 순수한 사람이 아니에요."

"너는 모범을 보임으로써 가르침을 줘야 해, 버키. 안 그러면 단순한 쎄일즈맨에 불과하다고."

"난 충분한 이해 없이 일을 했어요. 이것도 그런 일들 중 하나겠지요. 게다가 난 결백하지 않아요. 난 비열한 자만심의 끄트머리에서 아부를 한 사람이에요. 역병에 걸려서 반쯤 썩어 있다면 자살은 성립되지 않아요. 오로지 결백한 사람들의 자살만이 자살로 받아들여져요. 만약 집착에서 자유롭지 못하면 그 사람은 자살에 이르지 못해요. 내가 저지르고 싶어 불타오르는 것은 살인이에요. 난 자살을 훨씬 넘어섰어요."

"누굴 죽일 계획인데?"

"더이상 그 누구를 죽일 계획은 없다고 봐야죠. 원래부터 막연한 생각이었어요. 고기 저울로 113그램. 그게 내 무게의 전부라고 하더군요. 당신을 기다리는 동안 그 점에 대해 생각해봤어요. 그 모든 리무진과 비행기를 타면서 법석을 떨 것인지, 보핵이 준비해놓은 걸 그냥 받아들일 건지."

"차선." 그가 말했다. "분명히 차선책이 있어."

그는 배 위에다 손을 납작하게 대고 손가락 관절 부위까지 바지 속으로 집어넣었다. 오후의 온화한 날씨에 맞춰 열려 있는 그의 재킷 아래로 그가 두르고 있는 넓은 붉은색 멜빵이 드러났다. 우리는 하품을 교환했다. 동쪽 건축공사장에서 착암기를 돌리는 사람들이 바위를 쪼개고 있었다. 소리는 들렸지만 눈에 보이지는 않았다. 한번 쪼갤 때마다 호각소리가 먼저 들렸고 쪼개진 이후엔 비둘기들이 놀라서 다른 받침대를 향해 퍼덕이며 날아갔다.

"당신은 어재리언을 찾아냈어요." 내가 말했다. "페퍼도 찾아냈고, 아님 그가 당신을 찾아냈거나. 와트니는 못 찾았지요. 헤인스는 찾았나요?"

"헤인스가 우릴 찾아냈지."

"그럴 거라고 생각했어요."

"그 아이는 마침내 하느님이 주신 지능을 쓰기에 이르렀지. 그는 우리가 안전을 보장해주기만 한다면 우리가 원하는 일을 하겠다고 제안했어. 아주 알맞은 때 우릴 찾아온 거지. 그 친구가 아니면 그 누구도 할 수 없는 아주 중요한 임무가 있었거든. 헤인스는 알맞은 순간에 알맞은 역할을 했어. 네 얼굴을 들여다보는데 아무 표정도 읽을 수 없군. 버키 원덜릭, 너는 이런 일들이 궁금하지 않니? 기계가 어떻게 작동하는지 관심이 없나? 그냥 태양 때문에 눈이 부셔서 그런 걸 수도 있겠지만, 네가 멍해 보여. 그러나 그냥 태양 때문일 수도 있을 거야."

"난 당신의 발걸음을 하나하나 다 측정했다고 생각했어요." 내가 말했다. "난 심지어 한걸음을 더 허용하기까지 했어요. 하지만 나는 헤인스가 해피밸리에 도움을 줄 수 있는 존재인지는 몰랐다는 사실을 인정할 수밖에 없군요. 태양 때문에 눈이 부시기는 해요. 안 그랬다면 내 얼굴이 호기심으로 빛나는 걸 볼 수 있을 거예요."

"우리는 너의 침묵을 원해. 너도 그건 알고 있겠지. 하지만 네가 지금 당장 목숨을 끊는다고 해도 우리는 원하는 것을 얻지 못할 거야. 왜? 산장 테이프 때문이지. 그 테이프가 곧

발매될 예정이니까. 새로운 전설, 새로운 소리, 새로운 혼동. 지난 며칠 동안 그 테이프가 발매될 예정이라는 소문이 돌았어. 그런데 페퍼는 자네가 순회공연을 떠날 예정이라고 하더군. 모든 일이 딱 들어맞았어. 유일하게 우리가 모르고 있었던 것은 그 테이프를 입수하는 방법, 그것이 있는 장소, 그것을 가지고 있는 사람이었어. 침묵은 침묵이니까, 버키. 테이프가 시장에 나온다면 그건 침묵이 아니야. 그건 우리에게 해가 될 거야. 심리적인 고통을 야기할 거야. 그러니 헤인스가 아주 적격이었지. 우리는 그애가 원하는 걸 보장해줬어. 그 대신 그애는 트랜스패러노이아의 기밀파일을 뒤졌지. 그애가 그러는데 그건 쉬운 일이었대. 답을 즉시 알았다는 거야."

"피츠버그."

"씬시내티."

"그냥 시험해본 거예요." 내가 말했다.

"헤인스는 너에게 칼날을 최대한 깊게 쑤셔주려고 열심인 것 같았어. 칼날을 6인치 넣었다가 2인치 꺼낸 뒤 다시 3인치를 더 쑤시는 거 말이야. 다 해서 7인치. 원시적인 피의 컬트 가운데 최대한의 칼날이지."

"그가 지하철에 있을 때 내가 안 도와줬거든요."

"그가 기억하고 있더군."

"알아요."

"그래서 머지와 다른 두 친구가 지금 차를 타고 씬시내티에 있는 레코드 공장으로 가는 중이야. 약 9킬로그램의 C4폭탄을 가지고 가고 있어. 우린 그걸 안전하게 다뤄야 해. 그 레코드가 어떤 생산단계에 있는지 우린 몰라. 그래서 공장 전체를 폭파하려고 해. 침묵이 침묵이려면 완전한 침묵이어야 하니까. 내 말이 맞지, 안 그래? 침묵이라는 이름을 얻으려면 완전한 침묵이어야 해. 자네 생각이 어떤지 듣고 싶군.”

나는 여덟걸음을 앞으로 내디뎌서 그의 배를 주먹으로 쳤다. 그의 두 엄지손가락에서 정확히 같은 거리에 있는 지점을 향해서. 그의 두 엄지손가락은 바지 밖으로 나온 유일한 손가락들로 대략 6인치 정도의 거리를 두고 벨트선과 평행을 이루며 여전히 그의 배 위에 있었다. 나는 벽돌굴뚝 곁의 내 자리로 돌아갔다.

“무슨 짓이지?” 그가 물었다.

“동물적인 충동이죠.”

“뭣 때문에?”

“난 무슨 일이 날 기다리고 있는지 알아요. 어떤 멍청한 직감 때문에 당신을 친 거예요. 이유는 없어요. 난 한걸음씩 한걸음씩 당신과 함께 걸어요, 보. 그건 동물적인 거였어요. 난 무슨 일이 날 기다리고 있는지 알아요. 난 그것에 동의해요. 하지만 어쨌든 동물적 충동 때문에 당신을 친 거예요.”

“너는 게이 같은 폭력충동을 가졌어. 네가 그런 움직임으로 성취할 수 있는 유일한 것이지. 오래된 게이 같은 폭력충동이 지금 내 안에서 마구 들끓고 있어. 난 지금 눈앞이 흐릿해지고 있어. 난 숨을 쉬고 있는 건 뭐든지 칠 거야. 이게 모든 사람이 소유하고 있는 내적인 게이의 속성이지. 너는 게이 같은 것을 가진 내 영혼을 자극했어. 나빴어, 버키. 그러지 말았어야 했어. 서로 좋도록 해야지. 사람을 치면 안돼. 지금 아주 큰 사고를 친 거야."

"그 말에 모두 동의해요."

"날씨도 좋은데." 그가 말했다. "산책이나 하러 가지."

우리는 한마디 말도 하지 않은 채 남쪽을 향해 바우어리 지역을 걸어내려갔다. 건물 옆에서 몸을 녹이고 있는 사내들 사이에 잿빛 고양이들이 앉아서 햇볕을 쬐며 자고 있었다. 그 고양이들은 거기 앉아서 챙이 달린 모자를 쓴 폭동진압 경찰의 행렬과 눈신발을 신은 매춘부들의 행렬을 보거나, 아니면 뼈다귀의 반란에 맞서는 자세로 바구니 속에 있을 때처럼 몸을 웅크린 채 잠을 잤다. 나는 그때 걷잡을 수 없이 하품이 나왔다. 난 그게 공포 때문이라는 걸 알고 있었다. 하품을 하고 또 하는 엉뚱한 방법으로 공포를 덮어버리는 신체의 작동원리였던 것이다. 구세군 기념 호텔에 이르기까지 하품이 계속 이어져 내 광대뼈에서 팍 하는 소리까지 났다. 나는 갑자기 배가 고파졌다. 우리는 크리스티 거리에서 핫도그 가판대 앞에 멈춰섰다. 나는 세개의 칠리도그를 먹고 콜라와 오렌지 탄산음료를 마셨다. 속이 메스꺼웠다. 내가 내 어깨 너머로 던진 빈 콜라병이 하수구에 가서 깨지는 소리가 둔탁하게 들려왔다. 보핵은 한마디 말도 하지 않았고, 나에게 손도 대지 않았다. 사람들은 그와 대화를 전혀 하지 않았지만 그를 잘 알고 있는 것 같았다. 우리는 동쪽 시장통 거리로 들어갔다. 나는 주차되어 있는 차 위에 토하고 말았다. 보핵은 토할 때의 에티켓에 맞다고 생각되는 일정한 거리를 두고 기다렸다. 이 에피소드를 분명하게 설명할 수 있는 형이상학적인 증언은 없었다. 나는 어떤 관념의 끝을 향해 직선으로 여행하는 중이었다. 그건 단순한 산수와 마찬가지였다. 여러해 동안 나는 이 길을 가고 있었고, 매 순간 더할 나위 없이 진실한 하나의 선을 따라서 걸어왔다. 우리는 에식스 거리에 도착했고, 테두리 없는 베레모를 만드는 지하 공장들을 지나 남쪽으로 걸어갔다. 그런 뒤 싸구려 공동주택으로 들어가 계단을 올라가기 시작했다. 복도에는 불이 켜져 있지 않았다. 아기들 냄새, 썩어가는 쓰레기 냄새가 났다. 타일로 된 계단은 가장자리가 닳아 있었다. 보핵은 고른 숨을 침침한 공기 속으로 내보내면서 세걸음 정도 뒤처져서 올라갔다. 그레이트존스 거리, 본드 거리, 크리스티 거리, 에식스 거리. 우리가 주머니에 손을 넣고 어깨를 늘어뜨리고 어슬렁어슬렁 걷는 거리는 16세기 런던의 거리였다. 나는 마지막 층계참에 도달했다. 토하고 또 토했고 철벅하고 튀었다. 보핵은 슬그머니 내 곁을 지나서 꼭대기층에 있는 네개의 쇠문 중 하나를 열쇠 세개를 이용해서 열었다.

일단 안으로 들어가자 그는 작은 현관을 지나 커다란 부엌쪽으로 나를 인도했다. 한 사내와 두명의 어린 소녀가 페인트 접시와 롤러를 사용해서 벽을 암회색으로 칠하고 있었다. 보핵은 내게 물 한잔을 주고, 두 소녀 중 한명에게 층계참에 있는 토사물을 치우라고 지시했다. 나는 그를 따라서 다른 방으로 갔는데 거기서는 두 사내가 대형 해머로 벽을 무너뜨리고 있었다. 그들은 옷과 몸이 온통 횟가루로 뒤덮인 채 양지바른 폐허에 서 있었다. 세번째, 그리고 마지막 방은 동쪽을 향하고 있었다. 그곳은 자그마한 방으로 식물로 가득 차 있었다. 그 방에 있는 식물들은 세개의 작업등 열기 아래서 열병에 시달리는 것처럼 보였다. 단 하나 있는 창문에는 커튼도 블라인드도 쳐져 있지 않았다. 인접한 화장실의 샤워꼭지에서 뜨거운 물이 쏟아지면서 김이 뭉게뭉게 방으로 들어왔다. 보핵은 페인트칠이 안되어 있는 직사각형의 의자 위에 나를 앉혀놓고 방을 나갔다.

식물들이 방의 가장자리를 빙 돌아 방바닥을 덮고 있었고, 선반 위도 빼꼭히 채우고 있었다. 식물은 천장에 매달린 하얀 플라스틱 화분에서, 그리고 금속 클립으로 벽에 매달린 토기 화분에서도 자라고 있었다. 다양한 종류의 식물이 있었다. 긴 막대기를 휘감으며 덮고 있는 아주 커다란 식물들, 자신들의 기민한 탄력성을 감싸고 있는 식물들도 있었고, 밤에 피는 축 늘어진 주머니 모양의 난초도 있었으며, 담쟁이덩굴과 다른 덩굴식물들, 샤워처럼 쏟아져내려오는 양치식물들, 쭉 뻗은 야자수, 혹은 탁한 색의 벨벳 같은 식물들, 그리고 옛날 여름의 흐느적거림을 생각나게 하는 식물, 혹은 도마뱀처럼 창백한 식물들도 있었다. 몸집이 작은 사내가 방으로 들어왔다.

그는 자신의 이름이 체스라고 했다. 그는 낡아서 번들거리는 플란넬 바지를 입고 있었고 줄무늬 셔츠에 넥타이를 맸으며, 그 위에 짝을 이루는 조끼를 입고 있었다. 조끼의 단추가 하나 떨어져 안 보였고 넥타이가 삐딱하게 기울어 있었다.

"식물은 무시무시한 존재지요." 그가 말했다.

그는 낡은 서류가방을 들고 있었다. 머리카락은 금발에 가까웠고 한쪽 귀에서 다른 쪽 귀까지 가로로 빗겨져 있었다. 그는 강력한 망치 소리에 인상을 찌푸리면서 뒤로 문을 닫았다.

"여긴 감옥 같아요." 그가 말했다. "왜 그 사람들이 여기 거주하는지 모르겠어요. 여기를 떠났다가도 다시 돌아오더라고요. 두번 떠났다가 두번 모두 돌아온 사람들도 있어요. 내가 혼잣말을 하는 거예요. 두고 봐. 저 아무개는 다음에 떠나면 절대 안 돌아올 거다. 하지만 그 사람들도 모두 여기 있어요. 내가 여기 있는 것처럼 말이에요. 나도 당신처럼 여기 이 방에 있어요. 내가 보핵에 대해 한가지 얘기해줄게요. 그는 똑똑하지도 멍청하지도 않아요. 특별한 매력이 있는 사람도 아니에요. 그의 생각은 아주 흥미로운 듯하다가 말죠. 난 아주 오랫동안 그를 그렇게 필요한 존재로 만든 요인이 무엇인지 알 수 없었어요. 왜 그일까? 그의 뭐가 그렇게 특별한 걸까? 그러다가 마침내 알아냈어요. 그것은 그의 덩치가 아주 크다는 점이었어요. 그야말로 가장 큰 사람인 거예요. 사람들은 그의 엄청난 덩치에 반응하지요."

"그 사람 지금 어디 있나요?" 내가 물었다.

"그는 네시 점호를 하고 있어요. 그는 모든 층을 하루에 세 번 점검하거든요. 사람들한테 뭘 할지 어떻게 할지를 지시해요. 누군가 명령을 내려야 하고 그는 가장 큰 사람이지요. 뭐 좀 물어볼게요. 저 바깥에 다리가 있지요. 저 다리 이름이 브루클린 다리일까요, 윌리엄스버그 다리일까요? 난 한번도 다른 사람에게 그걸 물어볼 용기를 내지 못했어요. 하지만 왠지 당신하고는 얘기가 될 것처럼 느껴지는군요. 당신에게는 화학적인 친화력이 있는 것 같아요. 창문에 낀 이 김을 좀 닦으리다, 당신이 더 잘 볼 수 있게."

"맨해튼 다리예요."

"무섭군요." 그가 말했다. "난 맨해튼 다리라고 불리는 다리가 있는 줄도 몰랐어요. 그렇게 오랫동안 그걸 모르다니. 오, 그거 참 무서운 일이에요. 내 식물들에 대해서 어떻게 생각해요? 사람들은 대개 그걸 보고 놀라더군요. 사람들은 우리가 전적으로 전원적이고 시골 같은 환경에서 흙의 가족으로 시작했다는 사실을 잊어버리고 있어요. 인간과 식물과 동물의 상호의존성이란 개념은 내겐 여전히 아름다운 개념이에요. 그래서 내 식물에 대해 어떻게 생각해요? 오늘은 바깥이 건조해 내가 일부러 뜨거운 샤워기 물을 틀어놓았어요. 이리로 김이 좀 들어오게 하기 위해서 말이에요. 식물한텐 그게 필요하거든요. 보통은 그냥 가습기를 틀어놓는데, 스폿이 계속 가습기에 오줌을 누어서 오줌은 화장실에서 누는 것이라는 걸 그 녀석이 보핵한테서 다시 배울 때까지 치워놨지요.

그게 이름의 힘이지요. 사람들은 자기 이름에 맞게 행동해요. 인간의 두뇌에는 이름을 짓는 작동원리가 위치한 작은 부분이 있어요. 스폿은 내 가습기에 오줌을 누고, 렉스는 스퀵스퀵 하는 소리를 내면서 일분에 1마일을 가는 고무 싼타클로스를 가지고 놀아요. 개의 행동, 개의 놀이. 하지만 걱정하지 말아요. 이 방은 신성한 방이니까. 허락받지 않은 사람이 아무나 불쑥 들어올까봐 걱정하지 않아도 돼요. 난초는 여자 성기같이 생긴 식물이지요. 그렇게 생각하지 않나요? 아름답지만 그 아름다움 속에는 위협적인 요소가 있지요. 어떤 식물은 그냥 제자리에 서 있어요. 난초는 사람을 유혹하고, 사람을 자기 안으로 끌어당겨요. 이 방은 명상과 내적 성찰에 좋은 방이죠. 우리가 소유한 방 중에서 가장 내면을 위한 방이에요. 그게 당신이 이 방에 있는 이유라고 할 수 있죠."

문이 열리고 롱보이가 문간에 나타났다. 왼손을 뒷주머니에 넣고, 체중을 왼쪽 다리에만 싣고, 문틀에 등을 기댄 채 서 있었다. 체스의 눈썹이 올라갔다. 롱보이는 체스가 이해하기엔 너무 복잡한 일련의 손짓으로 응대했다. 그런 뒤 방 밖으로 뒷걸음질 쳐 나갔고 문을 당겨 닫았다. 체스는 자신의 서류가방에서 신문에서 오린 것들을 꺼냈다. 창문에는 짙게 김이 서려 밖이 전혀 보이지 않았다. 나는 약간 현기증이 나고 온몸에서 땀이 나는 것을 느꼈다.

"보핵은 어디 있나요?" 내가 물었다. "그가 꾸러미를 가지고 있나요? 난 당신들이 그 망할 놈의 꾸러미를 가지고 있다는 사실을 알고 있어요."

"페퍼가 당신이 순회공연을 떠날 거라고 우리한테 알려줬어요. 헤인스는 레코드 공장이 어디 있는지 우리한테 알려줬고요."

"헤인스는 또 제품을 당신들한테 줬지요. 그것 없이 그 친구의 안전을 보장해주지는 않았을 테니까."

"헤인스는 제품을 건네줬고, 페퍼는 일정한 수수료를 받고 그걸 테스트해주기로 했어요. 아마 그는 돈을 영원히 못 받겠지만 내가 보기에 그는 그런 것에 신경 쓸 사람 같지는 않더군요. 이 시점에서 그는 그저 지난 몇주 동안 우리 모두를 그런 비정상적인 행동을 하도록 만든 그 꾸러미 속에 도대체 뭐가 있나 알 수 있다는 것만으로도 너무나 기뻐하고 있어요. 저 베고니아는 가지치기를 좀 해줘야겠군. 아직까지 내가 알지 못했다는 게 우습군."

나는 그가 가리킨 식물을 집어들어 풍차처럼 돌리다가 벽에 내동댕이쳤다. 체스는 깨진 화분과 아직도 흙덩이 속에 있는 잎들을 잠시 바라보았다. 그런 뒤 의자에서 앞으로 몸을 내밀어 바닥의 자기 발과 발 사이에 신문에서 오린 것들을 펼쳤다.

"알다시피 모든 사람은 모색을 하고 있어요. 모두들 여행을 떠나려고 하지요. 하지만 그들은 그 문제에 대해 잘못 접근하고 있어요. 그들은 잘못된 종류의 사생활, 낡은 사생활, 다시는 찾을 수 없는 그런 삶을 추구하고 있어요. 지금 여기

일흔살 먹은 노인에 대한 기사가 있어요. 그 사람은 274쎈티 밖에 안되는 소형 보트를 타고 미국 해터러스 곶에서 영국까지 항해할 거예요. 그는 바다에서 요가를 할 계획이라는군요. 이건 미네소타에서 오스트레일리아까지 열기구 풍선을 타고 날아갈 블루밍턴에 사는 주부에 관한 기사예요. 오스트레일리아에 친척들이 있다고 하네요. 그게 여행의 표면적인 이유죠. 우리 둘 다 진짜 이유가 뭔지 알고 있어요. 피츠버그의 감리교 신도 그룹은 다음달에 시나이 반도의 사막으로 간대요. 거기서 40일 동안 밤낮으로 금식기도를 할 작정이라고 해요. 그들의 주교가 물 이외에 다른 음식도 좀 가지고 가라고 권했다는데 그 그룹은 아직까지 그의 권유를 받아들일 의사가 없다고 해요. 여자, 62세, 단발엔진 비행기로 세계를 일주하다. 자, 여기 노르웨이 남자가 있네요. 그는 테라스의 창문 화분대 위에 202시간 동안 앉아 있어서 세계기록을 경신했다고 하네요. 그전 기록보다 서른몇시간을 더 앉아 있었대요. 우리는 그의 관심사가 기록 경신이 아니라는 걸 알고 있어요. 미주리에 사는 한 남자는 깊은 동굴에서 161일 동안 지냈다고 하는군요. 통조림 음식을 먹고 물을 마시고 900개 이상의 초를 태웠대요. 그 사람은 생전 처음으로 지루하지 않았다고 말했다네요. 감각의 과부하, 사람들은 감각의 과부하로부터 물러나고 있어요. 기술, 너무 기술이 많을 때 사람들은 원시적인 재주로 돌아가지요. 하지만 우린 둘 다 진정한 사생활이란 내적인 정신상태라는 걸 알고 있어요. 제한된 환경도 중요해요. 예, 그래요. 하지만 열기구 풍선을 타고 답을 찾는 것을 기대할 순 없어요. 이 과제를 추진하는 것은 의지의 일이에요. 정신이 고독의 평면 위에 스스로를 펼쳐야 해요. 우리는 이 건물의 한층 전체를 암회색으로 칠하고 있어요. 하지만 식물의 방은 아니에요. 전혀 아니죠. 식물의 방은 흰색으로 남아 있을 거예요. 그밖의 다른 모든 곳은 회색으로 칠할 거예요."

"막 생각이 하나 떠올랐어요."

"한 조직체 내부에 억류된 극렬분파라는 개념은 순전히 나만의 것, 내가 만든 개념이에요. 그와 상반되는 어떤 말을 들었는지 모르지만 말이에요. 비이성적인 것은 관리만 잘하면 엄청난 효과를 발휘할 수 있어요. 그 개새끼들이 지시를 받아 벌이는 모든 사건들의 배후에는 권력과 협박이 있어요."

"당신, 페퍼 박사인가요?" 내가 물었다. "페퍼 박사 아니죠?"

"나는 체스이고 이것들은 내 식물이에요. 페퍼는 나보다 최소한 10센티는 더 커요. 당신도 그걸 알잖아요. 목소리도 다르고, 눈 색깔도 다르고. 그 사람은 나보다 키가 10센티나 더 크다고요. 페퍼가 변장 분야에서 탁월한 재주를 가지고 있다는 건 잘 알려진 사실이고, 기록으로도 남아 있지만, 아무리 그래도 10센티나 되는 근육과 뼈와 조직을 감추는 건 불가능하지요. 난 프레드 체스, 평범한 미국 사람이에요. 난 전에 공연 연출자로 일했어요. 그다음엔 사진 오프셋 인쇄를 했죠. 어떤 일을 해도 잘되지가 않더군요. 이것 봐요. 만일 내가 페퍼라면 그 꾸러미에 들어 있는 마약이 어떤 종류의 것인지 그동안 내가 알고 있었다는 말이 되겠죠. 페퍼와 해피밸리 사이의 친밀한 관계가 오래되었으므로 페퍼인 나는 처음부터 그 마약에 대해 알고 있었다는 말이 될 거예요. 여태까지 일어난 모든 일은 바뀌어야 될 거예요. 그건 내가 보핵뿐 아니라 헤인스와 와트니까지 모두 관리했다는 말이 될 거니까요. 내가 만일 페퍼라면 지금 이 시점까지 있었던 모든 일이 거짓이었다는 말이 될 거예요. 난 제품을 여러사람의 손을 거쳐 인도했어요. 그게 다 내 범위죠. 매 지점이 말이에요. 제품은 해피밸리에서 나와서 그리로 돌아간 셈이죠. 그건 또 당신이 피해망상증 남자의 궁극적 두려움의 희생자였다는 말도 될 거예요. 그동안 있었던 모든 일들은 단지 당신을 오도하려는 목적으로 행해진 것이죠. 다른 사람들이 당신의 현실을 관리하고 있는 거예요. 논리는 앞뒤가 안 맞고, 사건들은 착각이에요. 만일 내가 페퍼라면 난 그 제품의 성격을 알고 있었다는 말일 테고, 내가 그걸 당신한테 전달하도록 일을 꾸미고, 내가 그 과정을 계획하고 따라다녔으며, 헤인스와 와트니의 토론토에서의 만남을 조작해내고, 내가 어재리언에게 끄나풀을 붙이고, 헤인스를 지하철 안에 심어놓고, 와트니로 하여금 풍선껌 카드를 남겨놓게 만들고, 보핵에게 당신을 이리로 데리고 오도록 했다는 말이 되겠죠. 직선이 원과 만나게 하기 위해서 말이죠. 그건 또 내가 오펄도 관리했다는 말이 되겠죠."

"하지만 키가 다르니까." 내가 말했다.

"물론 키가 다르죠." 그가 말했다. "키를 10센티나 줄이는 건 현실적으로 전혀 가능하지 않아요, 그렇죠? 눈의 색깔, 목소리, 피부색, 성기의 크기, 그런 건 차치하더라도. 난 프레드 체스예요. 그게 나라고요. 솔직히 난 페퍼 박사에 대해 특별히 존경심을 가지고 있지 않아요. 그 사람과 완전한 돌팔이 사이에는 항상 여자의 거웃 한올 차이밖에 없어요."

그는 화장실로 들어가서 샤워기를 잠갔다. 두번 '앗' 하고 말하면서. 수도꼭지가 무척 뜨거워진 것 같았다. 뒤이어 그는 문을 열고 현관으로 발을 내디뎠다. 곧 망치 소리가 그쳤다. 체스는 다시 안으로 들어섰고, 보핵, 롱보이, 그리고 다른 세명의 남자들이 뒤를 따랐다. 그 세 남자는 강력한 보스의 손짓에 따라 움직이는 부하들이었는데, 그중의 둘은 나처럼 럼버재킷을 입고 있었다. 이 여섯명 너머로 다른 사람들이 복도에 모여 있었다. 남녀가 섞여 있었는데, 열중쉬어 자세로 서 있었고, 우울한 기색이라곤 전혀 없었다. 그건 이해해줄 만한 일이었다. 사람들은 모든 재앙의 가장자리에서 친밀한 그룹끼리 모여 낮은 목소리로 속삭이면서 뉴스 없는 시간대를 보내고 앞에서 뉴스 전달자가 오기를 기다린다. 아주 작은 축축한 트림, 아이의 것과 같은 트림이 나와서 내 입술이 떨렸다. 창문은 부분부분 긴 수직의 쪼가리를 그리면서 서서히 맑아지기 시작하고 있었다.

"그건 정신에 작용하는 마약이에요." 체스가 말했다. "사람마다 향정신성 마약에 반응하는 것이 달라요. 그 약은 그 점 때문에 악명이 높지요. 전혀 예측이 불가능하다는 거죠. 페퍼 박사는 처음에 이 물건을 아트로핀이라고 생각했어요. 그건 살인본능을 축소시키는 약이죠. 그런 물건을 팔 수 있는 시장은 없어요. 아무튼 거리에서 팔 수 있는 물건은 아니에요. 하지만 테스트를 마쳤을 땐 그 약이 전혀 다른 마약이라는 사실을 알게 됐어요. 그건 두뇌의 왼쪽에 있는 하나 이상의 영역에 영향을 미치는 마약이에요. 언어 부분이지요. 이 제품에 대한 시장은 여전히 없어요. 거리에서든 다른 장소에서든 말이에요. 두뇌의 왼쪽 영역에 있는 하나 이상의 부분에서 세포를 파괴하는 약이에요. 다시 말해서 언어능력을 상실하게 하는 약이죠."

"난 이미 다 알고 있어요. 지루하네요."

"아주 멋지게도 페퍼는 우리를 위해 소독된 어떤 액체로 화학 분말을 용해시켜 주사약을 만들었어요. 하지만 알아내기 어려운 게 뭔지 알아요? 무엇보다도 미국 정부는 왜 이런 물건을 가지고 장난을 치느냐 하는 거예요. 그들한테 언어전쟁국이 있는지도 모르죠. 말썽꾸러기들을 침묵시키는 최선의 방법은 문자를 통하는 거다, 이런 건지도 모르죠. 그게 사실이라면 엄청 우스꽝스러울 거예요. 꼴깍, 꼴깍, 꼴깍. 혹은 페퍼가 처음부터 옳았는지도 몰라요. 아트로핀. 살인본능 영역을 진정시키는 약. 하지만 회의적이에요. 그 사람은 마약에 대해 잘 아니까. 그건 내가 인정해요. 마약은 그에게 집 바깥에 있는 집이에요. 난 그의 두번째 분석결과가 옳다고 확신해요."

"씨팔, 그의 말이 맞는 게 좋을 거요."

"잘 들어봐요." 체스가 말했다. "당신은 완벽하게 건강할 거예요. 단, 말을 만들 수가 없어요. 그게 다예요. 말은 우리 모두 당연한 것으로 전제하는 정상적인 사람의 경우와 달리 당신의 머릿속에서 떠오르지 않을 거예요. 소리는 나오지요. 소리는 풍부해요. 하지만 말은 만들어지지 않을 거예요. 노래도 안되고요. 난 혼잣말을 했어요. 두고 봐. 우리가 그를 여기로 데려오긴 하겠지만 그는 협력하길 거부할 거다. 하지만 지금까지 당신은 아주 멋있게 협력하고 있어요. 그 약을 우리 손안에 다시 넣기까지는 아주 오랜 시간과 노력이 들었어요. 그러니 우리는 그걸 사용해야 해요. 약이 있으니까 그걸 투여할 수밖에 없는 거죠. 뭐 할 말 있어요? 마지막 말? 아, 참, 그리고 우린 당신이 계속 그레이트존스 거리에 머무르길 원해요. 당신이 가까이에 있었으면 하거든요. 그래요, 절대적으로요. 마지막 말이 있다면?"

"피―피―모―모." 내가 말했다.

체스는 간신히 웃었다. 그의 입술이 약간 떨리더니 서서히 꺽꺽거리는 몸 전체의 소리로 변했다. 그의 온몸이 유쾌함에 자신을 내맡기고 있었다. 이어서 우리 모두가 웃었다. 우리 모두, 식물의 방에 있는 이들과 복도에 있는 이들 모두. 보핵만이 아무런 움직임 없이 식물들 사이에 서 있었다. 위로 자라고 있는 한 식물의 꼭대기가 그의 어깨에 닿았다. 그의 눈은 어딘가에 집중하며 완벽할 정도로 냉철했지만, 그가 뭘 보고 있는지 알기는 힘들었다. 그는 오직 고요만이 그의 신체가 자아내는 동굴 같은 힘을 완전히 담아낼 수 있는 그런 존재였다. 방은 그의 주변에서 수축하는 듯했다. 그리고 우리의 웃음은 그의 피부 속으로 서서히 빨려들어가는 것 같았다. 이제 사방이 괴괴해졌다. 다른 방에서 전화벨 소리가 울렸다. 씬시내티구나, 나는 생각했다. 산장에서 내가 만든 노래는 모두 사라진 것이다. 보핵 내부의 뭔가가 전화 소리에 보이지 않게 몸서리를 쳤고, 나는 그의 억류상태가 심지어 나보다도 더 엄중하다는 사실을 깨닫기 시작했다. 테이프들이 모두 화염에 휩싸였다는 소식은 그에게 기쁨을 가져다주지 못했다. 누군가 전화를 받았고 그러는 사이 보핵은 마지막 질식의 순간을 위해 남아 있을 필요가 없다고 결정했다. 그가 갑자기 문 쪽으로 향하는 바람에 럼버재킷을 입은 두 사내와 충돌했고, 그들 중 하나는 보핵과 부딪친 뒤 몸이 약간 핑그르르 돌기까지 했다. 우리 주변의 평온한 공기를 파괴하는 이 행위를 모두들 제각각의 방식으로 바라보고 있었다. 그는 복도에 있는 사람들 사이를 헤치며 나아가기 시작했고, 곧 밖으로 나갔다. 그가 바깥 복도에 있는 토사물 자국을 매끄럽게 건너뛸 때 (내 짐작이지만) 철제 대문이 그의 뒤에서 쾅 닫혔다. 그런 뒤 다시 고요가 찾아와 우리 주위로 빠르게 퍼져갔다. 먼 복도에서 처음 시작된 고요는 식물의 방 한가운데에 이를 때까지 이곳저곳으로 전파되었다. 출입구 뒤에 모여 있는 사람들은 모두 젊었지만, 좀 여위었고 움직임이 굼떴다. 수리공, 벌목공, 재봉사들은 그들 모두에게 공통된 초원의 자궁, 너무 암울해서 노래가 살 수 없는 그곳에 대한 슬픈 향수에 사로잡혔다. 체스는 롱보이의 손톱에 때가 끼어 있는지 어떤지를 검사했다. 그리고 페퍼 박사의 충고에 따라 적당한 삽입각도가 사십오도에서 육십도 사이라는 것을 그에게 가르쳐주었다. 맨해튼 다리, 다리 중에서 가장 멀쩡한 그 다리, 결코 덜평범하지 않은 그 다리, 하늘의 팔이자 넓은 칼처럼 생긴 그 다리가 창문의 김이 사라지자 선명히 보이기 시작했다. 롱보이는 구급상자를 열고 창백한 빛을 향해 피하주사기를 들어 올렸다.

26

경찰견들이 유홀 트레일러 주차장을 어슬렁거렸다. 물건을 하역하는 곳 부근에서 나는 우울에 종속되지 않는, 정리(定理)처럼 순수한 관점, 즉 이 콘크리트 구조물들의 자기통제력을 알아보려고 하던 중 통조림 공장을 발견했다. 날씨는 다시 변했다. 봄이 뒷걸음질 치더니 거리감이 느껴지는 무표정한 진눈깨비가 나타났다. 계절을 즐기려는 신체의 향연은 거부당했고 어둠 때문에 잠에서 깨어나기 힘들어졌다. 나는 낡은 스웨터를 서너벌쯤 껴입고 있었다. 그것들은 안에 있는 스웨터가 보일 만큼 낡았지만, 서너벌의 스웨터가 한꺼번에 다 보일 만큼 넝마가 되어 있진 않았다. 나는 매일매일 스웨터 입는 순서를 바꾸려고 노력했다. 하나는 오필의 것으로 화려한 스키용 스웨터였는데, 벽장 안쪽 로큰롤 카프탄* 사이에서 필사적일 정도로 눈에 띄었다. 나는 쿠퍼스퀘어 북쪽으로는 한번도 가지 않았다. 귀먹은 남자 두명이 서로 손짓으로

---

* 터키 사람들이 입는 소매가 긴 옷,

상대방을 욕하면서 공사장 초소 근처에서 싸우고 있었다. 그러다가 마침내 판자를 들고 교대로 상대방을 쳤다. 쿠퍼스퀘어 북쪽으로 한번도 가지 않았지만, 강물 위에 동서로 서 있어보기는 했다. '워-도', 이 두 음절은 바다로 나아가는 도도한 강의 흐름을 보면서 내가 만들어낼 수 있는 소리의 전부였다.

늦은 비가 오던 어느날 나는 윤기 도는 채소를 실은 수레 주위를 배회하는 이 빠진 사내를 보았다. 그는 끈이 풀린 덧신을 신고 물을 텀벙텀벙 튀기며 자연의 원초적인 전사(戰士)인 바람 속에서 고함을 지르고 있었다. 몇몇 사람들이 주변에 옹기종기 모여 있었다. 이 빠진 남자가 머리 위 텅 빈 창문을 향해 울부짖고 있을 때 그중 한 사람은 손가락으로 값을 확인하면서 가끔씩 한 손을 수레 쪽으로 뻗었다. 이 빠진 남자의 외침소리는 모스크나 떨리는 석양을 연상시키는 종교적인 것이었다.

빨간 싸과 초록 싸과 황금색 싸과 싸과 파이를 만드세요 싸과 스트루들도 만드세요 싸과들 싸과들 싸과들 크고 물기 많은 싸과들 싸과 고장의 중심에서 온 싸과들*

나는 모퉁이를 돌았다. 어떤 사람이 낡은 호텔에서 나와 빗물을 튀기며 잰걸음으로 내 옆으로 달려왔다. 스키퍼라는 소녀였다. 해피밸리에서 보낸 사자, 평범한 밤색 꾸러미를 처

---

* 문장부호 없이 모두 대문자로 되어 있으며 APPLE을 YAPPLE로 적고 있다.

음 가지고 왔던 그 소녀였다. 나는 계속 걸어갔고, 그녀는 내 곁에서 함께 걸었다. 우리는 남동쪽의 더 좁은 길로 향했는데, 길 표면이 좁고 굵은 선이 적은 그 도시의 오래된 구역이었다. 여자들이 작은 창문에 붙어 있어서 사십년의 세월이 단 일초 동안에 지나가는 듯했다. 그녀들의 진짜 삶은 유럽의 목초지에서 이루어지고 있었다. 다소 이글거리는 디지털 네온등이 간이식당 앞에 무겁게 매달려 있었다. 바람이 더 세게 불어왔고 섬은 만 쪽으로 점점 작아지고 있었다. 그동안 날씨가 더 추워졌다. 나는 스웨터를 입고 있어서 안전하다고 느꼈다. 스키피는 기침을 했다.

가장 오래된 이민자들은 비옥한 보도에서 멀리 떨어진 고층 아파트에서 살고 있었다. 이 거리는 이제 피부색이 더 검은, 평원의 인종이 지배하고 있었다. 이른 오후였는데 곧 비가 내릴 듯이 보였다. 공기는 습기를 품어 무거웠고 강에서는 화공약품 냄새가 풍겨왔다. 이런 날씨 속에서 교량들은 잔인할 정도로 아름다웠다. 교량들은 그들의 이름이 들어간 모든 시(詩)와 무관하게 잿빛 숙녀들이었다. 키 큰 흑인 아이들이 운동화를 신고 지하철에서 뛰어나와 길을 왼쪽 오른쪽에서 가로질러 건넜고, 신속하게 삼삼오오 갈라졌다. 그들 중 한명은 오래된 꼬챙이 같은 손가락으로 주차 표지판을 툭툭 치면서 이제 공중에서 몸을 돌렸다. 한 남자가 스프링이 다 드러난 버려진 의자의 팔걸이에 앉아서 돈을 요구했다. 나는 스키피가 나와 함께 있다는 사실을 자꾸 잊곤 했는데, 그러다가

미소를 지었다.

　바깥으로 나온 우리는 손을 망원경 모양으로 눈앞에 대고 있는 한 사내를 보았다. 그는 길모퉁이를 서서히 돌고 있었다. 돌고 있는 이 사내는 구름과 택시와 새와 탐정 등 모든 것을 바다에서 바라보는 것처럼 보고 있었다. 아마 한동안 술에 취해 있었던 것 같은데, 지금은 술에서 깨어났고, 자신이 그 사이에 세상을 다루는 방법을 발견했다고 느끼면서 전심전력을 다해 그 방식을 고수하고 있는 것 같았다. 우리는 사십 층의 물체들을 모두 지나서 배터리 공원 쪽으로 걸어내려갔다. 바람은 건물들의 옆구리 아래로 곧장 일직선으로 내려오는 듯하다가 좁은 거리를 마구 헤치며 돌진했다. 검은색 모자를 움켜쥐고 우선은 재빨리 어깨를 움직이며, 가끔은 뒷걸음질을 치기도 하는 사람들이 우리 곁을 지나갔다. 한번에 열명에서 열두명 정도의 사람들이 지나갔는데, 그들의 서류가방은 기업합병들로 가득 차 있었다. 그들은 모두 바람이 불어오는 쪽을 향해 뒷걸음질 치고 있었다. 공원의 변두리에서는 넝마주이 남자가 자신이 두르고 있던 스카프 안으로 말려들어감으로써 광대한 수사학의 순간을 만들고 있었다. 그는 편협한 정신을 가진 사람들을 비난하는 그런 부류의 사람처럼 보였다. 편협한 정신을 가진 사람들이란 지구를 신이 자라는 장소로 보지 못하거나, 지구를 재난을 예언하는 사람들과 신호등을 놓치지 않으려고 애쓰는 평범한 보행자들 사이의 사나운 만남의 극장으로 보지 못하는 사람들이었다.

손 발 팔 하느님 코 발가락 얼굴 하느님 다리 팔 다리 하느님 이
것 봐 이것 봐 비 트웨인 케인 페인 브레인 슬레인 스테인 게인 베인
봐 봐 입 눈 이빨 하느님 목 가슴 하느님 이것 봐 어둠과 빛 속에서

항구는 도시의 힘을 드러내고, 돈과 추함을 향한 도시의 욕
망도 드러내 보인다. 하지만 기묘하게도 안개를 통해 내게 처
음 형체를 드러내 보인 것은 외롭고 감미로운 섬의 약속, 직
선들로부터의 부드러운 후퇴, 응답하는 바다언덕이었다. 이
것은 안개의 환상이었고 항구의 터무니없는 요구였다. 스키
피는 이로 감초를 뜯고 있었다. 그 검은 가닥은 손과 턱 사이
에서 팽창하고 있었다. 그녀는 그늘진 얼굴을 하고 있었고,
나이가 없었고, 이 도시 저 도시를 떠돌아다니는 부랑아였으
며, 전쟁 후면 언제나 발견되는 그런 아이들, 파괴된 건물 더
미에서 개들이 놓친 음식 찌꺼기를 찾아 뒤지는 아이들 중
하나였다. 그런 정신은 되찾을 수 없지만 동시에 위험하지도
않았다. 그 점은 정부들도 전쟁으로 파괴된 건물더미를 수백
만 에이커씩 그들에게 제공하는 것으로 인정하고 있는 사실
이다. 버스 정류장을 찾아나선 우리는 지하철 군중들이 맨해
튼 지역을 지나가기 위해서, 혹은 강 밑을 통과해 개울이나
과수원으로 향하기 위해서 땅속의 빈 곳으로 들어가는 모습
을 보았다. 그곳에서 그들은 그릇된 순진함, 고립의 의례를
배운다. 아마도 그들의 삶이 가지고 있던 진실의 유일한 광
석은 중심에 있는 이 바위 안에 묻혀 있었을 것이다. 그 한계
너머에 그들의 단 하나의 출구, 즉 꿈 없는 잠의 상태, 예외가

되기를 두려워하지 않아도 되는 상태가 있었다. 한 여자가 빵 부스러기를 던졌고 수십마리의 비둘기들이 그 여자 주변으로 몰려들었다. 그녀는 어린 소년이 잡아주는 휠체어에 앉아 있었다. 두사람 다 새들과 함께 불타고 있었다. 비둘기들은 그 늙은 여자의 팔이 그리는 상향 곡선을 따라서 공중에서 미끄러져 내려오고 있었다. 나는 그녀의 눈길이 새들과 함께 올라가는 것을 지켜보았다. 그녀의 상실은 모두 한줌의 빵 속에서 축복이 되고 있었다.

비둘기들과 뇌막염, 초콜릿과 쥐똥들, 감초와 바퀴벌레의 털, 교외로 가기 위해 탄 버스에 있던 해충들. 나는 내가 이같은 중세의 역병과 고리대금업 속에서 얼마나 오랫동안 거주할 것인지 생각해보았다. 유일한 평화가 소리를 점점 더 높이 지르는 데 있는, 종적을 알 수 없는 남녀들 사이에 살면서 말이다. 그 무엇도 무언(無言)보다 그들을 더 유혹하진 못했다. 하지만 그들은 소리를 질렀다. 고함을 지르는 사람들과 노파들의 유동인구. 그들은 모래 속에 파묻힌 도시의 돌보다도 더 오래된 언어로 말하면서 젖은 거리를 다리를 질질 끌며 걸어갔다. 침대들과 빈대들, 남자들과 이들, 사랑의 무릎에 웅크리고 있는 임균(淋菌).

우리는 재개발 구역을 지나갔다. 앙증맞은 발코니가 대충 고정된, 반쯤 완성된 진흙탕 속의 건물들을 기계로 움직이는 이빨 달린 삽차가 할퀴었다. 모두 하수구 속에 살고 있는 부동산 업계의 왕들이 초래한 것들이다. 스키피가 손등에 피를 토했다. 버스는 자갈길 위에서 숨을 헐떡거렸고, 나는 건물 옆면에 색이 바랜 페인트로 쓰인 글자들을 찬찬히 바라보았다. 브레이크와 전륜구동 써비스, 바퀴정렬, 체인과 벨트. 도르래와 모터와 기어들, 철판 기계, 자투리 가죽, 염색과 정밀측정, 재단과 싸구려 잡동사니, 사업 기계, 실과 모직물과 레이스들, 스페인어 책들. 우리는 뒷문으로 버스에서 내렸다. 스키피는 그 호텔에서 그녀가 하던 (혹은 거래하던) 그 무슨 일인가로 되돌아갔다. 비가 낡은 거리를 가로지르며 뿌리고 있었다. 이 빠진 남자가 여전히 수레 곁에 있었다. 그는 가라앉은 지역에서 온 사람이었다. 누가 듣든지 지나가든지 상관하지 않는 그의 외침은 자연의 비만큼 리듬감이 있었다.

당신은 사고 난 팔고 싸과 싸과 싸과

침대는 여전히 방 한복판에 있었다. 이제 방문객은 드물었고 나는 내가 점차 역사 속으로 가라앉고 있다고 느꼈다. 에식스 거리에서의 일 이후 나는 깊은 평화 속에 침잠해서 몇주를 보냈다. 나는 침대에 누워 멍하게 있으면서 어떤 것에도 반응하길 강요당하지 않는, 진정으로 거세된 사람 같은 삶을 살았다. 주변의 사물들에 대해 아무런 말도 할 수 없다는 사실은 방을 가로지르는 내 움직임에도 영향을 미쳤다. 나는 전보다 더 천천히 걸었다. 마치 사물들을 두려워하는 것처럼, 내게 이름이 알려지지 않은 모든 것들을 두려워하는 것처럼 말이다. 가르칠 길 없는 아이들을 불쌍히 여기는 무심한 열정의 일부가 내 마음의 한 부분에서부터 다른 부분을 향해 대화를 하기 시작했다. 나는 복 받은 환경을 만끽하고, 나 자신을 일종의 살아 있는 찬송가라고 생각하면서 터무니없는 행복감을 느꼈다. 나는 흥미롭고 독창적인 소리를 창조했다. 나는 창밖을 내다보며 창 아래 목재를 싣는 트럭이나 길 건너 창문을 차지하고 있는 화가나 조각가들, 그레이트존스 거리 위에 걸려 있는 평온한 얼굴들을 향해 (고요한) 신음소리를 보냈다. 하지만 그 약이 무슨 약이었는지는 몰라도 효과는 오래 지속되지 않았다. '입'은 하나의 언어 메커니즘에서 다른 메커니즘으로 투하되어 최초로 내게 도달한 말이었다. 내가 거울 속의 내 얼굴을 바라보며 그 기묘한 부분들, 즉 '하누스, 오우스, 레브, 우그, 나카'를 살펴보고 있는 동안에 그런 일이 일어났다. 내가 입을 열었을 때 바로 그 부분에 대한 말, 즉 '입'이 튀어나왔다. 나는 소리가 아닌 '입'이라는 말에 깜짝 놀랐다. 다른 말들이 뒤를 따랐고 내가 그것들을 큰 소리로 말하는 동안 소리의 파장은 내 두뇌에 적절하게 코드화된 음이 되어서 도달했고, 나는 내 혀와 속귀〔內耳〕 사이를 통과한 그것의 의미를 이해할 수 있었다. 곧 모든 것이 정상으로 되돌아갔다. 이전과 같은 모드로 되돌아간 것이다. 이것은 나의 이중의 패배였다. 첫번째 패배는 내가 계획한 대로 사람들과 세력가들 사이에 다시 나타날 기회를 빼앗긴 것이고, 두번째 패배는 첫번째에 대한 대안으로 모든 소리가 비단 같고 그 어떤 것도 언어라는 미친 날씨 속으로 들어갈 수 없는 수준, 즉 어떤 것도 각인될 수 없는 수준으로 영원히 후퇴하는

데 실패한 것이다. 몇주 동안의 엄청난 평온이 있었다. 이윽고 그것은 끝나버렸다. 하지만 나는 더이상 그 뉴스를 남들에게 알릴 이유를 알지 못했다. 끈적끈적한 역사가 나를 빨아먹게끔 그냥 놔두자. 시절이 알맞다고 생각되면 바깥에 무엇이 있든 그곳으로 돌아갈 것이다. 문제는 단지 어떤 소리를 만들고 가장하느냐인 것이다. 그러는 동안 소문이 쌓이고 있었다. 유괴, 추방, 고문, 자기파괴, 죽음. 가장 묘한 매력이 있는 소문은 내가 거지들과 매독 환자들 사이에 살면서 선행을 하고 있다는 것이고, 신비를 노래하는 강의 휘파람 소리를 듣고 있는 모든 사람, 도시의 남쪽 바퀴 곁에서 포도주에 취해 잠자러 돌아가는 그런 모든 사람의 수호성인이라는 것이다.

로큰롤 스타의 위기와
현대 자본주의 문명에 대한 성찰

1

20세기 후반 이래 미국문학을 대표하는 소설가로 『화이트 노이즈』 『리브라』 『마오 Ⅱ』 등의 대표작을 비롯, 최근작인 『바디 아티스트』와 『코스모폴리스』 등이 우리나라에 번역되어 소개된 바 있는 돈 드릴로는 1936년 뉴욕 브롱크스의 이딸리아계 이민노동자의 가정에서 장남으로 태어났다. 브롱크스에 있는 작은 사립대학인 포댐칼리지에서 커뮤니케이션학을 전공했고, 졸업 후 뉴욕 시 매디슨 가의 '오길비 매더'라는 광고회사에서 5년간 근무하면서 미국의 대표적 백화점인 씨어스 로벅의 광고문안과 도안작업 등을 했다. 광고회사에 근무할 때인 1960년에 단편소설 「조르단 강」을 써서 코넬 대학에서 발행하는 문예지인 『신기원』(*Epoch*)에 발표하기도 했다. 그러던 중 광고회사를 무작정 그만두고 뉴욕 시에 작은 아파트를 얻어 1966년경부터 습작생활을 했고 1971년에 첫 장편 『아메리카나』를 발표하며 문단에 나왔다. 그후 사십여

년 동안 총 열여덟편의 장편을 상재함과 아울러, 희곡과 단편소설, 수필 등을 다수 발표하면서 다재다능하고 왕성한 창작력을 과시해왔다.

1971년부터 1978년까지 팔년 동안 여섯편의 장편으로 단기간에 소수 고정독자층을 확보하고 컬트작가로서의 위치를 확보한 드릴로는 1985년에 발표한 『화이트 노이즈』로 비평적 성공을, 그리고 1988년에 발표한 『리브라』로 비평적 성공과 대중적 인기를 함께 누리게 되었다. 그후 발표한 『마오 II』(1991)와 『언더월드』(1997) 등도 역시 평단과 독자의 호응을 얻으면서 그는 해럴드 블룸에 의해 토머스 핀천, 필립 로스, 코맥 매카시와 더불어 동시대 4대 작가에 꼽히며 오늘에까지 이른다. 그의 성취는 여러 권위있는 상에 의해 뒷받침되는데, 1978년 구겐하임 펠로십을 받아 그리스에서 삼년 동안 생활하며 창작을 하기도 했고, 1985년에는 『화이트 노이즈』로 전미도서상, 1992년에는 『마오 II』로 펜포크너 상을 수상하는 등 굵직한 상을 여럿 수상했다. 2010년에는 평생 동안의 문학적 업적을 기리는 펜쏠벨로우 상과 쌀만 루슈디, 테네시 윌리엄스 등이 역대 수상자인 쓴트 루이스 문학상을 수상했으며, 2012년에는 존 업다이크, 토니 모리슨 등이 역대 수상자인 칼 쌘드버그 문학상, 그리고 2013년에는 초대 의회도서관상(미국소설 부문)을 수상하기도 했다.

제임스 조이스나 윌리엄 포크너, 플래너리 오코너, 어니스트 헤밍웨이 등 모더니즘 작가들, 재즈음악, 그리고 안또니오니, 고다르, 베리만, 트뤼포 등 뉴웨이브 계열 영화감독의 영향을 받은 것으로 알려져 있는 드릴로에게는 흔히 포스트모더니즘 작가라는 별칭이 따라다닌다. 테크놀로지와 행위예술, 테러리즘 등 그가 다루는 소재가 포스트모더니즘 작가 특유의 것이고, 초기작인 『엔드 존』(1972)에서 분명하게 드러나는 서구의 이성중심주의(logocentrism)에 대한 비판적 태도 역시 드릴로에게 그런 별칭이 붙는 계기가 되었다. 작가 자신은 그런 사조에 한정되기보다 단지 소설가로 불리기를 원한다고 밝힌 바 있지만, 역자가 보기에도 그런 분류로 그의 소설을 한정하는 것은 정확하지도 정당하지도 않아 보인다.

드릴로의 작품 궤적을 자세히 살펴보면 그가 소재에 얽매이지 않고 무엇보다도 '체제들'에 대한 저항, 현대 자본주의 문명에 대한 근원적 비판을 한결같이 수행해왔음이 드러난다. 2005년 잡지 『패닉』과 행한 인터뷰에서 그는 다음과 같이 말하고 있다.

작가는 체제들에 대해 저항해야 합니다. 권력, 기업, 국가, 소비와 인간을 약화시키는 오락산업의 전체 체제에 저항하는 것이 중요합니다. (…) 작가는 본성상 (…) 권력이 우리에게 강요하고자 하는 그 모든 것에 저항해야 한다고 나는 믿습니다.

『화이트 노이즈』에 그려진 가족 해체와 공장 유독가스 유출사건도, 『리브라』가 다루는 케네디 암살범 오즈월드도, 『마오 Ⅱ』에 나오는 통일교도 모두 20세기 후반 미국을 중심으로 전개되고 있는 거대한 자본주의 체제와 상업주의 문명 및 비인간성에 대한 비판이다. 드릴로 자신은 체제에 대한 저항을 작품으로서뿐 아니라 쌀만 루슈디에 대한 이슬람의 파트와(Fatwa)나 중국작가 류샤오보(劉曉波)에 대한 중국 정부의 박해 등에 항의하는 발언을 통해서도 표현한 바 있다.

희곡도 다섯편가량 발표했고, 단편소설도 여러편 썼지만 드릴로의 본령은 무엇보다도 장편소설이라고 할 수 있다. 그가 장편소설에 집중한 이유는, 아래에 인용한 2010년 『타임스』와의 인터뷰에서 보듯, 장편소설의 형식이 다른 형식에 비해서 인간 경험의 다양성을 더 잘 표현할 수 있다는 믿음 때문이었다.

그것(장편소설―인용자)은 작가에게 인간의 경험을 탐구하는 가장 커다란 기회를 허용하는 형식입니다. (…) 그런 이유로 장편소설을 읽는 것은 잠재적으로 의미심장한 행위입니다. 인간 경험에 워낙 많은 다양성이 있고, 인간 사이에 워낙 많은 종류의 상호작용이 있으며, 또 장편소설에는 워낙 많은 패턴―단편소설이나 희곡, 시, 혹은 영화에서는 창조할 수 없는 패턴―을 창조할 수 있는 방법이 있기 때문이지요. 간단히 말해서 장편소설은 독자들이 세상을 이해할 수 있는 더 많은 기회를 제공합니다.

드릴로의 많은 작품들은 장편소설 장르에 대한 이같은 신념을 증명하는 예라 할 수 있으며, 시각매체, 영상매체 등이 점차 우세해지는 현실에서도 성급한 이들의 예언과는 달리 진지한 소설이 사멸하지 않고 독자층을 유지해온 이유를 설명해준다.

2

드릴로의 세번째 소설인 『그레이트존스 거리』는 개인적 위기를 느끼며 갑자기 록 콘서트장을 떠난 록스타 버키 원덜릭을 내세워 20세기 후반 미국 중심의 자본주의 체제를 진단하고 대안을 모색하는 소설이다.

작품의 의미를 살펴보기 전에 먼저 간단히 줄거리를 살펴보자. 반전, 저항문화의 상징적 인물이자 우상인 버키 원덜릭은 새로운 음악상품을 내놓아야 한다는 트랜스패러노이아 회사와 매니저 글롭키의 압력, 자신들의 사회적 분노의 출구를 서로서로에게, 그리고 자신들의 우상의 죽음에서 찾는 청중 등의 압력에 시달리다 어느날 훌쩍 콘서트장을 떠난다. 그리하여 여자친구 오펄이 세들어 사는, 뉴욕 그레이트존스 거리의 빈 아파트로 가서 칩거하는데(오펄은 여행 중이다), 매니저는 매니저대로 드나들며 복귀 압력을 넣고, 반체제 조직인 해피밸리 농장공동체는 그들대로 마약을 맡김으로써 마약산업에 그를 연루시킨다. 오펄의 아파트는 이층에 자리잡고 있는데, 삼층에는 돈을 위해 닥치는 대로 소설을 쓰는 페니그가, 일층에는 뇌성마비 아들을 데리고 혼자 사는 미클화이트가 살고 있다. 체제 속에서 낙오하지 않으려고 기를 쓰는 페니그와, 체제 밖에 있는 미클화이트의 아들을 보며, 그리고 여행에서 돌아온 오펄과의 대화를 통해 버키는 자신의 선택은 무조건 '희망'을 가지고 체제로 복귀해서 뭔가를 하는 것이라는 결론을 내린다. 한편 글롭키는 버키의 허락 없이 버키의 '산장 테이프'를 입수해 어마어마한 규모의 상업적 판촉을 준비하고, 버키의 복귀를 용인할 수 없는 반체제 그룹 해피밸리는 그들이 입수한, 언어기능을 마비시키는 마약을 버키에게 주사함으로써 복귀를 저지한다. 하지만 마약의 효능이 떨어지면서 버키는 곧 언어능력을 되찾는데, 작품은 버키가 그레이트존스 거리를 걸으며 그 거리의 생명력을 흡수하고, 새로운 복귀의 시기를 기다리는 것으로 끝을 맺는다.

『그레이트존스 거리』는 표면적으로 보면 별로 큰 사건이 일어나지 않고, 아무것도 하지 않겠다고 고집하는 수동적 주인공을 중심으로 여러 인물이 등장해 서로 대화를 나누는 에피소드적인 구성으로 이루어져 있다. 하지만 자세히 보면 나름대로 여러 세력 사이에서 자신의 입지와 처신을 고민하는 주인공의 의미심장한 사고과정이 기록되어 있다. 그리고 1960~70년대 록스타 주인공의 이런 사고과정은 바로 그 시대의 본질과 그것이 나아갈 방향을 성찰하는 데는 더할 나위 없이 안성맞춤인 내용이다. 이미 잘 알려진 사실이지만 이 작품에서 그려진 록스타 비키 원덜릭의 위기는 당시의 많은 록스타들이 실제로 겪은 것들을 바탕으로 하고 있다. 저항적인 노래로 1960년대 미국 학생운동, 인권운동, 반전운동 시기 대중의 우상으로 떠올랐던 밥 딜런이 1966년 순회공연 중 의문의 오토바이 사고—실제 사고가 있었는지 여부는 분명치 않다—로 갑자기 공연장을 떠나 팔년 동안이나 순회공연을 하지 않은 일은 유명하다. 이 작품이 발표되기 몇해 전인 1970년에는 역시 저항문화의 상징인 재니스 조플린과 지미 헨드릭스가 약물 과다복용으로 갑작스럽게 사망했고, 당시 평화운동의 중심인물 중 하나였던 비틀스 출신 존 레넌은 1973년에서 75년까지 잠적해 '잃어버린 주말'을 보내기도 했다. 『그레이트존스 거리』는 이렇게 전형적이라면 전형적인 상황을 그냥 보아넘기지 않고 문명의 위기에 대한 성찰로 이끌어낸 드릴로의 천재성의 산물이다.

미국 로큰롤의 역사를 한두마디로 요약하기는 어렵지만, 그 음악이 1960년 미국 학생운동, 시민운동에서 일정한 기능을 한 것은 분명한 사실이며, 이 중요한 문화적 상징이 공고한 미국 자본주의 체제 속으로 이내 흡수되고 만 것 역시 부인할 수 없는 사실이다. 그같은 상황 속에서 로큰롤 스타는 한편으로 새로운 '제품'을 끊임없이 내놓으라는 자본주의 특유의 요구와 압력에 시달리고, 다른 한편으로는 저항적 에너지를 주체하지 못하는 폭력적 청중들의 애꿎은 과녁이 되곤 했다.『그레이트존스 거리』의 주인공 버키의 음악을 뒷받침하고 있는 트랜스패러노이아사는 "다변화, 확장, 성장 잠재력의 극대화"(19면) 따위의 법칙에 의해 돌아가고 버키가 번 어마어마한 돈은 일부라도 그의 수중에 들어오기가 쉽지 않다. "진정한 예술가는 사람들을 움직이게 만들지요"(149면)라고 말한 버키는 자신의 음악이 더이상 무기가 아니라 '권력의 환영'이자 제품으로 전락해서, 또 하나의 제품인, 사람들의 저항정신을 잠재우는 마약과 다름없는 기능을 하는 것에 절망할 수밖에 없었다. 국내외적인 학살로 온 나라의 피가 끓어오르고 있을 때 "대참사를 향해 몰려가"(25면)며 아비규환을 벌이고 버키의 자살을 기대하는 청중들을 대상으로 한 순회공연 활동에서 버키가 벗어나고자 한 이유도 그 때문이다.

얼핏 보아 트랜스패러노이아사가 대표하는 '체제'의 대척점에 있는 듯 보이는 해피밸리 농장공동체는 어떠한가? 체제로부터 '사생활'을 보호하는 것을 목표로 한 아나키즘적 성격의 이 집단은 아이러니컬하게도 버키의 사생활을 제멋대로 짓밟고 그의 의사와는 무관하게 그를 마약산업에 연루시킬 뿐 아니라 결국은 언어기능을 마비시키는 마약을 주사하기도 한다. 무엇보다도 그들이 종사하고 있는 마약산업은 정부가 생산한 대마초를 판매하는 것이고 정부가 개발한 슈퍼드러그를 훔쳐서 파는 일이다. 그리고 그 조직이 아무런 사법조치 없이 버젓이 존재하고 있는 사실에서 알 수 있듯이 그들은 결코 체제에 위협적인 조직이 아니고 체제에 대한 불만 세력, 저항세력을 잠재우는 데 일조하는 체제보완적인 세력 이다. 분파가 존재하고 그 사이에 갈등이 존재하는 것처럼 가 장할 만큼, 체제 못지않게 권모술수를 구사하고 자신들의 필 요에 따라 개인을 폭력으로 짓밟는다. 그리고 슈퍼드러그라 는 마약을 "자유세계의 모든 사람이 입찰하려고"(238면) 다투 고 있다는 작중 대화의 주인공의 말에서 우리는 '자유세계' 에 존재하는 반체제 세력 일반에 대한 작가의 냉소적 시선을 읽을 수 있다.

물론 트랜스패러노이아가 대표하는 자본주의 체제에 해피 밸리가 대표하는 반체제 세력이 종속되어 있는 상황에서 그 둘—엄밀히 말하면 온 세상을 완전히 장악하고 있는 하나 의 체제— 을 넘어서는 해결책을 찾기란 쉬운 일이 아니다. 해피밸리의 예가 보여주듯 자본주의 체제는 사회 전체와 그 구성원들을 이미 속속들이 지배하고 있다. 반체제 음악가의 노래도 '제품'이 되고 반체제 세력조차도 '제품'의 독점판매 에 혈안이 되어 있는 상황이다. 체제에 편입되어 생존하고 성 공하기 위해 아동 포르노나 재정 문학 등을 닥치는 대로 시 도하지만 여의치 않아 종말 환상을 꿈꾸는 페니그나, 체제 밖 의 존재이지만 뇌성마비 상태인 미클화이트의 아들 등 주변 적 인물들이 보여주고 있는 바도 체제에서 벗어나는 일의 불 가능성이다. 또한 누구보다도 버키의 애인인 오펄이야말로 체제 밖으로 벗어나거나 체제 안에서 그 일부로 사는 것이 안전하지도 쉽지도 않다는 것을 보여주는 예이다. 오필은 텍사스의 부유한 사업가의 딸로 부르주아 계층의 삶을 거부하고 로큰롤 그룹을 따라다니다 버키를 만나 연인이 된 여성이다. 그녀는 체제에서 벗어나기 위한 시도로 평소에 '시간이 흐르지 않는 나라'를 여행하지만, 결국 황무지이기는 뉴욕이나 사막 한가운데나 마찬가지라는 것, 자신은 '수하물'에 불과하다는 사실을 깨닫고 돌아온다. 그리고 돌아온 뒤 반체제 집단인 해피밸리의 중간연락책이 되지만, 결국은 건강을 너무도 돌보지 않아 죽고 만다. 죽기 전 버키와 침대에서 긴 대화를 나눌 때 그녀는 버키의 '적그리스도적 성향'의 매력과 위험성을 언급함으로써, 체제 밖으로 완전히 벗어나려는 욕구의 정당성을 인정하는 동시에 그 위험성도 지적한다.

결국 버키는 "이 시대를 사랑하기로 결심"(96면)하는 종교적 선택, 오필이 말한 "추해지면 (…) 유일한 일은 이건 아름답다, 아름다워, 하면서 스스로를 세뇌시키는"(129면) 선택을 결심하고 음악으로 복귀하고자 하지만, '산장 테이프'를 대대적인 상품으로 만들어 판매하려는 글롭키의 전략을 '사악한 기획'이라고 보고 거기 합류하기를 주저한다. 그렇기 때문에 버키는 작품의 뒷부분에 해피밸리가 그를 해치러 올 것을 알면서도 "미리 떠나지 않"고 그들이 "제시간에 오"기를 기다리고 있었던 것이다.(330면) 이처럼 글롭키의 방식으로 복귀를 하느니 차라리 언어를 잃는 쪽을 선택하는 일은 "어떤 관념의 끝을 향해 직선으로 여행하는"(342면) 모험이지만,

그 결과는 막연하나마 희망적인 것이다. 작품의 맨 마지막 장에서 마약으로 인해 언어능력을 일시적으로 잃은 버키가 관찰한 그레이트존스 거리는 현대 뉴욕의 거리라기보다 현대화 이전 16세기 런던의 거리를 연상시키는, '신이 자라는 장소'로서의 지구의 일부이며, 비둘기에게 빵부스러기를 던지는 늙은 여자의 상실이 '축복'이 되는 곳이다. 그 거리에는 현대적 언어의 세력에 종속되지 않은 채 자기 멋대로 '빨간 싸과 초록 싸과'를 사라고 외치는 사과장수, '똥 쓰레기 쓰레기 똥'을 읊어대며 낙서를 읽는 여자가 있고, 항구는 "도시의 힘을 드러내고, 돈과 추함을 향한 도시의 욕망도 드러내"(362면) 보이는 대신 미래에 대한 희망을 암시하는 모습으로 드러난다. "기묘하게도 안개를 통해 내게 처음 형체를 드러내 보인 것은 외롭고 감미로운 섬의 약속, 직선들로부터의 부드러운 후퇴, 응답하는 바다언덕이었다."(같은 면) 그 속에서 자신을 '일종의 살아 있는 찬송가'로 생각하며 행복감을 느끼던 버키는 약기운이 떨어지면서 언어능력을 회복한다. 하지만 그는 자신의 이중의 실패—은거 이전 원상태로 복귀하는 데도 실패하고 체제 밖으로 완전히 나가는 데도 실패한 것—에도 불구하고 침착하다. "시절이 알맞다고 생각되면 바깥에 무엇이 있든 그곳으로 돌아갈 것이다. 문제는 단지 어떤 소리를 만들고 가장하느냐인 것이다."(366면) 궁극적으로 그 이중의 실패는 그에게 원상태로의 복귀도, 무력하고 무의미한 반대도 아닌 제3의 대안을 가능케 해주는 바탕이 될 것이다.

3

평소에 현대 미국문명의 가장 큰 업적 중의 하나가 1960년 대에 한 정점에 이르렀던 미국 '저항가요'라고 농담처럼 말해오던 역자에게 『그레이트존스 거리』의 번역은 쉽지는 않았지만 즐거운 작업이었다. 드릴로 자신은 훗날 이 작품이 더 압축적으로 쓰일 수도 있었다고 아쉬움을 표했지만, 로큰롤 음악인의 고뇌를 통해 현대문명에 대한 성찰을 끌어낸 이 작품이 드릴로의 탁월함을 보여준다는 점에는 의문의 여지가 없다. 또한 그처럼 무거운 주제를 이처럼 가볍고 코믹하게 다루는 것에서 이미 대가의 잠재력이 엿보이기도 한다. 속어와 구어적인 표현들을 헤치고 문장의 뜻을 헤아리는 데 적잖이 어려움이 있었지만 필자로서는 그 어려움을 능가하는 즐거움을 얻었다고 생각한다. 이 번역본이 역자가 느낀 즐거움 이상의 즐거움을 독자에게 전달할 수 있기를 기대해본다.

번역 대본은 1998년 피카도어(Picador) 출판사 판을 사용했다. 이 작품을 번역할 기회를 준 창비사, 출간과정에서 애써준 김민경, 심하은 씨, 그리고 특히 필자의 거친 원고를 꼼꼼하게 교정과 교열로 다듬어준 김성은 씨에게 두루 심심한 감사를 표한다.

2013년 10월
전승희

돈 드릴로 Don DeLillo

1936년 이딸리아 이민 2세로 뉴욕 브롱크스에서 태어났다. 토머스 핀천, 필립 로스, 코맥 매카시와 더불어 미국을 대표하는 작가로 평가받으며, 현대 사회의 문화적 상황을 깊이있게 통찰하는 작품활동을 펼치고 있다. 현재 미국예술원 회원이다. 주요 작품으로『화이트노이즈』『마오 Ⅱ』『언더월드』『리브라』『코스모폴리스』등이 있다. 예루살렘 상, 전미도서상, 벨크냅 상, 펜포크너 상, 펜쏠벨로우 상, 쓴트 루이스 문학상, 칼 쌘드버그 문학상 등을 수상했다.

옮긴이 전승희

서울대에서 영문학 박사학위를, 하버드 대학에서 비교문학 박사학위를 받았다. 현재 하버드 대학 한국학연구소 연구원으로 재직하며 계간지『ASIA』편집위원으로 활동 중이다. 역서로『에드거 앨런 포 단편선』『도심의 절간』『장편소설과 민중언어』(공역) 등이 있다.

그레이트존스 거리

초판 1쇄 발행／2013년 10월 30일

지은이／돈 드릴로
옮긴이／전승희
펴낸이／강일우
책임편집／심하은·김성은
펴낸곳／(주)창비
등록／1986년 8월 5일 제85호
주소／413-120 경기도 파주시 회동길 184
전화／031-955-3333
팩시밀리／영업 031-955-3399 편집 031-955-3400
홈페이지／www.changbi.com
전자우편／lit@changbi.com

한국어판 ⓒ 창비 2013
ISBN 978-89-364-7235-1 03840